L'Ombre de la menace

Rachel Caine

L'Ombre de la menace

Traduit de l'anglais (États-Unis)
par Sebastian Danchin

ÉDITIONS
FRANCE
LOISIRS

Titre original : *Stillhouse Lake*
Publié par Thomas & Mercer, Seattle

Édition du Club France Loisirs,
avec l'autorisation des Éditions de l'Archipel

Éditions France Loisirs,
31, rue du Val de Marne, Paris
www.franceloisirs.com

ISBN : 978-2-298-15074-2

À Lucienne, pour ses encouragements.

Prologue

GINA ROYAL
Wichita, Kansas

Gina ne posait jamais de questions au sujet du garage. Cette pensée la tiendrait éveillée des années durant en lui brûlant les paupières. *J'aurais dû l'interroger. J'aurais dû savoir.* Sauf qu'elle n'avait pas posé la question et qu'elle ne savait rien, ce qui avait fini par la détruire.

En temps ordinaire, elle aurait été à la maison puisqu'il était 15 heures, mais son mari lui avait passé un coup de fil pour lui expliquer qu'il avait une urgence au bureau et qu'elle devrait aller chercher Brady et Lily à la sortie de l'école. Pas de souci, cela lui laissait le temps de tout terminer à la maison avant de préparer le dîner. Il s'était excusé mille fois de bousculer son emploi du temps. Mel savait se montrer charmant, elle avait décidé de lui exprimer sa reconnaissance en lui préparant son plat préféré : du foie aux oignons, servi avec un pinot noir. Une soirée en famille, qui se terminerait sur le canapé à regarder le nouveau film de super-héros que les enfants réclamaient à cor et à cri, si Mel estimait que c'était adapté pour eux. Lily se pelotonnerait contre Gina, et Brady allongerait les jambes sur les genoux de son père, sa tête sur le bras du canapé. Ces moments en famille étaient ce que préférait Mel.

Après ses travaux de menuiserie, tout du moins. Gina espérait qu'il ne passerait pas la soirée dans son atelier.

Une existence normale, confortable à défaut d'être parfaite. Quel couple connaissait une existence parfaite ? Gina n'en était pas moins heureuse.

Elle s'était absentée une demi-heure à peine, le temps de se rendre à l'école, de récupérer les enfants et de rentrer. En apercevant les gyrophares à l'entrée de sa rue, elle s'était demandé s'il y avait un incendie. Elle se souvenait d'avoir pensé égoïstement que cela risquait de la mettre en retard pour son dîner. Une pensée mesquine qui l'avait agacée.

Elle avait compté trois voitures de police, leurs gyrophares arrosant de flashs bleu et sang les pavillons de plain-pied. Une ambulance et un camion de pompiers stationnaient un peu plus loin.

— Maman ? avait demandé Brady, sept ans, depuis la banquette arrière. Maman, qu'est-ce qui se passe ? C'est *notre* maison qui brûle ?

Il était tout excité.

Tout en avançant au ralenti, Gina avait essayé de comprendre de quoi il retournait en découvrant un carré de pelouse labouré, des plates-bandes d'iris écrasées, une haie arrachée, une boîte aux lettres en miettes dans le caniveau.

Leur boîte aux lettres. *Leur* carré de pelouse. *Leur* maison.

De l'autre côté de cette scène de désolation, elle avait aperçu un 4 × 4 marron, de la vapeur s'échappant du capot, à moitié encastré dans le mur en brique du garage – *l'atelier de Mel !* – attenant à leur maison. Le spectacle était presque obscène.

Elle avait suivi en pensée le parcours du 4 × 4.

Celui-ci était monté sur le trottoir, avait arraché la boîte aux lettres avant de traverser la pelouse en zigzag et d'arrêter sa course contre le mur du garage.

Gina avait machinalement écrasé la pédale de frein de son propre véhicule qui s'était immobilisé en envoyant une décharge électrique le long de sa colonne vertébrale.

— Maman ! lui avait crié Brady dans les oreilles.

Elle l'avait instinctivement fait taire d'un geste. Sur la banquette arrière, sa sœur de dix ans avait retiré précipitamment ses écouteurs et s'était penchée en avant. Lily avait entrouvert les lèvres en découvrant ce spectacle de désolation, mais aucun son n'était sorti de sa bouche. Elle s'était contentée d'écarquiller les yeux, sous le choc.

— Je suis désolée, avait balbutié Gina machinalement. Il y a eu un accident, ma chérie. Lily ? Tu te sens bien ?

— Qu'est-ce qui s'est passé ? avait demandé la fillette.

Gina n'avait pas répondu, hypnotisée par la maison. Elle se sentait comme à nu à la vue des dégâts. Sa maison, qui lui avait toujours fait l'effet d'un havre de paix, d'une forteresse, affichait sa faiblesse dans cet amas de briques et de placo.

Le drame avait ameuté les voisins qui observaient la scène en multipliant les commentaires, ajoutant à la détresse de Gina. Même la vieille Mme Millson, l'institutrice à la retraite qui ne sortait quasiment jamais de chez elle, était dehors. Une colporteuse de ragots de première qui n'hésitait pas à émettre des commentaires sur la vie privée de tous ceux qui passaient dans son champ de vision. Vêtue d'une robe de chambre élimée, appuyée sur son déambulateur, elle était accompagnée de son infirmière de jour. Les deux femmes trouvaient le spectacle fascinant.

Un agent s'était approché de la voiture de Gina qui s'était empressée de descendre sa vitre, un sourire désolé aux lèvres.

— Monsieur l'agent, je suis la propriétaire de la maison dans laquelle ce 4 × 4 s'est encastré. Je peux rester garée ici ? Je voudrais aller constater les dégâts et appeler mon mari. C'est *épouvantable* ! J'espère que le conducteur n'a pas été blessé trop grièvement… Vous savez s'il était ivre ? Ce virage est dangereux.

Le visage de l'agent s'était transformé au fur et à mesure de ses explications, sans qu'elle puisse vraiment se l'expliquer. Son expression ne lui disait rien de bon.

— Il s'agit de votre maison ?

— Oui.

— Comment vous appelez-vous ?

— Royal. Gina Royal. Monsieur l'agent…

Il avait reculé d'un pas en posant la main sur la crosse de son arme.

— Je vais vous demander de couper le moteur, madame, avait-il déclaré en adressant un signe à l'un de ses collègues qui l'avait rejoint au pas de course. Va chercher l'inspecteur ! Vite !

— Monsieur l'agent, avait insisté Gina, les lèvres sèches. Vous ne comprenez pas…

— Madame, coupez le moteur *immédiatement*.

La voix de l'agent avait perdu toute aménité. Elle avait mis le levier de vitesse au point mort et coupé le contact. Dans le silence retrouvé, elle avait entendu la rumeur sourde des conversations des badauds debout sur le trottoir opposé.

— Laissez vos mains bien en vue sur le volant. Pas de mouvement brusque. Y a-t-il une arme dans le véhicule ?

— Bien sûr que non. Vous voyez bien que je transporte mes enfants !

Elle avait senti monter la colère en elle en constatant qu'il avait toujours la main sur la crosse de son pistolet. *Cette histoire est parfaitement ridicule. Ils doivent me prendre pour quelqu'un d'autre. Je n'ai rien fait de mal !*

— Madame, je vous repose la question : avez-vous une arme ?

La brusquerie de son ton l'avait déstabilisée, un vent de panique avait succédé à sa colère. Elle en était restée muette l'espace d'un instant.

— Non, je ne suis pas armée, avait-elle fini par balbutier.

— Qu'est-ce qui se passe, maman ? lui avait demandé Brady d'une voix inquiète. Pourquoi il nous en veut, l'agent ?

— Tout va bien, mon chéri. Tout va très bien.

Surtout, ne lâche pas le volant. Ne lâche pas le volant... Elle brûlait du désir de serrer son fils dans ses bras, sans oser le moindre geste. Elle voyait bien que Brady ne s'était pas laissé convaincre par ses propos rassurants. Elle n'y croyait pas elle-même.

— Ne bougez pas, les enfants. *Ne bougez pas !*

Lily regardait fixement l'agent, debout à côté de la voiture.

— Il va nous tirer dessus, maman ? Tu crois qu'il va tirer ?

Ils avaient forcément vu des images de gens abattus par la police, des innocents victimes de leur maladresse, qui avaient eu le malheur de prononcer les mauvaises paroles, de se trouver au mauvais endroit au mauvais moment. Elle s'était imaginé la scène… ses enfants mourant sous ses yeux sans qu'elle puisse esquisser un geste. Un éclair, des cris, et puis plus rien.

— Jamais il ne te tirerait dessus, ma chérie, mais ne bouge pas, je t'en supplie !

Elle s'était retournée vers le policier.

— Monsieur l'agent, s'il vous plaît, vous effrayez mes enfants. Je ne comprends rien à toute cette histoire !

Une femme portant un badge de police autour du cou avait franchi les barrières et s'était approchée de la portière de Gina, la mine grave.

— Madame Royal ? Gina Royal ?

— Oui, madame.

— Vous êtes la femme de Melvin Royal ?

Mel détestait qu'on l'appelle Melvin, mais comme ce n'était pas le moment de corriger son interlocutrice, Gina s'était contentée de lui répondre par un hochement de tête.

— Je suis l'inspecteur Salazar. Veuillez descendre du véhicule en laissant vos mains bien en vue.

— Mes enfants…

— Ils peuvent rester où ils sont. Nous allons les prendre en charge. Je vous demande de descendre.

— Mais enfin, que se passe-t-il ? Cette histoire est insensée. C'est *notre* maison, c'est tout de même nous qui sommes les victimes !

La peur qu'elle éprouvait en son nom, en celui de ses enfants, la faisait divaguer, au point d'être la première surprise de s'exprimer de la sorte. On aurait dit qu'elle perdait les pédales, à la façon de ces malheureux que l'on voit aux infos et pour lesquels elle éprouvait habituellement un sentiment de pitié mêlée de mépris. *En pareil cas, jamais je ne me comporterais de cette façon-là.* Combien de fois s'était-elle fait cette réflexion ? Et voilà qu'elle suivait leur exemple. Un sentiment de panique lui envahissait la poitrine, tel un papillon prisonnier derrière une vitre. C'est tout juste si elle parvenait à respirer. Elle se sentait dépassée par les événements, tout était allé trop vite.

— Une victime, vous dites ?

L'inspectrice avait ouvert la portière.

— Descendez.

C'était un ordre à présent. Le premier agent s'était écarté, la main sur la crosse de son arme. *Pourquoi ?* Pourquoi la traitait-on comme une vulgaire criminelle ? *Il doit s'agir d'une méprise, d'une erreur idiote !* Elle s'était accrochée instinctivement à son sac, mais Salazar le lui avait arraché des mains avant de le tendre à l'agent.

— Les mains sur le capot, madame Royal.

— Pourquoi ? Je ne comprends pas ce…

L'inspectrice ne lui avait pas laissé le temps d'achever sa phrase. Elle l'avait obligée à pivoter sur elle-même et l'avait poussée contre la voiture. Gina s'était rattrapée de justesse en s'appuyant contre la tôle brûlante. Elle avait le vertige. Il s'agissait d'une méprise, une méprise atroce, ils finiraient par s'excuser et elle s'empresserait de leur pardonner leur brutalité, tout le monde éclaterait de rire et elle leur proposerait un thé glacé… Il lui restait peut-être même des cookies au citron, si Mel en avait laissé, lui qui les adorait…

Elle eut un haut-le-corps en sentant Salazar la palper en des endroits qu'elle n'avait aucune raison d'explorer. Gina avait voulu résister, mais l'inspectrice l'avait repoussée contre le capot.

— N'aggravez pas votre cas, madame Royal ! Vous êtes en état d'arrestation. Vous avez le droit de garder le silence…

— Je suis *quoi* ? C'est *ma* maison ! Cette voiture a fait une embardée dans ma maison !

Son fils et sa fille étaient témoins de son humiliation publique, sous le regard de ses voisins dont certains avaient sorti leur téléphone et prenaient des photos ou des vidéos. Ils s'empresseraient d'envoyer sur le Net ce viol insupportable de son intimité, les oisifs du monde entier ne manqueraient pas de se moquer d'elle, erreur ou pas. « Les images qui circulent sur Internet ne disparaissent jamais », elle ne cessait de le répéter à Lily.

Salazar continuait de lui réciter ses droits, mais Gina n'était pas en état de comprendre et elle n'avait pas opposé de résistance lorsque l'inspectrice lui avait menotté les mains dans le dos.

Le contact du métal froid sur ses poignets moites lui avait donné le vertige. Elle avait senti un voile de transpiration lui couler sur le visage et le long du cou, mais elle était en état de dissociation. Elle assistait à la scène à distance. *Ce n'est pas vrai. Rien de ce qui m'arrive n'est réel. Je vais appeler Mel. Il va tout régler et on en rira ensuite.* Comment avait-elle pu passer d'une vie normale à… à *ça* en l'espace de quelques minutes ?

Brady s'était mis à hurler, il voulait descendre de voiture, mais l'agent l'en empêchait. De son côté, Lily était trop hébétée et effrayée pour esquisser un geste. Gina s'était retournée et adressée à eux d'une voix étrangement posée.

— Brady, Lily. Tout va bien, n'ayez pas peur. Tout ira bien. Faites ce qu'ils vous disent. Je vais bien. C'est une erreur, rien de plus. Tout va bien se passer.

La main de Salazar lui serrait douloureusement le bras et Gina s'était tournée vers elle.

— Je vous en prie. Je ne sais pas ce que vous me reprochez, mais *je n'ai rien fait* ! Je vous en prie, occupez-vous de mes enfants.

— Je vous le garantis, lui avait répondu Salazar sur un ton soudain bienveillant. Gina, je vais vous demander de m'accompagner.

— Mais... vous croyez donc que c'est moi qui suis rentrée dans ma propre maison au volant de ce 4 × 4 ? Je n'ai pas bu une goutte, si c'est ce que...

Elle s'était tue en découvrant un inconnu allongé sur une civière à côté de l'ambulance, un masque à oxygène sur le visage. Un secouriste était occupé à soigner la plaie qu'il avait au crâne, sous le regard d'un agent.

— C'est lui ? C'est le conducteur ? Il était *ivre* ?

— Oui, avait répondu Salazar. C'est lui qui a provoqué l'accident, si on peut parler d'accident quand on prend le volant en ayant bu. Il a pris de l'avance sur l'heure de l'apéro, il s'est engagé dans la mauvaise rue en cherchant à rejoindre l'autoroute avant de rater son virage et de s'écraser dans la porte de votre garage.

— Mais...

Gina était complètement perdue, au point d'en avoir la nausée.

— Mais alors, si c'est *lui*, pourquoi me...

— Vous arrive-t-il de vous rendre dans votre garage, madame Royal ?

— Je... non. Non, mon mari en a fait son atelier. On a condamné la porte reliant le garage à la cuisine avec des placards. Il passe par l'autre porte.

— Si je comprends bien, vous ne vous en servez plus comme garage ?

— Non, il a même retiré le moteur du volet roulant, on n'y accède que par la petite porte latérale. Comme il y a un auvent le long de la maison, on se gare là. Je ne comprends pas. Que se passe-t-il ?

Salazar, sa colère évanouie, paraissait presque gênée.

— Je voudrais vous montrer quelque chose, j'ai besoin d'une explication. D'accord ?

Les deux femmes avaient contourné les barrières et suivi les traces de pneus qui traversaient le trottoir avant de dessiner des ornières boueuses dans le jardin, jusqu'au 4 × 4 dont l'arrière dépassait grotesquement d'un amas de briques et de gravats. Le mur écroulé était celui sur lequel Mel accrochait ses outils et Gina avait vu une scie toute tordue gisant au milieu de restes de placo. *Il sera furieux*, avait-elle pensé l'espace d'un instant fugitif. *Je ne sais pas comment il va prendre ça.* Mel adorait cet atelier dont il avait fait son sanctuaire.

— J'aimerais que vous m'expliquiez ce qu'elle fait là, avait déclaré Salazar en tendant un doigt.

En relevant la tête, Gina avait aperçu, de l'autre côté du capot du 4 × 4, une étrange poupée nue accrochée à un piton au milieu du garage. C'est tout juste si cette vision ridicule ne l'avait pas fait sourire. Le mannequin pendait lamentablement à l'extrémité de son crochet, une longueur de fil de fer autour du cou, les bras ballants. Un mannequin mal proportionné d'allure blême… Mais pourquoi diable lui avoir peint le visage de ce violet sombre atroce, et pourquoi ces yeux rouges exorbités, cette langue qui dépassait de ces lèvres gonflées…

Elle avait brusquement compris avec horreur.

Ce n'était pas un mannequin.

Alors, à son corps défendant, elle s'était mise à hurler sans pouvoir s'arrêter.

1

GWEN PROCTOR
QUATRE ANS PLUS TARD
Stillhouse Lake, Tennessee

— Allez-y.

Je prends une longue inspiration, une forte odeur de poudre et de transpiration froide m'envahit les narines, je me mets en position de tir, me concentre, et appuie sur la détente. Je veille à maintenir mon corps en avant à cause du recul. Certaines personnes battent des paupières inconsciemment à chaque balle, mais ce n'est pas mon cas. Rien à voir avec l'entraînement, simple particularisme biologique, mais je ne m'en plains pas, ça me donne l'impression de mieux maîtriser la situation.

L'énorme .357 rugit et saute dans ma main en envoyant des ondes de choc à travers mon corps, mais je n'y prends pas garde. Je concentre toute mon attention sur la cible, tout au fond du stand de tir. Si je me laissais distraire par le bruit, j'aurais déjà raté mon coup, victime du vacarme provoqué par les autres tireurs. Des hommes, des femmes, et même quelques ados. Étouffé par le casque de protection, le roulement des coups de feu n'est pas sans évoquer celui d'un violent orage.

Je vide mon chargeur, me débarrasse des cartouches vides et pose l'arme sur le rebord du stand, le barillet sorti, canon pointé vers la cible. Je retire mes lunettes de protection.

— Terminé.

— Reculez, s'il vous plaît, résonne la voix de l'instructeur derrière moi.

Il récupère mon arme, l'examine avant de hocher la tête, puis il actionne le mécanisme permettant de rapprocher la cible.

— Votre position est excellente.

Il s'exprime d'une voix forte afin d'être entendu au-dessus des coups de feu, et à cause de nos casques de protection. Il passe ses journées à crier, sa voix est déjà légèrement éraillée.

Je lui réponds sur le même ton.

— J'espère surtout que je tire juste.

Je sais déjà que c'est le cas. J'ai pu m'en assurer d'un coup d'œil alors que la cible a parcouru la moitié du chemin. Le rond rouge central est constellé de trous noirs.

— Tous dans le mille, approuve l'instructeur en levant le pouce. Un test parfait. Beau boulot, madame Proctor.

— Merci de votre gentillesse.

Il recule de quelques pas pour me laisser passer, je repousse le barillet et remise le revolver dans son sachet fermé. Bien en sécurité.

— Je me charge de transmettre le résultat de ce test à l'administration, vous ne devriez pas tarder à recevoir votre permis de port d'armes.

L'instructeur est un jeune type au crâne presque rasé, un ancien militaire. Il parle avec un léger accent du Sud qui n'est pas celui, plus marqué, du Tennessee. Un accent de Géorgie, je dirais. Un garçon agréable, auquel il manque une dizaine d'années pour que je puisse envisager de sortir avec lui. Si je décidais de sortir avec quelqu'un. D'une politesse exemplaire, il me donne systématiquement du *Mme Proctor*.

Il me serre la main et je lui rends son sourire.

— À la prochaine, Javi.

Le privilège de l'âge et du sexe. Je m'arroge le droit de l'appeler par son prénom. Je l'ai appelé *monsieur Esparza* le premier mois, jusqu'au jour où il m'a gentiment corrigée.

— La prochaine fois…

Un détail attire son attention, il a brusquement tous les sens en alerte.

— Cessez le feu ! Cessez le feu !

L'adrénaline me tétanise, le temps de comprendre qu'il ne s'agit pas de moi. Le silence reprend peu à peu ses droits, les autres tireurs baissent leurs armes, le coude rentré, et Javi rejoint un gros type armé d'un pistolet semi-automatique à quatre box de là. Il lui ordonne de poser son arme et de reculer.

— Qu'est-ce que j'ai fait ? aboie le type.

J'en profite pour ramasser mon sac, les nerfs à vif, et je me dirige lentement vers la sortie. Le type n'a pas obéi aux consignes de Javi, préférant adopter une posture agressive. Mal lui en prit. Les traits de Javi se figent.

— Monsieur Getts, posez cette arme sur le rebord du stand. Tout de suite.

— Je vois pas pourquoi. Je sais ce que je fais. Ça fait des années que je tire !

— Je vous ai vu diriger le canon de votre arme vers un autre tireur. Vous connaissez le règlement. Le canon toujours en direction de la cible. *Je vous demande de poser votre arme*. Si vous refusez de vous exécuter, je vous sors de force d'ici et j'appelle la police. C'est compris ?

Ce n'est plus le Javier Esparza souriant et calme de tout à l'heure, son ordre fait l'effet d'une grenade incapacitante. Le tireur fautif retire son chargeur d'un geste maladroit et jette le tout sur le rebord du stand. Le canon de son pistolet n'est toujours pas dirigé vers le fond du stand.

Javi a retrouvé sa voix posée.

— Monsieur Getts, je vous ai demandé d'écarter votre arme.

— C'est ce que j'ai fait !

— Reculez.

Sous le regard assassin du tireur, Javi s'empare du pistolet, éjecte la dernière cartouche qu'il pose sur le bord du stand, à côté du chargeur.

— C'est comme ça qu'on tue quelqu'un. Si vous n'êtes pas capable de vous servir d'une arme sans mettre en danger la vie d'autrui, vous n'avez qu'à trouver un autre club de tir, dit-il. Vous faites courir des risques aux autres comme à vous-même en ne respectant pas les règles de sécurité. Je me suis bien fait comprendre ?

Le visage de l'homme vire au cramoisi et il serre les poings.

Javi repose le pistolet dans la position exacte qui était la sienne lorsqu'il s'en est emparé avant de le retourner.

— La chambre d'éjection systématiquement tournée vers le haut, monsieur Getts.

Il recule de quelques pas sans quitter son interlocuteur des yeux. Il est vêtu d'un polo bleu et d'un jean, alors que le tireur porte une chemise camouflage et un vieux pantalon de l'armée, mais on voit tout de suite lequel des deux est un ancien soldat.

— Ce sera suffisant pour aujourd'hui, monsieur Getts. On ne tire jamais sous l'emprise de la colère.

Je n'ai jamais vu quelqu'un aussi près de la crise cardiaque. Les mains de Getts tremblent, il se demande s'il aura le temps de se ruer sur l'arme, de la charger et de tirer. Il règne dans la pièce une atmosphère électrique, j'ai instinctivement entrouvert le sachet contenant mon revolver en réfléchissant, comme lui, aux manœuvres à effectuer si je veux tirer. Je suis rapide. Plus rapide que lui.

Et Javier n'est pas armé.

La tension s'évanouit lorsque s'avance l'un des témoins de la scène. Plus petit que les deux protagonistes, il a des cheveux d'un blond cendré qui commencent à lui recouvrir les oreilles. On devine qu'il les a longtemps portés courts. Davantage nerveux que musclé, je l'ai déjà vu au club de tir sans pour autant connaître son nom.

— Allez, on recule, apostrophe-t-il le tireur.

Il ne parle pas avec l'accent d'ici, je l'imagine plus volontiers originaire du Midwest. Un rural doté d'une voix calme qui pousse à la raison.

— Le gérant du club fait son boulot, OK ? Et il a raison. C'est mauvais de s'entraîner quand on est en colère, on sait jamais où ça s'arrête.

La fureur de Getts s'évapore littéralement, comme si quelqu'un avait débranché une prise dans sa tête. Il prend longuement sa respiration, son visage retrouve une couleur normale, et il se contente de hocher la tête avec raideur.

— Et merde, grommelle-t-il. J'ai un peu perdu les pédales. Ça se reproduira plus.

Son interlocuteur hoche la tête et regagne son box

en évitant de croiser les regards intrigués des autres tireurs. Il vérifie que son propre pistolet est posé dans le bon sens, le canon vers la cible.

— Monsieur Getts ? Je vous propose d'aller discuter un instant dehors, suggère Javier sur un ton courtois.

Le visage de Carl se congestionne à nouveau, la veine qui lui traverse la tempe se gonfle. Il s'apprête à protester avant de s'apercevoir que tout le monde l'observe en silence. Il regagne son box et range ses affaires dans son sac d'un air rageur.

— Ce putain de métèque se prend pour un caïd, marmonne-t-il entre ses dents avant de gagner la porte à grandes enjambées.

Je me remplis les poumons, mais Javi pose une main amicale sur mon épaule alors que le battant se referme bruyamment.

— C'est tout de même curieux que ce connard soit plus sensible à l'avis d'un Blanc qu'à celui du gérant du club.

Toutes les personnes présentes sont blanches, à l'exception de Javier, d'origine hispanique. Le Tennessee ne manque pas de minorités, mais on ne le dirait pas à la vue des habitués du club.

— Carl est un abruti, je me passe allègrement de sa clientèle, déclare Javi.

— Peut-être, mais je ne supporte pas qu'il vous parle de cette façon-là.

Je casserais volontiers les dents de Carl. J'ai beau savoir que ça ferait désordre, ça me démange.

— Rien ne l'empêche de débiter des idioties. On est en démocratie, réplique Javier d'un air magnanime. Ce qui ne l'empêchera pas de payer le prix de son comportement. Il recevra une lettre lui interdisant l'accès au club. Pas à cause de ses réflexions, mais parce que je ne lui fais pas confiance en présence des autres membres. Refuser la clientèle des types dangereux et agressifs n'est pas seulement un droit, c'est une obligation.

Il m'adresse un petit sourire.

— Et si ça lui chante de me retrouver sur le parking tout à l'heure, je n'y vois aucun inconvénient.

— Il est capable de revenir avec ses copains de bar.

— Plus on est de fous, plus on rit.

— Qui est le type qui s'est interposé ?

Tout en posant la question, je me tourne vers le type qui a déjà remis son casque antibruit. Il n'a pas le profil des habitués du club, en tout cas aux heures où je m'entraîne.

— Sam Cade, répond Javi en haussant les épaules. Un nouveau. Il est correct. J'avoue qu'il m'a surpris. La plupart des gens seraient restés en retrait.

Je lui tends la main.

— Merci. Vous savez diriger un club de tir.

— Je le dois à tous les membres du club. À la prochaine, me dit-il avant de se retourner : Tout est en ordre ! crie-t-il d'une voix de sergent instructeur. Feu !

Je sors précipitamment alors que crépitent les coups de feu. Cette altercation a refroidi mon enthousiasme, mais je suis heureuse d'avoir obtenu un permis de port d'armes. J'y pense depuis longtemps, sans savoir si j'ai raison. Mon nom figurera désormais dans les bases de données officielles. J'ai toujours possédé des armes tout en ayant conscience du risque que je prenais en n'ayant pas de permis. J'ai décidé de franchir le pas après mon installation ici.

Mon téléphone sonne à l'instant où j'actionne la

télécommande de ma voiture. Je le sors de mon sac tout en ouvrant la portière arrière.

— Allô ?

— Madame Proctor ?

Je fais la grimace en reconnaissant d'un coup d'œil sur l'écran un numéro que je connais trop bien : celui du secrétariat de l'école.

— Je suis au regret de vous signaler que votre fille Atlanta…

— A des ennuis.

Autant finir la phrase à la place de mon interlocutrice.

— J'imagine que nous sommes mardi ?

Tout en posant la question, je soulève le panneau de l'espace de rangement aménagé à l'arrière de la voiture. J'y dépose le sac contenant le revolver avant de rabattre le couvercle et de tirer le tapis de sol de façon à dissimuler le tout.

Mon interlocutrice émet un grognement agacé. Elle hausse le ton.

— Je ne vois pas là matière à plaisanter, madame Proctor. La principale souhaite avoir une discussion sérieuse avec vous. C'est la quatrième fois en l'espace de trois mois, ce genre de comportement est inacceptable chez une jeune fille de l'âge de Lanny !

Lanny a quatorze ans, rien d'anormal à ce qu'elle se fasse remarquer, mais je préfère me taire.

— Que s'est-il passé ?

Je m'installe derrière le volant en laissant la portière ouverte afin de refroidir l'habitacle surchauffé.

Il n'y avait plus de places à l'ombre dans le petit parking quand je suis arrivée.

— La principale vous en parlera de vive voix. Je

vous prie de passer prendre votre fille. Elle fait l'objet d'un renvoi d'une semaine.

— Une *semaine* ? Pour quelle raison ?

— Je vous l'ai dit, la principale souhaite vous rencontrer. D'ici une demi-heure ?

Un délai aussi court ne me laisse pas le temps de prendre une douche, mais peut-être est-ce aussi bien. Arriver nimbée d'un parfum de poudre ne peut pas me nuire en pareil cas.

— Très bien. J'y serai.

Je me suis exprimée avec calme. À mon avis, la majorité des mères auraient manifesté leur mécontentement et leur colère, mais à l'aune des désastres qui parsèment mon existence, ce genre de situation mérite à peine un haussement de sourcils.

Je viens de raccrocher lorsqu'un bip me signale l'arrivée d'un SMS. Lanny, sans doute, soucieuse de me fournir sa version des faits.

Je me trompe, je vois *Connor* s'afficher sur l'écran. Mon fils. Je fais apparaître le message. Quatre mots et un chiffre suffisent à m'expliquer la situation :

Lanny s'est battue. 1

Il me faut une seconde pour traduire. Le 1 signifie qu'elle a gagné. Reste à savoir si Connor est fier de sa sœur, ou inquiet à l'idée que l'on puisse les renvoyer une nouvelle fois. Je peux le comprendre. L'année écoulée a été synonyme de répit fragile entre deux déménagements, et j'aimerais que la trêve se poursuive. Les enfants ont besoin d'un minimum de paix, de stabilité et de sécurité. Connor a des crises d'angoisse, et Lanny est souvent ingérable. Aucun de nous trois n'est indemne. J'ai beau m'efforcer de ne pas culpabiliser, ce n'est pas toujours facile.

Je sais surtout que ce n'est en rien leur faute à *eux*.

Je réponds à Connor et enclenche la marche arrière. J'ai souvent changé de voiture ces dernières années, par nécessité, mais j'adore cette Jeep. Je l'ai achetée pour une bouchée de pain sur Craigslist, en liquide pour conserver l'anonymat. C'est le véhicule idéal pour les chemins escarpés qui sillonnent les alentours du lac, les collines qui partent à l'assaut des montagnes nimbées d'une brume bleutée.

Cette Jeep est coriace, elle a visiblement connu des heures difficiles. Il faudrait réparer le système de transmission, la direction mériterait qu'on s'y intéresse, mais elle roule contre vents et marées.

Elle renâcle un peu dans les virages de la descente, à l'ombre fraîche des pins, avant de retrouver le soleil brûlant de ce milieu de journée. Le club de tir domine la vallée et le lac apparaît bientôt. La lumière jette des reflets dorés sur les eaux d'un bleu-vert sombre. Stillhouse Lake est un trésor caché. C'était autrefois un lotissement fermé, mais la crise est passée par là, l'argent s'en est allé, les barrières ne se baissent plus jamais désormais et la guérite de l'entrée abrite essentiellement des araignées ou des ratons laveurs. L'endroit n'en a pas moins conservé une illusion de grandeur, avec ses grandes villas disséminées au milieu de chalets en bois nettement plus discrets. On aperçoit quelques bateaux, curieusement rares pour une aussi belle journée. Les cimes des pins caressent le ciel le long de la petite route et je me prends à nouveau à me sentir *bien*.

Je n'ai pas connu beaucoup d'endroits où je me sentais ne fût-ce qu'en sécurité depuis quatre ans. Je ne me suis en tout cas jamais sentie… chez moi. Cet endroit, avec son lac, ses pins et sa nature à demi sauvage, vient flatter cette partie de moi-même qui a désappris à se détendre. La première fois que je suis arrivée ici, j'ai su que c'était le lieu idéal. Je ne crois pas vraiment à la réincarnation, mais j'ai eu l'impression de reconnaître cet endroit. De sentir qu'il faisait partie de mon ADN.

Putain, Lanny, ne m'oblige pas à quitter tout ça sous prétexte que tu n'arrives pas à trouver ta place ici. Ne nous fais pas ça.

Gwen Proctor est ma quatrième identité depuis notre départ de Wichita. Gina Royal appartient au passé, je n'ai plus rien en commun avec elle. Je reconnais à peine cette créature faible et soumise que le moindre obstacle effarouchait. Cette complice aveugle.

Gina est morte et enterrée, et elle ne me manque pas. Je ne me reconnaîtrais plus moi-même si je croisais dans la rue celle que j'étais auparavant. Je suis heureuse d'avoir échappé à un enfer dont je n'avais pas conscience à l'époque où j'y brûlais. Je suis surtout heureuse d'avoir réussi à tirer les gamins des flammes.

Eux aussi se sont réinventés, contraints et forcés. Je leur ai systématiquement laissé le choix de leurs prénoms chaque fois qu'il fallait en changer, tout en opposant mon veto à regret lorsque leurs suggestions étaient trop audacieuses. Ils se font désormais appeler Connor et Atlanta, Lanny pour les intimes. Il est très rare que leurs noms de naissance surgissent par erreur dans la conversation. *Nos noms de prisonniers*, comme dit Lanny. Sans pouvoir lui donner tort, je déteste l'idée que mes gamins pensent à leur vie d'avant de cette façon-là. Qu'ils en soient arrivés à détester leur père. Il le mérite, mais pas eux.

Le choix des prénoms reste l'unique prérogative de mes enfants au fil des lieux que nous traversons et des écoles qu'ils fréquentent, dans le souci d'échapper aux horreurs du passé. Et ça ne suffit pas. Ça ne suffira jamais. Les enfants ont besoin de sécurité, de stabilité, et je n'ai pas été en mesure de leur offrir l'une ou l'autre. Je ne sais pas si j'en serai capable un jour.

Du moins les ai-je tenus à l'écart des loups : le premier devoir d'un parent est de protéger ses petits des prédateurs.

Surtout ceux que l'on ne voit pas.

Je longe le lac jusqu'au raccourci qui mène à notre maison. Pas *la* maison, comme je l'ai trop souvent pensé, mais *notre* maison. Enfin.

Je m'y suis attachée. Ce n'est pas très prudent, à long terme, mais je n'y peux rien. J'en ai assez de fuir, des locations éphémères et des mauvais mensonges. L'occasion s'est présentée d'elle-même. On m'a signalé l'existence de cette maison, j'ai eu la chance de pouvoir l'acheter en liquide l'an dernier lors d'une vente aux enchères. Les anciens propriétaires avaient fait faillite après s'être endettés jusqu'au cou en voulant réaliser leur rêve de campagne. Des squatteurs avaient pris le relais, si bien que l'endroit était une ruine. Avec les enfants, nous avons tout réparé, nettoyé, personnalisé. On a repeint les murs à nos couleurs. Des couleurs vives, tout du moins dans la chambre de Connor. J'y ai vu le signe que nous nous installions chez nous. J'en avais assez des murs beiges et des moquettes passe-partout des maisons de location. Cette fois, nous avions l'intention de *rester*.

Cerise sur le gâteau, notre maison est dotée d'une planque. Une pièce secrète à laquelle nous avons donné le nom d'*Abri anti-zombies le jour de l'Apocalypse*, à la suggestion de Connor. On y a entreposé tout ce qu'il faut pour résister aux attaques de zombies, avec une pancarte bien en vue :

Interdiction aux zombies de se garer,
les contrevenants seront écartelés.

Je grimace intérieurement. J'espère sincèrement que les connaissances de Connor en matière de mort et de torture se limitent à ce qu'il a vu au cinéma ou à la télé. Il affirme ne pas avoir de souvenirs d'autrefois, à l'époque où il s'appelait Brady… Du moins est-ce ce qu'il prétend quand je lui pose la question. Il n'est jamais retourné à l'école à Wichita après ce jour-là, les caïds de cour de récré n'auront pas eu l'occasion de le harceler. Connor et Lanny ont été pris en charge par ma mère dans un village reculé du Maine. Elle a toujours veillé à garder sous clé son ordinateur dont elle se servait rarement. Les enfants n'ont presque rien su de ce qui se passait pendant ces dix-huit mois. Ils n'ont pas eu accès à la presse et ma mère surveillait ce qu'ils regardaient à la télévision.

Je sais pourtant que mes gamins ont trouvé le moyen de se renseigner sur ce qu'avait fait leur père. J'aurais agi comme eux, dans les mêmes circonstances.

Je ne serais pas surprise que l'obsession de Connor pour les zombies soit une façon pour lui d'évacuer.

Lanny m'inquiète davantage. Elle était suffisamment grande pour se souvenir… L'accident, les arrestations, les procès. Les conversations en sourdine de ma mère lorsqu'elle recevait des appels d'amis, d'ennemis, d'inconnus.

Lanny se souvient forcément des lettres d'insultes que ma mère recevait par dizaines.

Je m'inquiète surtout du souvenir qu'elle aura conservé de son père. Qu'on le veuille ou non, qu'on le *croie* ou non, c'était un bon père et les enfants l'aimaient de tout leur cœur.

Il s'agissait d'un simple masque grâce auquel il dissimulait son visage de monstre. Cela n'empêche pas les enfants d'avoir gardé en mémoire l'amour de Melvin Royal. Malgré ce qui s'est passé, je me souviens de son côté chaleureux, du sentiment de *sécurité* qui émanait de lui. Il était capable de nous donner toute son attention. Il aimait les enfants, il m'aimait, et nous avions le sentiment qu'il était sincère.

Ce n'était pas le cas, forcément. Étant donné qui il était vraiment. Je n'ai pas été capable de m'en apercevoir et ça me rend malade.

Je freine au volant de la Jeep en voyant un lourd véhicule négocier un grand virage en face de moi. Les Johansen. Ces gens-là adorent leur voiture, un 4 × 4 noir rutilant, sans un grain de poussière. Moi qui voulais sortir des sentiers battus. Je leur adresse un signe de la main, le couple âgé me répond sur le même mode.

J'ai mis un point d'honneur à rencontrer nos voisins les plus proches la semaine de notre installation. Je voulais savoir d'emblée s'ils pouvaient représenter une menace, ou bien s'ils nous aideraient en cas de coup dur. Les Johansen ne penchent ni d'un côté ni de l'autre de la balance. Ils se contentent… d'exister. *La plupart des gens prennent de la place*. La phrase ricoche régulièrement dans ma tête et ça me fait peur car je déteste me souvenir de la voix de Melvin Royal. Jamais il n'a dit ça en ma présence, je l'ai entendu prononcer ces mots dans l'enregistrement vidéo de son procès. Il évoquait d'un ton banal les femmes qu'il détruisait.

Mel me fait l'effet d'un mauvais virus, j'ai la conviction au fond de moi que je ne m'en remettrai jamais complètement.

Il me faut un bon quart d'heure, en empruntant des chemins escarpés, pour rallier la grand-route qui serpente entre les arbres. Ceux-ci se font plus petits, plus espacés, et la Jeep passe devant la pancarte usée par le soleil annonçant l'arrivée à Norton. Quelqu'un en a grêlé le coin supérieur droit en tirant dessus avec une carabine à plombs. Comme de juste. Ce ne serait pas la campagne si les ivrognes du coin ne visaient pas les pancartes.

Norton ressemble à toutes les bourgades sudistes avec ses vieux commerces tenus par les mêmes familles depuis des générations et ses boutiques reconverties en magasins d'antiquités, dans un équilibre économique fragile. Les chaînes finissent par prendre le dessus. *Old Navy*, *Starbucks*, l'arche jaune d'un *McDonald's*.

La cité scolaire regroupe trois bâtiments disposés en un triangle au milieu duquel se trouve le terrain de sport. Je me présente à l'agent de sécurité posté à l'entrée dans une vieille guérite, armé d'un pistolet comme il se doit par ici. Il me tend un badge usé avant de me laisser passer.

La sonnerie du déjeuner a déjà retenti et j'aperçois un peu partout des jeunes gens qui mangent, rient, flirtent et se chamaillent. La vie ordinaire. Lanny ne se trouvera pas parmi eux, pas davantage que mon fils, le connaissant. Je donne mon nom dans l'interphone et la secrétaire actionne le tire-suisse. J'ouvre la porte et une odeur de vieilles baskets, de produit d'entretien et de cantine me rappelle à la réalité du lieu.

C'est curieux que les établissements scolaires aient tous la même odeur. D'un seul coup, j'ai à nouveau treize ans, et je me sens coupable de je ne sais quoi.

En pénétrant dans le secrétariat du collège, je découvre Connor avachi sur un siège à coque plastique, les yeux rivés sur le bout de ses chaussures.

Il relève la tête en entendant s'ouvrir la porte et je lis le soulagement sur son visage bronzé.

— Ce n'est pas de sa faute, déclare-t-il avant même que j'aie pu lui dire bonjour. Je t'assure, m'man.

Il porte toute la sincérité de ses onze ans alors que sa sœur en a quatorze. Des âges difficiles, même dans les meilleures circonstances. On le sent perturbé à son air inquiet et il s'est encore rongé les ongles, au point de faire saigner son index. Il s'exprime d'une voix rauque, comme s'il avait pleuré alors qu'il n'a pas les yeux rouges. *Il a besoin de retourner voir un psy.* Sauf qu'un psy voudra en savoir davantage sur son passé et qu'on ne peut pas se le permettre à ce stade. S'il en a vraiment besoin, si je constate qu'il replonge dans le même état qu'il y a trois ans… j'en prendrai le risque. Même si ça signifie qu'on nous retrouve et qu'il faille à nouveau changer de nom et d'adresse.

Je le serre contre moi.

— Tout ira bien.

Il se laisse aller dans mes bras, ce qui n'est pas habituel. Il est vrai que personne ne nous voit, mais je le sens tendu, et je relâche mon étreinte plus vite que je ne l'aurais voulu.

— Tu devrais aller déjeuner. Je m'occupe de ta sœur.

— D'accord, mais je ne veux pas…

Il laisse sa phrase en suspens, mais j'ai compris. Il ne veut pas la laisser seule. Mes enfants se querellent et se chicanent, mais ils ont le sens de la loyauté. Aucun des deux n'a jamais laissé tomber l'autre depuis le jour du *Drame*. C'est ainsi que j'appelle le jour où tout a basculé : le *Drame*, en italique avec une majuscule. Une sorte de film d'horreur, un événement extérieur digne d'être oublié. Une fiction éloignée.

Cette distanciation est parfois utile.

— Allez. On se voit ce soir.

Connor quitte la pièce, non sans lancer un coup d'œil par-dessus son épaule. Sans doute ne suis-je pas objective, mais je trouve que c'est un beau gamin, avec son regard ambré expressif, ses cheveux bruns un peu trop longs et sa figure qui respire l'intelligence. Il s'est fait des amis au collège de Norton, ce qui me rassure. Des gamins de onze ans passionnés de jeux vidéo, de films, d'émissions de télé et de livres, comme lui. Un peu trop premiers de la classe à mon goût, mais élevés dans des milieux traversés par l'enthousiasme et l'imagination.

Lanny, c'est une autre histoire.

Tout autre.

Je pousse un grand soupir avant de toquer à la porte d'Anne Wilson, la principale. J'entre et trouve Lanny installée sur une chaise près du mur. Je devine immédiatement qu'elle s'est murée dans le silence, en position de résistance passive, à la voir tête baissée, les bras croisés.

Elle porte un pantalon baggy noir avec chaînes et bretelles, ainsi qu'un T-shirt déchiré et délavé des Ramones qu'elle aura piqué dans mon placard. Elle s'est récemment teint les cheveux en noir et les laisse pendre en vrac autour de son visage. Son bracelet et son collier à pointes sont neufs, de même que son pantalon.

— Madame Proctor, m'accueille la principale en me désignant le fauteuil rembourré en face d'elle.

Un siège infiniment plus confortable que la méchante chaise de Lanny. La chaise de la honte, probablement, dont le plastique a été usé par les postérieurs de centaines de jeunes rebelles.

— Vous aurez pris la mesure d'une partie du problème en voyant votre fille. Nous étions d'accord qu'Atlanta ne porterait plus ce genre de tenue en classe. Nous avons un règlement, il est normal de l'appliquer, même s'il ne m'amuse pas davantage que vous.

Anne Wilson est une Afro-Américaine d'âge moyen avec des cheveux naturels et un embonpoint confortable. Elle n'est pas méchante, on sent bien qu'elle ne se lance pas dans une croisade morale. Elle demande à Lanny de se conformer au règlement, et ma fille n'aime pas qu'on lui fixe des bornes.

— Les gothiques ne sont pas des connasses violentes, maugrée Lanny. Encore un discours de merde.

— Atlanta ! la rappelle à l'ordre la principale. Surveillez votre langage ! Et c'est à votre mère que je m'adresse.

Lanny ne prend pas la peine de relever la tête, mais je sais déjà qu'elle a levé les yeux au ciel derrière le paravent de ses cheveux noirs.

Je me force à sourire.

— Ce n'est pas la tenue qu'elle portait en quittant la maison ce matin. Je suis désolée.

— Eh ben pas moi ! s'écrie Lanny. C'est n'importe quoi qu'on me dise quels putains de vêtements je dois porter. On se croirait dans un établissement catho !

La principale m'adresse un regard sévère.

— Il nous faut également parler de son comportement.

Je sursaute involontairement en voyant le visage de ma fille. Elle a mis un fond de teint crayeux, ses yeux sont soulignés de noir, elle a les lèvres d'un bleu morbide et porte des boucles d'oreilles en forme de tête de mort.

J'en ai le souffle coupé. À la place du visage de ma fille, je vois les traits grimaçants, le teint blafard et les yeux exorbités de cette femme pendue au plafond, les cheveux en baguette…

Vite, rabattre le couvercle de mes souvenirs. Pas question de me laisser entraîner sur ce terrain. En la voyant soutenir mon regard, je sais pertinemment que Lanny a agi en pleine connaissance de cause. Elle a le don de me faire sortir de mes gonds. Elle a hérité ça de son père. Je le vois à la forme de ses yeux, à la façon dont elle penche légèrement la tête.

Et ça me fait peur.

— Et puis il y a cette bagarre, ajoute la principale.

Je ne quitte pas ma fille des yeux.

— Tu es blessée ?

Lanny tend son poing droit, dont les phalanges sont à vif. Aïe. Ses lèvres bleues dessinent une moue moqueuse.

— Tu n'as pas vu l'autre fille.

— L'autre fille, ajoute Anne Wilson, a un œil au beurre noir. Elle a surtout des parents qui n'hésiteront pas un instant à contacter leur avocat.

Ignorant la remarque, je fais signe à Lanny de poursuivre.

— C'est elle qui m'a frappée en premier, m'man. Fort. *Après* m'avoir poussée. Elle m'a accusée de regarder son crétin de petit copain, ce qui est faux. Il est répugnant, en plus, c'est *lui* qui me regardait. C'est pas ma faute.

Je me tourne vers la principale.

— Où se trouve la fille en question ? Pourquoi n'est-elle pas ici ?

— Ses parents sont passés la chercher il y a une demi-heure. Dahlia Brown est une élève modèle qui jure n'y être pour rien. Elle dispose de plusieurs témoins.

Au collège, il y a toujours des témoins prêts à soutenir leurs camarades. La principale le sait forcément. Elle sait aussi que Lanny est la petite nouvelle, celle qui a du mal à trouver sa place. Se déguiser en gothique est une façon pour elle de s'éloigner des autres avant d'être rejetée. Cela peut sembler étrange, mais c'est une façon pour elle de gérer l'horreur de ce qu'elle a vécu dans son enfance.

— Ce n'est pas moi qui ai commencé, insiste Lanny, et je serai sans doute la seule à la croire. Je *déteste* ce putain de collège.

Là encore, je la crois.

Je reporte mon attention sur la maîtresse des lieux, derrière son bureau.

— Si j'ai bien compris, vous excluez temporairement Lanny, mais pas l'autre fille.

— Je n'ai pas vraiment le choix. Entre le non-respect du règlement, la bagarre et son comportement à la suite de cet incident…

Wilson ne termine pas sa phrase, persuadée que je vais la contredire, mais je me contente de hocher la tête.

— Très bien. Lui a-t-on donné des devoirs à faire ?

Le soulagement de la principale est visible en

constatant que cette parente d'élève qui pue la poudre ne lui fait pas de scène.

— Oui, je m'en suis assurée. Elle n'aura qu'à revenir en classe la semaine prochaine.

Je me lève à ces mots.

— Allez, Lanny. On en rediscutera tranquillement à la maison.

— Maman, je n'ai pas…

— On rentre à la maison.

Elle pousse un soupir, récupère son sac et sort de la pièce en traînant des pieds, le visage dissimulé derrière un rideau de cheveux noirs. Elle doit être furieuse.

— Un instant, s'il vous plaît. Je vais avoir besoin de quelques garanties avant qu'Atlanta puisse retourner en classe, déclare la principale. Nous avons une politique de tolérance zéro au sein de l'établissement. Je fais une exception parce que je connais vos qualités de mère, et parce que j'aimerais que votre fille trouve sa place ici, mais il s'agit de sa dernière chance, madame Proctor. La toute dernière. Vous m'en voyez désolée.

Je me lève et lui tends la main. Sa poignée de main est professionnelle, sans plus. À ce stade, cela me suffit.

— À la semaine prochaine.

Je retrouve Lanny dans l'antichambre. Elle a choisi le même siège que son frère. Ont-ils fait exprès, ou bien est-ce l'instinct qui parle ? Seraient-ils *trop* proches ? Est-ce une conséquence de ma paranoïa ?

Autant ne pas y penser. Je n'ai aucune envie de trop analyser mes enfants. Ils ont suffisamment payé de ce côté-là.

— Allez, viens avec ta daronne, comme on dit dans votre jargon.

Lanny me lance un regard torve. Je la sens hésitante.

— T'es pas fumasse ?

— Je suis furieuse, tu veux dire. J'ai la ferme intention d'enterrer ma colère en mangeant un truc chez *Kathy's Kakes* avec toi.

Lanny se trouve à un âge où afficher son plaisir relève de la faute. Même l'idée de manquer la classe et de déguster un gâteau est forcément nulle, alors elle hausse les épaules.

— Comme tu veux. Tant qu'on se casse d'ici.

— Ai-je envie de savoir où tu as dégoté ces fringues et ces accessoires ?

— De quoi tu parles ?

— Tu as vraiment envie de la jouer comme ça ?

Elle lève les yeux au ciel.

— C'est juste des *fringues*. Je sais pas si tu as remarqué, mais toutes les filles portent des fringues pour aller au collège.

— Peut-être, mais elles n'ont pas toutes des tenues à la Marilyn Manson.

— Marilyn qui ?

— Merci de me rappeler que je suis une vieille croûtonne. Tu as commandé ça sur le Net ?

— Et alors ?

— J'espère au moins que tu ne t'es pas servie de mes cartes de crédit ? Tu sais bien que c'est risqué.

— Je suis pas complètement idiote. J'ai économisé des sous et je me suis acheté une carte prépayée, comme tu me l'as montré. J'ai demandé qu'on me l'envoie à la boîte postale de Boston où elle a été réexpédiée à une première adresse avant d'atterrir ici.

La boule que j'avais au ventre se desserre.

— Très bien. Allons discuter de tout ça en nous gavant de calories.

La discussion se révèle très limitée. Les parts de gâteau sont aussi énormes que délicieuses, alors autant ne pas gâcher notre plaisir. *Kathy's Kakes* est un endroit très couru, nous ne sommes pas les seules à nous empiffrer. Un père de famille avec ses trois petites filles a les yeux rivés sur son téléphone, les gamines en profitent pour mettre des miettes de cupcakes partout en se peignant la figure avec du glaçage bleu pétard.

Dans un coin, une jeune femme studieuse travaille sur une tablette. Elle tend le bras pour brancher la prise de l'appareil et j'aperçois le tatouage d'un papillon coloré au niveau de son épaule, sous son débardeur. Un couple d'un certain âge prend le thé en buvant dans des tasses de porcelaine, un plat débordant de gâteaux miniatures entre eux. C'est à se demander s'il faut impérativement avoir l'air de s'ennuyer à mourir pour prendre le thé.

Lanny finit par baisser sa garde une fois sa part avalée. Le bleu à lèvres en moins, elle ressemble presque à un être normal lorsque nous entamons la conversation : le gâteau, le week-end, ses lectures. J'attends que nous soyons sur le chemin du retour, entre deux grincements de boîte de vitesses sur la petite route qui mène à Stillhouse Lake, pour gâcher la fête.

— Écoute-moi, Lanny. Tu es une fille intelligente. Je sais d'avance qu'à force de te faire remarquer, ta photo finira sur les réseaux sociaux. Tu sais bien que nous ne pouvons pas nous le permettre.

— Depuis quand ma vie est-elle *notre* problème, maman ? Attends, je m'en souviens d'un seul coup. Depuis *toujours*.

J'ai tout tenté pour éviter à mes enfants les moments horribles qui ont suivi le *Drame*, et ma mère a fait de même pendant que se tenait mon procès pour complicité.

L'essentiel était que Lanny soit uniquement touchée par quelques éclaboussures, et non par le flot toxique qui a failli m'emporter. Ma mère a été obligée d'expliquer à Lanny et Connor – qui s'appelaient encore Lily et Brady à l'époque – que leur père était un assassin, qu'il allait être jugé et condamné. Qu'il avait tué plusieurs jeunes femmes. Elle s'est abstenue de leur fournir les détails, je ne tenais pas à ce que les enfants soient au courant de tout. Mais de l'eau a coulé sous les ponts et je ne peux pas continuer à épargner Lanny éternellement. Même si elle est trop jeune à quatorze ans pour prendre la mesure de la dépravation de Melvin Royal.

— Nous sommes obligés de rester discrets. Tu le sais, Lanny. Il y va de notre sécurité. Tu le comprends, au moins ?

— Bien sûr, répond-elle en veillant à ne pas croiser mon regard. Ils continuent de nous chercher. Je parle de ces inconnus mythiques dont tu as si peur.

— Ce ne sont pas…

Je prends une longue inspiration, consciente qu'une querelle de plus entre nous ne servirait à rien.

— Nous n'appliquons pas ces règles-là sans de bonnes raisons.

— *Tes* règles. *Tes* raisons.

Elle pose sa nuque sur l'appuie-tête, comme si elle n'en pouvait plus.

— Tu sais, si je m'habille en gothique, personne ne me reconnaîtra. Les gens ne voient jamais que le maquillage.

L'argument tient la route.

— Peut-être, mais ça te vaudra l'exclusion à Norton.

— Les cours par correspondance, ça existe, non ?

Je l'ai sérieusement envisagé à de nombreuses

reprises, mais il faut avoir du temps devant soi pour remplir tous les dossiers, et nous changions constamment d'adresse. En outre, je veux que mes enfants aient une vie sociale normale. Ils ont déjà subi suffisamment de traumatismes inacceptables comme ça.

— Il y a peut-être moyen de parvenir à un compromis. Mme Wilson ne trouve rien à redire à ta coiffure. Tu pourrais te maquiller plus discrètement, oublier les accessoires et ne pas porter que du noir. Tu resterais bizarre sans être *vraiment* bizarre.

Son visage s'illumine.

— Tu es d'accord pour que j'ouvre un compte Instagram ? Et pour me donner un vrai téléphone, au lieu de ces trucs ridicules qui se déplient ?

— Ne pousse pas le bouchon.

— Maman ! Tu me répètes à tout bout de champ que je dois être normale. *Tout le monde* a un compte sur les réseaux sociaux. Même la principale a une pauvre page Facebook pleine de photos de chats ridicules. Elle a aussi un compte Twitter !

— Je te rappelle que tu es une rebelle hostile à toute forme de conformisme. Sois logique avec toi-même. Affirme ta différence en refusant d'imiter la masse.

J'ai bien conscience que l'argument est faible, et elle m'adresse un regard dégoûté.

— Si je comprends bien, tu me cantonnes dans un rôle de lépreuse. Super. Les pseudos ne sont pas faits pour les chiens. Je te jure que personne ne saura jamais qui je suis.

— Non. Deux secondes après avoir ouvert un compte, tu y posteras des selfies qui seront automatiquement localisés.

À une époque aussi obsédée par l'image, le plus

dur est d'empêcher les gamins de publier leur photo sur Internet. On est épié en permanence par des gens dont l'attention ne se relâche jamais. Les yeux qui nous observent ne battent jamais des paupières.

— Putain, ce que tu peux être chiante, marmonne Lanny avant de se refermer comme une huître en regardant le paysage à travers sa vitre. Sans compter que tu nous obliges à vivre dans le trou du cul du monde à cause de ta parano. Je serais pas étonnée que tu décides un jour ou l'autre de nous emmener dans un patelin encore plus péquenaud.

Je laisse passer la référence à ma parano, parce qu'elle a raison.

— Tu ne trouves pas que ce trou du cul du monde est beau ?

Elle ne répond pas. Elle n'a pas dû trouver de repartie à la hauteur, c'est déjà une victoire. De nos jours, toute victoire est bonne à prendre.

Je m'engage sur l'allée de gravier qui grimpe en pente raide jusqu'à la maison. Lanny jaillit de la Jeep avant que j'aie pu serrer le frein à main.

— L'alarme est branchée !

— Comme d'hab ! me répond-elle d'un air agacé.

Elle se rue à l'intérieur de la maison, je reconnais la petite musique des bips du code à six chiffres et la porte se referme à la volée avant que j'aie pu entendre le signal de désactivation du système. Lanny ne se trompe jamais, contrairement à Connor, très tête en l'air, qui se montre moins attentif. C'est drôle comme ils ont échangé leurs rôles en l'espace de quatre ans. Connor, le nez constamment dans un bouquin, a un univers intérieur très riche alors que Lanny invite les complications avec son armure à fleur de peau.

— N'oublie pas que tu es de corvée lessive !

Mais Lanny s'est déjà enfermée dans sa chambre.

— On finira par reparler de tout ça un jour ou l'autre ! Tu le sais aussi bien que moi.

Elle me répond par un silence réprobateur. Aucune importance. Je ne lâche jamais quand c'est important. Lanny le sait mieux que quiconque.

Je réenclenche l'alarme avant de ranger mes affaires. Je suis très ordonnée, ça m'évitera de perdre du temps en cas d'urgence. Il m'arrive d'éteindre les lumières et de réaliser des exercices de crise dans le noir. *Un incendie s'est déclaré dans l'entrée. Par où s'enfuir ? Où sont tes armes ?* J'ai bien conscience que mon côté obsessionnel n'est pas sain, mais ça peut servir.

Je réfléchis à ma réaction si un intrus force un jour la porte du garage. *Tu prends un couteau de cuisine. Tu lui bloques la route avant qu'il ait franchi le seuil de la maison et tu le poignardes sans pitié. Tu profites de ce moment de flottement pour lui sectionner les tendons des chevilles. Il est au tapis.*

Chaque fois, dans ma tête, l'intrus n'est autre que Mel. Mel tel qu'il s'est présenté à son procès, dans le costume anthracite acheté par son avocat, avec une cravate en soie et une pochette dont le bleu denim est le même que celui de ses yeux. Un parfait déguisement d'honnête homme.

Je ne me trouvais pas dans la salle d'audience lors de son procès, mais tout le monde a insisté sur son air innocent. J'étais en prison, dans l'attente de mon propre procès. L'un des photographes l'a surpris à l'instant où il se retournait vers le public et les familles des victimes. Il n'avait pas changé d'apparence, mais son regard s'était éteint. À la vue de cette photo, j'ai éprouvé le sentiment glaçant qu'une créature froide et sans âme avait pris possession de son corps, et qu'elle n'éprouvait plus le besoin de se cacher.

Les jours où j'imagine que Mel vient nous attaquer, il a le visage de cet être.

Je m'assure que les portes sont toutes verrouillées. Connor possède son propre code, je m'assurerai qu'il l'entre correctement sur le clavier lorsqu'il rentrera. J'entends lorsqu'il se trompe, ou bien s'il oublie. La télécommande du système d'alarme ne me quitte jamais. Je suis prête à réagir instantanément en cas de problème.

Je m'installe devant l'ordinateur de la chambre qui me sert de bureau. Une petite pièce, dotée d'un étroit placard où sont stockés les vêtements d'hiver, dans laquelle trône un bureau à cylindre dégoté dans un magasin d'antiquités le jour de mon arrivée à Norton. La date 1902 est écrite au crayon de papier à l'intérieur du tiroir. Ce meuble, plus lourd que ma Jeep, aura servi d'établi à un moment de son histoire, mais il est suffisamment grand pour accueillir un ordinateur, un clavier, une souris, et une petite imprimante.

J'entre mon code et clique sur la cible afin de lancer le programme de recherche. Cet ordinateur est assez récent, je l'ai acheté en même temps que la maison de Stillhouse Lake, mais un hacker dénommé Absalom s'est chargé de l'équiper de toutes sortes de programmes pirates.

Au cours des jours, des semaines et des mois qui ont suivi le procès de Mel, pendant que je rongeais mon frein en prison, Absalom a fait partie de la meute des harceleurs du Net qui se sont acharnés à analyser mes faits et gestes afin d'y trouver la preuve de ma culpabilité.

Ce n'était rien à côté de ce qui m'attendait au lendemain de mon acquittement.

Il avait réussi à décortiquer ma vie dans ses moindres détails et s'est empressé de mettre en ligne l'ensemble de ses découvertes. Il se trouvait à la tête d'une armée de trolls qui prenaient un malin plaisir à s'en prendre à moi, à mes amis, à mes voisins. Il avait retrouvé des membres éloignés de ma famille dont il avait publié les coordonnées, et si bien harcelé les deux derniers cousins de Mel encore en vie que l'un d'eux a failli se suicider.

Il a compris qu'il était allé trop loin quand les trolls qu'il avait lancés à mes trousses ont voulu s'en prendre à mes enfants.

Il m'a fait parvenir un message surprenant peu après le début de cette campagne monstrueuse. Dans un e-mail d'une grande franchise, il faisait état de ses traumatismes d'enfance, de ses souffrances, et de la façon dont il se servait de moi pour chasser ses propres démons. Conscient que sa croisade contre moi s'était emballée, et faute de pouvoir arrêter la machine folle qu'il avait lui-même mise sur les rails, il se proposait de m'aider.

À ce stade, nous vivions dans la plus grande incertitude après avoir fui Wichita, et cette proposition a marqué un tournant dans notre histoire. C'est à ce moment-là que j'ai repris le contrôle de mon existence, grâce à son appui.

Absalom n'est pas un ami. Nous ne tchatons pas ensemble et je le soupçonne de continuer à me détester à bien des égards. Cela ne l'empêche pas de m'aider en me fournissant de nouveaux refuges et de fausses identités, en s'efforçant de freiner le harcèlement dont je suis la victime en permanence sur Internet. Chaque fois que je change d'ordinateur, il le formate à partir des sauvegardes qu'il conserve dans un cloud protégé de façon que je ne perde pas mes données. C'est également lui qui a conçu les algorithmes de recherche qui me permettent de surveiller la masse des Cinglés.

Son aide n'est pas gratuite, évidemment. Notre relation est purement professionnelle.

Pendant que le moteur de recherche mouline, je me prépare une tasse de thé au miel que je sirote les yeux fermés afin de me préparer à ce qui m'attend. En pareil cas, je conserve plusieurs objets à portée de main : une arme chargée, mon téléphone portable grâce auquel je peux appeler Absalom s'il y a un problème et, surtout, un sac-poubelle dans lequel je peux vomir en cas de besoin.

Qu'on ne s'y trompe pas : ces séances ne sont pas une partie de plaisir. Je sors systématiquement meurtrie de l'exposition brutale de toute cette haine.

Je n'ai pourtant pas le choix, c'est un exercice auquel je dois me soumettre quotidiennement.

Je sens la tension descendre lentement de ma tête, se glisser tel un serpent glacé le long de ma colonne vertébrale et s'enrouler autour de mon estomac. J'ai beau me préparer psychologiquement, le choc est toujours le même à la lecture des résultats, ce qui ne m'empêche pas de rester calme et distanciée.

Je découvre quatorze pages de résultats. Quelqu'un a notamment lancé une discussion sur Reddit, et voilà que reprend la longue liste des descriptions morbides, des hypothèses douteuses et des appels à la justice forcenés. Je serre les dents en cliquant sur le lien.

Où se cache désormais la Petite Main qui a aidé Melvin ? Je ne serais pas fâché de rendre une visite à cette salope de paroissienne hypocrite. On me qualifie souvent de *paroissienne* sous prétexte que Mel et moi appartenions à l'une des principales congrégations baptistes de Wichita, même si Mel assistait rarement à l'office. Je m'y rendais le plus souvent seule avec les enfants. On trouve sur le Net toutes sortes de photos sur ce thème : les enfants et moi à l'église à côté de clichés de police de la femme retrouvée pendue dans le garage.

Le dimanche matin, Mel refusait généralement de m'accompagner sous prétexte qu'il avait des choses à faire dans son atelier.

Des choses à faire. Je serre les paupières pendant quelques instants à l'évocation de ces mots d'une ironie monstrueuse. Il ne considérait pas les femmes qu'il torturait et assassinait comme des êtres humains. Il voyait en elles de simples objets. Des choses.

Je rouvre les yeux, reprends ma respiration, et passe au résultat suivant.

Espérons que Gina et ses gosses se fassent violer et étriper avant de se retrouver pendus à des crochets de boucher pour qu'on puisse leur cracher dessus. Ce tortionnaire de Mel ne mérite pas d'avoir une femme et des enfants. Le message est illustré par une photo de police d'un gamin assassiné, abandonné dans un fossé. Tant d'hypocrisie donne le tournis. Le troll qui a posté ça se sert d'un autre drame pour dénoncer l'horreur dont il me juge coupable. Il se fiche bien des enfants.

Seule la vengeance le concerne.

Je passe en revue le reste, au bord de la nausée.

Sa fille Lily ? Je la baiserais jusqu'à ce qu'elle en crève.

Il faudrait les brûler vifs avant d'éteindre les flammes en leur pissant dessus.

J'ai une idée : il n'y a qu'à trouver une fosse à merde quelconque pour y noyer leurs gosses avant d'envoyer l'adresse à la mère.

Qui sait comment on pourrait la faire souffrir un maximum ? Quelqu'un sait où se cache cette salope ?

Et ainsi de suite. Je quitte Reddit pour aller sur Twitter où je découvre de nouvelles menaces, de nouveaux messages de haine, de nouvelles giclées de vitriol, le tout rédigé en moins de cent quarante signes. Et puis il y a les blogs, 8chan, les sites consacrés aux affaires criminelles. Autant d'autels sur lesquels célébrer les crimes de Mel.

Sur ce genre de sites, la mort de ces jeunes femmes innocentes est un prétexte pour se distraire, sous le couvert de vérité historique. Au moins ces détectives de salon ne sont-ils pas dangereux. Pour eux, la femme et les enfants de Mel constituent tout juste une note de bas de page. Il n'est pas question de vouloir notre perte.

Les plus dangereux sont ceux qui cherchent à retrouver notre trace.

Ils sont plusieurs centaines, peut-être même des milliers, tous désireux d'imaginer de nouvelles façons de nous *punir*. De punir mes enfants. Ce jeu de massacre est le fait d'individus dépourvus de la moindre conscience. Aucun d'eux ne s'intéresse à des êtres de chair et de sang. Ces gens-là n'en ont rien à foutre.

Une proportion dérangeante de cette fange humaine est composée de vrais sociopathes. J'imprime le tout en surlignant les noms d'utilisateurs comme les pseudos avant de les comparer avec les fiches figurant dans ma base de données. La plupart sont de vieilles connaissances, des gens qui font une fixation sur nous pour une raison ou une autre. Je leur découvre aussi de nouveaux congénères zélés qui sont tombés par hasard sur les crimes de Mel et réclament le prix du sang « au nom de ses victimes ». Il n'en est rien. Il est même rare que les noms des victimes apparaissent dans leurs élucubrations. Ces justiciers-là se moquaient éperdument des victimes lorsqu'elles étaient en vie, ils ne leur accordent guère plus d'importance aujourd'hui. Ces drames servent d'excuses à l'épanouissement de leurs instincts les plus vils. Ces trolls sont semblables à Mel à bien des égards, à ceci près qu'ils ne passeront probablement jamais à l'acte.

Probablement.

C'est bien pour cette raison que je conserve une arme à portée de main, histoire de me dire que s'il leur prenait l'envie de s'approcher de mes enfants, ils en paieraient le prix. Je ne laisserai plus jamais personne les abîmer.

Je m'accorde une pause dans ma lecture. Je ne sais pas qui se dissimule derrière le pseudo *alleztousvousfaire-foutre*, mais ce psychopathe est tombé sur un document de justice dans lequel figure l'une de nos anciennes adresses. Il s'est empressé de l'envoyer sur la Toile en mettant dans la boucle les familles des victimes et les médias. Il a même réalisé un avis de recherche à notre effigie. Une tactique, récemment adoptée par ces sauvages, conçue pour susciter l'inquiétude des internautes. Ce type-là demande à des gens ordinaires de nous dénoncer pour mieux lancer des prédateurs à nos trousses.

Je m'inquiète avant tout pour les malheureux qui résident aujourd'hui à cette adresse. Ils ne se doutent pas de ce qui les attend. J'envoie un e-mail anonyme à l'inspecteur qui me sert à contrecœur d'allié en la matière afin de lui signaler l'incident, en espérant qu'il réagisse. Il ne faudrait pas que la famille qui occupe cette maison trouve un matin des colis de viande avariée ou des animaux cloués à sa porte, sans parler des tonnes de littérature pornographique violente, des lettres de menaces et autres e-mails ou messages enregistrés sur son répondeur. J'ai gardé le souvenir cuisant des horreurs dont a été inondée ma maison pourtant vide à l'époque où j'étais en sécurité dans ma cellule, les enfants évacués dans le Maine.

Si les occupants de cette maison ont des enfants, je prie le ciel qu'ils ne soient pas importunés, comme les miens. J'ai retrouvé des affiches à leur effigie sur les poteaux téléphoniques, leurs visages sur des montages pornographiques. La haine ne connaît pas de limites. Elle s'exprime sous forme de nuages toxiques émis par des citoyens bien-pensants. Ce sont les mêmes qui n'hésitent pas à lyncher leurs semblables, quels qu'ils soient.

L'adresse découverte par ce troll ne le mènera à rien. J'ai veillé à brouiller notre piste plus de huit fois depuis, mais ça ne me rassure pas pour autant. J'ai appris à me protéger par nécessité, mais je ne possède pas leur énergie sauvage. Je ne demande qu'à survivre, et à protéger mes enfants du mieux que je le peux.

Ma tâche de référencement terminée, j'étire mes bras et mes doigts, vide ma tasse de thé froid et tourne comme une lionne en cage dans mon bureau. Je suis tentée de m'emparer de mon arme, mais c'est une idée dangereuse. Son corps métallique luit avec une douceur rassurante, mais je sais que les apparences sont trompeuses. Tout comme elles l'étaient dans le cas de Mel. Les armes à feu ne protègent personne. Elles ne font que rendre les chances plus égales.

— Maman ?

Je me retourne d'un bloc, le cœur battant, heureuse de ne pas avoir été surprise avec cette arme entre les mains car j'aurais pu mal réagir. Je découvre Connor sur le seuil de la pièce, son sac d'école à la main. Il n'a pas remarqué qu'il m'avait fait peur, ou bien il n'y prend plus garde.

— Lanny va bien ?

Je hoche la tête en lui adressant un sourire forcé.

— Oui, mon chéri, très bien. Comment s'est passée ta journée ?

Je suis inquiète de ne pas l'avoir entendu rentrer, de ne pas avoir perçu le bip de l'alarme quand il a composé le code. J'étais perdue dans mes pensées, ce qui peut se révéler dangereux.

Il ne me répond pas immédiatement, se contentant de désigner l'ordinateur.

— Tu as terminé ta surveillance des Cinglés ?

Sa question me prend au dépourvu.

— Qui t'a parlé de ça ?

La réponse est évidente.

— Lanny ?

Il hausse les épaules.

— Tu te méfies des harceleurs, c'est ça ?

— C'est ça.

— Tu sais, maman, tout le monde reçoit des trucs pas cool sur Internet. Tu ne devrais pas t'inquiéter autant. Ignore-les. Ils finiront par se lasser.

Ce genre de commentaire m'exaspère. Comme si l'Internet était un univers fantasmé, peuplé de gens imaginaires. Il faudrait déjà que nous soyons des personnes *ordinaires*. Cette façon de croire que nous sommes en sécurité, c'est bien un truc de jeune mec.

Les filles n'ont pas le même raisonnement, même à l'âge de Lanny. Les parents non plus, pas davantage que les personnes d'âge mûr. Cette vision du monde relève de la cécité et de l'ignorance. Je m'aperçois avec effroi que j'ai contribué à lui inculquer ce mode de pensée en le surprotégeant. Comment aurais-je pu agir autrement ? L'élever dans une terreur permanente ? Ça n'aurait pas été mieux.

— Merci de m'avoir donné un avis que je ne te demandais pas, mais je sais ce que je fais.

Je m'emploie à trier mes papiers, car je garde des archives physiques, en plus des dossiers informatiques. J'ai eu l'occasion de m'apercevoir que la police préférait les éléments concrets. Les enquêteurs ont davantage de mal avec les preuves virtuelles. De toute façon, le papier ira plus vite en cas d'urgence.

— Surveillance des Cinglés terminée.

Je repousse le tiroir, le ferme à clé avant de glisser celle-ci au fond de ma poche. La télécommande de l'alarme lui sert de porte-clés, si bien qu'elle ne me quitte jamais. Je n'ai aucune envie que Connor ou Lanny tombent sur ces horreurs. Lanny possède un ordinateur depuis quelque temps, mais j'ai activé le contrôle parental, ce qui me permet de recevoir une alerte si elle essaie de procéder à des recherches sur son père (ce qui lui est arrivé) ou sur les meurtres.

Je ne me suis pas encore risquée à offrir un ordinateur à Connor, mais il me met la pression de façon croissante.

Lanny sort de sa chambre et passe devant la porte ouverte du bureau en évitant Connor. Elle a gardé son pantalon noir et le T-shirt des Ramones, ses mèches noir corbeau flottent dans son sillage. J'imagine qu'elle se rend dans la cuisine pour grignoter des galettes de riz et avaler une boisson énergisante, comme tous les après-midi. Connor la suit des yeux d'un air résigné.

— De toutes les filles de la planète, il a fallu que je tombe sur une sœur tirée de *L'Étrange Noël de monsieur Jack*. J'imagine que tu as compris, elle s'efforce d'être moins jolie.

Pour un gamin de son âge, il est particulièrement mature. Je me rends brusquement compte que derrière son pantalon trop grand, sa chevelure hirsute et son maquillage de macchabée, Lanny est jolie. Elle grandit physiquement et commence à avoir des formes. En tant que mère, je la trouve forcément ravissante, mais je ne serai bientôt plus la seule. Son accoutrement vise à éloigner les gens, à les contraindre à la juger différemment.

La manœuvre est à la fois habile et désolante.

Connor fait volte-face et regagne sa chambre.

— Connor ! Tu as bien pensé à enclencher l'alarme ?

— Bien sûr, répond-il sans s'arrêter.

Il referme la porte de sa chambre avec fermeté, mais sans brutalité.

Lanny remonte avec son goûter et se laisse tomber sur la petite chaise posée dans un coin du bureau. Elle pose sa boisson énergisante à côté d'elle et m'adresse un salut militaire comique.

— Au rapport, sergent-chef, claironne-t-elle avant de se mettre dans une position impossible pour quiconque a dépassé la barre des vingt-cinq ans. J'ai bien réfléchi. Je vais me chercher un petit boulot.

— Non.

— Je rapporterai des sous.

— Non. Ton boulot, c'est le collège.

Je me mords la lèvre pour ne pas lui rappeler qu'elle aimait l'école autrefois. *Lily Royal* aimait l'école. Elle fréquentait l'atelier théâtre et suivait des cours d'informatique. À l'inverse, Lanny refuse de s'intéresser à des disciplines qui feraient d'elle une élève modèle, faute de pouvoir trouver des amis et leur avouer ne serait-ce qu'une petite partie de la vérité. Rien d'étonnant à ce que l'école soit un enfer à ses yeux.

— À propos de cette fille avec laquelle tu t'es battue. Tu as bien compris que tu ne pouvais pas te permettre ce genre de fantaisie ?

— Je n'ai rien fait, c'est elle qui a commencé. Tu voudrais que je me laisse casser la figure, peut-être ? J'avais cru comprendre que tu nous avais appris à nous défendre.

— En pareil cas, je te demande de tourner le dos.

— Ça ne m'étonne pas de toi. Tu passes ton temps à tourner le dos aux problèmes. Pardon. À *fuir* les problèmes.

Les ados ont l'art de remuer le couteau dans la plaie lorsqu'ils affichent leur mépris. La douleur est aiguë. Je m'efforce de ne pas lui montrer qu'elle a marqué un point, tout en évitant de répondre. Je ramasse ma tasse de thé et vais la laver à la cuisine pour me calmer. Lanny m'emboîte le pas sans insister. Je la connais suffisamment pour savoir qu'elle regrette ses paroles, sans savoir comment se rattraper.

Je range la tasse et la soucoupe dans le lave-vaisselle lorsqu'elle reprend :

— J'ai décidé d'aller courir…

— Pas toute seule.

La phrase est sortie spontanément, et c'est tout ce qu'elle attendait. Une façon de s'excuser sans s'excuser.

Moi qui ai déjà du mal à ce qu'ils aillent au collège en bus le matin, je n'ai pas l'intention de les laisser s'aventurer le long du lac.

— Nous n'avons qu'à y aller toutes les deux. Le temps de me changer.

J'enfile des leggings et un T-shirt ample sur une brassière, de grosses chaussettes, des baskets. Lanny fait des étirements lorsque je la rejoins. Elle a choisi une brassière rouge en guise de haut et des leggings à losanges. Je la regarde sans un mot et elle finit par enfiler un T-shirt en soupirant.

— Personne ne court plus en T-shirt, grommelle-t-elle.

— J'aimerais que tu me rendes mon T-shirt des Ramones, c'est un collector. Sans compter que tu ne connais pas une seule de leurs chansons.

— *I Wanna Be Sedated*, rétorque-t-elle du tac au tac en citant l'hymne aux tranquillisants du groupe.

Je préfère ne rien dire. Lily a été abondamment médiquée pendant la période de six mois qui a suivi le *Drame*. Elle avait toutes les peines du monde à s'endormir et lorsqu'elle finissait par tomber, elle se réveillait en sursaut en appelant sa mère. Une mère en prison.

— Peut-être que tu préfères *We're a Happy Family* ? me raille-t-elle.

Une famille heureuse… Ses choix de chansons sont hors de propos. Je débranche l'alarme avant d'ouvrir la porte et de recommander à Connor d'entrer le code derrière nous. Un grommellement me parvient, dont j'espère qu'il est synonyme d'acquiescement.

Lanny détale aussitôt, je la rattrape au bout de l'allée de gravier et nous nous dirigeons vers l'est à bonne allure. C'est l'heure idéale, l'air est tiède et le soleil bas dans le ciel, l'eau du lac est calme et parsemée de bateaux. Nous croisons d'autres joggeurs et j'accélère, Lanny me rejoint. Les voisins nous adressent des signes amicaux de leurs vérandas. *C'est beau l'amitié.* Je leur rends leurs saluts, sans me bercer d'illusions sur la sincérité de leur confiance. Si ces braves gens savaient qui je suis, à qui j'ai été mariée, ils suivraient l'exemple de nos voisins d'autrefois. Ils nous fuiraient comme la peste. Peut-être auraient-ils raison. L'ombre de Melvin Royal est pesante.

Nous avons parcouru la moitié du tour du lac quand Lanny, essoufflée, s'adosse à un pin. Il me reste des réserves, mais mes mollets me brûlent et j'ai mal au bassin. J'attends que ma fille reprenne son souffle en enchaînant les étirements et en sautillant sur place.

— Ça va ?

Lanny accueille ma question par un regard assassin.

— Dois-je comprendre que c'est un oui ?

— Bien sûr, répond-elle. Pourquoi faut-il toujours courir comme si on participait aux JO ?

— Tu sais pourquoi.

Lanny détourne le regard.

— Pour la même raison que tu m'as inscrite à un cours de krav-maga l'an dernier.

— Je croyais que tu aimais ça ?

Elle hausse les épaules en continuant d'étudier le sol à ses pieds.

— Je n'ai pas envie de penser que je pourrais en avoir besoin.

— Moi non plus, ma chérie, mais soyons réalistes. Le monde est dangereux, il faut se tenir prêt. Tu es assez grande pour le comprendre.

Lanny se redresse.

— OK. Je suis prête. Essaye de ne pas me tuer cette fois-ci, maman Terminator.

Je vais avoir du mal. J'ai commencé à courir à l'époque où j'étais encore Gina, mais après le *Drame*, j'ai sué sang et eau pour parvenir à un bon niveau. Aujourd'hui, si je me lâche, je suis capable de courir comme si j'étais poursuivie. Ce n'est ni bon pour la santé, ni prudent, et j'ai conscience que pousser mes limites aussi loin relève de l'autopunition. C'est le signe de la peur qui ne me quitte jamais.

Malgré mes efforts, j'oublie de me ménager, sans même m'apercevoir que Lanny est à la traîne jusqu'au moment où je me retrouve seule dans un bois de pins. Je ne sais même pas où je l'ai semée.

Je fais des étirements contre un tronc d'arbre et je l'attends, perchée sur un rocher. Elle apparaît dans le lointain. Elle avance en boitillant et je suis assaillie de remords. *Quelle mère es-tu, pour maltraiter ta fille de la sorte ?*

Le sixième sens que j'ai fini par acquérir fait brusquement grimper mon taux d'adrénaline. Je me redresse aussitôt.

Il y a quelqu'un.

Je me laisse glisser de mon rocher et lui fais face.

— Qui êtes-vous ?

Il a un petit rire nerveux et s'éloigne en traînant des pieds. Il s'agit d'un vieil homme à la peau sombre et parcheminée, avec une barbe et des cheveux courts poivre et sel. Il s'appuie sur une canne.

— Désolé, mademoiselle. Je voulais pas vous affoler. Je regardais les bateaux. J'ai toujours trouvé qu'ils avaient des silhouettes élégantes. Je n'ai pourtant pas vraiment le pied marin. J'ai passé ma vie sur le plancher des vaches.

Il est vêtu d'une veste élimée sur laquelle sont cousus des badges d'unités d'artillerie. Ils ne datent pas de la Seconde Guerre, mais du conflit de Corée et de celui du Viêt Nam.

— Je m'appelle Ézéchiel Claremont, je vis un peu plus haut dans les collines depuis la moitié d'une éternité. De ce côté-ci du lac, tout le monde m'appelle Easy.

Honteuse d'avoir imaginé le pire, je lui tends la main. Il a une poigne ferme et sèche, mais on sent ses os fragiles.

— Bonjour, Easy. Je suis Gwen. Nous vivons par là-haut, à côté des Johansen.

— Ah oui, les nouveaux ! Ravi de vous rencontrer. Vous ne m'en voudrez pas de ne pas être passé vous saluer là-haut, mais je ne marche plus beaucoup. Je suis en convalescence après m'être cassé la hanche il y a six mois. Évitez de vieillir, ma jeune dame, c'est une longue suite d'emmerdements.

Il se retourne au moment où Lanny nous rejoint et se plie en deux, les mains sur les cuisses.

— Salut. Tout va bien ?

— Super, répond-elle, essoufflée. Génial. Salut.

Pour un peu, j'aurais envie de rire.

— Je vous présente ma fille, Atlanta. Tout le monde l'appelle Lanny. Lanny, voici M. Claremont, surnommé Easy.

— Atlanta ? Je suis né à Atlanta. Une ville pleine de vie, très riche sur le plan culturel. Elle me manque parfois.

M. Claremont adresse un signe de tête appuyé à

Lanny qui lui répond sur le même mode en me cherchant des yeux.

— Je ferais mieux de rentrer chez moi. J'en ai pour un moment à grimper la colline. Ma fille voudrait que je vende ma maison pour déménager dans un endroit plus facile d'accès, mais je ne suis pas encore prêt à renoncer à la vue, si vous voyez ce que je veux dire.

Ce n'est pas moi qui lui donnerai tort.

— Vous saurez vous débrouiller ?

Je m'inquiète pour lui. Sa maison, qu'on aperçoit depuis l'endroit où nous sommes, est loin pour quelqu'un qui se déplace avec une canne après une opération de la hanche.

— Oui, je vous remercie. Je suis vieux, mais pas décati. Pas encore, du moins. Et puis le docteur prétend que c'est bon pour moi.

Il éclate de rire.

— La vie m'a appris que ce qui est bon pour vous n'est pas forcément agréable.

— Je suis bien d'accord, approuve Lanny. Ravie de vous avoir rencontré, monsieur Claremont.

— Easy, la corrige-t-il en s'éloignant. Courez bien !

— Sans faute.

Je me tourne vers ma fille en lui adressant un sourire.

— La première arrivée a gagné.

— Maman ! Je suis morte !

— Lanny !

— Je te remercie, mais je préfère marcher. Tu n'as qu'à courir, si ça te chante.

— Je plaisantais, ma fille.

— Oh, pardon.

2

Nous sommes presque à la maison quand mon téléphone me signale l'arrivée d'un SMS. Mes cheveux se dressent sur ma nuque en voyant s'afficher un numéro inconnu. Je m'arrête sur le bord de la route et Lanny me dépasse, rayonnante.

J'ouvre le message. Absalom. Le texto débute par le *Å* qui le caractérise : *Åujourd'hui, seriez-vous près de Missoula ?*

Il ne pose jamais ce genre de question, et je n'ai pas l'intention de lui révéler où nous sommes.

Je lui réponds : *Pourquoi ?*

Quelqu'un a posté un message sur le Net. Apparemment erroné. Je vais essayer de brouiller les pistes. Pas terrible pour celui qu'ils traquent. Å+.

Absalom conclut toujours ses messages de cette façon-là, et la conversation s'arrête. J'imagine qu'il utilise des téléphones jetables, comme moi. Son numéro change tous les mois avec une régularité métronomique, mais il reste fidèle à son Å. Je n'ai pas les moyens de changer aussi souvent que lui, je garde mes portables pendant six mois, un an pour ceux des enfants. Un peu de stabilité dans un monde instable.

Il suffit que quelqu'un nous serre de trop près pour que je change tout, portables comme adresses e-mail. Si jamais Absalom m'envoie une nouvelle alerte, on fera nos bagages. Un schéma récurrent depuis quelques années. C'est pénible, mais on a fini par s'habituer.

Nous n'avons pas le choix.

Je suis très impatiente de recevoir mon permis de port d'armes par la poste. Je ne relève pas de la catégorie de ces abrutis qui éprouvent le besoin de porter un AR-15 en bandoulière quand ils se rendent au supermarché. Ces gens-là se croient dans un film de science-fiction dont ils sont les héros. Je les comprends, d'une certaine façon. Ils se sentent impuissants tant le monde est incertain. Il n'en reste pas moins qu'ils se croient au cinéma.

À l'inverse, j'ai les pieds sur terre, pour savoir que mon arme est mon seul rempart face aux hordes de fous violents et organisés dont je suis la proie. Je ne vois pas l'utilité de le crier sur les toits. Je n'ai pas *envie* de m'en servir, mais j'y suis prête s'il le faut.

Notre survie avant tout.

Lanny est trop heureuse de m'avoir dépassée, je lui concède bien volontiers la victoire. Nous faisons halte à hauteur de la boîte aux lettres où nous attend notre lot quotidien de pubs. Lanny ne boite plus, sa crampe s'est évanouie, et elle poursuit sa route tandis que je trie le courrier. J'examine la deuxième enveloppe lorsque je vois une silhouette venir à notre rencontre. Mon corps se met automatiquement en position de combat, tous mes sens en alerte.

Je reconnais le type du club de tir, celui qui a réussi à calmer Carl Getts. Le dénommé Sam. Je suis surprise de le trouver là. Je n'ai pas le souvenir de l'avoir déjà vu dans les parages. De loin peut-être ? Sa silhouette m'est vaguement familière. J'ai dû l'apercevoir quand il se promenait ou faisait son jogging.

Il avance vers nous, les mains dans les poches, ses écouteurs dans les oreilles. Il m'adresse un petit signe de la main en voyant que je l'observe et hoche la tête en nous croisant. Il se dirige vers la promenade du lac dont nous revenons. Je le suis des yeux jusqu'à ce qu'il disparaisse derrière le tertre qui nous sépare des maisons voisines. Celle des Johansen, juste au-dessus de la nôtre, et celle de l'agent Graham. Sam est manifestement en balade, mais d'où vient-il ?

Je fais probablement une fixette.

Je pousse la porte de la maison et pose machinalement la main sur le clavier de l'alarme avant de constater que je n'ai pas besoin d'entrer le code puisque le système n'est pas enclenché.

Je me fige sur le seuil afin d'empêcher ma fille de passer. Elle me pousse et je lui adresse un regard impérieux en posant un doigt sur ma bouche, puis je lui montre le clavier. Son visage, encore animé par notre course, se tend soudain et elle recule de plusieurs pas. Je garde un jeu de clés de rechange pour la Jeep dans la jardinière de l'entrée. Je les récupère prestement et les lui lance en dessinant de mes lèvres le mot « Va ! ».

Elle ne marque aucune hésitation. Je l'ai bien élevée. Elle fait volte-face et court jusqu'à la Jeep pendant que je referme la porte à clé derrière moi. Je ne sais pas ce qui m'attend à l'intérieur, mais j'entends concentrer toute l'attention des intrus sur ma personne. Je me débarrasse du courrier sur une console en veillant à ne pas faire de bruit. Je réfléchis à toute vitesse aux options qui me sont offertes.

Quatre enjambées me séparent du petit coffre dans lequel je garde un pistolet sous le canapé. Je m'agenouille, débloque le poussoir avec le pouce, le battant s'écarte avec un déclic métallique et je m'empare du Sig Sauer. C'est mon arme de prédilection, la plus fiable aussi. Elle contient un chargeur plein, j'ai même veillé à charger une balle dans la chambre. Je ralentis les battements de mon cœur en traversant la cuisine avant de m'avancer dans le couloir, le doigt sur le pontet.

Dehors, la Jeep démarre dans un crissement de graviers. *Bien joué, ma fille*. Elle sait qu'elle doit s'éloigner et appeler la police au bout de cinq minutes si je ne lui ai pas dit que tout est en ordre, avant de rallier la planque située à quatre-vingts kilomètres de là où sont cachés de l'argent et de nouvelles pièces d'identité. Au besoin, elle a l'ordre de s'évanouir dans la nature sans nous.

J'avale ma salive, la gorge nouée à l'idée qu'il soit arrivé malheur à mon fils.

Je coule un regard à l'intérieur de ma chambre sans rien remarquer d'anormal. Rien n'a bougé depuis mon départ en promenade, mes chaussures traînent dans un coin.

La chambre de Lanny est voisine de la mienne, de l'autre côté de la salle de bains que nous partageons. L'espace d'un instant, je suis persuadée que quelqu'un a fouillé la pièce, et puis je me souviens que je n'ai pas pris le temps de vérifier ce matin-là avant de me rendre au club de tir. Lanny a laissé son lit en bataille, le plancher est tapissé de vêtements sales.

Connor. Mes tempes bourdonnent sans que je puisse contrôler mon flux sanguin. *Seigneur, je t'en supplie, ne m'enlève pas mon bébé*.

Sa porte est fermée, la pancarte *Interdiction d'entrer – Zombie en action* est accrochée au battant, mais je m'aperçois que le verrou n'est pas mis en tournant lentement la poignée. J'ai le choix entre foncer, ou entrer précautionneusement.

J'opte pour la première solution, la porte s'écarte à la volée, je balaye la pièce d'une rotation rapide de mon arme en prenant appui contre la porte qui rebondit, et je colle une peur bleue à mon fils au passage.

Allongé sur son lit, un casque sur les oreilles, il écoute de la musique si fort qu'elle parvient jusqu'à moi. Il sursaute violemment en entendant le bruit de la porte et arrache son casque. Il pousse un hurlement en voyant l'arme, je m'empresse de l'abaisser, mais pas avant d'avoir lu un éclair de terreur dans son regard.

À la peur succède aussitôt la fureur.

— Putain, maman ! À quoi tu joues ?

— Je suis désolée.

De façon pernicieuse, mon cœur bat beaucoup plus vite à présent, sous l'effet de l'adrénaline. Mes mains tremblent. Je pose doucement le pistolet sur sa commode, la fenêtre d'éjection tournée vers le haut, le canon dirigé loin de nous. Comme au club de tir.

— Mon chéri, je suis désolée. J'ai cru…

Je suis incapable de verbaliser tout haut ma pensée. Je remplis mes poumons d'une inspiration hachée et me mets en position accroupie, les poings serrés contre mes tempes.

— Mon Dieu ! Tu as juste oublié de remettre l'alarme quand nous sommes sorties.

La musique se tait brusquement alors que le casque tombe bruyamment par terre. Le sommier grince lorsque Connor s'assied au bord du lit en m'observant. J'ose enfin un coup d'œil dans sa direction. Mes yeux rougis sont brûlants alors que je ne pleure pas. Je n'ai pas pleuré depuis longtemps.

— J'ai oublié de brancher l'alarme ?

Il soupire et se plie en deux, comme sous l'effet d'un mal de ventre.

— Maman, il faut que tu arrêtes de péter les plombs. Tu vas finir par tuer l'un de nous trois, tu sais. Nous sommes au milieu de nulle part, les gens ne prennent même pas la peine de fermer leur porte à clé, dans le coin.

Je ne réponds pas. Il a raison, bien évidemment. J'ai surréagi, et ce n'est pas la première fois. J'ai pointé le canon d'une arme en direction de mon enfant. Je comprends qu'il soit en colère, et sur la défensive.

Sauf qu'il n'a pas vu les photos que je découvre tous les jours en surveillant les Cinglés.

C'est le hobby d'une catégorie bien précise de harceleurs sur le Net. Certains maîtrisent très bien Photoshop. Ils s'emparent de photos de scènes de crime particulièrement atroces avant d'affubler les victimes de nos visages. Ils font de même avec des images pédopornographiques, si bien que je vois mon fils et ma fille maltraités de façon inimaginable.

L'image qui m'a le plus heurtée, dont je sais qu'elle ne s'effacera jamais de mon esprit, est celle d'un jeune garçon de l'âge de Connor. Gravement mutilé, il gît dans son lit au milieu d'une masse de draps gorgés de sang. J'ai récemment découvert cette photo accompagnée de la légende suivante : *Dieu punit les assassins*.

Je comprends la colère de Connor. Il est normal qu'il se rebelle contre ces règles absurdes et inutiles. Je n'y peux rien. Il est de mon devoir de le protéger contre ces monstres.

Je ne peux pas le lui expliquer. Je n'ai pas envie de lui dévoiler la réalité de l'univers sombre qui se dissimule derrière celui qu'il connaît. Je souhaite le voir vivre dans un monde où les garçons lisent des BD, punaisent des posters fantastiques aux murs de leur chambre et se déguisent en zombie le jour d'Halloween.

Je ne réponds rien. Je finis par me relever lorsque mes jambes sont à nouveau capables de me porter, puis je récupère mon arme. Je sors de la chambre en refermant doucement la porte derrière moi.

Mon fils hurle :

— Attends que j'en parle à une assistante sociale !

J'ose espérer qu'il plaisante. J'enferme le Sig dans sa cachette, puis j'appelle ma fille en lui demandant de revenir. L'instant suivant, par habitude, j'enclenche l'alarme.

Je prends le courrier sur la console où je l'ai laissé et gagne la cuisine. J'ai besoin d'un verre d'eau. J'ai un goût métallique de sang rance dans la bouche. Tout en buvant, je feuillette distraitement les circulaires, les appels aux dons et autres pubs d'entreprises du coin. Une enveloppe kraft à mon nom sort du lot. Elle a été postée à Willow Creek, dans l'Oregon. Il s'agit du service de réexpédition. Le courrier contenu dans l'enveloppe a effectué un long parcours du combattant avant de me parvenir.

Je n'ouvre pas tout de suite l'enveloppe. Je sors du tiroir de la cuisine une paire de gants bleus en nitrile que j'enfile avant de soulever le rabat.

Je laisse tomber le courrier qu'elle contient en reconnaissant l'adresse de l'expéditeur, mue par un réflexe instinctif, comme si j'avais touché un cafard vivant.

La lettre porte la marque d'El Dorado, la prison où Mel attend son exécution. Il se trouve depuis longtemps dans le couloir de la mort, les avocats m'ont expliqué qu'il en avait pour dix ans au moins avant d'avoir épuisé tous ses recours. Le Kansas n'a pas exécuté un seul condamné depuis deux bonnes décennies, alors qui sait quand la sentence sera appliquée ? En attendant, il passe ses journées assis et il réfléchit. Essentiellement à moi.

Et il m'écrit. Comme il obéit à un rituel que j'ai fini par décoder, je suis incapable de toucher cette lettre pour le moment.

Je reste hypnotisée par l'enveloppe un bon moment, et sursaute lorsque s'ouvre la porte d'entrée et que l'alarme émet un bip. J'entends les doigts de Lanny voler sur le clavier.

Je n'esquisse pas un geste, comme si l'enveloppe était capable de me mordre si je la lâchais des yeux.

Lanny replace les clés de la Jeep dans la jardinière et passe à côté de moi. Elle ouvre la porte du frigo, prend une bouteille d'eau et boit de longues gorgées avant de s'adresser à moi.

— Laisse-moi deviner. Cet ahuri de Connor a oublié d'enclencher l'alarme. Pour la énième fois. Tu lui as collé une balle en pleine tête ?

Je ne réponds pas. Je ne bouge pas. Du coin de l'œil, je vois qu'elle m'observe. Son attitude change lorsqu'elle comprend soudain.

Avant que j'aie pu deviner ses intentions, ma fille s'empare de l'enveloppe posée sur le plan de travail.

— Non !

Je me précipite, mais il est trop tard. Elle a déjà glissé un doigt à l'ongle laqué de noir sous le rabat qu'elle déchire, révélant la présence d'une lettre. J'essaye de la lui arracher des mains, mais elle recule d'un pas leste et courroucé.

— Il m'écrit aussi, à moi ? Ou à Connor ? demande-t-elle. Tu en reçois beaucoup, des comme ça ? Tu m'as affirmé qu'il ne t'écrivait *jamais* !

Elle se sent trahie, et ça me fait mal.

— Lanny, donne-moi cette lettre. S'il te plaît.

Je me suis exprimée d'une voix à la fois ferme et calme, alors que je suis morte d'inquiétude intérieurement.

Elle remarque mes mains, moites à l'intérieur des gants en nitrile.

— Putain, maman ! Il est déjà en prison. Tu n'as pas besoin d'accumuler de nouvelles preuves.

— S'il te plaît.

Elle lâche l'enveloppe et déplie la lettre.

— Ne fais pas ça, je t'en prie.

Les mots sont sortis dans un souffle. J'en suis malade.

Mel est réglé comme du papier à musique. Il m'envoie deux lettres parfaitement normales, dans lesquelles je reconnais l'ancien Mel : l'individu bienveillant, doux, drôle, prévenant et soucieux d'autrui que j'ai épousé. Ces courriers-là émanent du personnage qu'il feignait d'être. Il ne clame pas son innocence, il est conscient que c'est impossible, les preuves sont là. En revanche, il n'hésite pas à exprimer ses sentiments pour moi et les enfants. Il dit combien il nous aime.

Deux lettres sur trois.

Celle-ci relève de la seconde catégorie.

Je la vois blêmir en découvrant le monstre qui a soigneusement rédigé ces lignes. Ses mains se mettent à trembler, comme le ferait l'aiguille d'un sismographe lorsque survient un tremblement de terre. Je vois son regard se voiler sous l'effet de la peur.

Cette vision m'est insupportable.

Je récupère la feuille sans qu'elle fasse mine de résister, la replie et la jette sur le plan de travail. Puis je serre ma fille contre moi. Elle se raidit l'espace d'un instant avant de fondre entre mes bras, son visage brûlant contre le mien, son corps parcouru de petits soubresauts, comme électrocuté.

— Chuuuut. Chuuuut, ma chérie. Tout va bien.

Je caresse ses cheveux comme si elle avait six ans et encore peur du noir.

Elle secoue la tête, se détache de moi et part s'enfermer dans sa chambre.

Mes yeux se posent sur la lettre et le sentiment de haine est si fort qu'il me déchire. *Comment oses-tu ?* Je m'adresse à l'auteur de ces lignes, à celui qui a fait souffrir mon enfant. *Comment oses-tu, espèce d'ordure ?*

Je n'ai pas besoin de lire ce que m'écrit Melvin Royal. Je connais d'avance le contenu de la lettre. Ce n'est pas la première. Il tombe le masque en me disant combien je l'ai déçu en lui retirant ses enfants, en les montant contre lui. Il décrit en détail le sort qu'il me réserve s'il en a l'occasion. Il ne manque pas d'imagination. Il sait se montrer très descriptif. Direct à outrance.

Après avoir menacé de m'assassiner d'une façon atroce, il fait brusquement marche arrière et me demande comment se portent les enfants. Il me dit qu'il les aime. Ce qui est le cas, puisqu'ils sont à ses yeux des reflets de sa propre personne, et non des individus autonomes. Si jamais il les rencontrait aujourd'hui, il s'apercevrait qu'ils ne sont plus les poupées en plastique d'autrefois qu'il adorait. Ils deviendraient des *choses*. Des victimes en puissance, comme moi.

Je glisse la lettre dans son enveloppe sur laquelle j'inscris la date au crayon avant de glisser le tout dans l'enveloppe de réexpédition. Je me sens mieux aussitôt, comme si je venais de me débarrasser d'une bombe. Demain, je renverrai le tout assorti de la mention *Inconnu à l'adresse indiquée*, et le service de réexpédition transmettra la lettre par FedEx à l'agent du FBI en charge de l'enquête au Kansas. Ce dernier n'a pas encore compris comment Melvin parvient à échapper au système de censure de sa prison. J'espère qu'il y parviendra un jour.

Lanny se trompe sur les raisons pour lesquelles j'enfile ces gants. Il ne s'agit pas d'obtenir des preuves. Je porte des gants pour la même raison qui anime le personnel médical : éviter les infections.

Melvin Royal est un être contagieux, une maladie mortelle.

Le reste de la journée se déroule de façon faussement paisible. Connor ne dit rien de l'incident de tout à l'heure, et Lanny ne dit rien du tout. Le frère et la sœur se lancent dans un jeu vidéo et j'en profite pour vaquer à mes occupations. Je prépare le dîner, comme une mère de famille ordinaire. Nous mangeons en silence.

Le lendemain, Lanny reste enfermée dans sa chambre, puisqu'elle n'a pas le droit de se rendre au collège. Je préfère ne pas m'en mêler. Je l'entends regarder une émission de télé. Connor est parti en classe. L'idée qu'il se rende seul à l'arrêt de bus ne me plaît guère et je le surveille de la fenêtre jusqu'à ce qu'il monte à bord. J'ai bien conscience que je l'agacerais au plus haut point si j'allais attendre le bus avec lui.

Lorsqu'il rentre cet après-midi-là, je feins de m'occuper des fleurs de notre petit jardin. Je le vois descendre du bus, lourdement chargé avec son sac de classe, suivi de deux camarades. Ils se lancent dans une discussion animée, je crains un instant qu'il ait affaire à des caïds, mais ils paraissent bien s'entendre. Les deux autres gamins sont blonds, l'un des deux a le même âge que Connor, le second doit avoir un ou deux ans de plus. Le plus âgé est dangereusement grand et fort, mais il adresse à Connor un sourire et un geste amical, je vois les deux garçons remonter au pas de course le sentier de gauche. Les Johansen sont trop âgés pour être leurs parents, ils ont des enfants déjà grands qui leur ont rendu visite une fois depuis que je vis ici. Il doit s'agir des gamins de l'agent Graham. Ce dernier appartient à la police de Norton. Contrairement à moi, il est d'une vieille famille rurale du Tennessee qui possédait des terres riveraines du lac avant que l'endroit se transforme en lieu de villégiature. Il faudrait que je rende visite à Graham et que je me présente, histoire de le jauger et de nouer discrètement des liens. Je pourrais bien avoir besoin d'un allié dans la police un jour ou l'autre. J'ai sonné chez lui à plusieurs reprises, sans succès. Rien de surprenant à ça. Les flics ont des horaires compliqués.

Connor passe à côté de moi d'un pas lourd, j'en profite pour tasser la terre au pied d'un massif de fleurs.

— Salut, mon fils. Comment s'est passée ta journée ?

— Bien, répond-il sans enthousiasme. J'ai un devoir à rendre pour demain.

— Un devoir de quoi ?

Il remonte son sac sur l'épaule.

— De biologie. C'est bon, j'assure.

— Je peux le relire quand tu auras fini, si tu veux.

— Pas la peine.

Il entre dans la maison, je me relève en essuyant la terre qui me macule les mains. Je me fais du souci pour lui, bien sûr. À cause de la peur que je lui ai faite hier. Je me demande dans quelle mesure il ne devrait pas retourner consulter. Son caractère introverti m'inquiète autant que les éclats de Lanny. Je ne sais pas ce qu'il pense la plupart du temps. Il m'arrive d'entrevoir chez lui des regards et des mouvements de tête hérités de son père, et j'en ai froid dans le dos. Jusqu'à présent, le monstre qui sommeille en Mel n'a jamais transparu dans les yeux de Connor. Je ne crois pas que le mal soit héréditaire.

Je ne veux pas le croire.

Ce soir-là, je prépare une pizza. Le repas terminé, nous sommes en train de regarder un film tous les trois lorsqu'on sonne à la porte. Je jaillis du canapé, la gorge nouée. Lanny veut se lever à son tour, mais je fais signe aux enfants de ne pas bouger.

Ils échangent un regard.

On frappe. Le visiteur s'impatiente. Je me souviens qu'un pistolet m'attend dans sa cachette sous le canapé en écartant lentement le rideau afin de jeter un œil dehors.

La police. Un agent en uniforme se tient sur la véranda et je sens une vague d'angoisse me submerger. Je redeviens instantanément Gina Royal. Je me revois dans notre rue à Wichita, les poignets menottés dans le dos, découvrant les travaux pratiques de mon mari. Le hurlement que j'ai poussé ce jour-là résonne dans ma tête.

Arrête. Je laisse le temps à mon corps d'obéir.

Je débranche l'alarme et ouvre la porte sans vouloir penser à ce qui m'attend.

Un agent de police imposant me fait face, vêtu d'un uniforme parfaitement repassé. Il me domine d'une bonne tête et porte sur son visage cette expression impénétrable que je connais si bien. Elle va de pair avec le badge.

Je lui souris malgré le vent de panique qui m'emporte.

— Bonsoir, monsieur l'agent. Que puis-je pour vous ?

— ’Soir. Madame Proctor, c’est bien ça ? Désolé de vous importuner. Mon fils me signale que votre petit garçon a perdu ceci dans le bus aujourd’hui. J’ai voulu vous le rendre.

Il me tend un petit téléphone argenté. Je reconnais le portable de Connor. J’ai acheté aux enfants des téléphones de couleurs différentes pour ne pas les confondre. Je suis furieuse contre mon fils de sa négligence, et surtout inquiète. En semant son portable, il court le risque que quelqu’un puisse en examiner le contenu, même s’il n’a en mémoire que les numéros de ses copains, le mien et celui de Lanny. Il n’empêche, il ouvre une faille dans le rempart qui nous protège. C’est une erreur d’attention coupable.

Comme je reste sans réaction, sans même un merci, l’agent Graham se dandine, mal à l’aise. Il a des traits marqués, des yeux noisette et un curieux petit sourire.

— Je souhaitais passer vous saluer depuis un moment déjà, mais ce n’est sans doute pas le moment…

— Bien au contraire. Je suis désolée… je veux dire, merci beaucoup de m’avoir rapporté ce portable.

Lanny a mis le lecteur de DVD sur Pause, et je propose au visiteur d’entrer. Il s’avance et je referme la porte avant de remettre l’alarme machinalement.

— Puis-je vous offrir à boire ? Vous êtes M. Graham, c’est bien ça ?

— Lancel Graham, oui madame. Lance, si vous préférez.

Il a un fort accent du Tennessee, que seul a pu conserver quelqu’un qui ne s’est jamais éloigné de ses racines.

— Je ne refuserais pas un verre de thé glacé, si vous en avez.

— Bien sûr. Sucré ?

Il retire son chapeau et se passe la main dans les cheveux, l'air gêné.

— Avec plaisir. La journée a été longue, et chaude.

Je suis toujours méfiante au premier contact et il se donne du mal pour se montrer aimable, ce qui me met sur mes gardes. Il se montre particulièrement poli et respectueux, il a une façon bien à lui de ne pas mettre en avant ses muscles et sa carrure imposante. Ce type-là a choisi le bon métier. On le sent capable de calmer le suspect le plus virulent sans avoir à lever le petit doigt. Je n'aime guère les charmeurs de serpent en règle générale… mais j'apprécie la façon spontanée dont il sourit à mes enfants.

Je me dis que j'ai de la chance que ce téléphone m'ait été rapporté par un *flic*. Il faut un mot de passe pour accéder à son contenu, bien sûr, mais rien qui soit impossible à gérer pour quelqu'un de malintentionné.

— Je vous remercie infiniment de m'avoir rapporté le portable de Connor. C'est la première fois qu'il le perd. C'est une chance que votre fils l'ait ramassé et qu'il ait su à qui il appartenait.

Je sors du frigo une cruche de thé glacé dont je sers un verre à l'agent Graham.

— Je suis désolé, maman, s'excuse mon fils d'une voix inquiète, depuis le canapé. Je n'ai pas fait exprès.

La plupart des ados s'en seraient aperçus au bout de trente secondes, mais mes gamins vivent dans un monde à part, faute de pouvoir se servir de leurs portables quand ils en ont envie. Il n'est pas question que je leur donne un smartphone. De mes deux enfants, Connor est celui qui s'intéresse le plus à la technologie.

Certains de ses copains lui envoient des SMS, en tout cas. Lanny est nettement moins sociable.

— Ce n'est pas grave, mon chéri.

Je le pense. Ce pauvre gamin a été suffisamment traumatisé par les événements de cette semaine. Il a oublié d'enclencher l'alarme, c'est vrai. Il a perdu son téléphone, c'est vrai, mais rien qui soit anormal pour un enfant de son âge. Je dois cesser de considérer ses moindres gaffes comme des fautes impardonnables. Je stresse tout le monde.

Lance Graham se hisse sur l'un des tabourets du plan de travail afin de siroter son thé glacé. Il semble à l'aise et m'adresse un sourire reconnaissant en levant les sourcils.

— Votre thé est excellent, madame. J'ai bien cru étouffer dans ma voiture de patrouille. Je peux vous assurer que j'en avais bien besoin.

— J'en suis ravie. Je vous en prie, appelez-moi Gwen. Nous sommes voisins, après tout. Sans compter que vos fils sont amis avec Connor.

D'un coup d'œil, je constate que le visage de Connor reste fermé. Il triture nerveusement son téléphone. Je crois deviner qu'il s'inquiète de ma réaction quand notre visiteur sera parti. Je prends soudain conscience de m'être montrée excessive avec mes gamins. Nous avons enfin trouvé une retraite agréable dans un lieu paisible. Il n'est plus nécessaire de nous terrer comme des animaux traqués. J'ai assez brouillé les pistes. Huit adresses différentes séparent Stillhouse Lake de la maison dont ce troll dévoilait récemment les coordonnées sur Internet. *Huit*. Il est temps de baisser la garde avant que je traumatise définitivement mes enfants.

Lancel balaye la pièce des yeux d'un air curieux.

— Vous avez fait des miracles dans cette maison,

remarque-t-il. J'avais cru comprendre qu'elle était en ruine.

— C'était un désastre, vous voulez dire, intervient Lanny.

J'en suis la première surprise. Elle n'est pas du genre à se mêler à la conversation en présence d'un inconnu. Surtout s'il porte un uniforme.

— Ils avaient tout bousillé. Si vous aviez vu les salles de bains. C'était dégueulasse. On a été obligés d'enfiler des combinaisons blanches en plastique et des masques pour y entrer. J'en ai eu la nausée pendant des jours.

— J'imagine que c'était la faute des jeunes qui venaient ici s'amuser, suggère Graham. Des squatteurs n'auraient pas provoqué autant de dégâts, sauf s'il s'agissait de toxicos. À ce propos, je tiens à vous signaler que nous avons des problèmes de drogue jusqu'ici. Certains trafiquants fabriquent de la méth dans les collines, mais on souffre surtout du trafic d'héroïne. Et d'oxycodone. Je vous conseille de rester vigilante. Ce ne sont pas les dealers et les consommateurs qui manquent.

Il approche le verre de thé de ses lèvres et s'arrête avant de boire.

— Vous n'avez pas trouvé de drogue dans la maison en faisant le ménage, par hasard ?

— On a jeté tout ce qui se trouvait encore ici.

C'est la vérité.

— Je n'ai même pas voulu regarder ce qu'il y avait dans les cartons et les sacs qui traînaient partout.

— Tant mieux, approuve Graham. Je m'occupe essentiellement du trafic de drogue et des cambriolages perpétrés par des toxicos. Parfois les cas de conduite en état d'ivresse. En dehors de ça, nous avons rarement des crimes de sang, heureusement. Vous avez choisi de vous installer dans un endroit agréable, madame Proc… Gwen.

Si l'on excepte cette épidémie d'héroïne. Autant ne pas insister.

— C'est toujours agréable de rencontrer ses voisins. Les liens de bon voisinage sont essentiels, vous ne trouvez pas ?

— Absolument.

Il vide son verre, se lève, sort de sa poche une carte qu'il pose sur le plan de travail en tapotant dessus avec deux doigts, comme pour la clouer.

— Je vous laisse mes numéros de téléphone. Mon travail et mon portable. Si l'un d'entre vous a le moindre souci, n'hésitez pas à me joindre. D'accord ?

— Sans faute, réagit Lanny avant que j'aie pu répondre.

Elle observe l'agent Graham d'un air admiratif. Je réprime un soupir. À quatorze ans, il est normal qu'elle ait le béguin. Ce type-là pourrait poser pour une affiche de club de gym.

— Merci, monsieur l'agent, ajoute-t-elle.

— Pas de problème, mademoiselle… ?

— Atlanta, répond-elle en se levant pour lui tendre une main qu'il serre d'un air grave.

Pour un peu, j'avalerais mon thé glacé de travers. Jamais elle ne se présente sous son vrai nom.

— Ravi de te connaître, fait Graham avant de serrer la main de Connor. J'imagine que tu es Connor. Je dirai à mes garçons que tu leur passes le bonjour.

— OK.

Connor fait preuve d'une réserve prudente, contrairement à sa sœur. Il tient son portable serré dans le creux de sa main.

Graham remet sa casquette d'uniforme et me serre à mon tour la main. Je le raccompagne à la porte.

Il se retourne au moment où je désarme l'alarme.

— J'ai cru comprendre que vous fréquentiez le club de tir, Gwen. Avez-vous des armes ici ?

— Oui, mais je vous rassure tout de suite, elles sont enfermées dans un coffre.

— Et croyez-moi, on est très avertis à la maison sur tout ce qui touche aux armes à feu, précise Lanny en levant les yeux au ciel.

— J'imagine que vous êtes toutes les deux excellentes tireuses, réagit Graham.

Le regard qu'échangent Lanny et Connor ne me plaît guère. Je ne les ai jamais autorisés à se servir de mes armes, ou d'apprendre à tirer. C'est un sujet de dispute fréquent à la maison. J'ai déjà mauvaise conscience de les soumettre à des exercices de sécurité nocturnes, je n'ai pas l'intention d'y ajouter le maniement des armes à feu.

— Je me rends au club de tir tous les jeudis et samedis. J'entraîne mes garçons.

Ce n'est pas tout à fait une invitation, mais ça y ressemble. Je le remercie d'un hochement de tête. Il franchit le seuil lorsqu'il pose son regard sur moi.

— Puis-je vous poser une question, madame Proctor ?

— Je vous écoute.

Je sors de la maison en croyant comprendre qu'il ne souhaite pas être entendu par les enfants.

— À en croire la rumeur, cette maison abrite une pièce secrète. C'est vrai ?

— Oui.

— Vous… euh, vous avez eu l'occasion de vous y rendre ?

— J'ai demandé à un serrurier de l'ouvrir. Elle était vide, à l'exception de quelques bouteilles d'eau.

— Bon. J'ai toujours été persuadé qu'elle servait de cachette à un trafiquant quelconque, si elle existait bel et bien. En tout cas, ajoute-t-il en tendant le doigt en direction de la cuisine où il a déposé sa carte, n'hésitez pas à m'appeler en cas de besoin.

Cette fois, il s'en va sans autre forme de procès.

La tension presque animale que je ressentais se dissout aussitôt. Je verrouille la porte, remets l'alarme et vais m'asseoir dans le canapé. La présence d'un inconnu dans la maison m'a mise très mal à l'aise, elle fait remonter en moi le souvenir des soirées passées sur le canapé en compagnie des enfants. Et de Mel. Du Mel dont je n'ai jamais deviné qui il était sous son déguisement. C'est vrai, il lui arrivait d'être froid, distant, ou de mauvaise humeur, mais pas davantage qu'un autre.

Mel était… il était différent. Après tout, je n'en sais rien.

— Maman ? me demande Lanny. Tu ne trouves pas qu'il est beau gosse ? Je dis ça pour toi.

— Vous êtes dégueulasses ! s'écrie Connor.

— Assez, les enfants !

Je reprends ma place entre eux sur le canapé. La télécommande à la main, je me tourne vers mon fils.

— Connor, au sujet de ton téléphone.

Il s'attend au pire, je le sens prêt à s'excuser. Je pose ma main sur la sienne, dans laquelle il tient serré son portable, de peur de le voir s'envoler.

— On commet tous des erreurs un jour ou l'autre. Tout va bien.

Je le regarde droit dans les yeux afin qu'il sache que je suis sincère.

— Je suis désolée d'avoir été une très mauvaise

mère avec toi ces temps derniers. Avec vous deux. Je suis désolée d'avoir perdu les pédales hier. Personne ne devrait marcher sur la pointe des pieds chez lui, comme dans un champ de mines. Je suis désolée, mon chéri.

Il ne sait pas quoi répondre. Il lance un regard désespéré à Lanny, penchée en avant, qui écarte ses cheveux noirs et les ramène derrière une oreille.

— On sait bien pour quelle raison tu es tout le temps sous pression.

Connor est visiblement soulagé que sa sœur ait réagi à sa place.

— J'ai vu la lettre, maman. C'est normal que tu sois parano.

Elle a dû en parler à son frère parce qu'il ne me pose aucune question et ne manifeste aucune curiosité. Je prends spontanément la main de Lanny. J'adore ces deux gamins. Je les aime tant que j'en ai le souffle coupé et que ça me donne l'impression d'être en apesanteur.

— Je vous aime tous les deux.

Connor se tortille à côté de moi. Il s'empare de la télécommande.

— On le sait. Pas la peine de jouer à la licorne qui chie des arcs-en-ciel.

J'éclate de rire. Il enfonce la touche Play et nous replongeons dans notre fiction, bien au chaud tous les trois. Je repense à l'époque où ils étaient si petits que je pouvais bercer Connor dans mes bras pendant que Lanny jouait à côté de moi. Ces instants de douceur me manquent, même s'ils sont forcément marqués. Ils sont attachés au souvenir de Wichita, d'une maison dans laquelle je me croyais en sécurité.

Mel était absent la plupart du temps quand je jouais à la mère de famille. Enfermé dans son garage.

Occupé par ses *projets*. De temps en temps, il revenait avec une table, une chaise, une étagère. Un jouet pour les enfants.

Dans l'intervalle, il libérait le monstre qui sommeillait en lui alors que nous étions à quelques mètres à peine, en train de regarder un film ou de jouer à un jeu de société. Il se lavait et ressortait du garage tout sourire *sans que je remarque quoi que ce soit*. Sans que je me pose la moindre question. Son hobby me semblait parfaitement inoffensif. Il éprouvait le besoin d'être seul, et je respectais son envie. Il prétendait avoir installé un cadenas sur la porte de peur qu'on lui vole ses outils.

J'ai tout gobé. Nous avons mené une vie de mensonges. Des mensonges confortables.

Ma vie aujourd'hui est infiniment plus précieuse. Avec des gamins intelligents et pleins de bon sens. Nous avons bâti cette maison de nos propres mains. Notre vie est une renaissance. Je laisse la nostalgie aux gens normaux.

En dépit de tous nos efforts, quoi qu'on fasse ou qu'on dise, nous ne serons plus jamais normaux.

Je me sers un verre de scotch, et je sors prendre l'air.

Je suis encore dehors lorsque Connor vient me retrouver une demi-heure plus tard. J'aime le calme de ce lac, les reflets de la lune sur l'eau, l'éclat des étoiles au-dessus de ma tête. Les pins se balancent et murmurent sous l'effet d'une petite brise. Le whisky accompagne agréablement ce moment, avec ses arômes évocateurs de fumée et de soleil.

Connor, en T-shirt et pantalon, s'assied sur le second fauteuil de la véranda. Il finit par rompre le silence :

— Maman, je n'ai pas perdu mon téléphone.

Je pose sur lui un regard surpris. Le liquide ambré tremble dans mon verre, je place ce dernier à côté de moi.

— Que veux-tu dire ?

— Je veux dire que je ne l'ai *pas* perdu. On me l'a pris.

— Tu sais qui ?

— Ouais. Je crois que c'est Kyle.

— Kyle… ?

— Graham. Le fils de M. Graham. Le plus grand des deux. Celui qui a treize ans.

— Mon chéri, je ne t'en voudrais pas s'il était tombé de ta poche ou de ton sac de classe. C'était un accident. Je ne te gronderai pas, je te le promets. Tu n'as pas besoin d'accuser quelqu'un pour…

— Tu m'écoutes pas, maman, se défend-il avec énergie. *Je ne l'ai pas perdu !*

— Si c'est Kyle qui te l'a volé, pourquoi te le rendrait-il ?

Connor hausse les épaules. Avec ses traits tendus, il paraît plus vieux que son âge.

— Peut-être qu'il a pas réussi à le déverrouiller. Peut-être que son père l'a trouvé dans ses affaires. Je sais pas.

Il est pris d'une hésitation avant de poursuivre :

— Ou alors… il a trouvé ce qu'il cherchait dedans. Le numéro de Lanny, par exemple. Il m'a posé des questions sur elle.

Un ado s'intéressant à une fille. J'ai dû mal interpréter l'intérêt que Lanny a manifesté à l'endroit de Lance Graham. Je ne me suis pas rendu compte qu'elle en pinçait pour son fils et se montrait avenante pour cette raison. Elle pourrait plus mal tomber. En revanche, je ne sais pas quoi penser si Kyle a effectivement volé ce téléphone.

— Tu peux te tromper, mon chéri. Il ne faut pas voir des menaces et des complots partout. Tout va bien, tu sais. On va s'en sortir.

Il est sur le point de poursuivre, je le vois à son attitude, mais il craint ma réaction. C'est de ma faute s'il a peur de me parler, je m'en veux terriblement.

— Connor, mon chéri ? Dis-moi ce qui te tracasse.

— Je…

Il se mord la langue.

— Rien, maman. Rien du tout.

Mon fils est inquiet. J'ai construit autour de lui un monde dans lequel il est normal de voir le mal partout.

— Ça t'embête si je… si je ne les fréquente pas ? Je veux parler de Kyle et de son frère.

— C'est toi qui décides. Bien sûr. Tant que tu restes poli avec eux, d'accord ?

Il hoche la tête et je reprends mon verre tandis qu'il contemple le lac.

— De toute façon, j'ai pas besoin d'avoir des amis.

Il est trop jeune pour prendre une décision pareille. Trop jeune pour y *réfléchir*. J'aimerais lui dire qu'il peut avoir tous les amis qu'il veut, que le monde est un endroit sûr et que personne ne lui fera plus jamais de mal, que sa vie sera une longue suite de joies et d'émerveillements.

Mais je ne peux pas, car c'est faux. C'est peut-être vrai pour d'autres, mais pas pour nous. Je vide mon verre et nous rentrons. Je règle le réveil et, une fois Connor au lit, je pose toutes mes armes sur la table de la cuisine afin de les nettoyer. Au même titre que l'entraînement au club, entretenir mes armes me donne l'impression que tout va bien.

Je dois être prête. En cas de besoin.

Lanny passe le reste de sa semaine à lire et faire ses devoirs sans l'ombre d'une difficulté, un casque vissé sur les oreilles. Elle prend le temps de venir courir avec moi à deux reprises. Spontanément, même si elle jure à chaque fin de parcours que c'est la dernière fois.

Le samedi, nous appelons ma mère. Le rituel est toujours le même, nous prenons place tous les trois autour de mon téléphone. J'ai téléchargé une appli qui cache l'adresse IP. Même si quelqu'un fouillait le journal d'appel de ma mère, le numéro ne le mènera nulle part.

Je redoute les samedis tout en sachant que ce rituel est important pour les enfants.

— Allô ?

La voix un peu fragile de ma mère me rappelle qu'elle ne rajeunit pas. Je la vois toujours telle qu'elle était quand j'étais jeune… En bonne santé, musclée, bronzée et mince à force de nager et de faire du bateau. Elle vit à Newport, dans le Rhode Island, depuis qu'elle a quitté le Maine. Il lui a fallu déménager avant mon procès, et deux fois depuis, mais les gens la laissent enfin tranquille à présent.

— Bonjour, maman. Comment vas-tu ?

Je prends un ton enjoué, soucieuse de dissimuler mon angoisse.

— Tout va bien, ma chérie.

Elle ne m'appelle jamais par mon prénom. À soixante-cinq ans, il lui a fallu apprendre la prudence lorsqu'elle parle à sa propre fille.

— Je suis si heureuse d'entendre le son de ta voix, mon cœur. Tout se passe bien, chez vous ?

Elle ne demande jamais où nous sommes, bien qu'elle ne le sache pas.

— Oui, tout va bien. Je t'aime, maman.

— Moi aussi, mon cœur.

Je l'interroge sur sa vie là-bas, elle me parle avec un enthousiasme forcé des restaurants, des paysages, des boutiques. Elle m'explique avoir commencé à remplir un album de souvenirs. Quels souvenirs pourra-t-elle réunir autour de *moi* ? Les tonnes d'articles consacrés à mon ex ? Mon procès ? Mon acquittement ? C'est presque pire si elle fait l'impasse sur tout ça et ne retient que les photos de mon mariage et celles des enfants, en faisant abstraction de notre vie. Je serais curieuse de savoir quel type d'album les magasins spécialisés proposent pour les tueurs en série.

Lanny se penche vers le téléphone.

— Salut, grand-mère, dit-elle d'une voix claire.

Ma mère lui répond sur un ton nettement plus chaleureux. Vraiment affectueux. On sent bien qu'il existe un lien entre elles. Un lien qui a sauté une génération. Lanny adore sa grand-mère, Connor aussi. Ils se souviennent forcément de cette période atroce, après le *Drame*, lorsqu'on m'a jetée en prison et que ma mère était leur unique lueur d'espoir, leur ange gardien. Elle les a sauvés en leur offrant un semblant de normalité, tout du moins pendant un temps. Elle les a défendus avec la férocité d'une lionne en les protégeant, à coups de paroles tranchantes et de portes claquées, contre les journalistes, les curieux et les agresseurs.

J'ai une dette vis-à-vis d'elle pour ça.

— Alors, les enfants ? Que faites-vous à l'école en ce moment ?

J'ai failli me laisser piéger. La question est suffisamment anodine, mais je me souviens soudain que Connor étudie notamment l'histoire du Tennessee, et je réponds avant lui.

— Tout va bien à l'école.

Elle pousse un soupir exaspéré. Elle déteste ces explications vagues.

— Et toi, ma chérie ? As-tu de nouveaux hobbys ?

Voilà à quoi ressemblent nos conversations. Nous n'avons jamais été très proches, toutes les deux, même quand j'étais petite. Je sais qu'elle m'aime, et je l'aime, mais pas comme une mère et sa fille au sein d'une famille normale. Il existe une sorte de distance polie entre nous, comme si nous étions deux étrangères que le hasard a rapprochées. C'est assez curieux.

Il n'en reste pas moins que je lui dois beaucoup. Elle ne s'attendait nullement à prendre en charge mes enfants pendant près d'un an. On m'avait surnommée la Petite Main de Melvin. Mon implication supposée reposait uniquement sur le témoignage d'une voisine vindicative désireuse que l'on parle d'elle. Elle prétendait m'avoir vue aider Melvin à transporter le corps de l'une des victimes jusqu'au garage, un soir.

C'est faux. Jamais je n'en aurais été capable. Jamais je n'ai rien soupçonné, mais il m'est insupportable de constater que personne, je dis bien personne, n'est disposé à le croire. Pas même ma propre mère. Il est possible que le fossé qui nous sépare se soit creusé le jour où elle m'a demandé, l'air horrifié, si j'avais vraiment *fait ça*, si Mel m'avait *obligée*.

Elle n'a jamais dit par la suite que c'était un

mensonge, jamais nié la possibilité que je sois capable de commettre de telles atrocités. Elle a préféré chercher une *raison*, ce que je n'ai jamais pu me résoudre à comprendre, pas plus aujourd'hui qu'à l'époque. Peut-être est-ce dû au manque d'attachement qu'elle éprouvait pour moi quand j'étais petite, et réciproquement. Peut-être était-elle disposée à croire le pire pour n'avoir jamais su qui j'étais.

Je ne ferai jamais subir ça à mes enfants. Je les défendrai bec et ongles. Rien de ce qui est arrivé n'est de leur faute.

Ma mère a toujours rejeté la faute sur moi. Elle me l'a même dit un jour : *C'est toi qui as voulu épouser cet homme.*

Si les trolls qui me harcèlent impitoyablement font preuve d'autant de virulence, c'est parce qu'ils me croient coupable. Ils me voient sous les traits d'une prédatrice malfaisante qui a réussi à échapper à la justice, et ils se sentent le droit de me punir.

Je peux les comprendre, d'une certaine façon. Mel m'a séduite en multipliant les gestes romantiques. Il m'emmenait dîner dans les meilleurs restaurants, m'achetait des roses, me tenait la porte, m'envoyait des mots d'amour. Je l'ai sincèrement aimé, du moins le pensais-je. J'ai été ravie lorsqu'il m'a demandée en mariage et nos noces ont été un vrai conte de fées. Quelques mois plus tard, je suis tombée enceinte de Lily et j'étais la femme la plus heureuse du monde, une femme dont le mari gagnait assez bien sa vie pour l'autoriser à rester à la maison s'occuper de ses enfants.

Jusqu'à ce que son hobby prenne le relais.

L'atelier de Mel a connu des débuts modestes : il a commencé par installer un établi dans le garage, puis des outils, son espace de travail s'est étendu au point que l'endroit est devenu trop petit pour une voiture, *a fortiori* deux, ce qui l'a poussé à construire un auvent à l'extérieur de façon à garder le garage pour lui tout seul. Je n'étais pas fan de ce système, surtout l'hiver, mais Mel avait de toute façon démonté le volet roulant, installé un mur à la place, et ajouté une petite porte munie d'un cadenas. Afin qu'on ne lui vole pas ses précieux outils.

Je n'ai jamais rien remarqué d'anormal, sauf une fois. L'incident a eu lieu à l'époque de son avant-dernière victime. Il a prétendu qu'un raton laveur s'était introduit dans l'atelier en passant par le grenier et qu'il était mort dans un coin de la pièce, ce qui expliquait l'odeur et son besoin d'utiliser de l'eau de Javel et des détergents.

Pourquoi ne l'aurais-je pas cru ?

Je me dis pourtant que j'aurais dû savoir, ce qui rend la haine des trolls compréhensible à mes yeux.

Au ton de sa voix, je sens que ma mère me fait passer un message désagréable. J'ouvre les yeux.

— Excuse-moi, je n'ai pas compris ?

— Je disais, tu es bien sûre que les enfants prennent des cours de natation ? Je m'inquiète de savoir que… à cause de tes problèmes…

Ma mère adore l'eau sous toutes ses formes. Les lacs, les piscines, la mer. C'est une vraie sirène. Elle a très mal vécu d'apprendre que Melvin se débarrassait de ses victimes dans des plans d'eau. J'en suis restée traumatisée. Mes intestins se liquéfient à la seule idée de tremper un doigt de pied dans ce lac que je trouve pourtant si beau. Je serais incapable de circuler en bateau sur ces eaux calmes sans penser aux victimes que mon ex-mari envoyait par le fond, enchaînées et lestées. Elles formaient un jardin qui se délitait silencieusement sous la caresse des courants. Je m'étouffe quand je bois de l'eau. C'est pour dire.

Pas question de montrer à ma mère que sa question me déroute.

— Les enfants n'aiment pas tellement la natation. En revanche, on court beaucoup.

— Oui, on fait le tour du…

Lanny s'arrête juste au moment où j'appuie sur la touche Silence. Elle s'aperçoit aussitôt de sa bourde. Les lacs ne manquent pas dans ce pays, mais c'est une indication de trop.

— Désolée, maman.

J'enfonce à nouveau la touche.

— Je veux dire, on court beaucoup dans la campagne, reprend Lanny. C'est super.

Je vois bien qu'elle souffre de ne pas pouvoir fournir davantage de détails. Parler du temps, des arbres, du lac.

Ma mère, habituée, n'insiste pas.

Je me suis souvent demandé à quoi ressemblait leur quotidien sans moi. De mon côté, j'ai connu l'enfer derrière les barreaux. Je craignais à tout instant pour la vie de mes enfants. Je veux croire, à la lumière de ces coups de téléphone hebdomadaires, que leur grand-mère est un refuge de paix dans leur vie. Un refuge loin de la réalité terrible à laquelle ils sont confrontés.

J'espère surtout que les enfants sont de piètres menteurs, dans la mesure où le mensonge est une caractéristique de Melvin Royal.

Maman nous parle de Newport et de l'été qui approche sans qu'il nous soit possible de lui fournir des explications du même ordre. Elle en est si bien consciente que la conversation tourne essentiellement au monologue. Je me demande ce qu'elle peut bien retirer de ces coups de fil, s'il s'agit pour elle d'une corvée. Peut-être ne s'y astreindrait-elle pas si j'étais la seule concernée, mais je sais qu'elle aime mes enfants, et qu'ils le lui rendent bien.

Les visages s'assombrissent quand je mets fin à la conversation et range le téléphone.

— J'aimerais bien qu'on puisse se servir de Skype avec grand-mère, comme ça on pourrait la voir, suggère Lanny.

— Tu sais bien qu'on peut pas, réagit son frère. Skype n'est pas sécurisé, j'ai vu ça dans les séries policières.

— Les séries policières n'ont aucun rapport avec la réalité, bêta, rétorque Lanny. Tu crois peut-être que *Les Experts*, c'est un documentaire ?

— Doucement, tous les deux. Moi aussi, j'aimerais bien qu'on puisse la voir. C'est bon comme ça ?

— Oui, c'est bon comme ça, réplique Connor, alors que sa sœur ne dit rien.

Le lendemain, la surveillance des Cinglés ne m'apporte rien de neuf. Il est vrai que je me suis habituée à l'horreur de ce que j'y découvre, je ne sais même pas si je remarquerais quelque chose d'anormal. Je gagne ma vie comme correctrice indépendante et conçois aussi des sites Web. Je suis au beau milieu d'une opération d'encodage complexe quand on toque à la porte. Je crois reconnaître la façon de s'annoncer de Lance Graham, et c'est le cœur léger que je vais ouvrir. Je ne me suis pas trompée, il s'agit bien de lui.

J'espère qu'il ne s'est pas mépris sur mes intentions l'autre soir et qu'il n'a pas de vue sur moi. Je ne suis pas disponible pour ça. Les manières charmeuses de Mel m'ont suffi, mon mari modèle m'a éclairée sur l'art de la feinte. Je n'ai plus confiance, au point d'avoir du mal à baisser la garde, même dans des relations ordinaires.

C'est la réflexion que je me fais en coupant l'alarme et en déverrouillant la porte, mais le visage de mon visiteur me fait comprendre que je m'égare. Graham ne sourit plus du tout.

— Bonjour, madame.

Celui qui s'exprime est un Afro-Américain de taille moyenne debout derrière Lance. Bâti comme un joueur de football américain, il commence à prendre du ventre. Il a des cheveux très courts et des paupières lourdes, son costume de confection est fatigué, pour ne pas dire usé. Il porte une cravate d'un rouge agressif qui jure avec le gris de sa veste.

— Bonjour, je suis l'inspecteur Prester et j'aimerais vous parler.

Il ne s'agit pas d'une requête.

Figée sur le seuil, je regarde machinalement pardessus mon épaule. Connor et Lanny sont tous les deux dans leurs chambres, ils n'ont pas cherché à savoir qui nous rendait visite. Je sors sur la véranda et referme la porte derrière moi.

— Pas de problème, inspecteur. De quoi s'agit-il ?

Je suis heureuse que les enfants soient à la maison, je n'ai aucune raison de m'inquiéter à leur sujet.

J'espère surtout que mon interlocuteur n'a pas réussi à établir un lien entre Gwen Proctor et Gina Royal.

— Est-ce possible de s'asseoir ?

Je lui montre les deux fauteuils de la véranda et il s'installe en face de moi pendant que Graham se plonge dans la contemplation du lac. Je suis machinalement son regard et mon cœur fait un bond dans ma poitrine.

Au lieu des bateaux de plaisance habituels, je découvre deux vedettes officielles bleu et blanc, aux cabines surmontées de gyrophares qui émettent des éclats rougeoyants. Un plongeur se laisse tomber en arrière depuis le pont du second.

— Nous avons retrouvé un corps dans le lac tôt ce matin, m'explique l'inspecteur Prester. Je me demandais si vous n'auriez rien vu ou entendu la nuit dernière.

Je m'efforce de rassembler mes pensées. *Un accident. Quelqu'un qui a trop bu et tombe à l'eau en pleine nuit...*

— Non, je suis désolée, je n'ai rien remarqué d'anormal.

— Vous n'avez rien entendu à la nuit tombée ? Des bruits de moteur, par exemple ?

Je tente de rassembler mes souvenirs.

— C'est possible, mais il y en a tout le temps. Vers 21 heures, peut-être.

C'est-à-dire longtemps après la tombée de la nuit, le soleil se couche tôt derrière les pins.

— Cela dit, il n'est pas rare que les gens viennent pêcher, ou profiter du ciel étoilé.

— Auriez-vous jeté un coup d'œil dehors à ce moment-là ? Remarqué quelqu'un au bord du lac, ou bien sur l'eau ?

Il paraît fatigué, mais on sent une personnalité vive derrière cette façade placide. Un flic avec lequel on n'a pas envie de jouer au plus fin.

— Rien, désolée. J'ai travaillé tard hier soir sur mon ordinateur et la fenêtre de mon bureau donne sur les collines. Je ne suis pas sortie.

Il hoche la tête en prenant des notes. Il émane de lui une sorte d'assurance tranquille qui rassure. L'expérience m'a montré que ces types-là sont dangereux. J'ai eu le tort de sous-estimer certains policiers par le passé, et je m'en suis mordu les doigts.

— Qui d'autre se trouvait avec vous hier soir, madame ?

— Mes enfants.

Il lève les yeux de son carnet. Son regard d'un brun sombre est indéchiffrable. Sous son déguisement de type fatigué et surmené, il est aussi affûté qu'un scalpel.

— M'autorisez-vous à leur parler ?

— Je suis certaine qu'ils n'ont rien vu et…

— S'il vous plaît.

Je ne veux pas éveiller ses soupçons en refusant, ce qui ne m'empêche pas d'être particulièrement nerveuse. Je ne sais pas comment vont réagir Lanny et Connor à un nouvel interrogatoire. Ils en ont subi des dizaines lors de nos procès. La police de Wichita a pris des gants avec eux, mais ils en sont restés marqués. Je ne sais pas dans quelle mesure les questions de Prester ne sont pas susceptibles de rouvrir des plaies mal cicatrisées.

Je lui réponds d'une voix calme.

— Je préfère leur éviter un interrogatoire, inspecteur. À moins que vous n'en ayez l'absolue nécessité.

— C'est le cas, madame.

— Pour une noyade accidentelle ?

Ses yeux couleur d'ambre se posent sur moi. On dirait deux projecteurs.

— Je ne vous ai jamais parlé d'un accident, madame. Ni d'une noyade.

Sa réponse me laisse perplexe, mais j'ai brusquement le sentiment que la terre s'ouvre sous mes pieds, et c'est dans un murmure que je lui réponds :

— Je vais les chercher.

3

Connor est interrogé le premier et l'inspecteur fait preuve de douceur avec lui. Il sait s'y prendre avec les enfants. Il porte une alliance et je suis heureuse qu'il ne soit pas comme les flics du Kansas. Mes gamins ont appris à avoir peur de la police, et à bon escient. Ils ont pu voir la rage des policiers qui ont arrêté Mel, une rage qui a décuplé à mesure que l'on découvrait l'étendue de ses crimes. Les flics en question avaient été formés pour ne pas ventiler leur haine sur des petits, mais tous ne se sont pas montrés étanches. C'était inévitable.

Je sens Connor nerveux, mais il répond de façon concise et efficace. Il n'a rien entendu, à part un moteur de bateau aux alentours de 21 heures, comme moi. Il n'a pas pris la peine de regarder par la fenêtre tant ce genre de détail est courant. À cette exception près, il ne se souvient de rien d'anormal.

Lanny reste muette. Elle se tient assise, elle hoche ou secoue sa tête baissée et refuse de parler jusqu'à ce que l'inspecteur tourne vers moi un visage exaspéré. Je m'empresse de poser une main sur l'épaule de ma fille.

— Ma chérie, tout va bien. Il n'est pas venu nous importuner. Contente-toi de dire ce que tu sais, rien de plus. D'accord ?

Je suis bien évidemment convaincue qu'elle ne sait rien, elle non plus.

Elle me lance un regard dubitatif derrière le rideau de ses cheveux noirs.

— J'ai vu un bateau la nuit dernière.

J'en reste stupéfaite. Un frisson me parcourt l'échine alors qu'il fait chaud et que les oiseaux chantent. *Non ! Ce n'est pas possible ! Ma fille ne va pas être entendue comme témoin !* Un gouffre s'ouvre sous moi, je m'imagine déjà en train de témoigner lors du procès. Les flashs crépitent, son visage s'étale à la une des journaux, je lis les gros titres.

LA FILLE D'UN TUEUR EN SÉRIE
TÉMOIGNE AUX ASSISES

Nous ne pourrons plus jamais fuir.

— Quel genre de bateau ? lui demande l'inspecteur Prester. Quelle taille ? Quelle couleur ?

— Pas très gros. Une barque de pêche, comme…

Elle réfléchit et pointe du doigt un canot qui se balance sur l'eau, amarré à un ponton tout proche.

— Comme celui-ci. J'ai vu qu'il était blanc depuis ma fenêtre.

— Tu serais capable de le reconnaître ?

Elle secoue la tête avant même qu'il ait fini de poser la question.

— Non, non, un canot ordinaire, comme il y en a des centaines. Je ne l'ai pas bien vu. Il ressemblait à tous ceux qu'on peut voir dans le coin, je vous assure.

Si Prester est déçu, il ne le montre pas. Pas plus qu'il ne semble excité.

— Tu as vu ce bateau. Très bien. Remontons dans le temps. Pourquoi as-tu regardé par la fenêtre ?

Lanny se concentre avant de répondre.

— À cause du bruit d'éclaboussure, probablement ?

Prester dresse l'oreille, moi aussi. J'ai la bouche sèche. L'inspecteur se penche vers ma fille.

— Donne-moi tous les détails.

— J'ai entendu un grand plouf. Assez pour attirer mon attention. Ma chambre se trouve au coin de la maison, elle donne sur le lac, et ma fenêtre était ouverte. Le moteur s'est arrêté et j'ai entendu ce plouf. J'ai pensé que quelqu'un était tombé à l'eau, ou qu'on avait plongé. Les gens prennent parfois des bains de minuit par ici.

— Alors tu as regardé ?

— Ouais, mais j'ai juste vu ce bateau. Il était immobile, mais il y avait quelqu'un dedans, je suppose, parce que le moteur est reparti quelques minutes plus tard. Je n'ai pas bien vu.

Elle prend sa respiration.

— Vous croyez que j'ai vu quelqu'un se débarrasser d'un corps ?

Prester ne répond pas à sa question, trop occupé à prendre des notes d'une écriture nerveuse.

— As-tu vu quelle direction prenait le bateau ?

— Non, j'ai refermé la fenêtre. Le vent s'était levé. J'ai tiré les rideaux et repris mon livre.

— D'accord. Combien de temps le moteur a-t-il tourné avant de s'éteindre à nouveau, à ton avis ?

— Je ne sais pas. J'avais mis mes écouteurs. Je me suis endormie avec. Je les avais encore dans les oreilles ce matin. J'ai écouté de la musique toute la nuit.

Seigneur ! Je voudrais que Prester la rassure en lui disant un truc du genre : *C'est bon, il ne s'est rien passé, c'était une erreur*, mais mes espoirs sont vains. Il ne dit rien, ni dans un sens, ni dans l'autre. Il se contente de rentrer la mine de son stylo, de le ranger dans sa poche avec le carnet, et de se lever.

— Merci, Atlanta. Son témoignage nous sera très utile, madame Proctor.

Je me contente de hocher la tête, comme Lanny, et nous le regardons rejoindre la berline noire couverte de poussière garée dans l'allée. Je le vois discuter avec Graham sans entendre ce qu'ils disent, sans même voir leurs visages puisqu'ils nous tournent le dos. Je passe un bras autour des épaules de ma fille qui ne me repousse pas, pour une fois. Je lui caresse doucement le dos et elle laisse échapper un soupir.

— Ça me dit rien de bon, maman. Rien de bon du tout. J'aurais dû lui répondre que je n'avais rien vu. J'ai longuement hésité à lui mentir.

Je la crois. Je ne vois pas dans quelle mesure son témoignage ferait avancer l'enquête. Elle n'a pas pu identifier le canot et n'a vu personne, mais cela n'empêchera pas Prester de s'intéresser à nous plus en détail. Je prie le ciel que les identités fournies par Absalom soient suffisamment solides. Je n'ai aucun moyen d'en avoir l'assurance, et la moindre fuite pourrait avoir des conséquences dramatiques.

On ferait mieux de filer d'ici avant que l'orage éclate. J'y réfléchis sérieusement. Je nous imagine dans la fièvre d'un nouveau départ. Nous avons fini par accumuler pas mal d'affaires et je ne peux pas éternellement demander à mes enfants de renoncer à tout ce qui leur tient à cœur. Nous allons devoir déménager pas mal de trucs et la Jeep n'y suffira jamais. Nous aurions besoin d'un véhicule plus spacieux. Une camionnette, probablement. Je pourrais m'en procurer une, sauf que mes économies ne sont pas illimitées, que toute possibilité de crédit m'est interdite. D'ailleurs, je ne possède qu'une seule carte bancaire, essentiellement pour préserver les apparences. Il ne nous est pas possible de disparaître du jour au lendemain sans laisser de trace. À mon grand effroi, je m'aperçois que malgré ma paranoïa endémique, je n'ai pas réfléchi au scénario d'un départ précipité. La plupart des gens ne sont pas à un jour près, mais vingt-quatre heures font toute la différence dans notre cas.

L'achat de la Jeep, qui est trop petite pour une évacuation d'urgence, est bien le signe que je prends racine ici. Le moment est mal choisi. *Putain !*

Je ne m'en étais pas rendu compte, mais Lanny est en train de m'observer. Elle suit sur mon visage les circonvolutions de ma pensée. Elle attend que Lance Graham et l'inspecteur Prester se soient éloignés en laissant dans leur sillage un nuage de poussière pour me dire d'une voix éteinte :

— Si je comprends bien, on va devoir plier bagage ? On emporte uniquement ce qu'on peut prendre avec nous, c'est ça ?

Son ton désabusé est à la mesure du mal que je leur ai fait. Ma fille de quatorze ans a fini par se résigner à l'idée inhumaine qu'elle n'aura jamais d'amis, de famille, d'objets familiers. Je ne peux pas. Je ne peux pas lui imposer ça.

Nous ne partirons pas. Je ferai confiance aux faux papiers fournis par Absalom. Pour une fois, je ferai le pari d'une vie normale de façon à ne pas déchirer l'âme de mes enfants, dans l'espoir de sauver leur corps.

Cette décision ne me plaît guère, mais je n'ai pas le choix.

— Non, ma chérie. Nous restons.

Quelle que soit la suite des événements, nous y ferons face.

Je m'efforce de ne croiser personne au cours des jours suivants, avec succès. Le rythme effréné de nos séances de jogging autour du lac dissuaderait quiconque d'entamer la conversation, et je m'abstiens de tout contact avec mes voisins. En temps ordinaire, je ne suis déjà pas très maman gâteau. Cette partie de ma vie est morte avec Gina. Paix à son âme.

Lanny finit par retourner au collège et j'ai beau tendre le dos en m'attendant à ce que le téléphone sonne à tout moment, elle se tient à carreau au cours des premiers jours. La police ne revient pas nous interroger et mes angoisses finissent par se calmer.

Le mercredi suivant, je reçois un SMS d'Absalom. Le *Å* qui lui sert de signature accompagne un simple lien Internet que je recopie dans le moteur de recherche de mon ordinateur.

Je découvre un article d'un journal de Knoxville, assez loin d'ici, dans lequel il est question de Stillhouse Lake.

LES RIVERAINS D'UN LAC CHOQUÉS
PAR UN MEURTRE

Je ferme les yeux, la bouche sèche. Les lettres dansent au hasard devant mes paupières closes et je finis par rouvrir les yeux, faute de pouvoir chasser ce titre de mon esprit. L'article est toujours là, qui rapporte des informations glanées sur le fil d'une agence de presse quelconque. Le temps de faire défiler une sollicitation d'abonnement, le bulletin météo et des publicités pour une couverture chauffante et des hauts talons, je parviens enfin à un texte assez sommaire :

> Lorsque les habitants de Norton, une petite bourgade du Tennessee, ont appris qu'un corps avait été repêché dans les eaux de Stillhouse Lake, ils n'ont pas pensé à un meurtre. « Nous avons cru qu'il s'agissait d'un accident, explique Matt Ryder, le gérant du *McDonald's* local. Un nageur victime d'une crampe qui s'était noyé. Ce ne serait pas la première fois. Mais un meurtre ? J'ai du mal à y croire. On vit dans un village paisible. »
>
> L'expression « village paisible » décrit à merveille Norton, une bourgade endormie telle qu'on en voit couramment dans cette région, où le cybercafé *SpaceTime* côtoie l'*Old Tyme Soda Palace*. Alors que le second respire la nostalgie d'une époque révolue, le premier affiche son souci de proposer des services dignes d'une petite ville moderne. En apparence, Norton affiche sa réussite, mais il suffit de gratter un peu pour découvrir que l'endroit souffre de problèmes de drogue similaires à ceux de bien des zones rurales. Norton, à en croire la police locale, sert de décor au trafic des opiacés. « Nous nous efforçons de le circonscrire, avoue Orville Stamps, le chef de la police. Au début, il nous fallait gérer quelques fabricants de méth, mais le trafic d'oxycodone et d'héroïne est autrement plus inquiétant. Plus difficile à traquer, et donc à stopper. »
>
> Stamps est convaincu que le trafic de drogue est à l'origine du meurtre de l'inconnue dont le

corps a été retrouvé dans les eaux de Stillhouse Lake dimanche matin. Il s'agit d'une femme de race blanche d'une vingtaine d'années, aux cheveux roux coupés court. Elle porte une cicatrice à l'abdomen, suite à l'ablation de la vésicule biliaire, ainsi qu'un tatouage coloré figurant un papillon au niveau de l'omoplate gauche. À l'heure de mettre sous presse, la défunte n'avait pas été identifiée, mais la police de Norton penche pour la thèse d'une victime locale.

Les enquêteurs, s'ils n'ont pas souhaité indiquer la cause du décès, affirment qu'il s'agit d'un meurtre. Ils interrogent actuellement les résidents de l'ancien lotissement huppé installé sur les rives du lac, à la recherche d'informations susceptibles de permettre l'identification de la victime ou de son assassin. Son forfait accompli, ce dernier s'est débarrassé du corps en le lestant. « Le hasard seul a fait échouer la manœuvre, rapporte le chef de la police. Un bloc de béton avait été attaché aux pieds de la victime, mais l'hélice du canot utilisé pour le transport a sectionné l'une des cordes et le corps est remonté à la surface. »

Stillhouse Lake a attiré les habitants de la région jusqu'à la fin des années 2000, lorsqu'un promoteur s'est lancé dans un programme de résidences secondaires destinées à une clientèle aisée. La crise est passée par là et le lotissement est désormais ouvert à tout vent. Après le départ des propriétaires les plus riches, seuls sont restés des retraités et des autochtones tandis que la plupart des villas étaient vendues aux enchères. Si le lieu est globalement paisible, l'arrivée de nouveaux résidents, locataires comme propriétaires, n'est pas pour rassurer les habitants de Norton.

« Je suis persuadé que quelqu'un a été témoin de la scène, se confie le chef Stamps. Le jour où il viendra nous trouver, l'affaire sera résolue. »

En attendant, les nuits sur les bords de Stillhouse Lake restent telles qu'on les a toujours connues : bien sombres.

Je recule mon fauteuil à roulettes, comme repoussée par l'article. *On parle de nous. De Stillhouse Lake.* Je suis surtout frappée par ce qui aura certainement retenu l'attention d'Absalom : le fait que le tueur a lesté le corps, de même que l'âge et le sexe de la victime. Voilà qui rappelle étrangement les jeunes femmes que Melvin enlevait avant de les violer, de les torturer, de les mutiler et de les enfouir dans son jardin aquatique.

Lestées de blocs de béton.

Je m'efforce de ne pas laisser mon esprit s'emballer. Il s'agit forcément d'une coïncidence. Ce n'est pas la première fois qu'un assassin se débarrasse du corps de sa victime dans un lac, et il est courant que le corps soit lesté pour retarder sa découverte. L'utilisation de blocs de béton n'est pas non plus inhabituelle.

Cette description, pourtant... Un détail m'interpelle, sans que je puisse mettre le doigt dessus.

Je ne vois décidément pas. Les tueurs en série s'en prennent volontiers à des femmes jeunes et vulnérables. Ce n'est donc pas ça. Sans compter que personne ne parle d'un tueur en série. Le coupable a fort bien pu agir sous l'effet de la panique, après avoir été trop loin, sans avoir voulu tuer pour autant. L'article fait allusion au trafic de drogue qui gangrène Norton, ce que nous a confirmé Lance Graham. Le meurtre est certainement lié à ce type de délinquance.

Aucun rapport avec nous. Aucun rapport avec les crimes de Melvin Royal.

En même temps, comment croire que le destin frappe à nouveau à ma porte de la sorte ?

Cette pensée me terrifie, pour bien des raisons. Je crains pour la sécurité de mes enfants, bien sûr. Je crains surtout pour les épreuves qui nous attendent si nous sommes à nouveau identifiés comme les membres de la famille Royal. J'avais pris la décision de rester et d'affronter la tempête, mais ma position reste difficilement tenable à présent. Les Cinglés finiront par établir le lien. Ils passeront le moindre détail à la moulinette, examineront les photos. Je n'ai pas les moyens de surveiller tout ce qui est posté sur le Net. Il suffit qu'on m'aperçoive en arrière-plan dans un parking ou devant le collège. Ou bien Lanny, ou Connor.

Rester nous expose à un risque majeur.

J'envoie un SMS à Absalom. *Pourquoi m'envoyer cet article ?*

À cause des similitudes. Vous avez remarqué ?

Je n'ai jamais dit à Absalom où nous vivions, mais je le soupçonne d'être au courant. Il m'a bien fallu remplir un dossier au nom qu'il m'a fourni lorsque j'ai acheté la maison. Retrouver mon adresse aura été un jeu d'enfant pour lui. C'est d'ailleurs lui qui m'a fourni une liste de destinations possibles la dernière fois que nous avons dû fuir. J'ai pourtant envie de croire qu'il ne sait rien, ou qu'il s'en fiche. Il ne nous a jamais trahis jusqu'à présent. Il nous a même aidés.

Cela ne signifie pas pour autant que je puisse lui accorder ma confiance. Je lui réponds : *Rien de probant jusqu'à présent. Tout de même bizarre. Vous surveillez ?*

Pas de souci.

Ce message met fin à notre échange et je reste longtemps face à mon écran, hypnotisée par l'article. J'aimerais pouvoir éprouver de l'empathie à l'endroit de la malheureuse fille retrouvée dans le lac, mais sa mort reste abstraite. Je n'y vois qu'un problème, la crainte que ce crime fasse souffrir mes enfants.

J'ai eu tort de décider sur un coup de tête de rester ici. *Tu as toujours la possibilité de fuir.* C'est ma devise depuis des années, elle est dictée par l'instinct de survie. Je n'en suis pas arrivée au stade où je pourrais revenir sur ma décision, mais cet article et les similitudes avec les crimes de mon ex-mari… Je suis prise d'un pressentiment, et j'ai appris à tenir compte de mes intuitions par le passé.

Je ne vais pas déraciner les enfants pour le moment, mais il me faut mettre au point un plan B si jamais la situation tourne au vinaigre. C'est vrai, j'ai le devoir de fournir à mes enfants un environnement stable, mais je leur dois avant tout de se sentir *en sécurité*.

Je commence par chercher sur Google des camionnettes à vendre dans le coin, et tombe sur un grand véhicule proposé à la vente à quelques kilomètres de Norton. Je vais avoir besoin de matériel de déménagement. J'ai bien quelques caisses pliantes, mais il m'en faudra d'autres, je trouverai le nécessaire au supermarché *Walmart* du coin. J'essaye d'éviter les grandes surfaces dans la mesure du possible, car toutes sont équipées de caméras de sécurité, mais je n'ai pas vraiment le choix, à moins de me rendre jusqu'à Knoxville.

Je jette un coup d'œil à la pendule et décide que l'heure n'est pas à la parano. Je commence par mettre de grandes lunettes de soleil et une casquette de camionneur dépourvue de logo avant de m'assurer que ma tenue est suffisamment anonyme. Ce genre de déguisement suffira.

Je tire du coffre un peu de liquide lorsque je reconnais le coup de klaxon du facteur. Le temps de descendre prendre le courrier, il est déjà reparti et je regagne la maison en continuant de fourbir un plan dans ma tête. Je vais devoir vendre la maison à distance, et retirer les enfants du collège sans explication, mais à ces deux détails près, rien ne nous retient ici. J'ai veillé à conserver un maximum de mobilité pendant toutes ces années.

J'avais espéré rompre avec ce rythme en m'installant ici. Peut-être y parviendrai-je malgré tout, mais je ne dois pas me bercer d'illusions. La fuite reste une option.

Commencer par acheter cette camionnette.

En examinant le courrier, je trouve une lettre officielle à l'entête de l'État du Tennessee au milieu des pubs. Je déchire l'enveloppe et sors mon permis de port d'armes.

Dieu soit loué.

Je le glisse sans attendre dans mon portefeuille, jette les pubs dans la poubelle et récupère mon pistolet avec son holster dans le coffre sous le canapé. Le poids de l'arme me rassure d'autant plus que je dispose à présent de l'autorisation nécessaire. Je me suis entraînée à dégainer si souvent que le geste me fait l'effet d'un réflexe. J'ai l'impression d'être en compagnie d'un vieil ami.

J'enfile un blouson léger, histoire de dissimuler mon arme, et prends place au volant de la Jeep avec l'intention d'aller acheter la camionnette. Le propriétaire ne vit pas tout près et j'ai beau avoir imprimé le plan, j'ai du mal à trouver mon chemin, faute d'avoir un smartphone muni d'un GPS. Ce n'est pas pour rien que les films d'horreur se déroulent généralement dans les bois. Il y règne une atmosphère lourde et primitive qui contribue à l'impression de vulnérabilité qui m'étreint. Il faut être doté d'une grande force de caractère pour se plaire au milieu d'un tel décor.

À ma grande surprise, je découvre à l'adresse indiquée un vieux cabanon dont la boîte aux lettres porte le nom *Esparza*. La région ne possède pas une communauté hispanique très fournie, tout indique que je me trouve chez Javier, l'ancien Marine qui dirige le club de tir. Je me sens à la fois rassurée et coupable. Sans avoir l'intention de le rouler, j'imagine sans peine sa déception et sa colère s'il découvre un jour qui je suis. Si je me vois contrainte de m'enfuir à bord de la camionnette qu'il m'aura vendue, il se demandera forcément ce que j'ai à me reprocher, sans savoir que j'ai été mariée à un tueur en série.

Je descends de la Jeep et m'approche de la barrière de l'autre côté de laquelle se trouve une boule de muscles au pelage brun et noir. Le chien m'accueille par une salve d'aboiements aussi assourdissante que celle des armes à feu au club de tir. Le rottweiler m'arrive à la taille lorsqu'il se tient sur ses quatre pattes, mais il est aussi grand que moi quand ses pattes avant sont agrippées au grillage. Il ferait de moi de la chair à saucisse en moins de dix secondes et je veille soigneusement à rester à distance respectable en évitant les mouvements brusques. Je ne le regarde même pas en face. Certains chiens y voient une forme d'agression.

Le bruit fait sortir Javier. Il porte un vieux T-shirt gris usé par des années de lavage, un jean tout aussi fatigué et de grosses bottes, ce qui n'est pas un luxe dans un pays où les serpents sont aussi fréquents que les vieux morceaux de métal rouillé. Il se sèche les mains avec un torchon et siffle la fin des hostilités à son chien avant de m'adresser un sourire. Le molosse bat en retraite silencieusement et se couche sur la véranda.

— Madame Proctor ! s'exclame-t-il en m'ouvrant le portail. Mon système d'alarme vous plaît ?

— Il est efficace, en tout cas.

Le chien paraît inoffensif à présent, mais je n'en reste pas moins prudente.

— Je suis désolée de vous déranger chez vous, mais j'ai vu que vous aviez une grande camionnette à vendre…

— Ah ! C'est vrai. J'avais presque oublié. Elle appartenait à ma sœur, elle me l'a laissée quand elle s'est engagée l'an dernier. Je l'ai remisée dans mon garage. Suivez-moi.

Je contourne le cabanon à sa suite, nous passons devant un billot dans lequel est fichée la lame de la hache qui lui sert à couper son bois. J'aperçois un peu plus la cabane délabrée qui fait office de toilettes. Il éclate de rire en suivant mon regard.

— Elle ne sert plus depuis des décennies. Je l'ai bouchée en y coulant du béton avant d'installer un plancher. Je m'en sers pour ranger mes outils. Je suis du genre à préserver le passé.

Je le crois sur parole en découvrant ce qu'il qualifie de *garage* : une grange, aussi ancienne que les latrines, datant probablement de l'origine de la propriété. Les box à chevaux ont été démolis afin de laisser place à un petit camion. Il s'agit d'un véhicule ancien dont la carrosserie a perdu tout son éclat, mais les pneus sont en bon état, ce qui me convient. Les araignées ont tissé leurs toiles un peu partout.

— Merde, gronde Javi en repoussant le fragile réseau à l'aide d'un balai. Désolé, je n'étais pas venu ici depuis un moment, mais il n'y en aura pas dans l'habitacle.

Cela ressemble à un vœu pieux, mais je ne m'en formalise pas. Javi décroche une clé qui pend au mur, déverrouille la portière et actionne le démarreur. Le moteur se met en route presque instantanément, il tourne comme une horloge. Je monte à bord de la cabine où tout paraît en ordre. Le kilométrage n'est pas très élevé, les voyants sont au vert. Javi soulève le capot afin de me laisser vérifier que les durites sont en bon état.

— C'est parfait. Je vous en propose mille dollars, en plus de la Jeep.

Il bat des paupières car il sait avec quel amour j'ai retapé mon 4 × 4, en installant notamment une cachette à l'arrière pour mon artillerie.

— Vous êtes sérieuse ?

— Très sérieuse.

— Ne m'en veuillez pas, mais… pourquoi ? Je suis largement gagnant. Sans compter que la Jeep est plus adaptée aux petites routes qui conduisent au lac.

J'en arriverais presque à regretter que Javi ne soit pas idiot. Il sent bien que je n'ai aucune raison d'échanger une Jeep en parfait état contre une camionnette aussi encombrante.

— Vous voulez vraiment que je vous dise ? J'ai l'intention de déménager à terme. La Jeep sera trop petite pour emporter toutes nos affaires.

— Déménager, répète-t-il. Waouh. Je ne savais pas que vous aviez envie de partir.

Je hausse les épaules en feignant d'examiner la camionnette d'un air aussi neutre que possible.

— Vous savez ce que c'est. Rien n'est définitif dans la vie. Alors, que dites-vous de ma proposition ? Un coup d'œil à la Jeep ?

Il balaye ma proposition d'un geste.

— Je la connais. Je vous fais confiance, madame Proctor. Je donnerai les mille dollars à ma sœur et je garde la Jeep. Elle sera d'accord.

Je sors mon portefeuille et compte la somme. C'est un soulagement pour moi car j'étais prête à dépenser davantage. Il me restera d'autant plus pour recommencer à zéro, avec de nouvelles identités et les histoires qui vont avec.

Javi prend les billets et nous échangeons les papiers des véhicules. Il faudra que je pense à modifier le titre de propriété. Il rédige un reçu et je fais de même, assise à la petite table de sa cuisine. Le torchon en vichy rouge reste perché sur son épaule, il forme la paire avec celui qui est accroché au-dessus de l'évier. Le cabanon est propre et bien rangé, avec ce qu'il faut de bibelots dans les pièces peintes en beige et marron foncé. L'un des bacs de l'évier est encore plein d'eau savonneuse, je l'ai interrompu pendant qu'il faisait la vaisselle.

Le cadre est agréable. Calme et équilibré, à l'image de son propriétaire.

— Merci pour tout.

Je suis sincère. Il a toujours fait preuve de respect et de gentillesse depuis mon arrivée. Cela compte pour moi d'être appréciée pour ce que je suis. Après avoir été la fille de mon père, je suis devenue la femme de Melvin, puis la mère de Lily et Brady, avant d'être un monstre qui a réussi à échapper à la justice, aux yeux de beaucoup de gens. Jamais je n'ai été moi-même. Il m'a fallu beaucoup d'énergie pour en arriver au stade où j'en suis actuellement, et je ne boude pas mon plaisir. J'aime être Gwen Proctor, qu'elle existe ou non, parce que c'est une femme de tête sur laquelle je peux compter.

— Merci à vous, Gwen. Je suis ravi de récupérer votre Jeep, répond Javi.

C'est la première fois qu'il m'appelle par mon prénom. Il me considère désormais comme son égale. J'en suis heureuse. Nous échangeons une poignée de main, il retient la mienne un peu plus longtemps que nécessaire dans la sienne.

— Sérieusement. Vous avez des ennuis ? Vous pouvez m'en parler si c'est le cas.

— Pas du tout. Je n'ai pas besoin d'un chevalier servant pour venir à ma rescousse, Javi.

— Je sais. Je tenais juste à vous dire que si vous avez un jour besoin d'aide, vous n'aurez qu'à demander.

Il s'éclaircit la gorge.

— Certaines personnes ne tiennent pas à dire où elles se rendent lorsqu'elles déménagent. Ou bien quel véhicule elles conduisent. Ça ne me pose aucun problème.

Je lui adresse un regard curieux.

— Vous diriez ça si j'étais recherchée ?

— Pourquoi, vous êtes coupable d'un délit quelconque ? Vous êtes en fuite ?

Il a posé ces deux questions sur un ton légèrement acide. Ma réaction l'a interpellé.

Oui et oui. Même si cette culpabilité est diffuse,

même si je ne fuis pas la police. Je me protège contre des gens qui ne respectent pas la loi.

— Disons qu'il n'est pas impossible que quelqu'un cherche à me retrouver le jour où je partirai. De toute façon, je ne vous demanderai jamais de renier vos convictions, Javi. Et je vous jure que je n'ai rien fait de mal.

Il hoche lentement la tête d'un air pensif. Il prend soudain conscience d'avoir son torchon sur l'épaule et le lance en direction de l'évier avec un petit sourire plein d'autodérision. Le torchon atterrit sur le plan de travail et forme une masse rouge informe qui jure dans cette cuisine bien tenue. On dirait un morceau de chair sanguinolente. Prise de malaise, je me vide lentement les poumons, les mains à plat sur la table.

— Les autorités ont examiné votre passé avant de vous accorder un permis de port d'armes, remarque Javi. En ce qui me concerne, vous avez tous les droits et je n'ai aucune raison de répondre quoi que ce soit si on vient me poser des questions le jour où vous partirez. Vous m'avez compris ?

— Je vous ai compris.

— J'ai plusieurs copains qui vivent en marge du système. Vous savez comment vous y prendre ?

Je hoche la tête sans lui préciser que je fais ça depuis des années. Inutile de l'encombrer avec des complications qu'il ne mérite pas. Javi est un garçon digne de confiance, mais je ne peux pas me résoudre à lui parler de Melvin, ou de moi. J'aurais trop peur de le décevoir.

Je trouve la force de lui sourire.

— Tout ira bien. Je n'en suis pas à mon premier rodéo.

— Ah.

Il se cale sur sa chaise et son regard s'assombrit.

— Il s'agit de violences ?

Il ne me demande pas qui est le coupable, si je suis la victime, si ce sont les enfants, ou bien nous trois. Il reste pudique et je hoche la tête parce que c'est le cas, d'une certaine manière. Mel ne m'a jamais violentée au sens habituel du terme. Jamais il ne m'a frappée ou agressée verbalement. En revanche, il me *contrôlait* de bien des façons, et je l'avais accepté en pensant que cela faisait partie de ma vie de femme mariée. Mel a toujours géré notre budget. Il me donnait de l'argent, j'avais des cartes de crédit, mais il notait tout avec le plus grand soin, il passait beaucoup de temps à s'intéresser aux factures, à me poser des questions sur nos dépenses. J'avais attribué cette méticulosité à un sens poussé du détail, mais je comprends maintenant qu'il s'agissait d'une forme subtile de manipulation. Il voulait me rendre dépendante en m'empêchant de prendre la moindre décision sans le consulter.

Reste un aspect de notre vie commune que la police m'a obligée à revivre en m'interrogeant. Peut-on parler de violence conjugale ? Bien sûr, même si les violences sexuelles entre époux constituent un sujet délicat dont les contours sont flous.

Mel était un adepte de ce qu'il nommait des *jeux respiratoires*. Il aimait me passer une corde autour du cou et m'empêcher de respirer. Il veillait à se servir d'un cordon rembourré et doux de façon à ne pas laisser de marques, mais c'était un expert en la matière. Je détestais ces pratiques dont j'essayais de le dissuader. Le jour où j'ai refusé sans autre forme de procès, j'ai vu luire dans ses yeux un éclair… sombre. Je n'ai jamais plus refusé par la suite.

Il ne serrait jamais jusqu'à ce que je perde connaissance, mais j'étais parfois à la limite de l'évanouissement. J'ai subi sa volonté de façon répétée sans me douter que pendant qu'il me privait d'oxygène quand nous avions des rapports sexuels, il pensait à ces femmes dans le garage qui tentaient désespérément de se débarrasser de la corde dont il se servait pour les hisser et les redescendre.

Il ne s'agissait pas de violences à proprement parler, mais je n'ai aucun doute sur le fait que c'était mal. Avec le recul, savoir qu'il se servait de moi pour répéter ses meurtres inlassablement me donne la nausée.

— Je ne tiens pas à ce qu'une certaine personne nous retrouve. N'en parlons plus, d'accord ?

Javi hoche la tête. J'ai la conviction qu'il n'en est pas non plus à son premier rodéo. En tant que gérant d'un club de tir, il a dû croiser un certain nombre de femmes désireuses de chasser leurs peurs en apprenant à se défendre. Il sait également qu'une arme ne protège personne si on ne se protège pas soi-même sur les plans émotionnel et mental. Une arme est un point final, et non un paragraphe.

— Sachez simplement que si vous avez besoin de papiers, je connais des gens de confiance qui aident les victimes de violences à entamer une nouvelle vie.

Je le remercie, mais je n'ai pas besoin de gens de confiance que je ne connais pas. Ils n'ont pas *ma* confiance. J'ai uniquement besoin de la camionnette et du reçu avant de m'en aller. Je sens que je m'éloigne et j'en suis triste, mais je sais qu'il me faut être prête le moment venu. Cette camionnette me permet de maîtriser mon destin. Elle nous permettra de disparaître dans la nature bien avant que nos poursuivants ne parviennent jusqu'à nous. Je pourrai revendre la camionnette en liquide à Knoxville et m'acheter un autre véhicule sous une autre identité. Brouiller les pistes, une fois de plus.

C'est ce que j'ai envie de croire, en tout cas.

Je me lève au moment où mon téléphone sonne. Il vibre, plus exactement, car je le laisse généralement en mode silencieux. J'ai regardé trop de films où la victime indique sa position à son poursuivant en oubliant de débrancher son portable. Le nom de Lanny s'affiche à l'écran. Je devais m'y attendre. Plus le temps passera, plus elle va ruer dans les brancards. Peut-être est-ce aussi bien que nous déménagions bientôt. Quelle que soit notre prochaine destination, je lui ferai prendre des cours par correspondance.

Je décroche.

— Maman, je ne trouve plus Connor, m'annonce-t-elle d'une voix tendue et sans âme.

Je ne comprends pas immédiatement. Mon cerveau refuse d'envisager toutes les possibilités, y compris les pires. Et puis mes poumons se tétanisent et je n'arrive plus à respirer.

— Qu'est-ce que tu racontes ? Il est en classe !

— Il a fait l'école buissonnière, maman. C'est la première fois ! Où a-t-il bien pu aller ?

— Et toi, où es-tu ?

— Je l'ai cherché pour lui donner son déjeuner qu'il avait encore oublié dans le bus. Sa prof principale m'a dit qu'elle l'avait pas vu de la journée. On fait quoi, maman ? Tu crois…

Lanny commence à paniquer, sa voix tremble, elle a du mal à respirer.

— Je suis à la maison. Je suis rentrée en pensant qu'il était peut-être ici, mais je le trouve nulle part…

— Ma chérie. *Ma chérie !* Assieds-toi. L'alarme était-elle branchée ?

— Quoi ? Je… Qu'est-ce que ça peut foutre ? Je te dis que Brady est pas là !

Dans son désarroi, ma fille appelle son frère par son vrai nom, ce qui ne lui est pas arrivé depuis des années. J'en suis toute remuée. Je m'efforce de rester calme.

— Lanny. Va brancher l'alarme si elle n'est pas mise et assieds-toi quelque part. Tu inspires à fond par le nez, très lentement, avant de te vider les poumons par la bouche. J'arrive.

— Dépêche-toi, murmure Lanny. Je t'en supplie, maman. J'ai besoin de toi.

C'est la première fois qu'elle me fait un tel aveu. Je sens une lame tranchante s'enfoncer en moi et me priver d'un organe vital.

En raccrochant, je vois que Javi s'est levé et qu'il m'observe.

— Vous voulez de l'aide ?

J'acquiesce.

— Prenons la Jeep. Ce sera plus rapide.

Javi fonce comme si la route se trouvait sous le feu de l'ennemi, d'une conduite nerveuse et agressive. Je préfère qu'il tienne le volant, je ne suis pas en état de conduire à l'heure qu'il est. Je m'accroche à chaque bosse qu'il franchit sans ralentir. Les secousses ne sont rien comparées à la terreur qui me tenaille, je pense uniquement à Connor. Je le vois baignant dans son sang au milieu de ses draps, alors qu'il n'est pas dans sa chambre. Lanny a fait le tour de la maison, il n'est nulle part. Où est-il donc ?

La question se dissout dans ma tête lorsque Javi stoppe la Jeep devant la maison. Mon angoisse disparaît. Je suis prête, comme au club au moment de tirer sur la cible. Je descends de voiture et franchis les quelques mètres qui me séparent de la porte. Je la déverrouille et j'ai à peine coupé l'alarme que Lanny se jette dans mes bras.

Je serre ma fille contre moi, je hume son odeur de shampooing à la fraise et de savon, je suis prête à tout pour la protéger contre quiconque voudrait s'en prendre à elle.

Javi nous rejoint et Lanny se détache de moi avec un haut-le-corps en esquissant un pas en arrière, sur la défensive. Comment lui en vouloir ? Elle ne l'a jamais vu. Javi n'est qu'un inconnu à l'entrée de son refuge.

— Lanny, je te présente Javier Esparza. Javi est mon prof de tir au club. C'est un ami.

Elle hausse légèrement ses sourcils noirs, étonnée de me voir accorder une confiance que je distille au compte-gouttes. Elle se reprend aussitôt.

— J'ai fouillé partout, il n'est pas ici, maman. Je n'ai pas l'impression qu'il soit repassé par la maison !

Je m'oblige à montrer un visage serein, alors que j'ai envie de hurler. J'ai punaisé au mur de la cuisine une liste de numéros de téléphone utiles : les profs de Connor, les numéros de fixe et de portable des parents de ses meilleurs copains. La liste n'est guère fournie. Je commence par ses copains et mon angoisse se trouve décuplée par les réponses, toutes négatives, que l'on me fournit. Je me sens vide et perdue après avoir épuisé le dernier numéro.

Lanny pose sur moi ses grands yeux sombres.

— Maman. Tu crois que ça pourrait être papa ? Il est…

— Non.

J'ai répondu sans même réfléchir. Du coin de l'œil, je vois que l'incident n'a pas échappé à Javier. Il est déjà persuadé que je fuis quelqu'un, il vient d'en avoir la confirmation. Sauf que Mel est en prison et qu'il n'en sortira jamais, sinon dans une boîte en pin. Les *autres* m'inquiètent davantage.

Les trolls en colère du Net, sans même parler des proches des victimes de Mel… *Comment ont-ils réussi à nous retrouver ?* Je revois dans ma tête les photos postées ces derniers jours, les visages de mes enfants ajoutés grâce à Photoshop sur ces corps de souffrance, sanglants, mutilés, détruits.

S'ils avaient enlevé Connor, ils me l'auraient déjà fait savoir pour me narguer. Cette pensée est la seule qui m'empêche de sombrer dans la folie.

— Tu n'étais pas censée l'accompagner jusqu'à sa classe en descendant du bus, Lanny ?

Elle marque le coup et baisse les yeux.

— Lanny ?

— Je… j'avais des trucs à régler, se défend-elle. Il y est allé tout seul. Rien de grave…

Elle s'arrête parce qu'elle a bien conscience que *c'est* grave.

— Je suis désolée, j'aurais dû. On est descendus du bus ensemble, mais il était insupportable, alors je lui ai crié d'aller en classe, j'ai traversé la rue et je me suis arrêtée à l'épicerie. Oui, je sais, j'ai pas le droit.

En descendant du bus, Connor a très certainement traversé le triangle de pelouse qui sépare les deux ailes du collège du bâtiment central. Je le vois plus facilement croiser la route de caïds de cour de récré que celle d'un ravisseur, mais comment le savoir ? Je ne sais pas ce qu'il a fabriqué, ce qui lui est arrivé quand Lanny l'a laissé s'éloigner.

— Maman ? Peut-être que…

Elle passe la langue sur ses lèvres sèches.

— Peut-être qu'il a voulu aller quelque part tout seul.

Je la regarde en fronçant les sourcils.

— Que veux-tu dire ?

— Je…

Elle détourne le regard, je la sens très mal à l'aise. Je suis tentée de la secouer pour l'obliger à parler, mais je me retiens. Avec difficulté.

— Il lui arrive de s'isoler. Tu sais bien qu'il aime être seul.

— Gwen, intervient Javi. Il ne faut pas prendre la situation à la légère. Vous devriez appeler la police.

Il a raison, bien sûr, mais la police a déjà mis son nez dans nos affaires récemment. Si mon fils fait l'école buissonnière pour se retrouver seul… Cette perspective me terrorise littéralement. *Son père aussi était un solitaire.*

— Lanny, réfléchis bien. Y a-t-il un endroit particulier où il aime se retrouver seul ? À Norton ou bien dans les environs ?

Elle secoue la tête. On sent bien qu'elle a peur, qu'elle se sent coupable de l'avoir laissé partir seul à la descente du bus. D'avoir manqué à ses devoirs de grande sœur.

— Je sais pas, maman. Quand il est ici, il aime bien se balader dans les bois. C'est tout ce que je sais.

C'est malheureusement insuffisant.

Javi s'interpose d'une voix douce.

— Je peux essayer de parcourir les environs au volant de la Jeep, voir si je remarque quelque chose, si vous voulez.

J'avale ma salive.

— Oui, s'il vous plaît. Pendant ce temps, j'appelle la police.

Je n'en ai aucune envie. Ça nous met en danger, au même titre que le jour où Lanny a fourni son témoignage au sujet de ce meurtre. Nous avons besoin de rester dans l'ombre, pas de nous retrouver sous les projecteurs. D'un autre côté, la moindre seconde perdue peut mettre Connor en danger s'il est blessé, ou bien si quelqu'un l'a enlevé. Dieu nous en garde.

Javi se dirige vers l'entrée et je compose le numéro lorsqu'on frappe à la porte.

Javi m'interroge du regard, je hoche la tête et il ouvre. Le système d'alarme émet un bip sans se déclencher. Dans le feu de l'action, j'ai oublié de le réarmer.

Je découvre sur le seuil mon fils, le nez tuméfié, en compagnie d'un homme dont le visage m'est vaguement familier.

— Connor !

Je me précipite en bousculant Javi et serre mon fils contre moi. Il gargouille des paroles de protestation, j'ai du sang plein ma chemise, mais je m'en moque. Je relâche mon étreinte et pose un genou à terre afin d'examiner ses plaies.

— Que t'est-il arrivé ?

— Il s'est battu, probablement, répond le type venu me rendre mon fils.

De taille et de corpulence moyennes, il a des cheveux blond-roux coupés assez court, sans être rasés comme ceux de Javi. Il a un visage ouvert et nous observe tous les deux d'un regard franc.

— Bonjour. Je m'appelle Sam Cade. Je vis un peu plus haut sur la colline, je me suis installé il y a six mois.

Je sais brusquement où je l'ai vu : la première fois quand il est intervenu au club de tir lors de la dispute avec Carl Getts, la seconde lorsqu'il nous a fait signe le jour où nous l'avons croisé au retour d'une séance de jogging.

Il me tend la main. Je feins de l'ignorer. Je tire mon fils à l'intérieur de la maison, Lanny l'agrippe par le bras et l'emmène dans la cuisine afin d'examiner son nez qui saigne toujours. Javi, les bras croisés, assiste à la scène en silence. Sa présence est rassurante.

— Comment se fait-il que mon fils soit avec vous ?

La question est brutale, sans aménité. Cade avale sa salive, sa pomme d'Adam tressaute, mais il reste planté devant la porte.

— Je l'ai trouvé sur le ponton, alors je l'ai raccompagné chez lui. C'est tout.

Je continue de le fusiller des yeux, sans savoir si je dois le croire. D'un autre côté, il a ramené Connor, et Connor ne semble pas avoir peur de lui. Pas du tout, même.

— Je vous ai déjà vu. Au club de tir. Je me trompe ?

Je continue de m'exprimer d'une voix tranchante et je vois son teint s'animer, mais il s'efforce de ne pas se montrer sur la défensive.

— C'est bien moi, reconnaît-il.

— Comment connaissez-vous mon fils ?

— Je viens de vous l'expliquer. Je l'ai trouvé sur le ponton. Il saignait, alors j'ai nettoyé sa blessure et je vous l'ai ramené. Fin de l'histoire.

Il se montre très factuel, mais sa voix s'est raffermie.

— Comment s'est-il blessé ?

Cade pousse un soupir et lève les yeux au ciel, en signe d'impatience.

— Écoutez, madame, j'ai voulu vous rendre service. Qui me dit que ce n'est pas *vous* qui avez frappé cet enfant ?

Son interrogation me désarçonne.

— Jamais de la vie !

Il a pourtant raison. Si je trouvais un gamin avec le nez tuméfié, je me demanderais s'il ne s'est pas enfui de chez lui après avoir été battu. Je m'y prends très mal, je suis beaucoup trop agressive.

— Je suis désolée. Je devrais vous remercier, monsieur Cade, au lieu de vous imposer cet interrogatoire. Je vous en prie, entrez. Puis-je vous offrir un verre de thé glacé ?

Un signe d'hospitalité dans le Sud où le thé glacé est un moyen infaillible de se faire pardonner.

— Connor vous a-t-il expliqué ce qui lui était arrivé ?

— Il s'est contenté de me dire qu'il s'était battu avec d'autres gamins du collège, répond Cade, qui ne fait pas mine de me suivre.

Peut-être la présence silencieuse de Javi l'intimide-t-elle. Je remplis un verre de thé que je lui apporte. Il le prend sans savoir quelle contenance adopter. À le voir esquisser une grimace tant le liquide est sucré, il n'est pas habitué aux us et coutumes sudistes.

— Je m'excuse, je ne vous ai même pas demandé comment vous vous appeliez…

— Gwen Proctor. Je suis la mère de Connor, et vous avez aperçu ma fille Atlanta.

Javi se racle la gorge.

— Je vais y aller, Gwen. Je vais au club de tir à pied, j'ai une moto sur place. Vous n'aurez qu'à me remonter la Jeep et prendre la camionnette. Rien d'urgent.

Il pose les clés sur la table basse et adresse à Cade un signe de tête.

— Au revoir, monsieur Cade.

— Au revoir.

Je ne peux tout de même pas le laisser planté là avec son verre de thé glacé à la main, mais je n'ai pas non plus envie de laisser Lanny et Connor seuls à la maison. Je retiens Javier une seconde au moment où il s'en va.

— Merci, Javi. Merci infiniment.

— Je suis heureux que ça se soit bien terminé, me répond-il avant de s'éloigner au pas de course en direction du club de tir.

J'oubliais, c'est un ancien Marine. Une simple promenade de santé pour lui.

Je reporte mon attention sur Cade qui regarde Javi sans que je puisse deviner ses pensées.

— Vous souhaitez peut-être vous asseoir ?

Il réfléchit un instant avant de choisir l'un des fauteuils de la véranda. Il y pose une fesse, prêt à se relever à tout instant, en sirotant poliment son thé.

— Je suis sincèrement désolée. Reprenons sur de bonnes bases. Je m'excuse de vous avoir accusé de… de je ne sais pas quoi. C'était injuste de ma part. Je vous remercie d'avoir aidé Connor. Je vous en suis très reconnaissante. J'étais folle d'inquiétude.

— J'imagine bien, dit-il. Ce ne serait pas des gamins s'ils ne s'appliquaient pas à affoler leurs parents, non ?

— Vous avez raison.

Je n'y ai pas mis beaucoup de conviction. Sans doute est-ce le cas des enfants ordinaires. Les miens sont différents. Contraints et forcés par le destin.

— Je ne comprends pas qu'il n'ait pas cherché à m'appeler. Il aurait dû me téléphoner.

— Je crois…

Cade est hésitant, comme s'il s'apprêtait à franchir la ligne blanche.

— Je crois qu'il a eu honte. Il n'avait pas envie d'avouer à sa mère que son adversaire avait eu le dessus.

Je laisse échapper un rire creux.

— C'est normal, pour un garçon ?

Je prends son haussement d'épaules pour un oui.

— Javier a fait partie des Marines. Il pourrait montrer à votre fils comment se défendre.

Je le remercie du conseil tout en me faisant la réflexion intérieurement que Sam Cade est tout aussi costaud. Il n'est pas chétif, mais râblé. Autant le passé militaire de Javi relève de l'évidence, autant Cade donne l'impression d'un type ordinaire qui ne s'en laisse pas compter.

Je lui pose la question sans réfléchir.

— Vous étiez dans l'armée de terre ?

Il porte sur moi un regard surpris.

— Seigneur, non ! Je faisais partie de l'Air Force. Dans une autre vie. J'ai fait l'Afghanistan. On le voit tant que ça ?

— La façon dont vous avez prononcé le mot *Marine*.

— C'est vrai. Les vieilles rivalités.

Il sourit cette fois sans ambiguïté, ce qui me le rend sympathique.

— Cela dit, mon conseil tient toujours. Dans un monde idéal, votre fils n'aurait pas besoin de savoir se battre. Mais il n'y a que trois certitudes dans l'existence : on meurt un jour, on paye des impôts, et on trouve des caïds dans toutes les cours d'école.

— J'y réfléchirai.

Je le sens plus décontracté, il boit même une longue gorgée de thé glacé.

— Vous me disiez que vous aviez emménagé dans cette maison il y a six mois ? C'est récent.

— J'écris un livre, m'explique-t-il. Ne vous inquiétez pas, je ne vous ennuierai pas avec les détails de l'intrigue. Il se trouve que j'étais entre deux boulots et j'ai pensé que c'était l'endroit idéal pour passer un moment tranquille avant la suite.

— Quelle suite ?

Il hausse les épaules.

— Je ne sais pas. Le premier projet qui m'intéressera, sans doute loin d'ici. Je ne suis pas du genre à me fixer. Je préfère… je préfère enchaîner les expériences.

Personnellement, je donnerais n'importe quoi pour me fixer, pour éviter de nouvelles *expériences*, mais je ne lui en dis rien et nous passons quelques instants dans un silence gêné. Il s'empresse de vider son verre et se lève, visiblement heureux de se libérer d'un piège.

Je lui serre la main qu'il a rugueuse, signe qu'il est habitué aux tâches physiques.

— Merci encore de m'avoir ramené Connor.

Il hoche la tête machinalement tout en regardant le toit.

— Que se passe-t-il ?

— Rien de grave. Je me disais… vous devriez réparer ces bardeaux avant les prochaines pluies si vous souhaitez éviter les fuites.

Il a raison. Un orage de printemps a dépouillé le toit d'un carré de bardeaux en exposant un morceau de toile goudronnée que le vent agite.

— Vous n'auriez pas l'adresse d'un bon couvreur, par hasard ?

J'ai posé la question par politesse. Je n'aurai besoin de personne puisque j'ai décidé de partir à la première alerte, mais il me prend au mot.

— Non, aucun, mais j'ai réparé pas mal de toits dans ma vie. Je peux m'en occuper pour pas cher, si vous voulez.

— Je vais y réfléchir. En attendant, excusez-moi de vous laisser, mais je voudrais savoir où en est mon fils. Merci beaucoup de votre… gentillesse.

Mon compliment le met mal à l'aise.

— Pas de problème. Oui, bien sûr, je vous laisse.

Il se dandine d'un pied sur l'autre, hésite à parler, puis il me lance un rapide coup d'œil.

— Vous me direz pour le toit.

Il s'éloigne sans un regard en arrière, les mains dans les poches, la tête baissée et les épaules rentrées. Je rassemble les verres et regagne la maison. En refermant la porte, je constate que Cade s'est retourné. Je lui adresse un signe de la main et il me répond.

Le temps de rincer les verres, je frappe à la porte de Connor.

— Entre, me répond sa voix après un long silence.

Il est avachi sur son lit, le boîtier d'un jeu vidéo sur le ventre, les yeux rivés sur l'écran du téléviseur. Un jeu de course quelconque. Je m'assieds sur le bord du lit en veillant à ne pas lui bloquer la vue, sans l'interrompre, et j'attends que le véhicule qu'il pilote s'écrase. Il met sur Pause avant que j'aie pu relever d'un geste affectueux les mèches qui lui barrent le front.

Il aura sans doute une belle ecchymose, mais pas d'œil au beurre noir, sinon les capillaires éclatés auraient déjà noirci. Je note la présence d'une autre marque au niveau de sa joue gauche, à l'endroit où un droitier l'aurait frappé, et il porte des éraflures sur les paumes des deux mains, il aura voulu amortir sa chute en tombant. Les genoux de son jean sont déchirés et portent des traces de sang.

— Tu as mal ?

Il se contente de secouer la tête.

— Excuse-moi si je te fais mal.

Je me penche et lui triture le nez dans tous les sens afin de m'assurer que tout est normal. Il n'est pas cassé, en tout cas. Je prendrai un rendez-vous chez le médecin ces jours-ci, au cas où.

— Maman, arrête !

Connor repousse ma main et reprend sa console qu'il tripote distraitement sans reprendre son jeu.

— Qui t'a fait ça ?

Il hausse les épaules, signe qu'il n'a pas l'intention de me répondre. Il ne recommence pas son jeu pour autant. S'il refusait de discuter, il serait déjà en train de conduire son bolide en réglant le son à fond. L'une des stratégies d'évitement préférées de la jeune génération.

— Tu m'en parlerais, si tu avais des ennuis, au moins ?

La question l'interpelle.

— Non, je ne t'en parlerais pas. Sinon tu t'empresserais de plier bagage et on serait obligés de déménager une nouvelle fois.

Je grimace intérieurement. Sa remarque est d'autant plus douloureuse qu'elle est justifiée. Javi m'a laissé la Jeep pour que je puisse passer prendre la camionnette. À la minute où mon fils me verra au volant de cet engin, il saura que son diagnostic est le bon. Pire, il sera persuadé que nous partons à cause de lui et de cette bagarre idiote. J'espère que Lanny ne mettra pas tout sur le dos de son frère. Rien de tel qu'une ado en colère pour se montrer mesquine. Elle veut rester ici. Je le sais, même si elle ne se l'avoue pas elle-même.

— Si je décide un jour de déménager, ce ne sera

jamais à cause de ta sœur ou de toi. Ce sera uniquement pour notre bien et notre sécurité. D'accord, fiston ?

— D'accord, mais ne m'appelle pas fiston. Je ne suis plus un gamin.

— Je suis désolée, jeune homme.

— C'est pas comme si on me donnait un coup de poing pour la première fois. Et ce sera pas la dernière. C'est pas la fin du monde.

Après quelques instants de silence, il pose sa console et se tourne vers moi en appuyant la tête sur sa main.

— Est-ce que papa parle de nous dans ses lettres ?

Je ne sais pas ce que lui a dit Lanny, mais elle ne lui aura pas tout raconté de ce qu'elle a lu dans ce courrier atroce. Je n'ai pas droit à l'erreur.

— Oui, parfois.

— Alors pourquoi ne pas nous montrer ces passages-là ?

— Parce que ce ne serait pas juste de vous montrer uniquement les parties dans lesquelles il fait semblant d'être un bon père.

— Il ne faisait pas semblant. C'était un bon père.

Il s'est exprimé sur un ton parfaitement calme qui me transperce le cœur à la façon d'une lame d'acier. Sa position est logique. Son père l'aimait. C'est toujours ce qu'il a vu, et connu. Son père était formidable, jusqu'au jour où il est devenu un monstre. Il n'y a jamais eu d'entre-deux, pas de temps d'adaptation. Le matin du *Drame*, il a vu son père et lui a fait un câlin. À son retour de l'école le même jour, son père s'était métamorphosé en assassin et personne ne lui a permis de faire le deuil. Il perdait à jamais le droit d'aimer son père.

J'aimerais pouvoir pleurer, je m'en abstiens.

— C'est normal que tu continues de chérir les moments que tu as passés avec ton père, mais il n'était pas seulement un père, et tu ne peux pas aimer cette autre partie de lui.

— Ouais, acquiesce Connor en rallumant son jeu sans croiser mon regard. J'aimerais qu'il soit mort.

C'est douloureux d'entendre ça aussi, surtout sans savoir s'il n'exprime pas cette opinion parce qu'il sait que je la partage.

J'attends, mais il se replonge dans son jeu. Je dois parler fort si je veux couvrir les vrombissements des moteurs.

— Tu es certain de ne pas vouloir me dire qui t'a frappé ? Et pour quelle raison ?

— Ce sont des brutes, et il n'y avait pas de raison. C'est bon, maman ! Tout va bien.

— Tu n'aimerais pas que Javi te montre comment te battre ? Ou bien…

J'étais sur le point de lui proposer de prendre des leçons avec M. Cade alors que je ne le connais pas. Je ne sais pas ce que Connor pense de lui. Je ne sais pas davantage ce que je pense de lui.

— Tu sais, maman, je n'ai pas été engagé pour jouer dans un film de baston. Ça marche pas comme ça dans la vraie vie. Le temps que je sois opérationnel, j'aurai terminé le lycée.

— Tu n'as pas envie d'être le garçon que tout le monde applaudit quand il casse la figure du caïd dans l'auditorium du lycée à la fin du film ?

Il met son jeu sur Pause.

— Je me vois plutôt finir amoché à l'hosto, avec une inculpation pour voie de fait par-dessus le marché. Ils oublient généralement de filmer cet épisode-là au cinéma.

La question suivante n'est pas évidente.

— Dis-moi, Connor. Comment as-tu rencontré M. Cade ?

— Il m'a proposé de monter dans sa camionnette pour me violer en m'appâtant avec un chiot.

— Connor !

— Je ne suis pas complètement idiot !

Il m'a répondu sur un ton tranchant qui me déroute. Avant même que j'aie pu réagir, il enfonce le clou sans quitter des yeux l'écran sur lequel les bolides zigzaguent d'une file à l'autre en prenant les virages à la corde.

— Je me suis fait casser la gueule, alors je suis reparti à pied, je me suis assis sur le ponton, et il m'a demandé si j'allais bien. Inutile d'en faire un film d'horreur ! Il s'est montré *gentil*, c'est tout ! Tous les mecs ne sont pas des connards, tu sais !

— Je n'ai jamais…

Je ne suis pas seulement choquée par sa réponse, c'est plus encore la rage qui transparaît derrière ses paroles qui me perturbe. Jusqu'à cet instant précis, je n'avais jamais compris à quel point mon fils canalisait sa colère sur moi. C'est compréhensible, bien sûr. Je suis l'incarnation à ses yeux de la vie de merde qu'il mène au quotidien.

Sa réflexion amène une autre question. Il faut bien reconnaître que je me montre méfiante avec tout le monde, les hommes plus encore que les femmes. Je me laisse guider par mon instinct de survie, mais mon comportement paraît outrancier aux yeux de mon fils. À force de me méfier de tout le monde, et des hommes en particulier, il doit penser que je finirai un jour par me méfier de lui. Après tout, c'est le fils de son père.

Cela me crève le cœur, les larmes me montent aux yeux, je les chasse en battant des paupières.

— Je vais chercher des glaçons pour ton nez.

Je trouve Lanny dans la cuisine. Elle prépare à manger

pour tout le monde. Des pâtes au poulet très épicées. Elle est bonne cuisinière, en dépit de cette tendance à forcer la dose sur l'assaisonnement. Elle me tend le sachet qu'elle a déjà rempli de glaçons.

— Tiens, me dit-elle en levant les yeux au ciel. Je n'ai pas voulu interrompre votre petite conversation.

— Merci, ma chérie. Ton plat a l'air bon.

— Attends d'y goûter, répond-elle avec entrain en remuant les pâtes.

Dans sa chambre, Connor est pris par son jeu et je dépose les glaçons à côté de lui en espérant qu'il n'oublie pas de s'en servir.

De retour à la cuisine, je mets la table.

— Tu devrais retourner en classe cet après-midi, Lanny. Je te ferai un mot d'excuse.

— Pas question, je reste ici.

— Je croyais que tu avais un test d'anglais ?

— Pourquoi crois-tu que je préfère rester ?

— Lanny !

— C'est bon, maman. J'ai compris.

Elle éteint le gaz d'un mouvement inutilement brusque du poignet et pose brutalement la poêle sur le dessous-de-plat.

— À table.

Lui répondre ne servirait à rien.

— Va chercher ton frère.

Elle obtempère sans récrimination et le plat de pâtes est aussi bon que consistant. Même Connor affiche un sourire satisfait, tout en grimaçant lorsqu'il tâte son nez tuméfié. Le repas terminé, Connor m'accompagne lorsque je conduis Lanny au collège. En rentrant, je pense à la camionnette qui m'attend chez Javier.

Je me dis aussi que si nous nous enfuyons, la police

s'intéressera forcément à nous, au risque de découvrir nos véritables identités. Peut-être serait-il plus prudent de ne pas couper les ponts aussi précipitamment. Peut-être que je dramatise, comme le jour pas si lointain où j'ai braqué le canon de mon arme sur mon propre fils.

Je suis bien consciente que ma paranoïa est liée à mon désir de ne plus jamais perdre le contrôle de la situation, et que cette pulsion est source de souffrance pour mes enfants.

À l'image de Connor, écartelé entre l'amour simple qu'il éprouve en tant qu'enfant et ma haine d'adulte. À l'image de Lanny, qui affiche son désir de défier rageusement le monde avant d'atteindre l'âge requis.

Je dois penser à *eux*. À *leurs* envies. Immobile dans le couloir, occupée à essuyer mes larmes, je m'aperçois qu'ils ont besoin de fermeté de ma part. Ils ne sont pas demandeurs d'une nouvelle fuite en pleine nuit, d'une autre ville, de nouvelles identités qui finiront immanquablement par les dépouiller de la leur. Leur enfance a été incinérée. Fuir équivaudrait à jeter une autre bûche sur le feu qui les détruit.

Il est curieux que le système mette en place des programmes de protection des témoins, et ne prévoie rien pour nous. Nous n'avons droit à rien. *Oui, mais il y a ce corps repêché dans le lac.* Cette histoire me taraude, je n'aime pas l'idée de nous retrouver sous les feux de la rampe. Les similitudes avec les crimes de mon mari sont réelles, mais ce n'est pas la première fois qu'on se débarrasse d'un cadavre de la sorte. Je le sais pour avoir effectué des recherches poussées sur le sujet, dans l'espoir de comprendre comment l'homme que j'ai connu et aimé peut être cet assassin-là. Sa voix murmure dans ma tête : *Les plus malins ne se font jamais prendre. Personne ne m'aurait jamais pris sans cet imbécile de chauffard ivre. Notre vie aurait continué comme si de rien n'était.*

C'est très probablement vrai.

C'est de ta faute si je me retrouve dans cette situation.

C'est totalement vrai. Mel aurait été condamné pour ce meurtre, évidemment. Mais c'est de ma faute si l'ampleur de sa perversion a finalement été mise au jour. La police a fouillé notre maison de fond en comble, on s'en doute, mais ils ne pouvaient pas se douter, et moi non plus, que Mel avait loué un box au nom de mon frère décédé. Je l'ai découvert fortuitement lorsque la carte bancaire à l'aide de laquelle il payait cette location a été annulée après son arrestation et que le gérant du garde-meuble a laissé un message sur le répondeur de la maison.

Ce message m'a conduite jusqu'à ce box dans lequel j'ai découvert un nombre incroyable de vêtements féminins soigneusement pliés, de sacs à main et de chaussures. Les effets personnels des victimes étaient sagement rangés dans des boîtes à leur nom.

J'ai également découvert un journal.

Un agenda en cuir contenant des feuilles perforées couvertes de son écriture méticuleuse et anguleuse, le tout agrémenté de photos. Chacune des victimes avait droit à son propre chapitre.

Un simple coup d'œil m'a suffi, le journal m'a échappé des mains et je me suis ruée sur un téléphone pour appeler la police. Le peu que j'avais vu m'était insupportable.

Mel, qui était inculpé pour enlèvement, torture et assassinat d'une seule femme, s'est brusquement retrouvé mis en examen pour une multitude de crimes. L'assesseur chargé de lire l'acte d'accusation a eu du mal à aller jusqu'au bout, à en croire les comptes rendus parus dans la presse. À l'époque, j'attendais en prison mon propre procès. Par dépit, ce qui ne lui ressemble guère, Mel a refusé de me disculper, tandis qu'une voisine zélée affirmait m'avoir vue transporter un objet qui *aurait pu* être un corps. Mon avocat a réussi à réduire à néant son témoignage et obtenu mon acquittement, mais tardivement.

Le coupable de ce crime tuera à nouveau, poursuit dans ma tête la voix de Mel que je m'efforce de museler. *Ce jour-là, tu crois qu'ils ne s'intéresseront pas à toi ? Qu'ils n'enquêteront pas sur ton compte ? Qu'ils ne publieront pas ta photo ? Ce n'est plus comme autrefois, Gina. Les logiciels de recherche d'image inversée conduiront les loups jusqu'à ta porte.*

Je sais que cette voix n'est pas vraiment celle de Mel, mais je sais aussi qu'elle a raison. Plus nous restons ici, plus nous courons le risque que l'inspecteur Prester enquête sur nous, ce qui est le meilleur moyen à terme de faire exploser notre vie plus ou moins installée.

D'un autre côté, couper Connor de cette maison ne ferait qu'alimenter son amertume et sa colère rentrée. Il commence tout juste à trouver ses marques, l'en priver pour des raisons hypothétiques serait cruel.

Cela dit, récupérer la camionnette n'est pas une mauvaise idée.

Je prends une longue inspiration avant d'appeler Javier. Je lui annonce mon intention de procéder à l'échange des véhicules dans les jours prochains. Il n'y voit pas d'inconvénient.

Tout paraît réglé, mais au fond de moi, je sais que ces mesures ne sont pas suffisantes.

4

J'ai appris à me méfier de tout le monde. À tout jamais. Je passe la nuit suivante devant mon ordinateur, à chercher tout ce que je peux trouver au sujet de Sam Cade. Il ne m'a pas menti en affirmant qu'il avait servi en Afghanistan dans l'armée de l'air. Il ne figure pas sur la liste des délinquants sexuels, n'a pas de casier judiciaire et dispose même d'un excellent crédit à la banque. Je procède à des vérifications sur les principaux sites de généalogie. Il n'est pas rare qu'un nom auquel on ne s'attendait pas apparaisse parmi les proches d'une personne à laquelle on s'intéresse. Sa famille n'est malheureusement inscrite sur aucun de ces sites.

Cade possède plusieurs comptes sur les réseaux sociaux, ainsi qu'un profil très banal, vieux de plusieurs années, sur un site de rencontre. Je doute qu'il ait pris le temps de relever sa boîte depuis une éternité. Ses commentaires contiennent des observations désabusées caractéristiques d'une personne intelligente ; il ne cache pas son soutien aux militaires sans le teinter de positions politiques partisanes, ce qui relève du miracle. Ce type-là n'a rien d'un fanatique.

J'ai beau chercher, je ne trouve aucun cadavre dans ses placards.

Je pourrais demander à Absalom de faire une recherche plus poussée, mais je préfère avoir recours à ses services de façon ciblée, sur tout ce qui concerne Mel et les trolls. Je ne peux courir le risque de perdre un contact anonyme aussi fragile. Autant ne pas aller plus loin tant que je n'ai pas de raison de soupçonner Cade. Je compte bien l'éviter tant qu'il m'évitera.

En sortant de la maison, je tique en remarquant que j'aperçois sa véranda depuis chez moi. Cela ne m'avait pas échappé lorsque j'ai emménagé ici, mais sa maison était inoccupée à l'époque et je n'y ai jamais vu personne en faisant mon jogging autour du lac. Sa petite maison est tapie au milieu des arbres, mais je n'ai aucun mal à voir de la lumière à travers les rideaux rouges aux fenêtres. Sam Cade est un oiseau de nuit, comme moi.

Je reste longtemps assise à écouter les chouettes et le murmure des feuilles dans le lointain. Les eaux ridées du lac reflètent les rayons de la lune. Un spectacle magnifique.

Il est très tard. Je vide mon verre et pars me coucher.

Je conduis Connor chez le médecin afin qu'il passe une radio. Il a des ecchymoses, mais rien de cassé, ce dont je suis soulagée. Lanny est venue avec nous, mais elle ne dit pas un mot et fusille du regard tous ceux qui s'avisent de l'observer, à commencer par moi. Quand je demande à Connor de me dire qui l'a frappé, il se mure à son tour dans le silence. Je sais qu'il me parlera le jour où il sera prêt. Je leur propose à tous les deux de prendre des cours d'autodéfense avec Javier, qui anime des ateliers dans le gymnase devant lequel nous passons, mais aucun des deux ne réagit. Il y a des jours comme ça.

Nous mangeons dans le snack du coin, ce qui est

toujours un plaisir pour moi à cause de leurs tartes meringuées du jour. Javier Esparza entre dans le restaurant et s'installe à une table voisine pour déjeuner. Il m'adresse un signe de tête auquel je réponds.

— Attendez-moi, les enfants. Je vais dire un mot à M. Esparza.

Lanny fronce les sourcils et Connor l'imite.

— Pas question de m'inscrire à ses cours.

Je le rassure et quitte notre box. Javier me fait signe de m'asseoir en face de lui au moment où la serveuse pose un café devant lui.

— Hé ! m'accueille-t-il en buvant une gorgée. Quoi de neuf ? Comment va votre gamin ?

— Très bien. Merci encore d'être venu à la rescousse aussi spontanément.

— *De nada.* Je suis heureux que ça n'ait servi à rien.

— Puis-je vous poser une question ?

Il hausse les épaules.

— Allez-y… Attendez une seconde.

La serveuse, de retour, lui apporte un bol de soupe et une part de tarte meringuée à la noix de coco.

Il attend qu'elle se soit éloignée et me fait signe de parler. J'aurais agi de la sorte de toute façon, mais sa sollicitude me touche.

— Vous connaissez M. Cade ? Sam Cade ?

— Sam ? Oui, bien sûr. Pas un mauvais bougre, pour un branleur de manche.

— Un branleur de manche ?

— J'aime mieux ça que gonfleur d'hélice. Après tout, les gars de l'Air Force passent leur temps un manche à la main.

Il ponctue sa phrase d'un sourire, histoire de me montrer qu'il s'agit d'un sobriquet affectueux.

— Cade est un type bien. Pourquoi ? Il vous embête ?

— Non, pas du tout. C'est juste que… j'ai trouvé ça curieux qu'il débarque d'un seul coup avec Connor. Je tenais à m'assurer…

Javier ne prend pas mes inquiétudes à la légère. Il réfléchit à la question en touillant sa soupe avant de laisser retomber sa cuillère dans le bol. Il finit par goûter le brouet, comme s'il avait pris une décision.

— Tous les gens qui le connaissent l'apprécient. Ce n'est pas une preuve en soi, mais mon intuition me dit que c'est un type bien. Pourquoi, vous voulez que je me renseigne ?

— Si ça ne vous ennuie pas.

— OK. L'intérêt de diriger un club de tir, c'est qu'on connaît à peu près tout le monde.

À ceci près que Sam est arrivé récemment à Norton. Il envisage de partir à la fin de son bail. À bien y réfléchir, c'est curieux.

Ou alors c'est ma fichue parano qui s'exprime, une fois de plus. Quelle importance ? Il me suffit d'éviter Cade. J'ai bien réussi à l'éviter jusqu'à présent, rien ne m'empêche de continuer.

— Il m'a proposé de réparer mon toit.

— Oui, il est doué pour ça, approuve Javier. C'est lui qui a posé un nouveau toit sur mon cabanon à son arrivée ici. J'ai cru comprendre qu'il travaillait pour son père dans le bâtiment. Il n'est pas cher, en plus. Sans compter que les couvreurs du coin sont infoutus de poser des bardeaux correctement.

Voilà qui répond à ma question. *Après tout*, me souffle une voix intérieure, *il faut bien que tu fasses réparer ton toit*.

— Merci, Javi.

Il balaye la phrase d'un geste de la main qui tient la cuillère.

— Entre étrangers, il faut bien se serrer les coudes.

Il paraît sincère quand il affirme que nous sommes des étrangers de la même eau. Ce n'est pas le cas, bien sûr, mais c'est réconfortant d'en avoir un instant l'illusion.

Je le laisse à sa part de tarte et vais entamer ma tarte meringuée au chocolat. Ou plutôt ce qu'il en reste, car Connor et Lanny ont commencé à en rogner les bords en espérant que je ne remarque rien, une fois leurs assiettes nettoyées.

— Pas touche !

Mes deux enfants se regardent et lèvent les yeux au ciel. Lanny lèche sa fourchette.

— Ce gâteau est un pousse-au-crime.

Autrefois, j'avais une expression pour ça : *On en mangerait sur la tête d'un pendu.* Je serais curieuse de savoir s'ils ont remarqué que je ne l'utilisais plus, et pour cause.

Ma tarte avalée, nous reprenons la route de Stillhouse Lake.

Cet après-midi-là, je monte la colline jusqu'au petit chalet rustique de Sam Cade et frappe à la porte. Il est 15 heures, ce qui est raisonnable pour rendre visite à un voisin dans le coin. Comme de juste, il est chez lui.

Il paraît surpris de me voir, mais parvient à dissimuler son étonnement derrière un vernis de politesse. Il n'est pas rasé et le début de barbe dorée qui orne son menton brille à la lumière du jour. Il porte une chemise de toile légère, un vieux jean et des bottines. Il me fait signe d'entrer et repart en direction de la cuisine que j'aperçois de l'autre côté du plan de travail.

— Désolé, s'excuse-t-il. Ça ne vous ennuie pas de fermer la porte ? J'ai des pancakes sur le feu.

— Des pancakes ? À cette heure ?

— Il n'y a pas d'heure pour les pancakes. Si vous n'êtes pas d'accord, inutile d'insister, nous ne deviendrons jamais amis.

Il ne manque pas d'humour et je me surprends à rire en repoussant le battant derrière moi. Mon rire se fige dans ma gorge lorsque je prends conscience que je suis enfermée dans un chalet en compagnie d'un homme que je connais à peine. Il pourrait m'arriver n'importe quoi. N'importe quoi.

Je balaye la pièce du regard. Elle est petite et chichement meublée : un canapé, un fauteuil, un ordinateur portable posé sur un petit bureau en bois installé dans un coin. L'écran de l'ordinateur est relevé, une aurore boréale en guise d'économiseur d'écran. Je ne vois pas de télévision, mais Sam possède une jolie chaîne stéréo dotée d'une platine, ainsi qu'une collection de disques impressionnante qui doit être coton à déménager. Les rayonnages de la bibliothèque qui occupe tout un pan de mur sont pleins à craquer. Tout l'inverse de moi, qui ne m'attache à aucun objet. Il me donne l'impression d'avoir une… une vie. Une vie modeste dans ses ambitions, mais bien réelle.

Ses pancakes sentent délicieusement bon. Je le suis dans une cuisine minuscule et le regarde retourner l'une des galettes en la faisant sauter avec la dextérité d'un habitué. Le spectacle est impressionnant. Il repose la poêle sur le feu et m'adresse un sourire spontané.

— Vous aimez les pancakes aux myrtilles ?

— Bien sûr.

C'est la vérité, son sourire n'est pour rien dans ma réponse. Il me laisse indifférent.

— Votre proposition de m'aider à réparer ma maison tient-elle toujours ?

— Absolument. J'aime le travail manuel et il faut s'occuper de votre toit. Nous devrions pouvoir nous mettre d'accord sur un prix raisonnable.

— Si vous comptez sur les pancakes aux myrtilles pour négocier à la hausse, je doute que ça fonctionne. Je viens de manger de la tarte.

— J'en prends le risque.

Il surveille le pancake et le retire du feu lorsqu'il est parfaitement cuit avant de le déposer sur la pile des précédents. Il me tend une assiette.

— Non, vous les avez faits pour vous !

— Il me suffit d'en préparer d'autres. Allez, goûtez-moi ça avant qu'ils refroidissent. Je m'occupe des suivants pendant ce temps-là.

Je tartine de beurre et arrose de sirop mon pancake. À son invitation, je me verse une tasse de la cafetière posée sur les plaques. Le café est fort, j'y ajoute un peu de sucre.

Les pancakes, moelleux et parfumés à souhait grâce aux myrtilles fraîches, sont à la bonne température. J'en ai avalé la moitié lorsque Sam s'assied en face de moi et se sert à son tour de café.

— Ils vous plaisent ? s'enquiert-il.

J'avale ma bouchée avant de répondre.

— Où diable avez-vous appris à cuisiner ? C'est un pur délice.

Il hausse les épaules.

— Ma mère m'a appris. J'étais l'aîné et elle avait besoin d'aide.

Une ombre passe sur ses traits, mais il a le nez dans son assiette et je serais incapable de dire s'il est songeur, si sa mère lui manque, ou bien s'il s'agit d'un autre souvenir.

Son visage retrouve son impassibilité naturelle et il entame son repas avec appétit.

Un type qui sait se servir de ses mains, adore cuisiner et n'est pas vilain… j'en arrive à me demander ce qu'il fait tout seul dans ce chalet. Cela dit, tout le monde ne se conforme pas au rituel amour/mariage/enfant. Je ne regrette pas mes enfants. En revanche, je regrette le mariage dont ils sont issus. Cela ne m'empêche pas de comprendre mieux que beaucoup le besoin de solitude de certains.

Rares sont ceux qui le respectent.

Nous commençons par manger en silence, jusqu'à ce qu'il m'interroge sur la somme prévue pour les travaux du toit. Nous discutons également de la possibilité de construire une terrasse en bois derrière la maison, ce dont j'ai toujours rêvé. Il n'est plus seulement question de réparer la maison, mais d'y apporter des améliorations. Cela ressemble furieusement à une envie de prendre racine. Le marchandage se déroule tout naturellement pour la réparation du toit, mais je renâcle à dépenser ce qu'il me demande pour la terrasse.

Je ne suis pas du genre à m'engager. Sam Cade doit me rejoindre sur ce point, ainsi que le démontre sa réponse quand je lui demande combien de temps il compte rester dans les environs.

— Je ne sais pas. Mon bail se termine au mois de novembre, il est possible que j'en profite pour aller ailleurs. Tout dépendra de mon humeur. Cela dit, j'aime beaucoup cet endroit, alors on verra bien.

Je me demande si je fais partie de l'*endroit* en question. Il ne donne aucun signe de vouloir flirter avec moi. Il se comporte comme un être humain en présence de l'un de ses semblables, et non comme un mâle en quête d'une femme disponible. Tant mieux. Je ne cherche pas à me caser, et je déteste les dragueurs.

Comme j'ai fini mon assiette avant lui, je la dépose avec ma fourchette et ma tasse dans l'évier avant de les laver soigneusement et de poser le tout sur l'égouttoir. Il ne possède pas de lave-vaisselle. Il réagit en me voyant m'emparer de la poêle et du bol qui a contenu la pâte.

— C'est gentil à vous, mais je m'en occupe, dit-il.

Je me sèche les mains sur un torchon jaune citron. Je le sens parfaitement dans son élément alors qu'il engloutit la fin de son repas.

— Que faites-vous exactement, Sam ?

Sa fourchette se fige et le carré de pancake dégoulinant de sirop s'immobilise dans l'air. Il reprend son mouvement, mâche, avale, boit une longue gorgée de café, repose sa fourchette et se cale confortablement sur sa chaise en cherchant mon regard.

Il respire l'honnêteté. Je sens également pointer chez lui un brin d'agacement.

— J'écris. Un livre. La vraie question, c'est de savoir qui vous êtes, *vous*. J'ai comme l'impression que vous avez tout un tas de secrets, madame Proctor. Je me demande si j'ai raison de me mêler de vos affaires, ne serait-ce qu'en montant sur votre toit pour gagner ma vie. Vos voisins ne savent quasiment rien de vous. Le vieux M. Claremont, celui qui a une maison au bord du lac, prétend que vous êtes craintive et un tantinet distante. Je ne peux pas lui donner tort, en dépit du fait que vous aimez mes pancakes et que votre conversation est agréable.

Ce type maîtrise à la perfection l'art de l'esquive. Alors que c'était moi qui passais à l'attaque il y a une minute, me voici sur la défensive. Je m'efforçais de déceler chez lui le moindre signe susceptible de contredire les apparences qu'il se donne, et il a réussi à retourner la situation. Je lui tire mon chapeau. Je ne lui accorde pas ma confiance pour autant, mais il a marqué des points et c'est sur un ton presque amusé que tombe ma réponse :

— Je suis effectivement distante. Quant aux raisons qui m'ont conduite jusqu'ici, je ne pense pas qu'elles vous regardent, monsieur Cade.

— Dans ce cas, madame Proctor, préservons nos mystères respectifs.

Il ramasse un reste de sirop avec sa fourchette avant d'aller poser son assiette dans l'évier.

— Excusez-moi.

Je lui laisse la place et le regarde laver la vaisselle avec des gestes précis. Le murmure de l'eau qui s'écoule meuble le silence. Je croise les bras en attendant qu'il ferme le robinet, pose ses affaires sur l'égouttoir et s'essuie les mains à l'aide du torchon.

— Vous avez raison. Je vous propose de passer demain pour le toit. 9 heures du matin, c'est bien pour vous ?

Il me sourit sans que change son expression.

— Pas de problème. 9 heures, c'est parfait. Vous me payez en cash en fin de journée jusqu'à la fin des travaux, d'accord ?

— Parfait.

Je hoche la tête en constatant qu'il ne me tend pas

la main, puis je me dirige vers la porte. Quelques instants plus tard, je descends les marches de son chalet jusqu'au petit sentier qui serpente à travers la colline. Je m'immobilise un instant, le temps de respirer une bouffée d'air tiède et humide. Je retrouve le parfum des pancakes en me vidant les poumons.

Sam est décidément un cuisinier de première.

Il reste à peine plus d'une semaine de classe avant les vacances, les enfants connaissent le stress des contrôles de fin d'année. Je devrais plutôt dire que Connor stresse, car ce n'est pas le cas de Lanny. Ils prennent le bus à 8 heures ce matin-là et j'en profite pour préparer du café et sortir une boîte de gâteaux du commerce, faute de pouvoir rivaliser avec Cade en matière de pancakes. Il toque à ma porte à 9 heures précises, je lui offre du café et des beignets, puis nous établissons la liste de ce dont il a besoin pour les travaux. Il me demande du liquide pour acheter le nécessaire et retourne chez lui. Je le vois redescendre un quart d'heure plus tard au volant d'un vieux pick-up d'allure solide, gris avec des retouches d'un vert passé.

J'en profite pour procéder à la surveillance des Cinglés. Rien de neuf. Le nombre des commentaires a encore diminué, ce que me confirme la courbe réalisée à l'aide du tableau Excel que je remplis chaque jour. Aux atrocités commises par Melvin succèdent celles des assassins pulsionnels, des tueurs en goguette, des fanatiques et autres djihadistes. Plusieurs de ceux qui nous harcèlent semblent se lasser. Je n'aime guère l'expression *avoir une vie*, mais c'est sans doute ce qui se produit lorsqu'ils passent à d'autres préoccupations.

Peut-être nous sera-t-il donné d'imiter leur exemple un jour. C'est un espoir ténu, mais toute forme d'espoir est précieuse à mes yeux.

Cade revient au moment où j'imprime et range la maigre liste des nouveaux Cinglés, puis je ferme mon bureau à clé avant de le rejoindre.

Il a déjà installé une échelle en la calant soigneusement dans l'herbe. Armé d'une sérieuse cargaison de toile goudronnée et de bardeaux, il passe autour de la taille une ceinture d'où pendent des marteaux et une poche à clous. Il a même enfilé une casquette de camionneur pour échapper au soleil et se protège la nuque avec un bandana.

Je lui tends une gourde en aluminium.

— Tenez, de l'eau glacée. Avez-vous besoin d'aide ?

— Non, répond-il en examinant le toit. Je devrais avoir fini ce côté-ci en fin de journée. Je prendrai ma pause vers 13 heures.

— Je vous préparerai à déjeuner. D'ici là, je vous laisse ?

— Aucun problème.

Il accroche la gourde à sa ceinture et monte une première cargaison de bardeaux, entourés d'un anneau de corde qu'il passe autour de son épaule à la façon d'un lourd sac à dos. Je maintiens l'échelle dont il escalade les barreaux avec légèreté, puis je recule de quelques pas afin de m'assurer qu'il a pris pied sur le toit. La pente ne semble en rien l'inquiéter.

Sam m'adresse un signe de la main, je lui réponds et m'apprête à regagner l'intérieur de la maison lorsque j'aperçois une voiture de police dont les pneus crissent sur le gravier du chemin. Lance Graham est au volant, je lève le bras pour le saluer, il m'adresse un signe de tête et accélère en direction de la maison des Johansen derrière laquelle se dresse la sienne. J'ai le vague souvenir qu'il m'a invitée à passer m'entraîner au tir chez lui un soir, mais je n'ai pas envie de m'y rendre avec mes enfants, sachant que les siens seront présents. Le mieux est encore de lui porter une boîte de cookies.

Lorsque arrive l'heure du déjeuner, j'ai terminé deux boulots pour des clients différents. L'un d'eux me paye par retour, le temps que je prépare des spaghettis aux boulettes de viande et une salade que je partage avec Sam Cade sur la petite table familiale. La journée est particulièrement faste car mon second client règle à son tour sa facture. Ce n'est pas toujours aussi facile, je dois fréquemment me mettre en chasse des mauvais payeurs. Une fois que je m'y suis habituée, le vacarme que fait Cade sur le toit est étrangement rassurant.

Je suis surprise lorsque résonnent les bips de l'alarme, suivis du cliquetis des touches du clavier.

— C'est nous ! crie Lanny dans l'entrée. Évite de nous tirer dessus !

— C'est méchant, la rabroue Connor. C'est vrai ! ajoute-t-il alors que j'entends le bruit reconnaissable d'un coup de coude.

— Tais-toi, Carapuce. Le chouchou n'a pas de devoirs ?

Je quitte mon bureau afin de les accueillir. Connor passe à côté de moi sans un mot, le visage fermé, et s'enferme dans sa chambre dont il claque la porte. Lanny hausse les épaules.

— Il est susceptible, se justifie-t-elle. Quoi, encore ? C'est de ma faute, c'est ça ?

— Carapuce ?

— C'est le nom d'un Pokémon très mignon.

— Je sais que c'est un Pokémon, mais pourquoi le surnommer de cette façon-là ?

— Parce qu'il lui ressemble, avec sa carapace et son ventre mou. Connor est fumasse parce qu'il a loupé son test…

— J'ai eu un B ! crie l'intéressé à travers la porte de sa chambre.

Lanny hausse un sourcil avec une telle maîtrise que je me demande si elle ne s'est pas entraînée devant la glace.

— C'est bien ce que je disais ! Il perd pied.

— Assez !

Par hasard, mon ordre est ponctué par trois coups de marteau au-dessus de nos têtes et Lanny pousse un cri. Je réalise que Cade travaille sur l'arrière de la maison, de sorte que Lanny et Connor n'auront pas remarqué sa présence sur le toit. Autant les rassurer, d'autant que Connor vient d'apparaître sur le seuil de sa chambre, l'air paniqué.

— Tout va bien, c'est juste M. Cade. Il remplace certains bardeaux du toit.

Lanny pousse un grand soupir en secouant la tête et se réfugie dans sa chambre.

Connor adopte une attitude radicalement différente et passe de la peur à la curiosité.

— Trop cool ! Je peux aller l'aider, m'man ?

Je n'ai aucune envie que mon fils tombe du toit ou de l'échelle. D'un autre côté, il meurt d'envie de se trouver en présence d'une figure masculine capable de lui montrer ce que je ne pourrai jamais lui apprendre. Un homme en mesure d'incarner d'autres valeurs que la souffrance, la peur et l'horreur dont son père est désormais la personnification. Je ne sais pas si c'est avisé de ma part, mais il en a besoin et je ravale mon inquiétude en affichant un sourire forcé.

— Bien sûr, mon chéri.

À quoi bon mentir ? Je passe la fin de la journée dehors à ramasser les débris dont Sam et Connor se débarrassent joyeusement en les jetant du toit, tout en veillant à ce que mon fils ne commette pas d'imprudence, au risque de se blesser. Ou pire.

Il se débrouille comme un chef. Je le trouve agile et il possède le sens de l'équilibre. Il s'amuse comme un fou en suivant les préceptes de Cade qui lui enseigne l'art de superposer les bardeaux. Cela me fait du bien de voir Connor sourire et prendre plaisir à faire son travail. *Je me souviendrai de cette journée. Elle constitue l'un de ces souvenirs qui jalonneront sa vie.*

Je suis presque un peu jalouse de ne pas être celle qui lui procure cette satisfaction. Mon fils ne me regarde plus avec le même regard adorateur, je ne serai plus jamais son héroïne. Nous partageons beaucoup d'amour, mais l'amour est un sentiment complexe, même lorsqu'il est sincère. Comment pourrait-il en être autrement, à la lumière de notre histoire familiale ?

Nous dînons tous ensemble, bien que Cade ait commencé par refuser sous prétexte qu'il n'est pas présentable. Lanny, qui a pris possession de la cuisine, lui donne l'ordre de revenir après être allé prendre une douche chez lui. Je vois bien qu'il s'amuse de voir cette ado gothique en tablier à fleurs lui donner des ordres. Il est de retour quelques minutes plus tard, tout juste sorti de la douche, les cheveux mouillés qui lui collent à la nuque, vêtu d'une chemise et d'un jean propres. Cette fois il a enfilé des chaussures bateau.

Lanny a préparé des lasagnes dans lesquelles nous piochons tous les quatre avec appétit. Elles sont délicieuses et composent une explosion de saveurs. Lanny a utilisé exclusivement des aliments frais, à l'exception des feuilles de pâte qu'elle a achetées à l'épicerie. Connor tient absolument à raconter tout ce qu'il a appris ce jour-là, loin de l'école : comment clouer droit d'un coup sec, comment aligner les bardeaux, comment garder son équilibre en dépit de la pente. Lanny ne peut s'empêcher de lever les yeux au ciel, mais je vois bien qu'elle est heureuse de voir son frère aussi volubile.

Je profite d'une pause pendant laquelle Connor reprend son souffle pour me tourner vers Sam.

— Si je comprends bien, il s'est bien débrouillé.

Sam acquiesce, la bouche pleine. Il finit de mastiquer ses lasagnes, avale sa bouchée et me répond.

— Connor a tout de suite pris le coup de main. Tu as fait du bon boulot, mon vieux.

Il lève le bras et Connor lui tape dans la main.

— La prochaine fois, on s'attaque à l'autre côté du toit. On devrait avoir fini d'ici quelques jours, sauf si le vent se lève ou s'il se met à pleuvoir.

Une ombre passe sur le visage de Connor.

— Maman ? Et le bardage qui est foutu sur le côté de la maison ?

— Il a raison, nous avons plusieurs planches pourries. Sans doute serait-il plus prudent de les remplacer aussi.

— Alors mettons trois jours de plus, décide Sam en enfournant une généreuse portion de lasagnes dégoulinant de fromage fondu. Et davantage si vous décidez finalement de construire la terrasse arrière.

— Oh oui, maman ! S'il te plaît ! On peut fabriquer la terrasse ?

L'enthousiasme de Connor achève de balayer mes derniers doutes. Je ne reviendrai pas sur l'échange de la Jeep et de la camionnette, mais s'il me fallait une raison de rester, je la tiens à présent. Dans le regard de mon fils. Moi qui m'inquiétais de le voir replié sur lui-même, enfermé dans sa solitude et pétri de colère rentrée, je ne le reconnais pas. Il s'est ouvert pour la première fois, il serait criminel de le priver d'une telle métamorphose au nom d'un danger hypothétique.

— Ce serait bien d'avoir cette terrasse.

Connor lève les deux bras en signe de victoire.

— Qu'en pensez-vous, Sam ? Cela vous ennuierait-il de travailler l'après-midi, quand Connor rentre du collège ?

Il hausse les épaules.

— Ça m'est égal, mais ce sera plus long. Le chantier risque de s'étaler sur un mois si on travaille à mi-temps.

— Aucune importance, réplique Connor. Il me reste une semaine de classe seulement. Ensuite, on pourra travailler toute la journée !

Sam Cade hausse les sourcils d'un air interrogateur et m'adresse un sourire amusé. Je lui réponds par une mimique tout en mangeant mes lasagnes.

— Très bien, décide Sam. Tant que ta maman est d'accord. Mais seulement quand elle est là.

Sam a vu combien je veillais sur les miens. Il sait aussi qu'un célibataire qui débarque brusquement chez une mère de famille se fait aisément accuser de tous les maux. Je le lis sur son visage, et c'est un point de plus à son crédit.

Le dîner est très réussi et pendant que les enfants

débarrassent joyeusement, je propose à Sam de finir nos bières sur la véranda. La chaleur cède enfin la place à une petite brise rafraîchissante venue du lac, mais je ne sais pas si je parviendrai un jour à m'habituer à cette humidité. La bière apporte à la soirée une touche automnale, alors que nous ne sommes pas officiellement entrés dans l'été. Quelques bateaux sillonnent les eaux du lac éclairées par les derniers rayons du soleil : une embarcation à rames transportant quatre personnes, un yacht luxueux et deux canots. C'est l'heure où tout le monde regagne la rive.

— Vous avez fait des recherches sur mon compte ? m'interroge Sam.

Ma bouteille de bière se fige à quelques centimètres de mes lèvres, sous l'effet de la surprise.

— Pourquoi cette question ?

— Parce que vous en êtes capable.

J'éclate de rire.

— C'est vrai.

— Alors ? Je suis bien noté, au moins ?

— Pas mal.

— Tant mieux. Je devrais vérifier plus souvent.

— Vous ne m'en voulez pas ?

Il avale une gorgée, les yeux perdus dans le lointain.

— Non, finit-il par répondre. Je suis un peu déçu, peut-être. Parce que j'ai tendance à penser que je suis un type fiable.

— Disons qu'il m'est arrivé de me fier aux mauvaises personnes par le passé.

Je ne peux m'empêcher d'établir un parallèle entre la réaction de Sam Cade et celle qu'aurait eue Melvin s'il s'était trouvé à sa place. Mel aurait été furieux. Vexé. Il m'aurait accusée de me méfier de lui. Il se serait arrangé pour ne pas trop le montrer, mais je l'aurais vu se raidir.

Rien de tout ça chez Sam. Il se contente d'exprimer ce qu'il ressent.

— Je peux comprendre, ajoute-t-il. Je suis un simple employé, vous avez le droit de prendre vos précautions, surtout dans la mesure où je vais être conduit à côtoyer vos enfants, à circuler à l'intérieur de votre maison.

— Et vous ? Vous êtes-vous renseigné sur mon compte ?

Ma question le prend de court. Il s'enfonce légèrement dans son fauteuil et me lance un regard en coin.

— J'ai demandé autour de moi. Histoire de savoir si vous payez vos factures. Mais je n'ai pas fait de recherche sur Google, si c'est ce que vous souhaitez savoir. Quand une femme vérifie le pedigree d'un homme, il s'agit d'une simple précaution. Mais quand un homme procède à des vérifications au sujet d'une femme, c'est…

Je le coupe.

— C'est du harcèlement. Vous avez raison. Je serais curieuse de savoir ce qu'on dit de moi en ville.

— Je vous l'ai déjà dit : les gens vous trouvent distante, répond-il en riant. À vrai dire, les gens me jugent de la même façon.

Je tends ma bouteille de bière dans sa direction et nous trinquons. Nous nous contentons de boire à petites gorgées pendant un moment. L'embarcation à rames vient d'atteindre le ponton, à la suite des canots. Le yacht à moteur est le dernier à rentrer, des rires s'en échappent dans l'air immobile. Les lumières s'allument à bord, révélant la présence de quatre personnes. Une bouffée de musique parvient jusqu'à moi. Les trois passagers dansent pendant que le capitaine rejoint un ponton privé sur la rive opposée. Le quotidien des riches qui s'ennuient.

— Vous croyez qu'ils boivent du champagne ? me demande Sam le plus sérieusement du monde.

— Du Dom Pérignon. Avec du caviar.

— Bande de sauvages. Je prends le mien avec des toasts au saumon fumé, mais uniquement les jours qui se terminent ou commencent par *di*.

— Il ne faut pas abuser des bonnes choses.

Je lui ai répondu avec mon plus bel accent de Nouvelle-Angleterre. Un héritage de ma mère.

— Seuls les gens vulgaires sont capables de se soûler avec les meilleurs champagnes.

— Ce n'est pas moi qui pourrai vous le confirmer, je n'y ai jamais goûté. Je crois me souvenir d'un verre de mauvais champ un jour, lors d'un mariage.

Il lève sa bière.

— Voilà mon nectar.

— Oyez, oyez !

— Votre fils est super, vous savez.

Le sourire qui se dessine sur mes lèvres à la nuit tombante ne s'adresse pas uniquement à lui.

— Oui, je sais.

Le temps de vider nos bières, je récupère les bouteilles vides et donne son argent à Sam. Je le regarde s'éloigner en direction de son chalet tout proche. Une lumière s'allume dans le salon, qui dessine une tache rouge derrière les rideaux.

Je dépose les cannettes dans le bac de recyclage réservé au verre. La cuisine est propre et silencieuse. Les enfants ont regagné leurs quartiers respectifs, comme à leur habitude.

C'est une soirée calme. Au moment d'enclencher l'alarme et de verrouiller la porte d'entrée, je me fais la réflexion que ça ne peut pas durer.

Je me trompe. À ma grande surprise, le lendemain, un samedi, s'écoule sans problème. La surveillance des Cinglés signale une nette accalmie, la police ne vient pas sonner à ma porte, et on me commande de nouveaux boulots. Le dimanche suit le même modèle et les enfants retournent au collège le lundi pour leur dernière semaine de classe. À 16 heures pile, Connor et Sam Cade se retrouvent sur le toit d'où résonnent les coups de marteau. Lanny se plaint que le bruit la rend folle, mais il lui suffit d'augmenter le volume de son casque pour régler le problème.

Les journées idylliques se suivent et se ressemblent, la semaine file comme le vent. C'est bientôt le début des vacances, à la grande joie des enfants, et Cade prend ses habitudes à la maison où il nous rejoint dès l'heure du petit-déjeuner avant de monter sur le toit avec Connor. Les réparations terminées, ils passent au remplacement des poutres pourries autour des ouvertures. Je m'enferme dans mon bureau pour travailler entre deux virées de surveillance sur le Net. Je savourerais presque le confort d'avoir quelqu'un en qui avoir confiance, même de façon mesurée.

Lorsque arrive le dimanche suivant, la façade de la maison a reçu une couche de peinture, ce qui m'oblige à tout nettoyer à la suite des peintres, mais cela ne me dérange pas. Loin de là. Je suis épuisée, couverte de peinture, et plus heureuse que je ne l'ai été depuis longtemps. Lanny, Connor et Cade sont tout aussi crasseux et épuisés, mais nous avons mené à bien une mission tous ensemble, et j'en suis rassérénée.

Je me surprends à sourire naturellement à Sam ce jour-là. Lorsqu'il me rend mon sourire spontanément, sans la moindre arrière-pensée, je revois dans ma tête le moment où Mel m'a souri pour la première fois. Je m'aperçois soudain qu'il ne souriait pas aussi spontanément. Il jouait la comédie lorsqu'il endossait son costume de mari fidèle et de père idéal. *Toujours rester fidèle à son personnage*. Je prends la mesure de la différence en voyant Sam discuter avec les enfants, se reprendre lorsqu'il commet une erreur, dire des âneries comme des pensées profondes. Je découvre un être humain dans toute sa vérité et son naturel.

Ce que n'a jamais été Mel.

Je n'ai pas eu de modèle auquel le comparer. Mon père était constamment absent, il manquait surtout de chaleur. Les enfants faisaient partie du décor, il préférait ne pas les entendre. Lorsque Mel m'a rencontrée, il a deviné chez moi cette soif d'une présence masculine. Il a dû soigneusement étudier son rôle. Il lui arrivait de tomber le masque, je me souviens de toutes les occasions où c'est arrivé. La première fois, le jour où je me suis fâchée contre lui parce qu'il avait oublié le goûter d'anniversaire de Brady pour ses trois ans. Il s'est tourné vers moi avec une telle violence que je me suis réfugiée contre le réfrigérateur. Il ne m'a pas frappée, mais il m'a emprisonné la tête dans ses mains en me regardant avec un regard vide qui m'a terrorisée. Il suffit que j'y repense pour éprouver la même terreur.

Même sous son meilleur camouflage, Mel paraissait *vide*. Son calme paraissait calculé, de même que ses marques d'affection.

J'imagine que le véritable Mel sortait de sa coquille lorsqu'il allait dans son atelier. Il devait passer ses journées à attendre le moment où il pourrait enfin s'enfermer en mettant le verrou.

J'ai beau observer Sam, je ne vois rien de tel chez lui. Je vois seulement une personne normale.

Je m'en veux terriblement de n'avoir pas compris à qui j'avais affaire, qui partageait mon *lit* tout au long des neuf années qu'a duré notre mariage. *Mon* mariage. Pas le nôtre. Parce que cela n'a jamais été un mariage aux yeux de Melvin Royal.

J'ai été un simple outil pour lui, au même titre que les scies, les marteaux et les couteaux qu'il collectionnait dans son atelier. Je lui servais de camouflage.

C'est à la fois terrifiant et rassurant de le comprendre enfin. Je ne me suis pas autorisée à y réfléchir beaucoup, mais la présence de Sam et des enfants autour de lui me montre combien mon mariage était artificiel.

Je n'en souffle pas mot à Sam, évidemment. Je n'ai aucune intention de lui révéler qui je suis réellement. Jamais de la vie. Mais je trouve parlant que les enfants l'apprécient. Ils sont tous les deux intelligents, je sais qu'il est important à leurs yeux de construire un endroit sûr dans lequel ils pourront grandir et s'épanouir. La manœuvre est risquée, mais nécessaire. Je suis toujours prête à prendre la fuite, mais uniquement en cas de besoin.

Pour l'heure, tout est calme. Plus calme que jamais.

À la mi-juin, Connor et Sam ont littéralement transformé la maison. Le second enseigne au premier les rudiments de l'art du bâtiment. Ils ont décidé de niveler la terre sur l'arrière de la maison. Il faudra ensuite couler une dalle de béton et planter des piliers. Lanny les observe de loin en leur prodiguant des conseils, jusqu'au moment où elle se pique définitivement au jeu lorsque Sam se met à dessiner des plans d'architecte.

Il s'agit d'un projet à long terme et personne n'est pressé. À commencer par moi. Les nouveaux boulots arrivent régulièrement de mon côté, au point que je suis parfois obligée d'en refuser. Je peux me permettre de choisir mes clients et de facturer mes services plus cher, ce qui vient renforcer ma réputation. L'horizon s'éclaircit vraiment.

Je ne dépends pas uniquement des revenus que je tire de mon travail sur le Net. Je n'en ai pas besoin, Mel m'ayant involontairement soulagée de ce point de vue : dans cet horrible box où il cachait son journal et ses trophées monstrueux, il avait entreposé de quoi prendre la fuite, sous forme d'un sac rempli d'argent liquide.

Près de deux cent mille dollars, l'héritage de ses parents qu'il prétendait avoir investi dans un fonds mutualiste. Cet argent a moisi des années durant, dans l'attente du jour où il déciderait de prendre la poudre d'escampette. Il n'en a pas eu le temps. Il se trouvait à son travail lorsqu'il a été arrêté, et il n'a plus jamais été libre par la suite.

J'ai signalé l'existence de ce box à la police dès que j'en ai découvert le contenu, mais j'ai pris la précaution de glisser le sac contenant l'argent dans le coffre de ma voiture. Je me suis rendue par la suite dans un bureau de poste, à l'autre bout de la ville, où j'ai loué une boîte aux lettres sous un faux nom. J'ai ensuite choisi un local UPS dans un quartier éloigné et acheté un colis dans lequel j'ai enfermé le sac avant de l'expédier à ma nouvelle boîte postale. J'étais terrifiée, persuadée que j'allais me faire prendre, ou bien que quelqu'un ouvrirait ma boîte postale et volerait l'argent avant de disparaître sans laisser de trace. Il m'aurait été impossible de porter plainte.

Le colis est arrivé à bon port. J'ai suivi son trajet sur Internet et versé un supplément au service de poste restante pour que l'on conserve mon courrier en cas d'absence. Bien m'en a pris car la police est venue m'arrêter deux jours plus tard, malgré la bonne volonté dont j'avais fait preuve depuis le début de l'enquête, et j'ai attendu mon procès en prison.

Le colis contenant l'argent n'avait pas bougé quand je suis retournée le chercher près d'un an plus tard, au lendemain de mon acquittement. Il prenait tranquillement la poussière dans un coin du bureau de poste. Un vrai miracle.

J'en ai dépensé la moitié à mettre en place notre fuite et acheter de fausses identités. Le reste a servi en partie à l'achat de la maison de Stillhouse Lake, vingt mille dollars auxquels il a fallu ajouter dix mille de travaux, si bien que j'ai les moyens de m'offrir quelques fantaisies aujourd'hui, entre le reliquat de cette somme et mes revenus. Mel sera probablement furieux en apprenant que son précieux magot a disparu, ce qui me rend hilare. Cela me fait le plus grand bien de savoir que cet argent sert à nous financer une nouvelle vie.

Lorsque Cade me propose de donner un coup de main dans le jardin, j'accepte à condition qu'il soit rémunéré. Il se laisse convaincre et nous passons des heures à discuter des plans, à choisir les variétés de plantes, à les mettre en terre ensemble, à dessiner des allées, à aménager des plates-bandes. Nous allons jusqu'à creuser un petit bassin dans lequel nous installons des poissons rouges dont les écailles brillent au soleil.

Petit à petit, je me rends compte que j'ai baissé la garde avec Sam. La bascule ne s'est pas faite un jour précis, ni même au détour d'une phrase ou d'un geste. Cette métamorphose est liée à tout ce qu'il dit, ce qu'il fait, ce qu'il est. C'est l'homme le plus calme et le plus conciliant qu'il m'ait été donné de croiser. Il suffit que je le voie sourire, que je l'entende parler aux enfants ou à moi pour prendre la mesure de mes erreurs passées, comprendre à quel point ma vie avec Melvin Royal était vide, alors qu'elle donnait l'impression d'être remplie.

Elle était aussi éteinte que la nouvelle lune.

Deux semaines s'écoulent de cette façon, sans que je voie les jours filer. Mon jardin est digne de ceux qu'on découvre dans les magazines de déco, même Lanny paraît heureuse, toutes proportions gardées. Elle adoucit sa panoplie gothique et m'avoue même, ô miracle ! qu'elle s'est fait une amie. Elle me demande, avec son agressivité hésitante coutumière, si j'accepte de la conduire au cinéma où elle a rendez-vous avec Dahlia Brown. La même Dahlia Brown à qui elle a donné un coup de poing au collège.

Je reste dubitative, mais Dahlia a tout d'une gentille fille. Grande et plutôt gênée par sa taille, elle est très complexée par ses bagues dentaires. Son petit ami l'a laissé tomber à cause de son appareil. C'est ce qui pouvait lui arriver de mieux.

Je prends place avec Connor au fond de la salle de façon à laisser ensemble Dahlia et Lanny ; à l'heure du dîner, qu'elle partage avec nous à la maison, elle semble parfaitement à l'aise, et Lanny aussi. L'habitude est prise, et Lanny retourne au cinéma avec Dahlia à plusieurs reprises pendant l'été. Dahlia emprunte à Lanny son penchant pour le vernis à ongles noir et le maquillage, tandis que ma fille hérite de son amie le goût des foulards à fleurs.

Les filles ne se quittent plus quand arrive la mi-juillet, elles ont même attiré deux nouvelles recrues. Je reste vigilante, bien sûr. L'un des deux jeunes gens est gothique de pied en cap, il porte même un piercing au niveau de la cloison nasale, alors que son copain est désespérément BCBG, ce qui ne les empêche pas de s'entendre à merveille. Ils sont surtout très drôles, ce qui ne fera pas de mal à ma fille.

Connor aussi a changé. Ses copains de jeux vidéo se sont hissés au rang de véritables amis, il m'annonce même qu'il a trouvé ce qu'il voudrait devenir plus tard.

Mon fils rêve d'une carrière d'architecte. Il se sent une âme de bâtisseur et j'en ai les larmes aux yeux. Je désespérais de le voir envisager un jour d'avoir un métier, de mener une vie qui ne se limite pas à une fuite perpétuelle. Et voilà que mon vœu est exaucé.

Sam Cade lui a ouvert des univers auxquels il n'aurait pas eu accès par mon intermédiaire, et j'en suis toute tremblante de gratitude. Je parle de la nouvelle passion de Connor à Sam le lendemain soir sur la véranda, une bière à la main. Il m'écoute en silence et reste sans réaction pendant un long moment avant de se tourner vers moi. La soirée est nuageuse, on sent que l'orage n'est pas loin. Cette partie du Tennessee est en alerte météo, sans conséquence pour le moment.

— Vous ne parlez pas beaucoup du père de Connor.

Je ne lui en ai même jamais parlé, et ça ne risque pas de changer.

— Il n'y a rien à dire. Connor avait besoin d'une figure masculine qu'il puisse admirer, c'est le rôle que vous avez joué avec lui, Sam.

Il m'est impossible de distinguer ses traits dans l'obscurité. Je ne sais pas si ma réponse l'a effrayé ou bien si elle lui a fait plaisir. Peut-être les deux. Je sens une forme de tension entre nous depuis plusieurs semaines, mais nous n'avons eu aucun contact physique, en dehors d'effleurements fortuits lors d'un échange d'outil ou au moment de partager une bière. Je ne sais même pas si je serais capable d'éprouver un jour des sentiments amoureux, et il émane de lui une réserve comparable. Peut-être sort-il d'une histoire difficile, ou alors la femme qu'il aime est partie. Je n'en sais rien et je ne lui pose pas la question.

— Je suis heureux d'avoir pu lui être utile, dit-il d'une voix que je trouve étrange, sans être en mesure de comprendre pourquoi. C'est un bon gamin, Gwen.

— Je sais.

— Lanny aussi. Vous êtes…

Il garde le silence quelques secondes, puis il avale nerveusement une gorgée de bière.

— Vous êtes une sacrée bonne mère.

Le tonnerre gronde dans le lointain, sans que l'on aperçoive le moindre éclair. L'orage aura probablement éclaté de l'autre côté des collines, mais je sens monter l'humidité, l'air est anormalement poisseux. Je frissonne tout en éprouvant l'envie de m'éventer.

— Je m'efforce de l'être. Mais vous avez raison. On ne parle jamais de leur père car c'était… c'était un être abject.

J'aimerais poursuivre, mais l'émotion me serre la gorge. J'ai reçu une nouvelle lettre de Mel ce matin. Il est redevenu normal, à en juger par les nouvelles banales qu'il me donne et les questions qu'il me pose au sujet des enfants. Quoi qu'il ressente aujourd'hui, ce n'est que l'ombre d'une véritable affection.

Pour un peu, je prendrais la main de Sam dans la mienne, je sentirais la chaleur de ses doigts. Ce contact relèverait du talisman, davantage que de l'attirance. Je dois impérativement chasser le fantôme de Mel et cesser de penser à lui. Je sursaute intérieurement en m'apercevant que je suis à la limite d'avouer la vérité à Sam.

J'en suis si stupéfaite que je regarde fixement son profil. Il boit sa bière à petites gorgées en observant les eaux du lac. Un éclair lointain illumine son visage et je crois reconnaître quelqu'un d'autre.

Sans savoir qui.

— Qu'y a-t-il ?

Il s'est tourné vers moi et croise mon regard. Je me sens rougir, ce qui m'agace, car ce genre de réaction ne m'arrive jamais. Je me demande bien pour quelle raison je me sens aussi mal à l'aise, aussi perdue, sur ma propre véranda en compagnie d'un homme que je connais bien.

— Gwen ?

Je secoue la tête en détournant le regard tout en ayant conscience qu'il ne me quitte pas des yeux. J'ai l'impression de me retrouver sous le feu d'un projecteur, scrutée par une lumière chaude et crue. Je suis reconnaissante au ciel d'être aussi couvert ce soir. Je sens la bouteille glacée entre mes doigts, les gouttes de condensation qui roulent sur le dos de ma main. J'ai envie d'embrasser cet homme. J'ai envie qu'il m'embrasse.

Je suis littéralement sous le choc. Je n'ai pas eu ce genre de pulsion depuis une éternité. J'étais persuadée que cette partie de moi était morte, calcinée dans le brasier infernal des crimes de Melvin, rongée par la trahison. Et me voilà toute tremblante du désir que Sam pose ses lèvres sur les miennes. Je suis convaincue qu'il le sent. Nous sommes reliés par un fil invisible.

Il doit avoir aussi peur que moi parce que je le vois vider sa bière en quelques gorgées avides.

— Je ferais mieux de rentrer avant l'orage, dit-il d'une voix différente, plus profonde et sombre.

Je suis incapable de répondre. Je ne sais vraiment pas ce que je pourrais dire, à la vérité. Je me contente de hocher la tête, il se lève et se dirige vers les marches de la véranda en passant à côté de moi.

Il se trouve sur la deuxième lorsque je retrouve ma voix.

— Sam.

Il s'arrête. Le tonnerre gronde à nouveau et un éclair traverse le ciel, aussi aiguisé qu'une lame de couteau.

Je roule la bouteille entre mes mains.

— Vous revenez demain ?

— Vous le souhaitez ?

— Oui. Bien sûr.

Il hoche la tête et s'éloigne d'un pas rapide. Il déclenche au passage l'éclairage automatique équipé d'un détecteur de mouvement que j'ai installé. Il franchit la barrière, remonte le petit sentier et se trouve à mi-chemin lorsque la lumière s'éteint.

La pluie s'abat sur la maison cinq minutes plus tard. L'orage commence par quelques gouttes hésitantes qui se transforment bientôt en vacarme sur le toit avant de dessiner un épais rideau d'eau le long de la véranda. J'espère que Sam a pu rentrer chez lui à temps. J'espère surtout que l'orage ne va pas noyer notre nouveau jardin.

Je reste là, à finir ma bière, à écouter la rumeur de la pluie.

Tu es dans la mouise, Gwen.

Je ne me suis jamais sentie aussi vulnérable. Pas depuis l'époque où je m'appelais Gina Royal.

Cela prend du temps. Lentement, de façon presque imperceptible sur la fin de cet été chaud et moite, Sam et moi baissons la garde en nous défaisant de nos armures. Nous supportons sans broncher que nos mains s'effleurent, que nos sourires se répondent sans préméditation. Tout est réel. Solide.

Je me sens reprendre forme humaine.

Je ne suis pas dupe, jamais Sam ne pourra réparer ce qui s'est cassé en moi. Je ne crois pas non plus qu'il se berce d'illusions. Nous sommes tous les deux marqués par la vie, je l'ai senti dès la première minute. Peut-être faut-il que nous soyons gravement abîmés pour nous accepter mutuellement de la sorte.

Je pense de moins en moins à Mel.

Je ne suis pas mécontente lorsque la température commence à baisser au cours de la seconde moitié du mois de septembre. Connor et Lanny ont repris le collège, ils semblent heureux. Quels que soient les caïds de cour de récré qui s'en sont pris à Connor (et dont il ne m'a jamais révélé les noms), il s'est trouvé une bande d'amis en guise de compensation. Ils viennent à la maison tous les jeudis soir et restent tard à jouer sur la console vidéo. Leur enthousiasme, leur passion, leur imagination me ravissent. Lanny prétend trouver nuls ces jeux, je sais que c'est faux. Elle s'est mise à emprunter des romans fantastiques à la bibliothèque et les prête à son frère lorsqu'elle les a terminés. Et depuis que les copains de Connor ont trouvé cool qu'elle le surnomme Carapuce, elle a perdu cette habitude.

Un soir de fin septembre, dans le salon, je regarde un vieux film à la télé en compagnie de Sam. Les enfants sont couchés depuis belle lurette et je sens sa chaleur contre moi, un verre de vin à la main. Un instant de paix proche du bonheur. À cet instant précis, je ne pense ni à Mel, ni à rien d'autre. Le vin contribue à endormir mes angoisses, à atténuer mes peurs.

— Hé, me glisse-t-il dans un souffle qui me chatouille le creux de l'oreille. Vous êtes réveillée ?

— Tout à fait.

J'en profite pour remplir mon verre mais il me le prend des mains et le vide d'un trait.

— Hé, là !

— Désolé, répond Sam. J'ai besoin de prendre du courage. J'ai une question à vous poser.

Je me fige, incapable de respirer, de déglutir, de partir en courant. Je me contente de rester là, assise à côté de lui, en attendant que le masque tombe.

— Ça vous ennuierait que je vous embrasse, Gwen ?

Ma tête est désespérément vide. Un champ de neige sur un glacier, froid, lisse et désertique. Je suis abasourdie par le silence qui règne en moi, par le retour brutal de la peur.

Je me sens soudain submergée par une vague de chaleur. Elle survient d'un seul coup, comme si elle attendait son heure depuis toujours.

— Ça m'ennuierait que vous ne le fassiez pas.

Ce premier baiser commence timidement, jusqu'à ce que nous trouvions nos marques. Ses lèvres sont douces et fermes à la fois, je ne peux m'empêcher de repenser aux baisers de Mel, à leur côté artificiel. Il n'y a rien d'étudié chez Sam. Il m'embrasse avec sincérité. Je sens dans sa bouche les riches arômes du bordeaux. Tout dans ce baiser me confirme que je ne connais rien à la vie, que j'ai beaucoup perdu le jour où j'ai épousé Melvin Royal. Que j'ai perdu beaucoup de temps avec lui.

Sam se dégage le premier, le souffle court, muet. Je me colle contre lui. Il passe son bras autour de mes épaules et, loin de me sentir prisonnière, j'ai le sentiment d'être sous sa protection.

— Sam…

— Chuuuut, me murmure-t-il à l'oreille, et je me tais.

Je viens de comprendre qu'il a sans doute aussi peur que moi.

Le film terminé, je le raccompagne dehors. Lorsqu'il m'embrasse à nouveau au pied des marches, j'ai le sentiment que ce baiser annonce des moments meilleurs encore.

Le lendemain, je reçois une enveloppe de réexpédition. Mon pouls s'accélère, mais je ne suis pas aussi angoissée que les fois précédentes. Cela ne m'empêche pas de prendre les précautions d'usage en enfilant des gants en nitrile pour déchirer l'enveloppe et retirer la lettre qu'elle contient.

Cette nouvelle lettre, comme prévu, est de celles qui révèlent un Mel normal sous son masque d'humanité. Il me parle de ses lectures (il a toujours énormément lu, le plus souvent des ouvrages obscurs de philosophie ou de sciences) et se plaint de la médiocrité de la nourriture. Il me dit avoir de la chance que des amis aient mis de l'argent sur son compte à la cantine, ce qui lui permet d'acheter des douceurs qui améliorent son quotidien. Il fait allusion à son avocat.

Je prends soudain conscience, de façon dérangeante, que ce courrier est différent des précédents.

J'en ai la preuve, à la fin de la lettre, en découvrant un dard qui me pique et me distille son venin en profondeur.

> *Tu sais, ma chérie, je regrette que nous n'ayons jamais pu acheter une maison au bord d'un lac, comme nous en avions parlé si souvent. Un petit paradis. Je la vois presque, je te vois assise sur la véranda à contempler le paysage sous le regard de la lune. Cette pensée m'apaise. J'espère que tu ne partages pas ces moments avec un autre.*

Je me souviens brusquement de toutes ces soirées passées à siroter une bière, hypnotisée par les eaux du lac. *Cette pensée m'apaise. J'espère que tu ne partages pas ces moments avec un autre.*

Il nous a vus. En photo tout du moins. Il m'a vue avec Sam sur la véranda. *Il sait où nous sommes.*

— Maman ?

De saisissement, je laisse tomber les deux cuillères à l'aide desquelles je tenais la lettre, à la façon d'une pince. Connor m'observe, de l'autre côté du plan de travail, en compagnie de Billy, Trent, Jason et Daryl, toute la bande du jeudi soir. J'avais oublié que c'était aujourd'hui. Je comptais leur préparer des marshmallows avec des Rice Krispies, et je n'y ai plus pensé.

Je m'empresse de replier la lettre, de la remettre dans l'enveloppe, de retirer mes gants et de les lancer dans la poubelle. Je glisse le courrier de Mel dans ma poche arrière.

— Alors, les garçons ? Un petit goûter ?

Ma proposition est accueillie par les cris de joie de tous, sauf Connor qui continue de me regarder sans un mot. Je m'efforce de le rassurer en lui adressant un sourire, mais je sais qu'il n'est pas dupe. Je fais des efforts désespérés pour rassembler mes pensées tout en mélangeant la crème de marshmallows et les Rice Krispies dans une poêle, au grand plaisir des enfants. Je n'ai pourtant pas la tête à ça. Je dois prendre une décision.

Mon instinct me hurle de fuir. *Monte dans la camionnette, charge les enfants et va-t'en. Recommence ailleurs. Il ne pourra pas te retrouver tout de suite.*

La vérité froide et crue, c'est que nous avons passé notre vie à fuir. J'ai obligé mes enfants à mener une vie perturbante qui les a coupés de leur famille, de leurs amis, et d'eux-mêmes. C'est vrai, je l'ai fait pour les sauver, mais à quel prix ? Depuis un an que nous nous sommes installés ici, je les ai vus grandir et s'épanouir.

Je ne veux plus fuir. Peut-être est-ce à cause de cette maison, qui a fini par devenir un foyer, en dépit de toutes mes réticences. Peut-être est-ce à cause du lac, de la paix qui règne ici.

Peut-être est-ce à cause de cette attirance fragile, délicate et précieuse que je ressens au contact d'un homme bien.

Non. Non, je refuse de fuir à cause de toi, Mel. Il est temps que je passe au plan que j'ai fourbi il y a longtemps et dont j'espérais ne jamais avoir à me servir.

Pendant que les garçons avalent leur mixture poisseuse, je quitte la cuisine et compose un numéro qu'Absalom m'a fourni il y a des années. Je ne sais pas à qui il appartient, je ne sais même pas s'il fonctionne.

Il s'agit d'un ultime recours, d'un engin nucléaire. Une option unique qui m'a coûté très cher.

Le téléphone sonne dans le vide, je tombe sur un répondeur. Pas même un message, juste un bip.

— Bonjour, je suis Gina Royal. Absalom m'a dit que vous saurez de quoi il s'agit. Allez-y.

Je raccroche, prise de vertige, comme au bord d'un précipice. Ce nom, *Gina Royal*, me donne le sentiment d'un retour en arrière vers une époque dont je voudrais qu'elle n'ait jamais existé. J'ai l'impression que tous les progrès effectués ne sont qu'une illusion, que Melvin peut les anéantir à tout moment.

Le lendemain, j'appelle la prison où Melvin est incarcéré et je prends rendez-vous à la première date possible.

5

Je ne peux pas laisser les enfants seuls.

Je réfléchis à une solution en me triturant les méninges des heures durant. À force de me mordiller la lèvre inférieure, elle est en sang. Je n'ai pas l'embarras du choix si je veux confier les enfants à quelqu'un. J'ai également la possibilité de les mettre dans l'avion et de les envoyer chez leur grand-mère, mais vérification faite, elle est en voyage. Je dois prendre une décision. Il n'est pas pensable de laisser Lanny et Connor seuls, et je ne peux pas les emmener avec moi.

Il ne me reste qu'une solution, mais c'est un pas gigantesque pour quelqu'un comme moi qui a cessé d'accorder sa confiance à quiconque : je voudrais demander à Sam. J'en arrive à douter de ma propre envie, mon expérience avec Mel m'a démontré que je ne pouvais pas me fier à mon jugement. Je n'ai aucune envie de risquer la vie de mes enfants.

Si seulement j'avais des amies femmes. Les seules dont j'ai croisé la route à Norton sont distantes et désagréables, voire hostiles aux personnes qui ne sont pas du coin.

Je reste paralysée par mon indécision, installée dans mon bureau, jusqu'au moment où Lanny se laisse tomber sur une chaise en face de moi et me regarde fixement sans un mot.

— Qu'y a-t-il, ma chérie ?

— C'est exactement la question que j'allais te poser, maman. C'est quoi ce bordel ?

— Je ne comprends pas.

— Tu comprends très bien, au contraire, me rétorque-t-elle en plissant les paupières, un trait qu'elle a hérité de moi. Tu passes tes journées à te ronger les ongles et tu n'as quasiment pas dormi. C'est quoi, le problème ? Et ne me dis pas que je suis trop jeune pour comprendre. Ça le fait pas.

Sa dernière expression en date me fait sourire. Sans doute optera-t-elle pour une autre, plus directe, lorsqu'elle aura seize ans.

— Je vais devoir m'absenter une journée. Vous serez en classe, sauf que je devrai partir très tôt et que je rentrerai très tard. J'ai besoin de quelqu'un pour vous garder.

Je pousse un soupir avant de poursuivre.

— Que suggères-tu ?

Elle bat des paupières, sans doute parce que je ne lui ai pas demandé son avis depuis des temps immémoriaux. Ce n'est pas le genre de question que je pose souvent.

— Où tu vas ?

— Aucune importance. Ne change pas de sujet de conversation.

— Tu vas voir papa, c'est ça ?

Je déteste l'entendre utiliser ce terme, comme si Mel était encore un *papa*. On dirait presque qu'elle y a mis une note d'espoir. J'en ai des frissons, et elle s'en aperçoit.

Autant mentir.

— Non. Un rendez-vous d'affaires.

— D'accord.

Je suis incapable de dire si ma fille me croit.

— Dans ce cas, je suppose qu'on pourrait demander à Sam. Il bricole tout le temps ici, de toute façon. Je te rappelle qu'ils n'ont pas terminé la terrasse, avec Connor.

C'est un soulagement pour moi de l'entendre prononcer le nom de Sam. Sans compter qu'elle a raison. Sam sera probablement à la maison. La terrasse avance doucement, par à-coups.

— J'ai… Ma chérie, je ne serai pas là pour veiller sur vous. Si ça te met mal à l'aise…

— Maman, je t'en prie.

Elle lève les yeux au ciel.

— Si je pensais que c'est un mec douteux, tu crois pas que j'aurais déjà pété un plomb avec lui ? Ou avec toi ?

Elle ne s'en serait pas privée. Lily était timide. Lanny ne l'est pas. Je me sens brusquement plus légère, même si je peux difficilement compter sur le jugement d'une ado de quatorze ans, aussi solide soit-il.

Je ne dois compter que sur moi-même, courir un risque que j'ai des scrupules à prendre. S'il s'agissait uniquement de moi, je n'hésiterais pas. Mais il est question d'eux.

— Maman.

Lanny se penche vers moi. Je découvre dans sa sincérité l'ébauche de la femme qu'elle deviendra.

— Maman, Sam fera ça très bien. Arrête de te torturer.

Je prends une longue inspiration avant d'acquiescer. Lanny sourit lentement et croise les bras. Elle est fière d'avoir remporté la partie.

— Je le surveillerai de près, poursuit-elle. Et puis les numéros de Javier et de l'agent Graham sont enregistrés sur mon téléphone. PDS, maman.

Pas de souci, en jargon ado. Je vais devoir franchir le pas et j'y suis prête. Je sors mon portable et compose le numéro sans quitter Lanny des yeux.

Il décroche à la deuxième sonnerie.

— Salut, Gwen.

La banalité de son accueil me rassure et c'est presque d'une voix normale que je lui réponds.

— J'ai besoin d'un service.

De l'eau coule en arrière-plan. Je l'entends fermer le robinet et poser un objet quelconque afin de me prêter toute son attention.

— Sans problème. Je vous écoute.

C'est aussi simple que ça.

— Je serai absente uniquement pendant douze heures.

On est dimanche soir, la veille du jour où je dois prendre l'avion.

— Je vous remercie d'avoir accepté. Lanny est quelqu'un de responsable, mais…

— Je sais, elle n'a que quatorze ans.

Il boit une gorgée de la bière que je lui ai donnée. Une Pecan Porter, sa préférée. Dieu soit loué pour avoir inventé les bières artisanales. Je bois une Samuel Adams bio au chocolat, à la fois douce et mousseuse, qui fait taire les papillons que j'ai dans l'estomac.

— Vous n'avez pas envie de trouver une maison en ruine avec une montagne de cannettes vides, c'est bien ça ?

— Exactement.

Je ne vois pourtant pas Lanny organiser une fête en mon absence. Elle ne se sentira pas libre, contrairement à la plupart des filles de son âge. Elle se sentira vulnérable, car elle l'est. Si son père sait où nous nous trouvons, si quelqu'un suit réellement tous nos faits et gestes à sa demande… j'aime autant ne pas y penser. Il est fort possible que quelqu'un nous observe à cet instant précis. J'aperçois quelques bateaux sur le lac qu'éclaire le soleil couchant. L'un d'eux peut très bien avoir embarqué un appareil photo braqué sur ma véranda. Cette pensée me rend nerveuse. *Mel trouvera le moyen de détruire ma maison. Il détruit tout.*

C'est la raison pour laquelle je lui rends visite. J'entends m'assurer qu'il a pris la mesure de la partie qui est en train de se jouer.

Je n'ai pas dit à Sam où j'allais. Par où commencer ? Je ne lui dis pas non plus que j'ai installé plusieurs caméras sans fil. L'une en face de la porte d'entrée, une autre sur l'arrière, une troisième posée à l'extérieur dans un arbre d'où l'on voit toute la propriété, et la dernière en hauteur, derrière la grille du climatiseur qui dessert la cuisine et le salon. Il m'est facile de passer de l'une à l'autre à l'aide de la tablette achetée avec l'ensemble. En cas d'urgence, j'ai la possibilité d'envoyer un lien par e-mail à la police de Norton.

Je ne me méfie pas de Sam, mais j'ai besoin d'être rassurée.

— Sam ? Avez-vous une arme ?

Il me regarde avec une expression interrogative en s'étranglant à moitié. Je hausse un sourcil et il éclate d'un rire contrit.

— Je suis désolé, s'excuse-t-il. Je n'étais pas sur mes gardes. Oui, bien sûr que j'ai une arme. Pourquoi ?

— Cela vous ennuierait de la garder sur vous pendant que vous êtes ici ? Je suis juste…

— Inquiète à l'idée de laisser vos enfants ? Oui, bien sûr, aucun problème.

Il pose sur moi un regard insistant et reprend d'une voix plus feutrée :

— Y a-t-il un danger particulier dont je devrais être au courant, Gwen ?

— Rien de particulier, non. Mais…

J'hésite sur la formulation.

— J'ai l'impression d'être sous surveillance. Ça vous paraît idiot ?

— Sur les rives du lac de la mort, rien ne m'étonne.

— Le *lac de la mort* ?

— Ce n'est pas moi le coupable, mais votre fille. J'ai cru que l'expression venait de l'un de ses copains gothiques. Un slogan accrocheur, non ?

Je déteste ce surnom. L'endroit est déjà assez inquiétant comme ça.

— En tout cas, veillez bien sur eux. C'est tout ce que je vous demande.

Il hoche la tête.

— Si ça ne vous ennuie pas, je compte en profiter pour travailler un peu à la terrasse.

— Bien sûr. Merci.

Mue par un réflexe, je lui tends la main, il la prend et la garde un moment dans la sienne. C'est tout. Ce n'est ni un baiser, ni une étreinte, mais c'est un moment fort et nous prenons le temps de le savourer.

Il finit par se lever et vide sa bouteille de Pecan Porter.

— Je serai là très tôt, avant votre départ. D'accord ?

— D'accord. Je prends la route pour Knoxville à 4 heures du matin. Les enfants partent au collège à 8 heures, ils se débrouillent pour prendre le bus. Vous serez tranquille jusqu'à leur retour vers 15 heures. Quant à moi, je rentrerai à la nuit tombée.

— Parfait. Je veillerai à vider le frigo et à regarder les films les plus chers sur votre plate-forme de *streaming*. Je pourrais peut-être aussi acheter quelques gadgets sur un site de téléachat ?

— Je constate que vous ne perdez pas le nord, Sam.

— Et comment !

Il me gratifie d'un sourire bienveillant et reprend le chemin de son petit chalet. Je le regarde s'éloigner, et c'est tout juste si je m'aperçois que je souris aussi. Nos échanges sont si normaux.

Mon sourire s'efface et je me fais la réflexion que la normalité est source de danger, de nos jours. Je m'étais figuré que je pourrais vivre dans un monde ordinaire, mais le mien se trouve un étage plus bas. Il reste plongé dans l'obscurité, personne n'y est en sécurité, rien n'y est durable. Pour un peu, Sam me l'aurait fait oublier. J'aide mes enfants en restant ici, mais je les mets en danger.

Il n'y a donc pas de bonne solution, me montrer forte ne suffira pas. Il me faut rendre coup pour coup.

Le lendemain, je rallie l'aéroport de Knoxville et prends un vol très matinal à destination de Wichita, la ville où nous avons longtemps vécu. De là je loue une voiture afin de rejoindre El Dorado. L'endroit a tout d'une zone industrielle au milieu de nulle part. Toute illusion sur la fonction du lieu disparaît lorsque l'on s'approche et que l'on distingue le grillage d'enceinte brodé de barbelés. C'est la première fois que je viens ici, je ne connais pas la procédure. L'air n'a pas la même odeur, il évoque mon ancienne vie, la maison que j'ai perdue depuis longtemps, saisie par la banque pendant mon séjour en prison. Un mois plus tard, un incendie criminel l'a réduite en cendres. Elle a été remplacée depuis par un jardin public dédié aux victimes.

Les jours où je cherche à me punir, je regarde sur Google Maps l'endroit où je vivais, en m'efforçant de revoir la maison qui se dressait autrefois à la place de ce petit parc. Il me semble que la stèle de pierre qui y est érigée se trouve au centre de ce qui était le garage de Mel. Son abattoir. L'emplacement est bien choisi.

J'ai choisi de me rendre directement à El Dorado, sans repasser dans mon ancien quartier. Je n'ai qu'un seul objectif en suivant les instructions du gardien posté à l'entrée du parking des visiteurs. J'ai laissé mon Glock enfermé dans le coffre de la Jeep à l'aéroport de Knoxville, je n'ai rien d'autre que les vêtements que je porte, une carte prépayée de cinq cents dollars, un téléphone, une tablette, et ma carte d'identité au nom de Gina Royal.

Les équipes de sécurité l'examinent à la loupe, on relève mes empreintes, ma présence attire les regards et suscite les chuchotements du personnel de la prison comme des femmes venues rendre visite à un proche. J'ai appris à éviter ces regards. C'est la première fois que je rends visite à Melvin, ma venue excite la curiosité des gardiens qui en parleront entre eux dans les couloirs.

On me retire jusqu'au moindre effet personnel pour ne me laisser que mes vêtements, puis je passe à la fouille au corps. Je serre les dents et m'exécute sans broncher, malgré l'humiliation. Mel aime jouer aux échecs. Cette visite est pour moi une façon de le mettre échec et mat, je n'ai donc pas le droit à l'erreur.

Une fois rhabillée, on me conduit dans une nouvelle salle d'attente où je passe le temps en feuilletant un vieux magazine people tout corné, laissé là par l'une de celles qui m'ont précédée. Une heure s'écoule avant qu'un gardien vienne me chercher. Un jeune Afro-Américain au visage fermé qu'éclairent deux yeux incisifs. À première vue, je dirais qu'il pratique la gonflette. Pas le genre de type qu'on a envie de se mettre à dos.

Il me fait pénétrer dans un petit box oppressant meublé d'une tablette en bois toute tachée, d'une chaise et d'un combiné accroché à son support. Une épaisse vitre en plexi rayée sépare du box opposé la rangée des cabines qu'occupent des visiteurs prostrés, à la recherche d'un peu de paix et d'humanité qu'ils ne trouveront jamais ici. Je surprends des bribes de conversations en passant. *Maman ne va pas très bien... Ton frère a encore été arrêté pour conduite en état d'ivresse... Je n'ai pas les moyens de payer l'avocat... Tu nous manques, Bobby. Si seulement tu pouvais rentrer à la maison.*

Je me laisse tomber sur la chaise, la tête vide, en voyant Melvin Royal de l'autre côté de la vitre usée. Mon ancien mari. Le père de mes enfants. L'homme qui m'a séduite en jouant de son charme, qui m'a demandé de l'épouser au sommet de la grande roue à la fête foraine annuelle de l'État. Je m'aperçois soudain qu'il s'est arrangé pour faire sa demande dans un endroit isolé dont je n'avais aucun moyen de m'échapper. Sur le moment, j'ai trouvé la scène très romantique. Avec le recul, je me dis qu'il a dû savourer secrètement l'idée de pouvoir me jeter dans le vide. Il était sûrement excité de me savoir à sa merci.

Je suis incapable de revoir ses gestes sans arrière-pensée. Le moindre sourire était mécanique. Ses rires sonnaient faux. Ses signes d'affection en public étaient conçus précisément dans ce but : créer l'illusion aux yeux de tous.

Un monstre sommeillait en lui à chaque instant.

Mel n'est pas particulièrement costaud, mais il est plus fort qu'il n'y paraît. On a découvert, lors de son procès, le détail des manœuvres et des ruses qu'il utilisait pour attirer ses proies avant de les neutraliser à l'aide d'un pistolet paralysant et de les entraver. Il a pris du poids, ses muscles sont habillés désormais d'une couche de graisse et son menton s'est empâté. Il a toujours été très soucieux de son apparence. De la mienne aussi. Il fallait toujours que je sois mince et impeccable afin de lui faire honneur.

Au-delà des détails, il m'est impossible de le reconnaître car il a été passé à tabac. Son visage est couvert de plaies et d'ecchymoses, son œil droit est complètement tuméfié, le gauche est tout juste entrouvert. Les marques rouges qui lui marbrent le cou dessinent des doigts. Un pansement lui dissimule l'oreille gauche. Lorsqu'il tend la main pour saisir le combiné, je remarque des attelles autour de plusieurs de ses doigts.

J'en suis secrètement ravie.

Je porte à mon tour le combiné à mon oreille et la voix de Mel me parvient. Elle est anormalement rauque, mais plus posée que jamais.

— Bonjour, Gina. Tu en as mis, du temps.

— Tu as bonne mine.

Je suis la première surprise de découvrir que ma voix est normale alors que je tremble intérieurement sans savoir si c'est sous l'effet d'une peur viscérale, ou portée par la joie de le voir en si piteux état. Comme il ne répond pas, j'enfonce le clou.

— Je t'assure, Mel. Ça te va très bien.

— Merci d'être venue, réagit-il, comme si c'était

lui qui m'avait invitée, comme s'il m'avait conviée à un dîner en ville.

— Je constate que tu as reçu ma lettre.

— Et toi ma réponse.

Je me penche en avant de façon à ce qu'il voie bien le regard de glace qui brille dans mes yeux. Il a beau me terroriser, je n'ai pas l'intention de le lui montrer.

— C'était un simple avertissement, Mel. La prochaine fois que tu t'amuses à me provoquer, tu *crèves*. C'est bien clair ? Est-il vraiment besoin que je te fasse passer un nouvel avertissement ?

Ma menace ne semble pas l'effrayer. Il porte sur ses traits la même indifférence qu'au moment de son arrestation, de son procès, de sa condamnation. Les journaux ont toutefois publié une photo de lui, en train de regarder par-dessus son épaule à l'audience, qui trahit la présence du monstre dans ses yeux. Une photo terrifiante de vérité.

C'est tout juste s'il m'écoute. La rumeur dans sa tête doit être à son paroxysme. Je me demande s'il s'imagine en train de me désosser vivante. En train de désosser nos enfants, aussi. Sans doute est-ce le cas, la pupille de son œil valide ne forme plus qu'une tête d'épingle. Mel forme un trou noir d'où rien ne peut s'échapper, pas même la lumière.

— J'imagine que tu t'es acheté des amis ici, réplique-t-il. C'est bien. On a tous besoin d'amis, mais j'avoue que tu me surprends, Gina. Tu n'as jamais été très douée pour te trouver des amis.

— Je ne déconne pas, espèce de salopard. Je suis venue tout exprès te dire de m'oublier *et de nous laisser tranquilles*. Nous n'avons plus rien de commun avec toi. Rien du tout.

J'ai les mains moites : la première serrée autour du combiné, la seconde posée sur le guichet tout taché. Il est difficile de voir ses yeux, or j'ai besoin de les voir si je veux en découvrir le contenu.

— Je sais bien que tu n'as pas voulu qu'on me fasse du mal, Gina. Tu n'es pas quelqu'un de cruel. Tu ne l'as jamais été.

Mon Dieu, cette voix ! Exactement la même que celle qui résonne régulièrement dans ma tête. Calme, raisonnable, avec un soupçon de compassion. Je suis certaine qu'il s'est entraîné. Un camouflage de prédateur. Je repense à toutes ces soirées passées l'un à côté de l'autre, son bras autour de mes épaules, pendant nos discussions, ou lorsque nous regardions un film. Toutes ces nuits où je me lovais contre sa chaleur dans ce lit qui était le nôtre, où il me parlait de cette même voix apaisante.

Sale menteur.

— Je ne plaisante pas, Mel. Ces plaies et ces bosses doivent te convaincre que ça ne marche plus avec moi.

— Qu'est-ce qui ne marche plus ?

— Ton… ton petit jeu.

Il conserve un moment le silence. Je pourrais presque me dire que j'ai réussi à le vexer, mais encore faudrait-il qu'il soit capable d'éprouver des sentiments. Ce n'est pas le cas, sinon je serais heureuse de lui faire mal de la même façon que je lui ai fait mal physiquement.

Il reprend soudain la parole d'une voix très différente. Le timbre n'a pas changé, bien sûr, mais le ton n'est plus *du tout* le même. Il a laissé tomber le masque, de la même façon qu'il le fait toutes les trois lettres lorsqu'il m'écrit.

— Tu as tort de vouloir me mettre en colère, Gina.

Je hais la façon dont il ronronne mon ancien nom.

J'évite de répondre, sachant combien l'absence de réaction le dérange. Je me contente de le dévisager tranquillement. Il se penche vers moi d'un seul coup. Le gardien posté derrière lui approche sa main du pistolet paralysant qu'il porte à la ceinture. J'imagine qu'il n'est pas prévu de tirer à balles réelles sur les détenus sous les yeux de leurs proches.

Mel ne paraît guère se soucier de cette présence inquiétante dans son dos, et c'est d'une voix à peine audible qu'il me répond :

— Tu sais, tes petits copains sur Internet continuent de te chercher. Ce serait vraiment dommage s'ils parvenaient à retrouver ta trace. Je n'ose pas imaginer comment ils réagiraient. Qu'en dis-tu ?

Un silence électrique s'installe entre nous, puis je m'approche à la toucher de la vitre de plexiglas. Moins de cinq centimètres nous séparent.

— À la première alerte, *je t'élimine.*

— Explique-moi comment tu comptes t'y prendre, Gina. N'oublie pas que je suis maître de mon destin, ici. Depuis le début.

Je le fusille du regard. Il tient le combiné de sa main droite, mais la gauche reste invisible sous le guichet. Le gardien qui se tient derrière lui ne peut pas non plus la voir, son torse fait écran.

Le gardien m'observe à présent.

Je sursaute en m'apercevant que Melvin se caresse le sexe. Il bande à l'idée d'organiser mon assassinat. J'en suis moins horrifiée que dégoûtée. J'ai dépassé le stade de l'horreur depuis longtemps. Je ne vois pas ses yeux, mais je sais que le monstre me regarde à cet instant précis.

Je suis révoltée. Et furieuse.

— Arrête donc de te caresser la queue, Melvin. Il n'en restera plus rien la prochaine fois que tu m'énerveras sérieusement. Compris ?

Il me répond par un sourire impavide.

— Le jour où je meurs ici, tout ce que je sais se retrouve directement sur le Net. J'ai pris mes dispositions, moi aussi.

Je ne mets pas sa parole en doute. Mel est parfaitement capable de cracher une dernière fois sur le monde depuis sa tombe. Il se fiche éperdument de détruire ses enfants. Il les a aimés, j'en ai la conviction, mais d'un amour égoïste. Il était fier de *lui-même* à travers eux. Il les aimait parce qu'ils l'aimaient de façon inconditionnelle, mais au bout du compte, Mel ne s'intéresse qu'à sa propre personne. Je l'ai appris à mes dépens. Mel ne comprend que la violence, c'est la raison pour laquelle j'ai demandé ce service à Absalom. Je tiens à ce que Melvin *sente* ce qu'il risque s'il s'en prend à nous. La peur de la mort est sans doute le seul argument auquel il est sensible. Je ne sais pas s'il a peur de souffrir. Je sais qu'il est capable de ressentir de la souffrance, mais il a un rapport curieux avec la peur. En revanche, je suis certaine qu'il n'a pas envie de mourir ou d'être handicapé à vie. Pas si la mort lui est imposée. Il éprouve un besoin suprêmement pervers de tout contrôler.

— Voici ce que je te propose : tu nous laisses en paix, tu oublies de te lancer à nos trousses, et je ne demande à personne de te sodomiser avec une barre de fer avant de te battre à mort dans les douches. Qu'en penses-tu ?

Il sourit de ses lèvres tuméfiées et l'une des crevasses

qui lui marbrent la bouche s'écarte en laissant s'échapper un filet de sang qui lui roule le long du menton et goutte sur le pansement de ses doigts cassés en dessinant une fleur rouge qui va en s'étalant. Le monstre tombe le masque. Il ne prend plus la peine de se cacher. Il n'y prend pas garde, ou alors il s'en moque.

— Ma chérie, me dit-il, je ne te savais pas capable de tant de violence rentrée. Je trouve ça très sexy.

— Va te faire foutre.

— Laisse-moi t'expliquer ce qui va se passer, Gina.

Il adore laisser rouler dans sa bouche mon prénom d'autrefois. Après tout, si ça lui fait plaisir. Je sais au fond de moi que Gina n'existe plus.

— Je te connais. Tu es aussi complexe qu'un vulgaire jouet mécanique. Tu vas retourner dans ton joli petit nid rural en priant le ciel que je ne mette pas mes menaces à exécution. Tu hésiteras un jour ou deux, et quand tu auras compris qu'il t'est impossible de te fier à ma bonne volonté, tu prendras mes enfants par la main et tu fuiras, une fois de plus. Tu sais que tu les détruis, à force de les obliger à fuir et se cacher. Tu crois peut-être qu'ils ne finiront pas par craquer. Brady est en train de sombrer dans la folie, et tu ne t'en rends même pas compte. *Moi*, je le vois. Les chats ne font pas de chiens. Tu vas t'enfuir en les privant de leur vie à force de les entraîner dans une spirale…

Je raccroche au milieu de cette diatribe prononcée d'une voix égale. Je me lève en le regardant à travers le plexi rayé. D'autres se sont appuyés contre cette barrière transparente, je devine le contour moite de mains, le dessin mal défini d'une bouche habillée de rouge à lèvres.

Je crache dans sa direction et ma salive s'écoule

lentement le long de la vitre à hauteur de son visage. On pourrait avoir l'illusion qu'il pleure sans ce sourire malsain qui déforme ses traits. L'espace d'un battement, je suis submergée par cet environnement. L'odeur âcre de désinfectant et de transpiration. La vue du sang qui goutte de son menton. La façon insidieuse dont sa voix s'immisce dans ma tête où elle fait naître des frissons de peur, de dégoût et de doute, puisque j'ai été capable autrefois d'accorder ma confiance à cette *chose*.

Il continue de parler dans le combiné.

Loin de reprendre le mien, je m'appuie des deux mains sur le guichet en regardant le monstre droit dans les yeux. L'homme que j'ai épousé. Le père de mes enfants. L'assassin de plus d'une douzaine de jeunes femmes dont les corps ont longuement flotté sous l'eau en se délitant avec une infinie lenteur. L'une d'elles n'a jamais été identifiée. Elle n'a même pas le droit au bénéfice de notre mémoire.

Je le hais avec une telle force que j'ai envie de mourir. Je me hais aussi, par-dessus le marché.

— Je te tuerai.

Je me suis exprimée en veillant à articuler chaque syllabe de sorte qu'il reconnaisse les mots en dépit de l'insonorisation.

— Tu n'es qu'un putain de monstre immonde.

Je sais pertinemment que la caméra installée au-dessus de ma tête enregistre la scène, mais je m'en fous. Je me retrouverai peut-être un jour du mauvais côté de la barrière, mais ce sera le prix à payer pour protéger mes enfants, et ça ne m'empêchera jamais de me regarder dans la glace.

Il éclate de rire. Ses lèvres s'écartent et je découvre la caverne sombre de sa bouche. Je me souviens qu'il a mordu ses victimes avec ces mêmes dents, qu'il a mâché leur chair. Il devait avoir le même regard qu'il m'adresse maintenant à travers ses paupières tuméfiées. Il n'a plus rien d'humain.

— Pars en courant, puis-je lire sur ses lèvres. Fuis.

Au lieu de quoi je quitte le box lentement, d'un pas calme.

Qu'il aille se faire foutre.

Je tremble si fort en reprenant le chemin de l'aéroport que je suis contrainte de m'arrêter et de m'acheter une boisson très sucrée pour calmer mes nerfs. Je la bois derrière le volant de l'auto arrêtée. C'est là que je décide de m'autoriser un petit détour. De grandes lunettes de soleil sur le nez, coiffée d'un chapeau au-dessus d'une perruque blonde, je me gare à quelques rues de ma destination alors que le jour commence à décliner. Je descends de voiture et gagne le jardin public où se trouvait notre maison.

C'est un joli petit parc avec une pelouse soigneusement entretenue, des parterres fleuris aux couleurs vives et un cube de marbre austère que surmonte une fontaine. Je déchiffre l'inscription qui se contente de dresser la liste des victimes de Mel avec les dates correspondantes, suivie de la mention : *Que ce lieu connaisse la paix.*

Il y a un banc un peu plus loin, ainsi qu'une table et des chaises en fer forgé sur un carré de béton à l'endroit où se trouvait notre salon.

Je choisis de ne pas m'asseoir. Je ne me sens pas le droit de me mettre à l'aise dans cet endroit. Je me contente de contempler l'ensemble, tête baissée, et de repartir. Je ne voudrais pas que l'on me reconnaisse, encore moins qu'on m'aborde, si quelqu'un remarque ma présence. Je ne suis qu'une femme anonyme profitant d'une belle journée pour se promener.

Je suis persuadée d'être observée, mais il doit s'agir du poids de ma culpabilité. J'imagine sans peine que des ombres hantent ces lieux, prisonnières de leur colère. Comment leur en vouloir ? C'est à moi que j'en veux.

Je regagne ma voiture à pas pressés et démarre sur les chapeaux de roues, comme si j'étais poursuivie. Je ne me sens à nouveau en sécurité qu'une fois avalés plusieurs kilomètres. Je m'empresse de me débarrasser de ce chapeau et de cette perruque sous lesquels j'étouffe, tout en conservant les lunettes de soleil. Le couchant est aveuglant.

Je fais une halte afin de sortir ma tablette. La réception n'est pas optimale, le chargement des images prend du temps, mais je vois bientôt ma maison sous tous ses angles. Sam Cade est occupé à clouer les planches de la terrasse inachevée.

Je l'appelle pour lui dire que tout va bien. À notre conversation, on pourrait croire qu'il s'agit d'une journée normale.

La normalité relève d'une utopie interdite. J'ai trop conscience de l'emprise que Mel continue d'avoir sur nous. Je ne sais pas comment il nous a retrouvés, sans doute ne le saurai-je jamais. Il est clair qu'il dispose d'un informateur. Ce dernier n'est pas forcément conscient du mal qu'il provoque. Mel est un menteur et un manipulateur hors pair. C'est un être toxique, j'aurais dû tuer ce salopard quand j'en avais l'occasion. Si je fais à nouveau appel à Absalom, il m'en coûtera davantage que je ne peux dépenser. J'en ai bien conscience. En outre, j'ai des scrupules à commanditer un meurtre, fût-ce le meurtre d'un condamné à mort. Peut-être est-ce la peur d'être arrêtée et de laisser mes enfants seuls, sans protection.

J'effectue le reste du trajet en surveillant soigneusement mes arrières, au cas où je serais suivie, tout en étant impatiente de rentrer. Chaque minute est une minute loin de mes enfants. Je laisse la voiture au retour express et le passage à la sécurité me semble interminable, j'aurais envie d'insulter tous ces imbéciles infoutus d'ôter leurs chaussures, de sortir leur ordinateur, de poser leur portable dans un bac.

De toute façon, cela n'aurait rien changé car mon vol à destination de Knoxville a été annulé, ce qui m'oblige à patienter deux heures de plus. J'hésite à rentrer en voiture, de façon à ne pas rester les bras ballants, tout en sachant que ça me prendrait plus longtemps encore.

Je profite de l'attente pour recharger ma tablette et visionner les images transmises par les caméras. Avec la tombée de la nuit, on perd beaucoup de définition. Je passe sur la caméra installée dans la maison et découvre Sam sur le canapé en train de regarder la télé, un verre à la main. Lanny s'active dans la cuisine et Connor doit se trouver dans sa chambre, car il n'est visible nulle part.

Je visionne régulièrement les images retransmises de l'extérieur, au cas où, et garde ma tablette allumée jusqu'au moment où l'hôtesse me demande de couper Internet avant le décollage. J'aime mieux ne pas penser à ce qui pourrait se produire pendant le vol. Celui-ci n'est pas très long, mais tout de même. Dès que l'autorisation nous est donnée, je rebranche ma tablette et la relie au système wifi du bord, pourtant très onéreux.

Tout est calme. C'en est presque inquiétant. Je revois

le sourire ensanglanté de Mel et j'en reste glacée. Je coupe la climatisation, demande une couverture, et surveille ma maison sur l'écran de la tablette jusqu'à l'atterrissage.

Le débarquement n'en finit pas et je ne quitte pas ma tablette des yeux en remontant lentement la travée centrale de l'appareil. À peine arrivée à la porte de l'avion, je remonte la passerelle au pas de course en slalomant entre les autres passagers et traverse le terminal à toute allure en direction de la sortie. J'ai l'impression de sentir sur ma nuque le souffle d'un poursuivant prêt à me mordre.

Je retrouve la nuit poisseuse, en quête de ma Jeep. Le temps de regarder une dernière fois les images retransmises par les caméras, je pose la tablette sur le siège passager et quitte l'aéroport avant de prévenir Sam que je suis en route.

Chaque fois que cela m'est possible, je jette un coup d'œil sur l'écran, histoire de m'assurer que mes enfants vont bien, que personne ne s'en est pris à eux, hantée par le souvenir du sourire sinistre de Mel.

Un sourire qui me dit qu'il n'a pas dit son dernier mot.

Que nous ne sommes pas au bout de nos peines.

6

C'est dans une nuit noire que je m'engage sur la route de Stillhouse Lake. Je roule trop vite et coupe à travers les virages. Il reste à espérer que personne ne se promène ce soir, qu'aucun conducteur n'ait oublié d'allumer ses phares.

Le trajet s'achève sans encombre et c'est avec soulagement que je remonte l'allée de la maison. Cette sérénité est paradoxale puisque notre sanctuaire n'en est plus un. Il s'agit d'une illusion depuis le début.

Sam Cade sirote une bière sur la véranda. Je coupe le moteur et les phares de la Jeep. Au moment d'éteindre ma tablette, je m'aperçois que la batterie est épuisée. Je prends le temps de respirer afin de me calmer. Je n'ai jamais pensé que tout serait en ordre à mon retour.

Même si je l'espérais de toute mon âme.

Je descends de voiture et rejoins Sam sur la véranda. Il me tend une bouteille de Samuel Adams glacée dont je dévisse la capsule avant d'en avaler une gorgée avec reconnaissance. La bière fraîche me donne l'impression de retrouver un lieu dans lequel je me sens chez moi.

— Vous avez fait vite, remarque Sam. Tout s'est bien passé ?

— Oui, je crois. Quelques affaires à régler.

C'est faux. Rien n'est réglé. Moi qui étais persuadée de convaincre Mel de nous laisser tranquilles, pas un instant je ne l'ai inquiété. C'est moi qui devrais avoir peur de lui. Comme toujours.

— Pendant ce temps, nous avons achevé le tour de la terrasse. Le temps de poser les planches et de les imperméabiliser, et elle sera prête.

Il hésite avant d'ajouter :

— Gwen, la police est passée il y a une heure. Ils veulent vous interroger à nouveau au sujet de cette fille retrouvée morte dans le lac. Je leur ai dit que vous les appelleriez.

Mon estomac se contracte et je hoche la tête en espérant donner le change.

— Cela signifie probablement qu'ils n'ont aucun indice. J'avais espéré qu'ils auraient bouclé leur enquête.

À moins qu'ils n'aient des éléments nouveaux, au contraire ? Grâce à Mel ?

— J'imagine qu'ils sont toujours au point mort, puisqu'ils n'ont pas arrêté l'assassin, dit-il avant d'avaler une gorgée de bière. Vous ne leur avez rien caché, au moins ?

— Bien sûr que non.

— Je vous pose la question, parce que je les ai trouvés bizarres. Soyez prudente lorsque vous leur parlerez. Vous devriez peut-être prendre un avocat.

Un avocat ?!! À première vue, l'idée est saugrenue, mais Sam a raison. Un avocat serait tenu au secret professionnel, j'aurais donc tout le loisir de lui avouer mon passé. Me confier à quelqu'un pourrait me soulager. Ou pas. Si je me montre incapable de confier mes petits secrets à Sam, je ne vois pas comment j'arriverais à me libérer auprès d'un avocat de cambrousse. Norton est un trou, les gens parlent.

Autant changer de sujet de conversation.

— Comment vont les enfants ?

— Très bien. Je leur ai donné de la pizza et ils ont des devoirs. Ça n'a pas l'air de les enchanter. Je parle des devoirs, ils ont fait beaucoup moins de manières avec la pizza.

— Voilà qui ne me surprend pas.

Je m'aperçois que je suis affamée. À part du café et un soda, je n'ai rien avalé de la journée.

— Il reste de la pizza ?

— Après vos deux enfants ? Vous rêvez, c'est tout juste si une grande leur a suffi, sourit Sam. Cela dit, j'avais pris la précaution d'en commander deux. Il suffit de réchauffer celle qui reste.

— Génial. On se la partage ?

Installés quelques minutes plus tard dans la cuisine, nous mangeons en silence. J'hésite à m'autoriser une troisième part lorsque Lanny nous rejoint, en quête d'une boisson énergisante et d'un peu de rab. Elle hausse un sourcil en m'apercevant.

— Tu es rentrée.

— On ne peut pas dire que ça t'enthousiasme.

Elle roule des yeux, bat des mains et roucoule d'une voix mielleuse :

— *Tu es rentrée ?!! Oh, maman ! Si tu savais combien tu m'as manqué !*

Pour un peu, je m'étoufferais avec ma pizza. Elle bat en retraite dans sa chambre en ricanant et claque la porte sans raison. Connor, attiré par le bruit, passe une tête dans la cuisine.

— Salut, m'man, dit-il avec un sourire.

— Salut, mon chéri. Tu as besoin d'aide pour tes devoirs ?

— Naaan, j'ai tout fini. C'était trop facile. Je suis content que tu sois là.

Sa sincérité déclenche chez moi un sourire heureux. Il regagne sa chambre et ma joie se trouve douchée par la pensée que Mel connaît notre retraite. *Il m'a parlé de Brady. De mon fils en particulier.*

La solution est là, à portée de main. Il me suffit de me rendre chez Javier et d'échanger la Jeep contre la camionnette, de charger nos affaires, de prendre la fuite et de recommencer à zéro ailleurs. Il me reste plus de trente mille dollars. Je n'aurai qu'à payer Absalom en Bitcoins pour qu'il nous fournisse de nouveaux papiers, accompagnés du passé qui va avec, par mesure de sécurité. Il m'en coûtera au moins dix mille dollars. À voir la facilité avec laquelle il me fournit, j'en arrive à me demander si Absalom ne travaille pas pour un service d'espionnage.

Melvin s'attend à ce que je m'évanouisse dans la nature. Il me l'a bien fait comprendre. Tout le monde fuit le monstre. *Tout le monde, sauf le tueur de monstre*, me susurre une voix dans ma tête. Pour une fois, ce n'est pas la voix de Mel, mais la mienne. Une voix calme, posée, totalement décidée. *Ne fais pas ce qu'il attend de toi. Tu te plais ici. Ne lui accorde pas cette victoire. Tu as toutes les cartes en main et il le sait. Il n'a aucune envie de mourir, et tu as toujours la possibilité d'appuyer sur la détente.*

Je réfléchis à la situation tout en finissant ma pizza arrosée de bière. Sam m'observe sans un mot, sans une question. Je lui en suis reconnaissante.

Je finis par me décider.

— Sam… il faut que je vous dise, au risque que vous partiez en courant. Je ne vous en voudrai pas.

Mais j'ai besoin de me fier à quelqu'un, et j'ai décidé que ce quelqu'un serait vous.

Il se montre légèrement surpris.

— Gwen…

Je sens bien qu'il souhaite me parler et j'attends, mais rien ne vient. Il finit par secouer la tête.

— OK, allez-y.

— Dehors. Je ne tiens pas à ce que les enfants nous entendent.

Nous prenons place dans les fauteuils de la véranda, au cœur de la nuit fraîche. Des écharpes de brume flottent au-dessus de l'eau, donnant au lac une allure inquiétante. Une demi-lune brille dans le ciel troué d'étoiles, tel un panneau routier criblé de plombs par un chasseur. Elle éclaire nos deux visages, mais j'évite de regarder Sam. Je n'ai pas envie de voir son expression lorsqu'il saura.

— Je ne m'appelle pas vraiment Gwen Proctor. Mon vrai nom est Gina Royal.

J'observe sa réaction du coin de l'œil, mais il reste impassible.

— D'accord.

Ce n'est pas possible. Il n'a pas dû reconnaître ce nom.

— J'étais mariée à Melvin Royal. Vous vous en souvenez peut-être. Le Monstre du Kansas ?

Sa poitrine se soulève l'espace d'un instant et il s'enfonce dans son siège. Il porte sa bière à ses lèvres, la vide et attend silencieusement en roulant la bouteille entre ses mains. Un léger clapotis s'élève au-dessus du lac. Quelqu'un dans la brume, sans doute. Un rameur, puisqu'il n'y a pas de bruit de moteur. Il fait sombre, mais certaines personnes aiment l'obscurité.

— J'ai été jugée pour complicité. On m'avait

surnommée sa Petite Main, à mauvais escient. Je n'étais au courant de rien, mais ce n'est pas ce qui compte, les gens ont envie de me croire coupable. J'étais mariée à un monstre, je dormais dans son lit. Comment aurais-je pu ne pas savoir ?

— C'est une bonne question, réagit Sam. Comment ?

Il a prononcé ce mot avec dureté et j'en ressens un pincement intérieur. J'avale ma salive, un goût métallique m'envahit la bouche.

— Je ne sais pas, sinon que… il était très doué pour *feindre* de se comporter en être humain. En bon père de famille. Dieu sait que je n'ai rien vu. Je pensais juste qu'il était… excentrique. Que nous avions fini par nous éloigner, comme beaucoup de couples. J'ai découvert la vérité le jour où un 4 × 4 s'est encastré dans le mur du garage en révélant sa dernière victime. Je l'ai vue, Sam. *Je l'ai vue* et je ne pourrai jamais oublier ce spectacle.

Je me tourne vers lui. Il reste de profil, les yeux perdus dans les eaux du lac parcourues de bancs de brume. Il porte un masque impassible qui m'empêche de deviner ce qu'il pense.

— On m'a acquittée, mais ça n'a pas d'importance. Les gens qui me croient coupable refusent de me lâcher. Ils veulent me punir. Ils y sont parvenus. Nous avons passé notre temps à fuir et à changer d'identités.

— On peut les comprendre.

Il s'exprime d'une voix dure, sans concession.

— Ils sont sans doute persuadés de votre culpabilité.

— Mais ce n'est pas le cas !

J'ai mal au fond de moi, dans cette cachette d'où je pensais voir s'épanouir une lueur d'espoir. Elle s'éteint avant même de s'être allumée.

— Et que faites-vous de mes enfants ? Ils ne méritent pas toute cette saloperie. *Jamais !*

Il reste plongé dans un silence interminable, sans se lever et partir pour autant. Il réfléchit. Je ne sais pas ce qui se passe dans sa tête, je le sens prêt à s'exprimer une bonne demi-douzaine de fois, et puis il change d'avis et reste muet.

Lorsqu'il finit par ouvrir la bouche, sa réaction n'est pas celle à laquelle je m'attendais.

— J'imagine que vous vivez dans l'angoisse d'être poursuivie par les familles des victimes.

— Oui, en permanence. Je ne peux me fier à personne. Vous comprenez ? Nous avons enfin trouvé un refuge, Sam. Je n'ai pas envie de le perdre, mais…

— L'avez-vous tuée ? La fille du lac ? C'est pour cette raison que vous m'avouez tout ça ce soir ?

Je reste sans voix, les yeux écarquillés face à son profil. Je suis sidérée, comme on peut l'être après un accident grave. *J'ai commis une bêtise monstrueuse. Je ne suis qu'une imbécile.* Je n'aurais jamais cru Sam capable d'un tel soupçon.

— Bien sûr que non. Je n'ai jamais tué personne. Je n'ai jamais fait de mal à personne.

Ce n'est pas tout à fait vrai. Je revois le visage tuméfié de Mel, je me souviens de la satisfaction amère qui m'a envahie lorsque je l'ai vu. À cette exception près, je suis sincère.

— Je ne sais pas comment vous en convaincre.

Il ne répond pas. Une chape de silence s'abat sur nous. La situation est pénible, mais je me refuse à y mettre un terme la première.

— Je suis désolé, Gwen, finit par se décider Sam. Je peux continuer à vous appeler…

— Oui, toujours. Gina Royal est morte depuis longtemps.

— Et… votre mari ?

— Mon ex-mari. Il vit toujours, il est incarcéré à la prison d'El Dorado. C'est là que je me suis rendue aujourd'hui.

— Vous continuez à le *voir* ?

Son dégoût est palpable. Il se sent trahi, je viens de briser définitivement l'image qu'il se faisait de moi.

— Mais enfin, Gwen…

— Non. C'est la première fois que je le revoyais depuis son arrestation. Croyez-moi, j'aurais préféré me tailler les veines que de le voir. Il m'a menacée. Il a menacé *mes enfants*. C'est ce que j'essaye de vous expliquer, Sam. Il a découvert notre retraite, Dieu sait comment. Il lui suffit de fournir l'adresse à nos poursuivants. Je suis allée le voir pour lui dire clairement que je refusais de marcher dans sa combine.

— Comment a-t-il réagi ?

— Comme je m'y attendais. Je dois prendre une décision : rester ou m'enfuir. Je veux rester, Sam, mais…

— Mais il serait nettement plus avisé de fuir, m'interrompt Sam. Écoutez, je n'ai aucun moyen de savoir ce que vous ressentez, mais à votre place, je me méfierais moins d'un ex en prison que des familles des victimes. Ces gens ont perdu un proche, ils peuvent très bien se dire que tuer l'un des proches de ce monstre n'est que justice.

J'en suis consciente. Je me méfie de ceux que le chagrin étouffe, à juste titre. Je me méfie aussi de tous ces cinglés sociopathes dont je surveille quotidiennement les agissements. Je me méfie de tout le monde.

— Peut-être. Je ne peux même pas prétendre que je ne comprends pas leur colère.

Je bois une gorgée de bière, dans l'espoir de chasser le mauvais goût que j'ai dans la bouche.

— Mel se trouve dans le couloir de la mort, mais ils ne sont pas près de l'exécuter. Je suis convaincue qu'il mettra fin à ses jours avant. Il leur refusera le plaisir de le tuer.

— Dans ce cas, pourquoi fuir ? C'est ce qu'il attend de vous, il cherche à vous terroriser.

Il pose la bouteille vide à ses pieds.

— C'est le cas ? Vous avez peur ?

— Une peur bleue.

Si la question m'avait été posée par Mel, j'aurais répondu : *Une putain de peur bleue.* C'est étrange. J'ai juré comme un charretier en sa présence tout à l'heure, mue par la rage contenue que je garde au fond de moi, alors que je n'ai aucune envie de parler de cette façon en présence de Sam. Je ne suis pas sur la défensive, je n'ai pas besoin de bouclier.

— Je mentirais en prétendant me moquer de ce qui peut m'arriver, mais je pense surtout à mes gamins. C'est déjà suffisamment difficile pour eux d'être les enfants de quelqu'un comme… lui. J'ai bien conscience qu'il serait mieux pour eux de rester ici, mais comment puis-je en prendre le risque ?

— Ils sont au courant ? Au sujet de leur père ?

— Oui, à peu près. J'ai veillé à leur épargner les détails les plus horribles, mais…

Je manifeste mon impuissance d'un haussement d'épaules.

— On vit à l'heure d'Internet. Lanny doit être au courant de tout. Quant à Connor, Seigneur ! J'espère que non. C'est déjà dur pour un adulte de gérer la vérité, je n'ose pas imaginer ce qu'il en serait d'un enfant de son âge.

— Les gamins sont plus forts qu'on ne le croit. Plus morbides aussi. C'était mon cas. J'aimais bien les animaux morts et les histoires gore, mais il y a une différence entre l'imagination et la réalité. Faites en sorte qu'ils ne puissent jamais voir ces images.

Il a combattu en Afghanistan. Je ne sais pas de quoi il a été témoin là-bas, mais il s'exprime d'une voix sinistre. Il a dû assister à des scènes terribles, sans doute plus que moi. J'ai pourtant affronté mon lot de photos atroces lors du procès, vu la colère des familles de victimes, lu l'horreur dans leurs yeux. Ceux qui ont eu le cran de venir. Seules quatre d'entre elles se trouvaient présentes lorsque mon verdict d'acquittement a été prononcé.

Trois ont menacé de me tuer.

La plupart des familles ont en revanche assisté au procès de Mel, d'après ce qu'on m'a raconté. Elles en sont sorties détruites. Il n'a jamais cherché à cacher son ennui. Il bâillait et s'est endormi à plusieurs reprises. Il a même éclaté de rire le jour où la mère de l'une des victimes s'est évanouie en voyant pour la première fois le visage en décomposition de sa fille dont le cadavre avait été retrouvé sous l'eau. Je l'ai lu dans la presse.

Il trouvait *géniale* la douleur de cette femme, de cette mère.

— Sam…

Je ne sais plus ce que je dois lui dire. Je sais en revanche ce que j'aimerais que *lui* me dise : que tout finira par s'arranger. Qu'il me pardonne. Que mes paroles de ce soir n'ont pas tué les liens paisibles et fragiles qui nous lient.

Il se lève sans quitter le lac des yeux, les mains dans les poches de son jean. Nul besoin d'être psychologue pour savoir qu'il s'est refermé sur lui-même.

— Je sais ce que parler de toute cette histoire a dû vous coûter. Je suis évidemment sensible à la confiance que vous me faites… mais je dois réfléchir à tout ça. Ne vous inquiétez pas. Je n'en parlerai à personne. Je vous le promets.

— Jamais je ne vous aurais rien dit si je ne vous faisais pas confiance.

Le plus dur n'était pas de lui avouer la vérité, mais de savoir que notre amitié peut s'arrêter là, à cet instant. Je ne pensais pas que je pourrais en souffrir autant. Les maigres racines que j'ai réussi à planter autour de moi sont sur le point de se déchirer. Peut-être est-ce aussi bien ainsi. En attendant, seul le chagrin m'habite.

— Bonsoir, Gwen, me glisse-t-il en descendant les marches de la véranda.

Il s'immobilise en chemin et pose enfin sur moi un regard hésitant. J'aurais du mal à qualifier son expression, mais ce n'est pas de la colère.

— Ça va aller ? s'inquiète-t-il.

Je prends la question pour un au revoir et me contente de hocher la tête, sûre que rien de ce que je pourrai répondre n'aidera. La paranoïa qui sommeille en moi jaillit de sa coquille et lance ses tentacules. *Et s'il ne tient pas sa parole ? Et s'il parle ? Et s'il y fait allusion sur le Net ? Et s'il donne nos coordonnées ?*

D'une certaine façon, j'ai décidé sans prendre de décision. Cette conversation me prive de toute option. Mel connaissait déjà notre cachette, et voilà que Sam Cade est au courant de tout, à son tour. Allié ou pas, ami ou pas, je ne peux pas me fier à lui. Je ne peux me fier à personne. Je n'aurais jamais dû. Je me berce d'illusions depuis des mois, mais il est temps de redescendre sur terre. Mes enfants en paieront sans doute le prix, mais je dois penser à leur intégrité physique avant de me soucier de leur intégrité mentale.

Je regarde Sam s'éloigner dans l'obscurité, puis je sors mon téléphone et rédige un texto à l'intention d'Absalom.

Dernier msg pendant un moment. Je pars bientôt. Dois changer d'ID et de portables, ai besoin d'un nouveau kit très vite. Me sers des papiers de secours en attendant.

La réponse me parvient quelques instants plus tard. Je me demande quand dort Absalom. S'il dort.

Nouvelles ID même prix en Bitcoins. Peut prendre du temps. Vous connaissez la procédure.

Il ne cherche jamais à savoir les raisons qui nous poussent à la fuite. Je ne suis même pas certaine que ça l'intéresse.

Je rentre m'assurer que les enfants vont bien. Ils vivent dans leur petit monde, j'aimerais pouvoir me payer un tel luxe. La joie sauvage que j'ai vue briller dans le regard de Mel a tout détruit. À présent que Sam est parti, je me sens démunie comme jamais.

Je m'assieds devant mon ordinateur avec une bière fraîche et suis les instructions d'Absalom pour le versement de la somme requise en Bitcoins. Je me rends compte que je vais devoir me débarrasser de cet ordinateur. Son disque dur contient trop d'éléments sensibles, je vais devoir le réduire en miettes et tout reprendre avec une nouvelle bécane à partir d'un disque de sauvegarde.

Un nouveau départ. Je tente de me rassurer en me disant que je ne bats pas en retraite, une fois de plus.

Que je ne perds pas un peu plus de moi-même. À force, je suis poncée jusqu'à l'os.

Je réfléchis à tout ce que je dois détruire, tout ce que je dois emporter, tout ce que je dois laisser derrière moi. J'ai à peine entamé la liste que l'on toque à la porte d'entrée avec une telle force que je bondis de mon siège. Le temps de récupérer mon arme, je m'approche de l'écran du système de surveillance afin de savoir qui est là.

Je reconnais la silhouette massive de l'agent Graham, toujours tiré à quatre épingles. À contrecœur, j'enferme le pistolet dans son coffre avant d'aller ouvrir. Cet homme qui m'a rendu visite en voisin à plusieurs reprises ne sourit pas ce soir.

— Madame, je vais vous demander de m'accompagner.

J'ouvre de grands yeux tout en réfléchissant à toute vitesse. Tout d'abord, il me surveillait forcément pour savoir que je suis rentrée chez moi. Ou alors Sam l'a prévenu, ce qui est possible. Ensuite, il a délibérément choisi de frapper à ma porte aussi tard afin de me déstabiliser. Je connais les ficelles du métier aussi bien que lui.

Je ne lui réponds pas immédiatement, trop occupée à chasser ma peur.

— Il est très tard. Je vous invite volontiers à entrer si vous avez des questions, mais il est hors de question que je laisse mes enfants seuls.

— Je demanderai à un collègue de venir les garder, réplique-t-il. En attendant, nous avons impérativement besoin de votre présence au poste de police, madame Proctor.

Je le fusille du regard. Cette pauvre bécasse perdue de Gina Royal l'aurait suivi sans résister, mais je ne suis plus Gina Royal, malheureusement pour Lance Graham.

— Vous avez un mandat ?

Je lui ai posé la question sur un ton parfaitement détaché.

Il recule machinalement en plissant les paupières, conscient qu'il va devoir modifier son approche. Je vois les rouages tourner dans sa tête.

— Gwen, me dit-il d'une voix nettement plus amène. Ce sera beaucoup plus simple si vous acceptez de me suivre volontairement. Et puis, avez-vous pensé à vos enfants ? Qui vous dit qu'on ne vous les retirera pas si cette histoire tourne mal ?

L'argument montre à quel point il est rusé, mais je n'ai pas l'intention de me laisser impressionner.

— Vous aurez besoin d'un mandat si vous souhaitez que je vous accompagne au poste de police ce soir. En attendant, rien ne m'oblige à répondre à vos questions. Je connais mes droits. Bonsoir, monsieur Graham.

Je vais fermer, le cœur battant, mais la paume de ma main sent une résistance. Graham pèse sur la porte, il n'aurait aucun mal à me déséquilibrer et à pénétrer de force dans l'entrée. J'envisage toutes les possibilités en un éclair. Jamais je n'aurai le temps de récupérer mon arme, bien que l'empreinte de mon doigt suffise à déclencher l'ouverture du coffre. Le mieux est encore de me ruer dans la cuisine où je cache un petit calibre .32 derrière un tiroir du plan de travail. Sans parler de ma batterie de couteaux à découper.

En même temps, je ne le crois pas capable de se montrer violent, mais il trouvera à qui parler s'il s'amuse à ce petit jeu-là.

Graham reste planté sur le seuil, l'air gêné.

— Madame, nous avons reçu un témoignage anonyme d'un voisin affirmant vous avoir vue dans un canot la nuit où le cadavre de cette femme a été déposé dans le lac. La description du canot correspond parfaitement à celle que nous a donnée votre fille. Soit vous m'accompagnez, soit les enquêteurs sonneront à votre porte dans une demi-heure, et vous serez obligée de leur répondre. Ils viendront munis d'un mandat si nécessaire. Ce serait plus simple pour vous d'obtempérer, et cela démontrerait votre bonne foi.

— Si je comprends bien, vous n'avez rien d'autre qu'une dénonciation anonyme ?

Je hurle dans ma tête. *Sam ! Si ça se trouve, c'est Sam.* À bien y réfléchir, il est plus probable que le coupable soit Mel.

— Je vous souhaite bonne chance pour obtenir un mandat. Je n'ai pas de casier judiciaire, je suis une mère de famille respectable qui élève ses deux enfants sans déranger personne, et il est hors de question que je vous accompagne.

Il comprend qu'il a perdu la partie. J'évite de claquer la porte, bien que l'envie m'en démange, et c'est d'une main tremblante que je repousse les verrous avant d'enclencher l'alarme.

En me retournant, je découvre Connor et Lanny dans l'entrée, les yeux écarquillés. Lanny s'est placée devant son frère, elle est armée d'un couteau de cuisine. Je réalise à quel point ma parano est contagieuse. Surtout dans le cas de ma fille que je sens prête à tuer pour protéger son frère.

Lance Graham a raison. Je ferais bien de l'emmener au club de tir afin de lui enseigner le maniement des armes. Je connais ma fille, l'interdiction de toucher à mon arsenal ne l'arrêtera pas longtemps. Elle ne veut pas le reconnaître, mais elle n'est pas ma fille pour rien. En la voyant de la sorte, un couteau serré dans son poing, le visage livide sous l'effet de la peur et déterminé tout à la fois, je sens monter en moi une bouffée d'amour presque douloureuse. Je m'en veux aussi de la façon dont j'ai façonné son caractère.

Je tente de la rassurer d'une voix douce, alors que la situation n'a rien de rassurant.

— C'est bon, ma chérie. Va ranger ce couteau.

— Je me doute que c'est pas terrible comme idée de vouloir poignarder un flic, maman, mais si…

— Si les enquêteurs reviennent avec des papiers en règle, je les suivrai sans broncher. Et tu t'occuperas de Connor. Connor, je compte sur toi pour obéir à ta sœur. D'accord ?

— Je suis l'homme de la maison, tu sais, maugrée-t-il sur un ton qui me fait penser de façon terrifiante à son père.

Mais à l'inverse de son père, aucune agressivité ne vient teinter son propos. Il se contente de se plaindre.

Lanny lève les yeux au ciel et remise le couteau dans son bloc sans un mot avant de pousser gentiment son frère vers sa chambre. Il refuse de bouger, trop occupé à m'observer d'un air inquiet.

— Maman, on ferait mieux de partir d'ici. Tout de suite.

— Quoi ? éructe Lanny.

Elle redoutait cette décision, tout en s'y attendant. Cela fait trop longtemps que mes enfants sont sur la corde raide.

— Maman, on part vraiment ? *Ce soir ?*

Je perçois toute sa souffrance. Elle s'est enfin fait des amis, ce qui ne lui était plus arrivé depuis qu'elle a tout perdu à Wichita dans des circonstances horrifiques.

Elle venait enfin de trouver un peu de bonheur. Elle ne m'implore pas de rester, elle se contente d'espérer. Elle ne me laisse pas le temps de répondre à sa question.

— Ouais. Ouais, bien sûr. On n'a pas le choix, c'est ça ? Si les flics fourrent leur nez dans nos histoires, ils finiront par découvrir…

— Il leur suffira de relever mes empreintes pour savoir qui je suis. J'essaye juste de nous gagner un peu de temps.

Je prends une profonde respiration, au point d'en avoir mal à la poitrine.

— Allez préparer vos affaires. Une valise par personne, OK ?

— Tu leur donneras l'impression d'être coupable, m'avertit Lanny.

Elle a raison, mais il est trop tard pour arrêter la machine. Si je reste, l'orage me tombera dessus des deux côtés. Les flics vont penser que je suis coupable si je m'enfuis, mais ils ne découvriront pas la vérité sur notre véritable histoire, ce qui me laissera le temps de mettre mes enfants à l'abri avant de revenir me disculper.

Connor file comme une fusée. Lanny pose sur moi un regard pesant avant de regagner sa chambre à son tour.

— Je suis désolée, ma chérie.

Elle ne me répond même pas.

7

J'ai bien conscience qu'il est tard, mais j'appelle Javier pour lui demander de me descendre la camionnette le plus vite possible. Sans me poser de question, il me promet d'être à la maison dans une demi-heure. En espérant qu'il ne soit pas trop tard.

Je me rends dans ma chambre, débranche mon ordinateur et le glisse dans sa housse en attendant de m'en débarrasser. Comme le faisait mon ex-mari, par une curieuse ironie de l'histoire.

Sauf que c'est différent cette fois, pas vrai ? me souffle la voix de Mel pendant que je fourre dans un sac les effets dont je ne veux pas me séparer. *Cette fois-ci, tu ne cherches pas à échapper aux cinglés qui te harcèlent, ni même à moi. Tu fuis la police. Crois-tu pouvoir aller bien loin s'ils se lancent à tes trousses ? Si tu as* tout le monde *à tes trousses ?*

Ma main se fige au moment de prendre l'album photo dont je ne me sépare jamais. Il ne contient pas de photos de Mel, uniquement des clichés de moi, des enfants, des amis. C'est comme si Mel n'avait jamais existé… Cela dit, le Mel dont la voix résonne dans ma tête a raison. Si je m'enfuis et qu'ils jugent bon de me poursuivre, la donne change du tout au tout. Je doute que mon ami Absalom puisse m'aider à échapper à la police. Il sera le premier à me dénoncer.

On frappe à la porte. Je m'empresse de glisser l'album

dans mon sac et de tirer la fermeture Éclair. Le reste n'a guère de valeur, je peux aisément remplacer ce que je laisserai ici.

J'ouvre la porte et vois Javier sur le seuil.

— Je vous remercie. Je vous donne tout de suite les clés de la Jeep…

Il m'interrompt en prenant un air contrit.

— Je n'ai jamais eu l'occasion de vous le dire, mais je suis réserviste au sein de la police. Vous veniez de m'appeler quand j'ai entendu sur la fréquence radio qu'ils souhaitaient vous interroger. Je n'ai pas eu le choix, Gwen. Je leur ai passé un coup de fil.

L'inspecteur Prester se tient derrière lui. Il porte un costume sombre et une cravate bleue nouée de façon pour le moins étrange. À se demander s'il n'a pas fait un nœud plat en estimant que ça suffirait. On le sent fatigué et agacé, il tient à la main un document plié en trois portant un entête officiel.

— Vous me décevez, madame Proctor. J'étais persuadée que nous avions des rapports cordiaux, et voilà que vous vous apprêtez à fuir. Je vous le dis tout de suite, ça ne joue pas vraiment en votre faveur.

Le piège se referme sur moi. Je peux crier et taper du pied, mais je suis coincée.

J'adresse à Javier un sourire forcé.

— Aucune importance.

Loin de me sourire en retour, il m'observe avec la plus grande attention. Les flics savent forcément que j'ai un permis de port d'arme et que je suis dangereuse. Je me demande s'ils ont posté des tireurs d'élite tout autour de la maison.

Je lève les bras en pensant à mes enfants.

— Je ne suis pas armée. Vous pouvez vérifier.

Prester ne se fait pas prier. Il procède à une palpation rapide et impersonnelle, je repense à la première fois où Gina Royal a traversé une telle épreuve, les mains appuyées sur le capot brûlant de la voiture familiale. Cette pauvre idiote de Gina trouvait ça humiliant. Si elle avait su…

— Rien, confirme Prester. Très bien, faisons ça gentiment, d'accord ?

— Je vous suis de mon plein gré à condition que vous me laissiez voir mes enfants en premier.

— Très bien. Javier, accompagnez-la.

Javier hoche la tête. Il sort de sa poche et accroche à sa ceinture un étui noir sur lequel brille une étoile dorée d'adjoint. Il est officiellement en service à présent.

Je rentre dans la maison où m'attendent Lanny et Connor. Ils sont assis dans le salon, l'air tendu, et ne quittent pas des yeux la porte d'entrée. Je lis dans leurs yeux un soulagement qui s'éteint instantanément lorsqu'ils découvrent Javier derrière moi.

— Maman ? me demande Lanny d'une voix tremblante. Tout va bien ?

Je me laisse tomber dans le canapé en les serrant tous les deux dans mes bras. Je prends le temps de les embrasser avant de leur fournir des explications d'une voix douce.

— Je vais devoir suivre l'inspecteur Prester, mais tout va bien. Javier va vous garder jusqu'à mon retour.

Je l'interroge des yeux, il acquiesce et détourne le regard. Connor pleure en silence, à l'inverse de Lanny. Il s'essuie les yeux des deux mains d'un air rageur, preuve qu'il s'en veut. Pas un mot ne franchit la barrière de leurs lèvres.

Je me lève.

— Je vous aime tellement tous les deux. Prenez soin l'un de l'autre pendant mon absence.

— Si tu reviens, murmure Lanny.

Je fais celle qui n'a rien entendu. Il suffirait que je la regarde à cet instant pour craquer, et la police serait obligée de m'emmener de force.

Je sors de la maison tant bien que mal et rejoins Prester qui m'attend près de sa voiture. En me retournant, je vois la porte se refermer derrière Javier.

— Ne vous inquiétez pas pour eux, me dit Prester en me faisant monter à l'arrière et en prenant place sur la banquette à côté de moi. Si les portes n'étaient pas verrouillées de l'intérieur, je pourrais me croire dans un taxi. À ceci près que la course est gratuite. Graham s'installe au volant et démarre.

Prester ne dit rien et reste impassible, j'ai le sentiment d'être assise à côté d'un rocher de granit dont émane une légère odeur de nettoyage à sec et d'Old Spice. Je ne sais pas ce qu'il sent chez moi. La peur, probablement. Les effluves de transpiration d'une femme coupable. Je connais bien le fonctionnement des flics, jamais ils ne seraient venus me chercher s'ils n'étaient pas persuadés que je suis une *personne digne d'intérêt*, pour reprendre la formule consacrée. C'est-à-dire une suspecte qu'ils n'ont pas encore les moyens d'inculper, faute de preuves. Je m'inquiète pour Lanny, qui se trouve à un âge critique pour assumer de telles responsabilités. Je me reprends aussitôt en m'apercevant que je suis en train de réfléchir comme si j'étais *vraiment* coupable.

Ce n'est pas le cas. Je n'ai rien à voir avec le meurtre de cette femme retrouvée dans le lac. Mon seul tort est de ne pas avoir compris que j'avais épousé le diable.

Je laisse échapper un soupir.

— Je ne sais pas de quoi vous m'accusez, mais vous vous trompez.

— Nous ne vous accusons de rien, rectifie Prester. Pour user d'une formule anglaise pittoresque, vous contribuez aux « avancées de l'enquête ».

L'accent *british* avec lequel il a prononcé la formule en dit long sur ses piètres talents d'imitateur.

— Je suis forcément une suspecte, sinon vous n'auriez jamais obtenu de mandat.

Prester déplie le document qu'il avait en main un peu plus tôt. Le sigle de la ville de Norton figure bien en entête et le mot MANDAT s'étale en grosses lettres en haut de la feuille, mais le reste n'est qu'une suite de phrases en latin telles que les utilisent les graphistes en guise de faux texte. Dans le jargon du métier, on appelle ça le *lorem ipsum*... Je m'en suis moi-même servi un nombre incalculable de fois, et je ne peux m'empêcher de sourire.

— Jamais nous n'aurions obtenu un mandat avec le peu d'informations dont nous disposons, madame Proctor.

— La manœuvre est habile. Elle fait souvent ses preuves ?

— Toujours, vous voulez dire. Les idiots du coin s'imaginent qu'il s'agit d'une formule en latin officiel.

J'éclate de rire en imaginant un pauvre bougre en état d'ivresse s'efforçant de percer les secrets de ce charabia. Du *latin officiel*.

— Qu'y a-t-il de si urgent pour que vous éprouviez le besoin de venir me chercher à une heure aussi indue ?

L'ombre de sourire qui flotte sur les lèvres de Prester se dissipe, il retrouve son air impassible.

— Votre nom. Vous nous avez débité toutes sortes de mensonges et je peux vous assurer que ça ne me plaît pas du tout. Un correspondant anonyme nous a soufflé votre véritable identité aujourd'hui en nous expliquant que vous aviez l'intention de vous enfuir, il fallait bien que je prenne les devants.

Mon sang se glace dans mes veines, mais je ne suis pas vraiment surprise. Mon ex-mari s'est arrangé pour nous compliquer encore un peu plus l'existence. Rien n'est trop mesquin pour lui. Cette dénonciation me condamne à rester à Norton. Je me tourne vers la vitre sans répondre.

— Vous devez bien vous douter que ça fait désordre, insiste Prester.

Je garde le silence. Rien de ce que je pourrais lui dire ne me dédouanera. Le mieux est encore de prendre mon mal en patience.

Je ne cille même pas lorsque Prester étale les photos devant moi. Ce n'est pas la première fois que je suis confrontée aux travaux pratiques de Melvin Royal. J'ai eu le temps de m'habituer à toute cette horreur.

Deux de ces clichés me retournent pourtant l'estomac.

La photo de cette femme pendue à un fil de fer dans le garage de mon ancienne maison. Elle est entièrement nue, et partiellement dépecée.

Et puis celle, prise sous l'eau, des victimes de Mel qui flottent étrangement dans la pénombre, leurs jambes lestées, et dont certaines sont quasiment réduites à l'état de squelettes.

Il a élevé le traitement des déchets humains au rang de science, jusqu'à calculer très précisément le poids du lest dont il a besoin. Il s'est essayé sur des dépouilles d'animaux avant de peaufiner sa formule de façon à s'assurer que les corps ne remontent jamais à la surface. Tous ces détails ont été révélés lors de son procès.

Mel est pire qu'un simple monstre. C'est un monstre *doué*.

J'ai bien conscience de ne pas servir ma propre cause en restant impassible face à toute cette horreur, mais je sais d'avance que Prester verrait clair dans mon petit jeu si je faisais semblant. Je relève la tête et croise son regard.

— Si vous cherchez à provoquer un choc chez moi, il faut revoir votre copie. J'ai vu ces photos des centaines de fois.

Il ne répond pas et se contente de poser sur la pile une nouvelle photo. Celle-là a été prise sur l'un des pontons de Stillhouse Lake, probablement le plus proche de ma maison. Dans un coin de la photo, je reconnais les chaussures à lacets usées de Prester, celles-là mêmes qu'il porte aujourd'hui, ainsi que des souliers noirs de flic. Peut-être ceux de Lance Graham. Je me concentre sur ce détail dans l'espoir d'échapper au sujet central de la photo.

La jeune femme se réduit à une leçon anatomique de muscles roses et de ligaments blafards, derrière lesquels on devine des bribes d'ossements clairs. Ses yeux vitreux sont enfoncés au fond des orbites et la masse sombre de ses cheveux cache à moitié son visage dépecé. La bouche est restée intacte, ce qui rend l'ensemble d'autant plus obscène. Je n'ai pas envie de savoir pourquoi ces lèvres ont conservé toute leur perfection.

— Le corps était lesté, précise Prester, mais l'hélice du moteur a sectionné la corde et les bactéries qui se sont développées dans le torse ont permis au cadavre de remonter à la surface. Un poids minimal aurait suffi à le maintenir submergé puisqu'il a été dépecé. Les gaz du corps avaient pu s'échapper librement, mais je ne vous apprends sans doute rien puisque j'ai cru comprendre que votre mari usait de la même méthode. Les victimes de Mel ne remontaient jamais. Il aurait fort bien pu enrichir son jardin secret d'une douzaine d'autres victimes sans la survenue du *Drame*. On ne pourra pas reprocher à Mel son manque d'habileté.

Je hoche la tête en signe d'assentiment, hypnotisée par la photo de la morte. J'en ai mal aux yeux, comme si je les levais vers le soleil. Je sais que cette image restera à jamais gravée dans ma mémoire. Je voudrais avaler ma salive, mais ma gorge reste bloquée. Je tousse, prise soudain d'une terrible envie de vomir. J'arrive à me retenir, au prix de sueurs froides.

Mon malaise n'échappe pas à Prester qui pousse vers moi une bouteille d'eau. Je dévisse la capsule et bois goulûment de longues gorgées qui calment les soubresauts de mon estomac. Je vide la bouteille à moitié avant de la refermer. J'ai bien conscience d'avoir fourni à Prester de quoi prélever mon ADN, mais je m'en moque. Il n'aura aucun mal à se le procurer auprès de la police du Kansas. Gina Royal est morte et enterrée dans ma tête, mais je partage avec elle le même sang et la même chair.

— Comprenez-moi, reprend Prester de cette voix grave, lente et chaude qui fait naître dans ma tête des images de juges de western et de corde au cou.

Je revois la fille pendue à son fil de fer dans mon garage.

— Vous avez été mêlée à une affaire du même

genre au Kansas et j'ai du mal à croire à une simple coïncidence.

— Je n'ai jamais su ce que faisait Mel. *Jamais*, jusqu'au jour de l'accident.

— Curieusement, ce n'est pas l'avis de votre voisine.

Je me cabre, en dépit de mon désir de rester calme.

— Mme Millson ? Une mégère de première pour qui ces ragots étaient une occasion facile de sortir de l'anonymat. Elle a menti pour se voir aux infos. Mon avocat a réduit son témoignage en miettes lors du procès. Tout le monde sait qu'elle mentait et que *je n'avais rien à voir avec tout ça*. J'ai été acquittée !

Prester ne bronche pas et reste de marbre.

— Acquittée ou non, le meurtre du lac fait désordre. Même type de crime, même signature. Je vous propose de tout reprendre depuis le début.

Il cache la photo de l'inconnue en posant dessus le portrait d'une jolie brune au sourire impertinent dont la tête penchée touche celle d'une autre femme. Cette dernière est une blonde du même âge à l'air songeur. Des amies, sans doute. Elles sont trop différentes pour appartenir à la même famille.

— Voici à quoi ressemblait Rain Harrington avant que nous retrouvions son cadavre à la surface du lac. Un beau brin de fille de dix-neuf ans, très appréciée dans les environs, qui voulait devenir vétérinaire.

Il pose devant moi une autre photo sur laquelle on la voit serrer dans ses bras un chien à la tête recouverte d'un pansement. La ficelle est énorme, ce qui ne m'empêche pas de sentir monter en moi une vague d'émotion, au point de détourner le regard.

— Une fille adorable qui n'avait pas un ennemi au monde. *Je vous interdis de tourner la tête !*

Il va être déçu s'il croit me déstabiliser. Si je suis capable de ne pas ciller lorsque j'appuie sur la détente au club de tir, je ne risque pas d'afficher la moindre faiblesse face à lui. La manœuvre est habile, je le reconnais. Les enquêteurs du Kansas auraient pu prendre des leçons auprès de l'inspecteur Prester. La façon dont il a brusquement changé de registre me confirme que ce type a appris son métier à la dure. À son accent, je dirais qu'il est originaire de Baltimore. Il a fait craquer des criminels endurcis.

Le seul ennui, c'est que je ne fais pas partie de cette catégorie.

Je regarde longuement la photo de la malheureuse, le cœur serré. Pas parce que je suis responsable de ce qui lui est arrivé, mais parce que je suis un *être humain.*

— Vous lui avez retiré la peau du visage pendant qu'elle vivait encore, poursuit l'inspecteur d'une voix douce évocatrice de celles qui résonnent dans la tête. Elle ne pouvait même plus crier puisque ses cordes vocales avaient été sectionnées, ce qui est particulièrement sordide. De ce qu'on en sait, elle était soigneusement ligotée et une lanière de cuir lui immobilisait le crâne. Vous avez commencé par les pieds avant de remonter. Nous savons très précisément à quel moment elle est morte. Les tissus vifs sont capables de réaction, contrairement aux tissus morts.

Je reste immobile, sans prononcer un mot. J'essaye de repousser l'image de l'horreur gratuite qu'elle a vécue, de son agonie.

— C'est vous qui dépeciez les victimes de votre mari ? De Mel ? C'est lui qui vous le demandait ?

— Vous trouvez forcément ça logique.

Je m'exprime d'une voix égale, en espérant que l'inspecteur Prester entende des voix, lui aussi.

— Mon ex-mari est un monstre, il faut donc que j'en sois un. Comment une femme *normale* pourrait-elle épouser un individu pareil, *a fortiori* rester avec lui ?

Il m'observe d'un regard pénétrant que je ne cherche pas à fuir. Je veux qu'il me regarde, au contraire. Je veux qu'il *voie*.

— J'ai épousé Melvin Royal parce qu'il me l'a demandé. Je n'étais pas particulièrement jolie. Je ne crois pas que j'étais particulièrement intelligente non plus. Depuis toujours, on m'avait enseigné que mon rôle dans ce monde était de rendre heureux le mari qui me donnerait des enfants. J'étais la femme *parfaite*. Une vierge naïve et ignorante des dures réalités de la vie qui croyait au rêve d'un chevalier servant censé l'aimer et la protéger de toute éternité.

Prester ne dit rien. Il se contente de m'observer en tapotant son carnet à l'aide de son stylo.

— Alors, c'est vrai, j'étais une parfaite idiote. J'ai *choisi* de devenir mère et femme au foyer pour lui. Mel gagnait bien sa vie, je lui ai donné deux enfants merveilleux et nous étions heureux. Nous menions une existence *normale*. Je sens bien que vous n'y croyez pas. Si vous voulez que je vous dise, j'ai du mal à y croire moi-même. Je n'en ai pas moins accumulé les Noëls et les anniversaires, les réunions de parents d'élèves, les concerts de fin d'année, les pièces de théâtre et les matchs de foot, et *personne ne s'est jamais douté de rien*. Croyez-moi, inspecteur, c'est un don chez lui. Il possède l'art de berner ses semblables sans que personne remarque rien, à commencer par moi.

Prester hausse les sourcils.

— J'étais persuadé que vous alliez me servir le discours de la femme battue. N'est-ce pas l'explication de tout ?

— Peut-être. Peut-être ces femmes-là sont-elles majoritairement des victimes. Mel n'était pas…

Je revois brusquement ses mains, dans la chambre, lorsqu'il serrait cette corde rembourrée autour de mon cou. Je revois ses yeux glacés de saurien. Inconsciemment, j'ai su à ce moment-là qu'il n'était pas normal.

— Mel est un monstre. Quel effet vous croyez que ça me fait, de savoir que j'ai partagé mon lit avec *ça* ? Que j'ai laissé mes enfants à la garde de *ça* ?

Cette fois, Prester ne réagit pas.

— Quand j'ai découvert la vérité, dans les ruines de ce garage à moitié démoli, tout a changé. J'ai enfin *vu*. J'ai enfin *compris*. Avec le recul, je sais qu'il y avait des signes avant-coureurs, que certains détails clochaient, mais je sais aussi que jamais je n'aurais pu les voir sur le moment, avec le passé et l'expérience que j'avais.

Je bois une gorgée d'eau, le plastique de la bouteille se contracte en émettant une détonation sourde.

— Au lendemain de mon acquittement, je me suis réinventée afin de protéger mes enfants. Vous croyez peut-être que la perspective d'être mêlée au destin de Melvin Royal me plaisait ? Je le hais. Je le méprise. Si jamais il pointe le bout de son nez, je lui enverrai un chargeur en pleine tête jusqu'à ce qu'il ne reste rien de lui.

Je le pense vraiment, et je sais que l'inspecteur est capable de détecter la vérité lorsqu'il l'entend. Ce n'est pas pour lui plaire, mais je n'ai rien à foutre de ce qui lui plaît ou non. Je me bats pour survivre et préserver le filet de sécurité que j'ai péniblement réussi à tisser.

Prester continue de m'observer en silence.

Il est temps de conclure mon plaidoyer.

— Vous n'avez pas l'ombre d'une preuve. Et pas parce que je suis un génie à la Hannibal Lecter, mais parce que je n'ai rien à voir avec la mort de cette malheureuse. Je ne l'ai même jamais vue. Je suis sincèrement désolée du sort qu'elle a subi, et je suis totalement incapable de vous expliquer pourquoi elle est morte de cette façon à côté de chez moi. J'aimerais bien avoir une explication. Mel a des adeptes qui révèrent la moindre de ses déclarations, sans que je puisse vous dire pour autant comment il aurait pu convaincre quelqu'un de commettre une horreur pareille. Il n'a rien d'un Raspoutine, ou même d'un Charles Manson. Je n'ai aucune idée de ce qui peut rendre quelqu'un aussi malade. Et vous ?

— La nature, répond-il d'une voix terne. L'éducation. Une blessure au cerveau. Les pires de ces gens-là n'ont pas l'ombre d'une excuse.

Il a dit *ces gens-là*, et non *les gens comme vous*. Je me demande si ça lui a échappé.

— À vous de m'expliquer ce qui a rendu Melvin comme ça, puisque vous l'avez pratiqué de près.

— Je n'en ai aucune idée.

C'est la vérité.

— Ses parents étaient des gens adorables. Je ne les ai pas vus souvent, ils m'ont toujours paru très fragiles. Avec le recul, j'en arrive à penser qu'il leur faisait peur. Je m'en suis aperçue après leur mort.

— Et *vous* ? Qu'est-ce qui vous pousse à torturer des jeunes filles de cette façon ?

Je soupire.

— Inspecteur, j'ai épousé un monstre sans avoir l'intelligence de m'en apercevoir. C'est là tout le mal que j'ai commis. Ce n'est pas moi qui ai tué cette fille.

L'interrogatoire se poursuit quatre heures durant. Après y avoir réfléchi, je renonce à exiger la présence d'un avocat, consciente que les possibilités à Norton sont loin d'être prometteuses. Le mieux est encore de m'en tenir à la vérité. En dépit de toute son habileté, l'inspecteur Prester ne parvient pas à me prendre en flagrant délit de mensonge. Peut-être aurait-il réussi avec Gina Royal, mais je connais la routine à présent, et il en est conscient. Il ne dispose d'aucun élément probant, à part un coup de fil anonyme qui peut aussi bien émaner d'un troll ayant percé à jour mon identité que d'un inconnu payé par mon ex pour remuer la fange. Cela dit, son intuition ne l'a pas trompé. L'assassinat de cette pauvre fille, de cette façon-là et aussi près de chez moi, ne relève pas du hasard.

Quelqu'un a voulu m'envoyer un message.

Il s'agit forcément de Mel.

Paradoxalement, j'en arrive à l'espérer dans la mesure où je le connais. Je sais où le trouver. *Reste à savoir qui a accepté de l'aider et de lui obéir de la sorte*. Je mentirais en affirmant que ça ne m'effraie pas. Je n'ai pas envie que la prochaine victime soit Lanny. Ou bien de retrouver Connor assassiné dans son lit. Je ne veux pas davantage finir mes jours pendue au plafond, un fil de fer autour du cou, écorchée vive.

L'aube va poindre lorsque Prester finit par me renvoyer dans mes foyers. Norton ressemble à une ville fantôme, pas un seul véhicule ne circule dans les rues désertes et la voiture de patrouille qui me ramène chez moi s'enfonce dans une nuit d'encre en s'engageant sur la route du lac. C'est Lance Graham qui me reconduit, sans doute parce qu'il rentrera directement chez lui ensuite. Il ne desserre pas les dents. Je ne cherche pas à entamer la conversation. La tête contre la glace froide de la vitre, je rêve d'arriver à dormir tout en sachant que ce ne sera pas le cas cette nuit. Sans doute pas non plus demain. Les photos de cette fille assassinée refléteront leurs couleurs terrifiantes sur mes paupières, sans qu'il me soit possible de les chasser d'un battement de cils. Mel n'est pas hanté le moins du monde par ses victimes. Il dort bien et se réveille en pleine forme.

C'est moi qui ai droit aux cauchemars.

— Nous sommes arrivés, déclare Graham.

La voiture s'est arrêtée à mon insu, je m'étais finalement assoupie. Il descend afin d'ouvrir ma portière et je le remercie. Il va jusqu'à me tendre la main, j'imagine par politesse. À défaut de distinguer ses traits dans l'obscurité, je sens son regard posé sur moi.

— Je vous crois, déclare-t-il à mon grand étonnement. Prester se trompe de cible, madame Proctor. Je sais que vous n'êtes en rien mêlée à tout ceci. Je suis désolé, je sais à quel point votre existence s'en trouve bouleversée.

Je me demande si Prester a parlé autour de lui, si la nouvelle de ma véritable identité s'est répandue. Je ne le crois pas. Graham ne sait visiblement pas qui est mon ex-mari.

Il paraît ennuyé, et même inquiet.

Je le remercie, plus chaleureusement cette fois, et il lâche enfin ma main. Javier sort sur la véranda en agitant ses clés de voiture. Je l'imagine impatient de s'en aller.

— Les enfants…

— Ils vont bien, m'interrompt-il. Ils dorment, ou alors ils font semblant.

Il pose sur moi un regard insistant, sans concession.

— Il vous a gardée longtemps.

— Ce n'est pas moi, Javier. Je vous le jure.

Il grommelle une formule qui ressemble à *bien sûr*, mais je n'en suis pas certaine car la voiture de Graham couvre sa voix. Le visage de Javier se dessine en rouge dans la nuit à la lueur des feux arrière de l'auto. Il paraît fatigué et se frotte les yeux, comme pour effacer les quelques heures qui viennent de s'écouler. Je ne sais pas si cet incident viendra à bout de notre amitié, comme il a réduit à néant ma relation avec Sam Cade. Lance Graham aussi reverra sa position lorsqu'il sera au courant de mon passé. Il est vrai que son comportement amical ne fait pas de lui un ami.

Je fais fuir tout le monde. À part mes enfants, qui n'ont pas le choix puisqu'ils se trouvent enlisés jusqu'au cou dans toute cette boue, comme moi.

— Dans quel pétrin vous êtes-vous fichue ? me demande Javier.

Son ton me fait douter qu'il veuille vraiment le savoir.

— Je vous l'ai dit, je suis réserviste dans la police et j'ai beau vous apprécier…

— Vous ferez toujours votre devoir, comme vous l'avez fait ce soir. J'ai compris, Javier. Je suis même étonnée que vous ayez accepté de m'aider à quitter la ville.

— J'étais persuadé que vous cherchiez à échapper à un ex-mari violent. Je ne me doutais pas…

— Vous ne vous doutiez pas de quoi ?

Je le mets au défi d'aller au bout de sa phrase en

le regardant droit dans les yeux. Je ne sais plus quoi penser de lui, sans doute se fait-il la même réflexion à mon sujet.

— Que vous étiez impliquée dans cette histoire.

— Mais je n'ai *rien* à voir avec cette histoire !

— Ce n'est pas l'impression que ça donne.

— Javi…

— Soyons clairs, madame Proctor. Si vous en sortez blanchie, pas de souci. D'ici là, gardons nos distances, d'accord ? Et si je peux vous donner un conseil, passez au club déposer vos armes. On vous les gardera en attendant que tout soit éclairci, je vous établirai une attestation en bonne et due forme pour la police. Je n'ai aucune envie…

— Vous n'avez aucune envie de savoir que je possède un arsenal le jour où les flics feront une descente chez moi. Vous avez peur des dommages collatéraux.

Il hoche lentement la tête. Sans qu'il fasse preuve d'agressivité, on le sent décidé. Il émane de lui une force tranquille censée me donner confiance.

Ce n'est pas le cas.

— Je préfère garder mes armes tant que je n'ai pas reçu d'injonction du tribunal.

Et tant pis s'il n'apprécie pas ma position et la juge tranchée. Je ne peux plus me permettre de paraître faible. Je suis responsable de deux enfants, et prête à tout pour assurer leur défense.

Pas question de rendre les armes.

Je pourrais croire que ma décision lui importe peu si je ne sentais pas sa réprobation à la façon dont il hausse lentement les épaules. Il tourne les talons sans même un au revoir et regagne la camionnette blanche à bord de laquelle j'ai été à deux doigts de m'enfuir. Il baisse sa vitre et lance dans ma direction les papiers de la Jeep. Il est clair que l'échange n'est plus à l'ordre du jour. Je le regarde s'éloigner à bord du lourd véhicule avant de regagner ma maison.

Tout est calme à l'intérieur lorsque j'enclenche l'alarme. Les gamins sont habitués aux bips, je ne pense pas que cela les réveille, mais Lanny sort de sa chambre au moment où je m'apprête à vérifier que son frère dort. Nous nous regardons longuement en silence dans la pénombre, et puis elle me fait signe de la suivre et referme la porte de sa chambre dans mon dos.

Elle se recroqueville sur son lit, les bras serrés autour des genoux. Une vision familière. Je ne sais pas si elle en a gardé le souvenir, mais je l'ai souvent trouvée dans cette position au cours des mois qui ont suivi ma sortie de prison.

— Alors, ils ne t'ont pas remise derrière les barreaux.

— Je n'ai rien fait, Lanny.

— La dernière fois non plus, remarque-t-elle avec justesse. Je trouve ça atroce. Connor a une trouille bleue, tu sais.

— Je sais.

Je m'assieds sur son lit et elle recule ses pieds afin d'éviter tout contact. J'en ai le cœur meurtri, avant de me rassurer en constatant qu'elle ne tressaille pas lorsque je pose une main sur son genou.

— Je ne te mentirai pas, ma chérie. Ton père sait où nous sommes. J'avais décidé de partir, mais…

— Mais il y a le meurtre de cette fille, la police est au courant de notre véritable identité et nous ne pouvons plus nous en aller.

Lanny est intelligente. Je ne la vois pas battre des paupières, mais des larmes brillent dans ses yeux.

— Je n'aurais jamais dû raconter ce que j'ai vu. Si je…

— Non, ma chérie. Tu as fait ton devoir, d'accord ? Je ne veux pas que tu penses ça.

— Si je n'avais rien dit, on serait déjà loin, s'entête-t-elle. On n'aurait nulle part où aller, mais on serait au moins en sécurité et il ne saurait pas où on est. Maman, s'il est au courant…

Elle se tait et de grosses larmes roulent le long de ses joues. Elle ne cherche pas à les essuyer. Je ne suis même pas certaine qu'elle ait conscience de pleurer.

— Il te fera du mal, me glisse-t-elle dans un murmure avant de poser le front sur ses genoux repliés.

Je serre contre moi ma petite fille transformée en une boule de muscles, d'os et de chagrin. J'ai beau lui répéter que tout finira par s'arranger, elle ne me croit pas.

Je me résous à la laisser seule, murée dans le silence, refermée sur elle-même, afin de m'assurer que tout va bien dans la chambre voisine. Connor semble dormir, mais je ne crois pas que ce soit le cas. Il est tout pâle, avec des cercles mauves sous les yeux, comme s'il s'était battu. Cet enfant est épuisé.

Moi aussi.

Je referme la porte sans bruit, vais dans ma chambre, et sombre dans un sommeil sans rêve au milieu du silence sourd de Stillhouse Lake.

Le lendemain matin, on découvre un nouveau cadavre de femme sur les eaux du lac.

8

Un cri me réveille en sursaut. Je bondis hors de mon lit avant même d'avoir repris mes esprits et saute dans mon jean avant d'enfiler mon T-shirt et mes chaussures avec une célérité digne d'un pompier de garde. Je m'aperçois dans le couloir que le cri n'est pas sorti de la gorge de l'un de mes enfants en voyant leurs portes s'ouvrir à la volée, Lanny le regard vague dans son peignoir en flanelle et Connor en bas de pyjama, les cheveux ébouriffés.

— Ne bougez pas !

Je me précipite dans le salon dont j'écarte les rideaux.

Les cris proviennent d'un petit canot à rames qui flotte à moins de dix mètres du ponton. Deux passagers se trouvent à bord : un vieil homme coiffé d'un chapeau et d'une veste de pêcheur, ainsi qu'une femme aux cheveux blond cendré. Elle s'est collée contre lui sous l'effet de l'horreur avec une telle force que la barque, qui en tremble encore, a bien failli chavirer.

Le temps de couper l'alarme, je me précipite dehors, descends l'allée de gravier au pas de course et m'engage sur le ponton avant de ralentir en apercevant le corps.

Il est remonté des profondeurs et flotte sur le ventre, nu. Les cheveux de la morte dessinent un entrelacs d'algues à la surface de l'eau.

La teinte rose des muscles à vif est effrayante dans la lumière du petit matin, la malheureuse a été écorchée au niveau des fesses, des reins et de la colonne vertébrale. La victime n'a pas été entièrement dépecée cette fois.

La passagère du canot vomit le long du plat-bord. Son compagnon, muet de saisissement, a machinalement stabilisé l'esquif, mû par les réflexes d'une vie sur l'eau. Il est sous le choc. Les traits brouillés, les yeux écarquillés, il tente de donner un sens à ce qu'il voit.

Je sors mon portable et compose le numéro de police secours. Je n'ai pas le choix. Le drame s'est déroulé *devant ma porte*.

La sonnerie résonne à l'autre bout du fil, ce qui me laisse le temps de réfléchir. J'en arrive à la conclusion horrible que le corps a séjourné longtemps sous la surface avant de remonter mollement, telle une bulle paresseuse. Il se trouvait là lorsque je discutais avec Javier la veille, peut-être flottait-il déjà entre deux eaux lorsque j'ai tout avoué à Sam Cade.

La femme du canot continue de vomir entre deux sanglots.

Le standard de la police finit par répondre et je décris la scène, indique le lieu, fournis mon nom. J'ai bien conscience de paraître trop calme, au risque qu'on me le reproche plus tard à l'écoute de l'enregistrement de mon appel. On me demande de rester en ligne, mais je raccroche.

Le corps horriblement mutilé d'une femme passe encore. La découverte d'un deuxième cadavre ne relève plus de la coïncidence, mais d'un plan soigneusement mis au point. La police ne tardera pas à arriver et il est certain qu'on m'embarquera. Les interrogatoires ne seront plus aussi conciliants.

On va m'arrêter.

On va me retirer mes enfants.

Un signal sonore m'annonce l'arrivée d'un SMS. Je sors mon portable et reconnais le numéro d'Absalom. Il se contente de m'envoyer un lien sur lequel je clique. Je vois apparaître un blog dont je suis la vedette.

> TROUVÉ cette salope de tueuse ! Oui, les gars, j'ai réussi à retrouver la Petite Main de Melvin ! Avec des photos et tout le tintouin. DE VRAIES INFOS. Elle a ses petits avec elle, elle n'a pas encore noyé ces petits enfoirés. Mieux : y a un nouveau meurtre ! Détails suivent.

Suivent des centaines de réactions, auxquelles l'auteur du post original refuse de répondre clairement en multipliant les indices. Je déroule l'écran à toute vitesse avant de trouver, nettement plus loin, un élément décisif.

> Cette salope se cache dans l'État des volontaires.

Le surnom du Tennessee. Il connaît donc ma retraite, pour avoir vu les photos qui sont passées entre les mains de Melvin, à moins qu'il n'en soit l'auteur.

Moi qui croyais mettre mon ex-mari en échec, c'est lui qui a pris les devants. Je l'imagine dans sa cellule en train de rire à l'idée de me voir dépecée de mon anonymat, comme il dépeçait ses victimes. Il doit se masturber à ma santé.

J'en ai le souffle coupé.

L'espace d'un instant, j'ai l'impression de flotter en apesanteur. *Tout est perdu.* Tout ce que j'ai mis en place, ma fuite, mes cachettes successives… Internet est venu tout gâcher.

Les trolls ne se lassent jamais.

Des sirènes dans le lointain me ramènent à la réalité. La police ne va plus tarder. Le cadavre de la fille se balance au gré des mouvements de l'eau, ses cheveux telles des écharpes de fumée. La barque s'approche du ponton, le pêcheur est sorti de sa léthargie. Son visage a pris une teinte cramoisie, il rame de toute la puissance de ses bras, sa femme avachie contre lui. Le destin vient de les précipiter dans un gouffre qui m'est familier.

Les premiers gyrophares apparaissent au sommet de la colline.

J'envoie un texto à Absalom.

Plus aucune importance. On va m'arrêter.

Sa réponse tombe après une éternité, annoncée par un bourdonnement qui rappelle celui d'une guêpe en colère.

Merde. C'est vous ?

Pourquoi faut-il que tout le monde me pose la question ?

Je lui réponds *Non* avant de couper mon téléphone. La barque heurte violemment le bord du ponton et j'envoie au pêcheur un filin qui s'abat malencontreusement sur sa femme. Elle ne s'en aperçoit même pas.

Je sens un regard posé sur moi.

En tournant la tête, je reconnais la silhouette de Sam Cade sur sa véranda, à quelques centaines de mètres à peine. Enveloppé dans un peignoir à carreaux rouges et noirs, des chaussons aux pieds, il observe la scène. Je vois son regard s'attarder sur le corps avant de revenir vers moi.

Je ne cherche pas à fuir son regard, pas plus qu'il ne cherche à fuir le mien.

Il me tourne brusquement le dos et rentre dans son chalet.

J'aide la femme à s'extraire du canot, puis son mari, et les installe tous les deux sur un banc voisin avant de courir chercher des couvertures à la maison. Je les passe autour de leurs épaules lorsque la première voiture de patrouille s'immobilise à quelques mètres de nous, sirène éteinte et gyrophare allumé. Je ne suis pas surprise de voir l'inspecteur Prester au volant de la voiture banalisée qui s'arrête derrière la première auto. Il a dû passer une nuit blanche.

Je suis comme hébétée. Morte. Je me redresse en le voyant descendre de son véhicule, imité par les deux jeunes occupants en uniforme de la voiture de police que je reconnais pour les avoir déjà aperçus en ville. Lance Graham ne se trouve pas avec eux. D'autres collègues ne tarderont pas à les rejoindre, j'aperçois une nuée de voitures sur la route à la lueur de cette aurore impitoyable. Je devrais avoir peur, mais ce n'est pas le cas. Toute notion de peur s'est dissipée à la vue de cette femme abandonnée, détruite. D'une certaine façon, tous ces développements étaient inévitables et je le savais depuis toujours.

Je me tourne vers Prester.

— Je vous prie de veiller à ce qu'il n'arrive rien à mes enfants. Quelqu'un a fait fuiter notre adresse sur Internet. Ils ont fait l'objet de menaces de mort très sérieuses par le passé. Je me fiche de ce qui m'arrive tant qu'ils sont en sécurité.

Il acquiesce lentement, le visage grave. Il se plante à côté de moi et se penche vers les malheureux occupants de la barque. Je m'écarte pendant qu'il les interroge et tourne mon regard vers le chalet de Sam Cade. Mon attente est de courte durée, je le vois sortir en jean délavé et T-shirt gris. Il ferme sa porte à double tour avant de descendre les marches de sa véranda et de se diriger vers le lac. Les agents n'ont pas encore eu le temps de délimiter un périmètre de sécurité, mais il n'est pas certain que ce soit nécessaire. Sam se fige à un mètre de moi. Nous restons silencieux pendant un long moment, puis il enfonce les mains dans les poches de son jean et se balance d'avant en arrière, les yeux rivés sur le corps qui danse au gré des eaux du lac.

— Souhaitez-vous que j'appelle quelqu'un ?

Il parle dans le vide, comme s'il s'adressait à la morte. Je ne le regarde pas davantage. Nous entamons une conversation dans laquelle aucun de nous deux ne s'engage vraiment. À l'image de notre relation.

— Il est trop tard pour ça.

Je parle autant pour la morte que pour moi. Elle et moi avons perdu la partie, nous errons à la dérive sous les yeux du monde, sans espoir de refuge. Je m'en veux aussitôt de comparer mon sort à celui de cette femme. Je n'ai pas passé des heures, des jours peut-être, entre les mains d'un sadique. Je me suis contentée d'en épouser un.

— J'en ai déjà parlé à Prester, mais si vous pouviez vous assurer qu'il s'occupe de Lanny et Connor. Tout le monde est au courant de notre refuge, Sam. Ce n'est pas vous, au moins ?

Il tourne la tête avec une soudaineté qui me semble naturelle. Je lis la surprise dans ses yeux, son basculement intérieur.

— Ce n'est pas moi quoi ?

— Qui m'avez dénoncée sur Internet ?

— Bien sûr que non ! lâche-t-il le front barré d'un pli, et je le crois. Jamais je n'aurais fait ça, Gwen. Quelles que soient les circonstances. Jamais je ne vous aurais fait courir le moindre risque, vous comme les enfants.

Je hoche la tête. Je n'ai jamais cru à sa culpabilité, bien qu'il fasse figure de suspect, en toute logique. J'imagine plutôt qu'un petit malin au sein de la police de Norton a voulu jouer les justiciers. Il peut s'agir de n'importe qui, d'un planton comme de l'inspecteur Prester. Comment leur en vouloir ? Personne n'est près d'oublier Melvin Royal.

Personne n'a oublié non plus la Petite Main de Melvin Royal. Les gens éprouvent une sorte de fascination malsaine pour les tueurs en série de sexe masculin, mais ils haïssent plus encore les femmes qui leur servent de complices. Un brouet toxique de misogynie et de colère moralisatrice, épicé par le fait délicieusement rassurant qu'il est *normal* de se venger de ces femmes. On ne me pardonnera jamais mon innocence parce que je ne serai jamais innocente à leurs yeux.

Sam reporte son attention sur le lac et j'ai la sensation irrationnelle qu'il souhaite me faire un aveu. Il se balance de plus belle sans rien dire, puis il secoue la tête et s'éloigne en direction de ma maison.

Son manège n'a pas échappé à l'inspecteur Prester qui s'adresse à lui sans même se retourner.

— Monsieur Cade ? J'aurais besoin de vous dire deux mots.

— Je serai chez Mme Proctor, répond Sam. Je voudrais m'assurer que les enfants vont bien.

Prester hésite avant de décider qu'il n'y a pas

d'urgence. Il a ferré un plus gros poisson, inutile de continuer à pêcher quand son panier déborde.

J'envoie un SMS à Lanny pour la prévenir de l'arrivée de Sam. Elle ouvre grand la porte en le voyant s'approcher de la maison et se jette dans ses bras. Connor les rejoint. Je suis surprise de l'accueil qu'ils lui réservent, au point d'en être blessée.

Pour la première fois de ma vie, je me pose la question de savoir si je les *abîme* en les gardant auprès de moi. Le problème ne se pose probablement plus, de toute façon. Mes enfants vont être pris en charge par les services sociaux et je ne les reverrai sans doute jamais.

Arrête. C'est précisément ce qu'IL veut. IL souhaite t'obliger à penser comme une victime impuissante. Ne le laisse pas détruire ce que tu as construit. Bats-toi.

Je ferme les paupières et m'oblige à museler ma souffrance. Je reprends ma respiration, et lorsque je rouvre les yeux, je constate que l'inspecteur Prester en a terminé avec les deux occupants de la barque. Il s'approche de moi.

Je prends les devants en me dirigeant vers sa voiture. Le raclement de ses semelles sur les planches du ponton me signale qu'il ne s'attendait pas à ma réaction, mais il ne va pas jusqu'à contrarier ma décision.

Nous prenons place à l'arrière de son véhicule et je me laisse aller sur la banquette en skaï en poussant un soupir. Je ressens brusquement les effets de la fatigue. La peur est toujours présente, une sorte de peur animale, mais je sais que je n'ai plus aucune carte en main.

— Vous m'avez signalé que votre adresse circulait sur Internet, commence Prester. Avant tout, je tiens à vous préciser que je n'y suis pour rien. Si jamais l'information est partie de chez nous, je le saurai et l'intéressé passera un mauvais quart d'heure.

— Merci, mais il sera malheureusement trop tard.

Il sait que j'ai raison, hésite un instant puis sort de sa poche un enregistreur numérique qu'il met en route.

— Inspecteur Prester, police de Norton. Nous sommes aujourd'hui le…

Il relève sa manche, je m'aperçois qu'il porte au poignet une montre à l'ancienne, indiquant le mois et la date.

— … le 23 septembre. Il est 7 h 32. Je procède à l'interrogatoire de Gwen Proctor, également connue sous le nom de Gina Royal. Madame Proctor, je vais vous lire vos droits, il s'agit d'une simple formalité.

C'est tout le contraire, évidemment, et j'accueille sa remarque avec un sourire factice. Il débite la formule consacrée avec la facilité monotone d'un habitué, j'y apporte la conclusion qui s'impose en lui donnant mon approbation. La première passe d'armes courtoise de deux adversaires aguerris, pressés d'entrer dans le vif du sujet.

Prester prend une voix plus grave.

— Vous préférez que je vous appelle Gwen ?

— C'est mon nom.

— Gwen, on a découvert ce matin un nouveau corps flottant sur le lac tout près de chez vous. Vous devez bien vous douter que c'est ennuyeux au regard de votre… passé. Un cadavre de femme retrouvé dans le lac, on pouvait encore parler de simple coïncidence, mais ce deuxième meurtre signale une intention délibérée.

— Pas la mienne, en tout cas. Vous pouvez me poser un million de questions d'un million de façons différentes, inspecteur, mais vous obtiendrez toujours la même réponse. Je me suis réveillée en sursaut en entendant un cri et je suis sortie en trombe de ma chambre en même temps que mes enfants, ils pourront vous le confirmer. À part ça, je ne sais rien d'autre. C'est-à-dire encore moins que la fois précédente.

— Gwen, réagit Prester qui adopte la posture d'un père de famille déçu par sa fille.

Ce type sait s'y prendre. La plupart de ses collègues me tomberaient dessus à bras raccourcis, mais il a compris instinctivement que je suis plus sensible à la douceur qu'à la brutalité.

— Vous savez comme moi que ce n'est pas aussi simple. Reprenons depuis le début.

— C'est exactement ce que j'ai fait.

— Je ne vous parle pas de ce matin. Je voudrais revenir à la toute première fois où vous avez vu un cadavre mutilé de cette façon. J'ai lu les comptes rendus d'audience et visionné toutes les vidéos disponibles. Je sais ce que vous avez vu ce jour-là dans votre garage. Qu'avez-vous pensé sur le moment ?

Un adepte de la technique cognitive. Il s'efforce de me ramener à un instant traumatique de façon à ranimer le sentiment d'horreur et d'impuissance éprouvé ce jour-là.

— J'ai cru que ma vie s'écroulait. J'avais l'impression d'avoir vécu en enfer sans le savoir. J'étais horrifiée. Je n'avais jamais vu de spectacle aussi atroce. Je n'avais même pas imaginé que cela puisse exister.

— Qu'avez-vous ressenti en comprenant que le coupable n'était autre que votre mari, et qu'il ne s'agissait pas de sa première victime ?

Je ne cherche pas à dissimuler mon agacement.

— À votre avis ?

— Je n'en ai aucune idée, madame Proctor. Sans doute rien de très agréable, puisque vous avez éprouvé le besoin de changer de nom. Ou alors c'était un simple moyen d'échapper à tous ceux qui vous harcelaient.

Je lui adresse un regard noir, mais il a évidemment raison. Les gens ordinaires, dans leur majorité, considèrent comme un aveu de faiblesse le fait de prendre au sérieux des menaces proférées sur Internet. Prester n'est pas différent d'eux. Je suis soudain ravie d'avoir confié mes enfants à la garde de Sam. Il saura comment réagir face aux coups de téléphone orduriers qui ne manqueront pas de déferler sur mon fixe. Il risque d'être choqué par la virulence de ces appels, et leur nombre.

Je me sens étrangement vide et trop lasse pour me révolter. Quand je pense à l'argent et à l'énergie dépensés pour préserver mon anonymat, je me dis que j'aurais mieux fait de rester au Kansas et de laisser tous ces connards s'en donner à cœur joie.

Je prends conscience que Prester vient de me poser une question. Je lui demande de répéter. Il s'exécute avec une infinie patience. Les bons enquêteurs se montrent toujours patients. Au début tout du moins.

— Dressez-moi le détail de vos faits et gestes ces derniers jours.

— Depuis quand ?

— Dimanche dernier, si vous le voulez bien.

Il a pris cette décision de façon arbitraire, mais j'obtempère. Ce n'est pas compliqué, mon quotidien n'est pas vraiment ébouriffant. J'imagine que la seconde victime aura disparu aux alentours de dimanche, à en juger par l'état du corps. À mesure que j'avance dans le compte rendu de ma semaine, je comprends que je vais devoir prendre une décision. Ma visite à El Dorado a eu lieu cette semaine. Est-il judicieux d'expliquer à Prester que je suis allée rendre visite au tueur en série qui me sert d'ex ? Puis-je prendre le risque de lui mentir ? Ce serait ridicule, il est trop bon flic pour ne pas se renseigner. Il s'apercevra alors que j'ai été voir Mel juste avant la découverte du corps.

Il n'y a pas de bonne solution. Quelle que soit la forme que peut prendre le destin, il ne m'a pas épargnée. Je contemple mes mains, relève la tête et regarde le paysage à travers la vitre de l'auto. Il fait chaud à l'intérieur de l'habitacle dont l'air est imprégné d'une odeur de café rance, mais j'ai subi des interrogatoires dans des cadres moins agréables.

Je me tourne vers Prester et lui fais part de mon déplacement à El Dorado, en lui précisant qu'il trouvera chez moi les lettres de Melvin Royal, le détail des torrents d'injures et de menaces que je reçois quotidiennement. Je ne pleure pas, je ne tremble pas, je ne montre aucun signe de faiblesse. Cela ne changerait rien.

Prester hoche la tête comme s'il était au courant de toutes ces péripéties. Peut-être est-ce le cas. Ou alors c'est un excellent joueur de poker.

— Madame Proctor, je vais devoir vous conduire au poste de police. Vous comprenez ?

J'acquiesce et il sort une paire de menottes de l'étui accroché à sa ceinture au niveau de ses reins. Je me laisse entraver sans broncher, tandis qu'il m'annonce que je suis en état d'arrestation sur le soupçon d'assassinat.

Je mentirais en disant que je suis étonnée.

Je mentirais en disant que je suis en colère.

Le reste est flou dans ma tête. Prester m'interroge pendant des heures. Il me sert du mauvais café et de l'eau, m'offre à un moment un sandwich à la dinde et au fromage. Je suis tentée de m'assoupir tant je suis épuisée, à l'hébétude succède bientôt une peur qui me fait l'effet d'une tempête de glace interminable. Si la nouvelle ne s'est pas déjà répandue, elle le sera bientôt et fera le tour du monde en moins de vingt-quatre heures, suscitant sur son passage des vocations auprès de milliers de nouveaux harceleurs insatiables, désireux de me punir.

Mes enfants sont à leur merci, démunis et fragiles, tout ça par ma faute.

Je ne démords pas de ma version des faits, qui colle à la vérité jusqu'à maintenant. J'apprends que plusieurs témoins m'ont vue en ville le jour de la disparition de la première victime. Il se trouve qu'elle était présente chez *Kathy's Kakes* le jour où j'ai emmené Lanny manger un gâteau quand elle a été renvoyée du collège. C'est tout juste si j'ai conservé le souvenir de cette fille avec son tatouage, attablée dans un coin avec un iPad. À ma décharge, je m'intéressais essentiellement à ma fille et à mes petits problèmes ce jour-là.

J'ai des picotements le long de la colonne vertébrale à l'idée que cette fille a disparu en sortant de la boulangerie, qu'elle a été enlevée sur le parking pendant que Lanny et moi finissions nos assiettes.

Le coupable surveillait forcément mes faits et gestes. Je tremble à l'idée qu'il me suivait, prêt à se jeter sur la première proie qui croiserait sa route. Le risque est trop grand pour un amateur, en particulier dans une petite bourgade où le moindre fait inhabituel attire l'attention des autochtones.

Une idée me traverse l'esprit, une idée importante, mais je suis trop fatiguée pour la saisir, d'autant que Prester reprend tout du début. Je lui raconte ma vie depuis que j'ai fui Wichita, et puis je lui décris chacun de mes mouvements depuis le jour de la disparition de la première fille jusqu'à aujourd'hui. Je lui raconte par le menu ma conversation avec mon ex-mari, mais cela ne lui est d'aucune utilité. Pourtant, il voit bien que je me donne du mal.

On frappe à la porte, l'un de ses collègues nous apporte d'autres sandwichs, accompagnés de sodas cette fois. J'accepte machinalement et Prester imite mon exemple, nous grignotons de concert et il en profite pour reprendre la discussion sur le mode décontracté. Je ne suis pas d'humeur à me prêter au jeu, d'autant qu'il s'agit d'une technique d'interrogatoire et non d'une marque d'intérêt. Nous finissons nos sandwichs en silence et il me questionne de plus belle lorsque l'on frappe à nouveau à la porte.

Prester fronce les sourcils en direction de son très jeune collègue, un Afro-Américain que l'on dirait frais émoulu de l'université. Ce dernier lance un coup d'œil dans ma direction et reporte son attention sur son supérieur.

— Désolé, inspecteur, mais nous venons de recevoir une nouvelle susceptible de vous intéresser.

Prester prend un air agacé, se lève, et quitte la pièce à sa suite.

Par l'entrebâillement de la porte, je vois passer un prisonnier, les poignets menottés. Je ne fais pas immédiatement le lien entre le visage que je viens d'apercevoir et le nom de son propriétaire.

Le déclic se produit et je broie machinalement entre mes doigts la cannette de Coca qui laisse échapper un cri métallique.

Pour quelle raison a-t-on arrêté et menotté Sam Cade ?

Et où diable sont passés mes gamins ?

9

La porte de la salle d'interrogatoire ne s'ouvre pas de l'intérieur, bien sûr, et j'ai beau tambouriner dessus à m'en meurtrir les mains et les cordes vocales, personne ne daigne répondre à mes appels.

Prester finit par revenir, il veille à me bloquer le passage pour m'empêcher de me ruer hors de la pièce. Je recule d'un pas, le souffle coupé, et lui pose la question d'une voix rauque :

— Où sont mes enfants ?

— Ils vont bien, me rassure-t-il d'une voix calme en refermant la porte derrière lui. Allons, madame Proctor, asseyez-vous et laissez-moi vous expliquer.

Je me laisse tomber sur ma chaise, les poings serrés le long des cuisses. Il m'observe un instant avant de s'installer face à moi et de poser les coudes sur la table.

— Vous avez probablement aperçu M. Cade il y a quelques minutes.

Je hoche machinalement la tête sans le quitter des yeux. Si seulement je pouvais pénétrer ses pensées.

— Que… Sam a-t-il fait du mal à mes enfants ?

Les traits de Prester se détendent brièvement et il répond non d'un mouvement de tête.

— Non, Gwen, pas du tout. Ils vont bien, il ne leur est rien arrivé. La tournure des événements les a sans doute effrayés, c'est tout.

— Mais pourquoi avoir arrêté Sam ?

Prester sonde mon regard le temps d'une éternité. Je m'aperçois qu'il tient un dossier dans sa main. Pas le même que tout à l'heure. Celui-ci n'est pas encore étiqueté.

Il le pose devant lui sans l'ouvrir.

— Que savez-vous exactement de Sam Cade ?

— Je…

J'ai envie de hurler, j'ai besoin d'une explication, mais m'énerver ne servirait à rien et c'est d'une voix presque calme que je lui réponds.

— J'ai fait des recherches sur son compte. Auprès de sa banque, notamment. Je prends ce genre de précaution avec tous les gens qui nous approchent, mes enfants et moi. Il n'a rien à se reprocher. C'est bien un ancien de la guerre d'Afghanistan, comme il l'affirme.

— C'est le cas, approuve-t-il.

Il écarte le rabat du dossier dont il extrait une photo militaire. J'y reconnais Sam, un peu plus jeune, plus fringant aussi dans son uniforme bleu de l'Air Force.

— Un pilote d'hélicoptère décoré, avec quatre missions en Irak et en Afghanistan à son actif. À son retour, il a découvert que la sœur qu'il adorait était morte.

Cette fois, il ouvre *mon* dossier et s'empare de la photo cauchemardesque de la femme pendue à l'aide d'un fil de fer. Je me retrouve instantanément sur ma pelouse labourée par le passage du 4 × 4, tétanisée à la vue du spectacle qui m'accueille dans le garage qui servait de sanctuaire à Mel. Une puanteur de chair morte flotte jusqu'à mes narines et seul un effort surhumain m'empêche de fermer les yeux afin d'échapper à la scène.

— Cette femme, déclare Prester en tapotant la photo de son ongle épais, n'est autre que sa sœur Callie. Vous n'avez pas établi le rapprochement entre eux pour une raison simple : ils ont perdu leurs parents dans un accident de voiture quand il avait huit ans et qu'elle en avait quatre. Quand ils ont été placés dans des familles d'accueil différentes, il a gardé son nom de famille, contrairement à elle qui a été officiellement adoptée. Ils ont grandi séparément et ont repris contact uniquement quand il a été envoyé au Moyen-Orient. Il était impatient de la retrouver à son retour de mission, et voilà ce qui l'attendait.

J'ai la bouche sèche. Je repense à mes recherches qui n'ont rien donné.

Il a dû se donner bien du mal pour que son nom n'apparaisse à aucun moment en rapport avec l'enquête. Ou alors il a engagé quelqu'un pour faire du nettoyage sur Internet.

Sam Cade me pistait, cela ne fait désormais aucun doute à mes yeux. Il s'est installé sur les bords du lac à ma suite, tout en veillant à ne pas brusquer notre rencontre. Il a réussi à s'immiscer dans ma vie et celle de mes enfants sans que je voie rien.

J'ai envie de vomir. Gwen Proctor n'est qu'une version 2.0 de Gina Royal, prête à tomber dans le piège que lui tend le premier venu, dès lors qu'il a une bonne gueule et un sourire avenant. *Je lui ai confié mes enfants, bordel de merde. Dieu me pardonne.*

J'ai du mal à respirer, je m'oblige à baisser la tête pour ne pas étouffer. Prise de vertige, j'entends grincer la chaise de Prester qui se lève et pose doucement sa main sur mon dos.

— Doucement, souffle-t-il. Tout doucement. Remplissez-vous lentement les poumons. Tout va bien.

Je n'attends pas d'avoir retrouvé mon souffle pour lui poser la question.

— Qu'a-t-il fait ?

Seule la colère peut m'apaiser, me calmer, me donner un but, chasser la panique qui s'est emparée de moi. Je me redresse, une nuée de papillons traverse mon champ de vision. Je me demande ce que Prester a pu lire sur mon visage car il recule machinalement.

— C'est lui ? C'est Sam qui a tué ces filles ?

Ce serait la cerise sur le gâteau. Gina Royal tombe amoureuse d'un tueur en série *une deuxième fois*. Personne ne pourra plus dire que je n'ai pas de type d'homme.

— Nous sommes en train de vérifier, répond Prester. À ce stade, M. Cade est un témoin digne d'intérêt que nous interrogeons. Désolé de vous avoir avertie sans ménagement, mais j'avais besoin de savoir…

Je ne le laisse pas achever sa phrase :

— … si je savais qui il était. Bien sûr que non ! Vous croyez peut-être que je lui aurais donné mes enfants à garder ?

Je vois les rouages tourner dans sa tête. Il est clair à ses yeux que jamais je n'aurais autorisé un proche d'une victime de Mel à entrer dans ma vie. Prester essaye d'imaginer un scénario plausible qui ferait de Sam mon complice, mais les pièces ne s'emboîtent pas. Elles ne font même pas partie du même puzzle. Si ce n'est pas moi qui ai tué ces filles, c'est Sam, dans l'espoir de m'envoyer en prison. Ou alors nous sommes tous les deux innocents, mais il n'est pas concevable que nous ayons agi ensemble. Pas à partir des éléments dont il dispose.

Ce constat ne fait pas les affaires de Prester, c'est visible comme le nez au milieu de la figure. Il affiche l'expression de quelqu'un qui a désespérément besoin d'un jour de congé et d'une bouteille de bourbon.

— Si jamais c'est Cade le coupable, je compte sur vous pour le crucifier. Et vite, pour l'amour du ciel !

Il pousse un soupir, conscient que sa journée sera longue. Il feuillette à nouveau le dossier et je veille à ne pas interrompre sa réflexion.

Il se lève et rassemble ses papiers. Il a visiblement pris une décision.

— Vos enfants se trouvent dans la salle de pause, sur votre droite au bout du couloir, me dit-il en ouvrant la porte et en s'effaçant. Sam les a conduits ici dans votre Jeep. Rentrez tous les trois chez vous, mais vous avez interdiction de quitter la ville. Si jamais vous cherchez à vous enfuir, je veillerai personnellement à lancer le FBI à vos trousses et je transformerai en enfer ce qui vous reste de vie. C'est compris ?

Je hoche la tête sans le remercier pour autant car il n'agit pas par grandeur d'âme. Il sait qu'il ne dispose d'aucun élément à charge contre moi et que le premier avocat digne de ce nom, recruté à Knoxville par exemple, balancerait son enquête aux orties sans la moindre difficulté. Surtout au regard de ce que l'on sait désormais de Sam Cade. C'est tout juste si je ne plains pas Prester à l'heure qu'il est.

Je me précipite dans le couloir comme une fusée et passe à côté des cellules du poste de police devant lesquelles Lance Graham remplit de la paperasse. Il relève la tête et je ne prends même pas le temps d'un sourire ou d'un signe du menton, trop pressée d'arriver dans la salle de pause. Elle est fermée par des cloisons en verre recouvertes de stores entrouverts à travers lesquels je vois Lanny et Connor, installés autour d'une table blanche, occupés à se partager mollement un paquet de popcorn. J'éprouve un tel soulagement à les retrouver sains et saufs que j'en ai mal partout.

Je pousse la porte, Lanny jaillit si vite de sa chaise que celle-ci manque de basculer. Ma fille va se jeter dans mes bras lorsqu'elle se souvient brutalement qu'elle a dépassé l'âge. Connor a moins d'hésitations et je le serre à l'étouffer tout en écartant un bras dans lequel Lanny daigne se réfugier. La force presque amère de mon soulagement cède peu à peu la place à un sentiment plus doux et plus tendre.

— Ils t'ont arrêtée, déclare Lanny d'une voix que notre étreinte étouffe.

Elle relève la tête et m'interroge des yeux.

— Pourquoi ?

— Ils s'imaginent que c'est moi qui suis responsable de…

Elle finit la phrase à ma place.

— … de ces meurtres. Bien sûr. À cause de papa.

Cette conclusion lui semble parfaitement naturelle. Peut-être est-ce le cas.

— Sauf que ce n'est pas toi.

Sa conviction est d'une telle évidence qu'une bouffée d'amour monte en moi. La voir m'accorder une telle confiance, elle qui se montre habituellement si méfiante à mon égard, dépasse mon entendement.

Connor se détache de moi à son tour.

— Maman, ils sont venus nous chercher ! Je disais qu'il ne fallait pas y aller, mais Lanny…

— Lanny t'a expliqué qu'on ne se lançait pas dans une bataille idiote avec les flics, le coupe sa sœur. En plus, ce n'est pas nous qu'ils venaient chercher et ils n'allaient pas nous laisser tout seuls. Je leur ai demandé de prendre la Jeep pour qu'on puisse ensuite rentrer à la maison.

Elle hésite avant de poser la question suivante, sur un ton qu'elle espère anodin.

— Euh… ils t'ont expliqué pourquoi ils voulaient interroger Sam ? Tu leur as donné des informations à son sujet ?

Il est hors de question que je lance la discussion sur les crimes de leur père, ses victimes, et le nombre de familles qu'il a brisées, à commencer par la sienne. D'un autre côté, je ne peux pas les laisser sans explication. Ce ne sont plus des bébés, sans compter que l'avenir nous réserve des surprises bien pires, j'en ai l'intuition.

J'ai toutefois mauvaise conscience à l'idée de détruire Sam Cade à leurs yeux. Ils l'aiment beaucoup. Et de ce que j'ai pu constater, c'est réciproque. Cela dit, j'étais bien persuadée qu'il m'appréciait.

Qui sait s'il n'est pas mêlé au complot qui a coûté la vie à ces filles ? Je vois mal Sam les tuer, même à présent que je suis au courant de ses motivations. Et pourtant… Je sais combien le chagrin, la colère et la douleur peuvent pousser des individus à commettre des actes terribles. J'ai détruit Gina Royal afin de renaître de ses cendres. Sam m'a choisie comme objet de sa haine, ces jeunes femmes peuvent très bien être des dommages collatéraux, de simples moyens d'atteindre l'objectif qu'il s'est fixé, en bon militaire. J'en arrive *presque* à le croire.

— Maman ?

Je bats des cils. Connor me regarde d'un air inquiet, au point de me demander combien de temps a duré ma rêverie. Je suis si fatiguée. En dépit des sandwichs, je meurs de faim et j'ai une telle envie d'aller aux toilettes que ma vessie pourrait bien lâcher si je ne la soulage pas séance tenante. C'est curieux de constater que ces détails triviaux m'échappaient totalement quand je me rongeais les sangs pour mes enfants.

— On discutera une fois rentrés à la maison. Laisse-moi juste le temps d'aller aux toilettes, d'accord ?

Connor hoche la tête d'un air dubitatif. Je crois comprendre qu'il s'inquiète pour Sam et je sais déjà que je vais lui briser le cœur, une fois de plus. Cette fois, je n'y suis pour rien.

Je me précipite aux toilettes où je m'effondre sur le siège, tremblante, en pleurant silencieusement. Le temps de me laver les mains et de me passer de l'eau sur le visage en m'accordant de longues bouffées d'oxygène, le visage que je découvre dans la glace est à peu près normal. À peu près. J'ai besoin de passer chez le coiffeur et de renouveler ma coloration, quelques cheveux gris font une apparition malvenue. *C'est drôle, j'ai toujours été persuadée que je mourrais avant de devenir vieille.* La voix de la Gina d'autrefois, celle qui s'imaginait que son existence s'était arrêtée le jour du *Drame*. Je déteste l'ancienne Gina, qui croyait naïvement à l'amour véritable en ayant la fatuité de penser qu'elle était une femme bien, que son mari était un type bien, et qu'elle méritait son bonheur sans y consacrer le moindre effort.

Je la déteste plus encore aujourd'hui, en m'apercevant que je suis comme elle, en dépit de tout ce qui m'arrive.

Nous regagnons la maison dans un silence pesant. Les enfants veulent comprendre et je veux leur dire, sans savoir quels mots employer, alors je triture les boutons de l'autoradio en sautant successivement d'une station de musique country à un programme de rock sudiste en passant par une chanson hillbilly et de la mauvaise folk.

— Ça suffit, m'arrête Lanny en éteignant l'appareil d'un geste décidé. Allez, vide ton sac. Que se passe-t-il avec Sam ?

Mon Dieu, je voudrais tant les épargner, mais je réussis à vaincre le réflexe de lâcheté qui monte en moi.

— La sœur de Sam… il se trouve que Sam n'est pas ce qu'il nous a dit. Enfin, si, mais il ne nous a pas tout dit.

— Je ne comprends rien du tout à ce que tu racontes, réagit Connor, à juste titre. Tu veux dire que c'est la sœur de Sam qu'on a retrouvée dans le lac ? Il a tué sa sœur ?

— Hé ! s'énerve Lanny. Maman n'a jamais dit qu'il avait tué sa sœur. D'ailleurs, Sam n'a tué personne !

Comment ai-je pu ne rien voir ? Un coup d'œil suffit à me montrer qu'elle est sur la défensive. Le premier soir où Lance Graham est passé à la maison, elle a eu le béguin pour lui, mais il ne s'agit pas de ça dans le cas présent. Il n'est pas question d'un béguin, mais d'un *besoin*. Sam, avec sa force rassurante et tranquille, est un parfait substitut de père.

Je cherche à la rassurer en lui serrant furtivement la main, mais elle se cabre.

— Non, bien sûr que non. Ils l'ont conduit au poste de police uniquement parce qu'ils se sont aperçus qu'il avait un lien avec nous. Avant.

Lanny se réfugie contre sa portière. Dans le rétroviseur, je vois Connor se refermer aussi.

— Avant ? s'inquiète-t-il d'une voix qui tremble légèrement. Tu veux dire, quand on n'était pas les mêmes gens ?

— Oui.

Je suis lâchement soulagée qu'ils comprennent d'eux-mêmes.

— À l'époque où nous vivions dans le Kansas, sa sœur… sa sœur fait partie des femmes tuées par votre père.

Je ne précise pas que la sœur de Sam était la dernière victime de Mel. Ce serait plus terrible encore.

— Oh, murmure Lanny d'une voix atone. Alors il nous a suivis jusqu'ici, c'est ça ? Ce n'était pas vraiment un ami. Il voulait nous surveiller. Nous faire du mal parce qu'il en veut à papa.

Mon Dieu ! Elle l'a appelé papa. J'en suis complètement retournée.

— Ma chérie…

— Elle a raison, intervient Connor.

Un coup d'œil dans le rétroviseur me montre qu'il regarde par la fenêtre. À cet instant, c'est le portrait craché de son père. J'en suis frappée au point de l'observer un peu trop longtemps et de dévier légèrement de ma course sur la route en lacets qui mène au lac.

— Ce n'était pas notre ami. Nous n'avons pas d'amis, c'était idiot de s'imaginer en avoir.

— C'est pas vrai ! rétorque Lanny. Tu as toute ta bande de geeks, et puis il y a Kyle et Lee, les enfants Graham. Ils te proposent sans arrêt de jouer avec eux…

— Je te dis que j'ai pas d'amis. Uniquement des gens qui jouent avec moi, insiste Connor sur un ton amer que je ne lui ai jamais connu et qui ne me plaît pas du tout. En plus, j'aime pas les enfants Graham. Je fais semblant pour qu'ils ne me cassent plus la figure.

À l'expression de ma fille, je comprends qu'elle n'était pas au courant non plus. En revanche, je suis convaincue que Connor s'est confié à Sam. À présent que Sam l'a trahi, ce secret n'a plus aucune valeur. J'en ai froid dans le dos. Je me souviens de la raideur de Connor en présence des enfants Graham. Il a tenté de m'avertir en affirmant n'avoir jamais perdu son téléphone. Je me déteste pour n'avoir pas insisté. Je n'ai pas été à la hauteur avec mon fils.

Quand Sam l'a découvert avec le nez en sang, le visage tuméfié, c'était l'œuvre des frères Graham.

Je serre les dents jusqu'à la maison. Lanny et Connor n'éprouvent pas davantage l'envie de parler. Je m'arrête à l'entrée de l'allée de gravier, mets la Jeep au point mort et me tourne vers eux.

— Je n'ai pas le pouvoir de réparer ce qui s'est passé dans notre vie. Je ne sais pas de qui c'est la faute et je m'en moque désormais, mais je peux vous promettre ceci : je m'occuperai toujours de vous. Tous les deux. Si jamais quelqu'un s'avise de toucher à un seul de vos cheveux, il faudra qu'il me passe sur le corps. C'est compris ?

Ils comprennent, mais je vois bien que ma promesse ne les apaise pas pour autant.

— Tu n'es pas là tout le temps, maman. Je sais que c'est ce que tu voudrais, mais il y a des moments où il faut bien qu'on se prenne en charge tous les deux, et ce serait mieux si tu me donnais le code de…

— Non, Lanny.

— Mais…

Je sais ce qu'elle veut : le code du coffre dans lequel j'enferme mes armes. Et je refuse. Je n'ai pas élevé mes enfants pour qu'ils deviennent des porte-flingues ou des enfants soldats.

Tant que je serai en capacité de les protéger, je refuserai.

J'enclenche une vitesse dans le silence tendu de l'habitacle en faisant crisser le gravier sous les pneus de la Jeep.

Je découvre du sang à la lueur des phares. Une tache écarlate qui dégouline au-dessus de la porte du garage. Je freine brutalement, au point que nous sommes tous les trois projetés vers l'avant, retenus par nos ceintures. À bien y regarder, le liquide est trop rouge et trop épais pour être du sang. Il est encore frais et luit dans la nuit d'un éclat sinistre, une coulure continue de rouler le long du mur.

Cette agression est toute récente.

— Maman, dit Connor dans un souffle.

Je suis incapable de me retourner, hypnotisée par la pluie de mots tracés en lettres grossières sur les vitres, les briques de la façade, la porte d'entrée.

MEURTRIÈRE
SALOPE
ORDURE
TUEUSE
PUTAIN
VA T'FAIRE FOUTRE
CRÈVE

— Maman !

Connor s'agrippe à mon épaule, pris de panique.

Je passe la marche arrière et la Jeep recule dans un nuage de gravier en direction de la route. Je freine brutalement en découvrant deux véhicules qui me bloquent le passage. Un 4 × 4 Mercedes flambant neuf et un pick-up à la carrosserie rouge couverte de boue. Nous sommes coincés.

Je reconnais dans le 4 × 4 les Johansen, ces gens charmants qui vivent un peu plus haut, ceux auxquels je me suis présentée à mon arrivée… Ils regardent la route d'un air fuyant, comme s'ils se trouvaient là accidentellement. Comme s'ils n'avaient rien à voir avec tout ça.

Le connard au volant du vieux pick-up rouge et les copains qui l'accompagnent ont nettement moins de complexes, trop heureux que je les voie. Trois d'entre eux descendent de l'habitacle tandis que les trois autres sautent de la benne. Soûls, à voir la façon dont ils s'avancent, et dangereusement excités. Je reconnais l'un d'eux : l'abruti du club de tir, Carl Getts, celui que Javier a viré.

Ils s'avancent vers nous et je m'aperçois avec effroi que mes enfants sont avec moi et que je ne suis pas *armée*. Les flics n'ont même pas pris la précaution de laisser une patrouille en surveillance dans le coin. Voilà qui en dit long sur les bonnes intentions de Prester. Cela ne fait pas vingt-quatre heures qu'on m'a convoquée à la police et nos vies sont déjà en danger.

C'est la raison pour laquelle j'ai choisi cette Jeep.

J'enclenche la première et grimpe la pente sur quelques mètres avant de redescendre le talus herbeux parsemé de cailloux entre lesquels je slalome. J'accélère en constatant que Carl et sa bande remontent précipitamment dans le pick-up. Celui-ci aussi possède quatre roues motrices, il va se lancer à notre poursuite de toute la puissance de son moteur, je n'ai pas un instant à perdre.

J'ai besoin de mon flingue. J'ai vidé la cachette à

l'arrière de la Jeep en prévision de l'échange de véhicules avec Javier. *Pas grave.* De toute façon, on ne peut compter que sur soi-même dans la vie. Si Mel m'a appris une leçon, c'est bien celle-là.

Ma priorité est de nous mettre en sécurité. Ensuite, il sera toujours temps de réfléchir et de m'enfuir avec mes gamins.

Il s'en faut de peu que j'atteigne la route. De très peu.

En voulant éviter un rocher dissimulé sous une épaisse touffe d'herbes sauvages, ma roue avant droite s'enfonce dans un creux de terrain invisible. La Jeep bascule, je nous vois déjà en train d'enchaîner les tonneaux, mais elle rebondit et sort de l'ornière avant que le cri de Lanny me soit parvenu et que j'aie pu dire ouf.

Nous ne sommes pas sauvés pour autant.

La roue gauche ricoche contre une pierre enfouie dans le sol et le volant m'échappe des mains sous le choc. Je réussis à le reprendre avant de m'apercevoir, le cœur battant, que l'essieu avant s'est brisé. Je n'ai plus aucun contrôle sur la Jeep.

Il m'est impossible de contourner le rocher suivant contre lequel s'écrase la calandre en nous projetant en avant, les épaules sciées par nos ceintures. Je comprends que les airbags se sont déployés en sentant une masse dure contre mon visage au milieu d'une odeur de poudre. J'ai le visage tuméfié, mais la surprise prend le pas sur la douleur et je me tourne afin de voir ce qu'il est advenu de Lanny et Connor. Ils sont hébétés, mais apparemment indemnes. Lanny laisse échapper un petit gémissement en tâtant son nez ensanglanté. Je les bombarde de questions auxquelles ils n'ont même pas le temps de répondre. *Tout va bien ? Vous n'êtes pas blessés ?* J'attrape au vol une poignée de mouchoirs en papier que je tends à Lanny tout en regardant son frère avec anxiété. Il ne semble pas avoir souffert de l'accident, contrairement à son aînée, en dépit d'une marque rouge au niveau du front. La toile souple de l'airbag dégonflé lui enveloppe l'épaule : la Jeep était équipée de protections latérales. L'airbag de Lanny s'est également déployé, ce qui explique son saignement de nez.

Je n'ai même pas le temps de m'assurer que je n'ai pas la face en sang, moi aussi. Je m'en moque. Je me souviens brusquement que nous n'avons pas eu un accident pour rien, que nous sommes poursuivis par un pick-up plein de crétins ivres. J'ai merdé en faisant courir un danger mortel à mes enfants.

C'est à moi de gérer la crise, à présent.

Je descends de la Jeep et manque de tomber. Je me rattrape de justesse et constate que de grosses taches de sang marbrent le devant de ma chemise blanche. C'est sans importance. Je secoue la tête en envoyant voler des gouttes couleur carmin et gagne l'arrière de la Jeep où je garde un démonte-pneu ainsi qu'une torche. Celle-ci, à utiliser en cas d'urgence, émet des éclats rouge et blanc capables de désorienter un adversaire. Elle est également équipée d'une sirène assourdissante. Les piles sont neuves, je les ai changées la semaine dernière. Je récupère l'outil et la lampe, puis je lance mon téléphone portable à Connor, plus vaillant que sa sœur, en lui demandant d'appeler les secours.

— Dis-leur qu'on nous attaque. En attendant, verrouille bien les portières.

— Maman ! Ne reste pas dehors ! hurle-t-il.

De peur qu'il n'enclenche pas le verrouillage, j'ouvre sa portière et appuie moi-même sur le bouton de fermeture. Les tirettes s'enfoncent dans la garniture avec un bruit mat. Lanny, Connor et les clés sont désormais enfermés à l'intérieur de l'habitacle.

Le démonte-pneu dans la main droite et la torche dans le poing gauche, j'attends de pied ferme le pick-up rouge.

Son conducteur n'a pas davantage de chance que moi. À mi-pente, il heurte un obstacle et glisse latéralement en envoyant voler pêle-mêle ses trois occupants installés à l'arrière dans un concert de cris. Un hurlement me donne à penser que l'un d'eux s'est cassé un bras ou une jambe, mais les deux autres se relèvent en titubant. Le lourd véhicule entame un tonneau dans un bruit de tôle déchirée, ponctué par le coup de cymbale d'une vitre qui explose. Il s'immobilise sur le flanc, ses roues continuent de tourner dans le vide dans un rugissement de moteur, comme si son conducteur n'avait pas eu la présence d'esprit de lever le pied de l'accélérateur. Les trois passagers bloqués à l'intérieur de l'habitacle appellent à l'aide et leurs deux camarades encore valides se précipitent. Dans leur élan, ils manquent de déséquilibrer le camion qui menace de dévaler la pente, comme dans un film comique.

Un peu plus loin, le 4 × 4 des Johansen démarre brusquement. Ces gens sont du style à s'évanouir à la vue du sang. Même du mien. Je sais déjà qu'ils n'appelleront jamais la police, mais qu'importe puisque Connor s'en charge. Il ne me reste plus qu'à occuper mes adversaires éventuels jusqu'à l'arrivée des renforts. Je n'ai rien à me reprocher.

Pour le moment, en tout cas.

L'un des ivrognes sort de la meute et court vers moi. Je ne suis pas vraiment surprise de reconnaître Carl, celui qui a insulté Javi. Il me crie des paroles incompréhensibles, il est vrai que je ne prête guère attention à lui, trop anxieuse de voir s'il est armé. Si c'est le cas, je suis fichue. Non seulement il est assez près pour m'abattre, mais il peut invoquer la légitime défense en affirmant que j'ai cherché à l'attaquer avec le démonte-pneu. Je connais suffisamment bien la sociologie de Norton pour savoir que tout le monde le croira. Les jurés du cru l'acquitteront en moins de cinq minutes, quand bien même mes gamins témoigneraient contre lui. *J'ai craint pour ma vie*, prétendra-t-il. La défense habituelle des lâches aux instincts meurtriers.

Je constate avec soulagement qu'il n'a pas l'air d'avoir une arme. S'il en avait une, il ne se gênerait pas pour la brandir. Un cas de figure qui rend toute son efficacité à mon démonte-pneu.

Il se fige à quelques mètres. Derrière moi, Connor tambourine sur sa vitre. J'ose un coup d'œil en arrière. Il est livide et je l'entends hurler :

— J'ai appelé les flics, maman ! Ils arrivent !

Je sais bien que tu l'as fait, mon chéri. Je lui adresse un sourire, consciente que ça pourrait bien être le dernier.

Je me retourne aussitôt vers Carl, que rejoint l'un de ses copains.

— N'approchez pas.

Ils éclatent de rire. Le second est encore plus grand et massif que Carl, il est surtout ivre au point de devoir se tenir à son compagnon. Un duo de flics burlesques, l'humour en moins.

— T'as bousillé notre pick-up, éructe-t-il. Tu vas le payer, espèce de salope de tueuse.

La portière passager du camion accidenté se soulève

en grinçant comme la trappe d'un tank. J'aurais pu le dire à ces imbéciles, les portières ne sont pas censées s'ouvrir à cent quatre-vingts degrés. Une fois atteint l'écartement maximal autorisé par ses charnières, elle se referme violemment sur le type qui s'évertue à la soulever.

Il pousse un cri et n'a que le temps de retirer ses doigts de la carrosserie avant qu'ils soient réduits en bouillie. La scène serait cocasse si je n'étais pas morte de trouille. J'ai la responsabilité de deux enfants alors que ces abrutis ne sont même pas capables de s'occuper d'eux-mêmes.

Au moment où les deux ivrognes se ruent sur moi, j'allume la torche en réglant le bouton sur la fonction d'urgence. Le faisceau rouge et blanc les atteint en pleine figure, la lumière tournoie en les aveuglant tandis que la sirène se met en route. Le hurlement, assourdissant, doit être insupportable pour eux.

Carl et son copain tombent en arrière en poussant des cris d'orfraie que je devine à leurs bouches ouvertes, faute de pouvoir les entendre à cause du vacarme. Sous l'effet de l'adrénaline, je sens monter en moi une bouffée de haine. Je voudrais les écrabouiller à l'aide du démonte-pneu de sorte qu'ils ne puissent plus jamais menacer mes enfants.

Je me retiens de justesse, de peur de donner raison à Prester qui est persuadé de mes instincts meurtriers. Je n'aurai aucune chance de m'en tirer si j'ai sur les mains le sang de deux autochtones. Autant ils seraient acquittés pour m'avoir abattue, autant je suis certaine d'être condamnée à mort si je les frappe pendant qu'ils sont à terre. C'est bien la seule raison qui m'empêche d'en finir avec eux une bonne fois pour toutes.

Connor baisse sa vitre et m'attrape le bras en tendant le doigt vers la route. Je suis son index des yeux et vois une voiture de patrouille qui s'immobilise en contrebas, son gyrophare trouant la nuit. Deux silhouettes se lancent péniblement à l'assaut de la colline, les faisceaux de leurs torches dansent dans l'obscurité en illuminant les taches vertes des buissons et les faces blafardes des rochers.

Je coupe le mode défense de ma lampe pour ne laisser allumé que le faisceau halogène en direction de mes deux agresseurs ivres qui peinent à se remettre debout, fous de rage, les mains sur les oreilles. Le second, penché en avant, vomit un flot de bière blonde, mais Carl me fixe de son regard haineux. Ce n'est pas le genre de type qu'on peut raisonner. Je ne serai jamais en sécurité avec lui dans les parages.

— La police arrive.

Je fais bien de prévenir Carl, il n'avait pas remarqué leur présence et l'éclair de rage que je vois luire dans ses yeux me fait serrer plus fort dans mon poing le démonte-pneu. Ce type a décidé de me tuer, il est également capable de passer ses nerfs sur les enfants.

— Sale pute, gronde-t-il.

Dans ma tête, j'entends avec délice le bruit d'émail éclaté que produirait le démonte-pneu si je lui éclatais les dents.

Avec son mètre soixante-douze, son haleine chargée et son allure de singe, je rendrais service à la planète en l'éliminant. D'un autre côté, il doit y avoir dans son entourage des gens qui l'aiment.

Lance Graham me rejoint le premier. Je suis heureuse de le voir. Grand et fort comme il est, il intimiderait à peu près n'importe qui. Il fronce les sourcils en prenant la mesure de la situation.

— C'est quoi ce bordel ?

J'ai tout intérêt à lui donner ma version des faits en premier.

— Ces idiots ont décidé de me rendre une petite visite qui n'avait rien d'amical. Ils m'ont bloquée sur le chemin de ma maison que quelqu'un, l'un d'eux sans doute, venait de vandaliser. J'ai voulu m'enfuir en coupant par la pente avant de trouver un rocher sur mon passage. Je n'ai pas eu le choix, ils voulaient s'en prendre à mes enfants.

— Sale pute menteuse…

Graham le fait taire d'un geste sans me quitter des yeux.

— L'agent Claremont va prendre votre déposition. Kez ? appelle-t-il.

Sa collègue est une Afro-Américaine grande et mince aux cheveux courts ; elle a l'air d'une femme de tête. Elle commence par entraîner les deux ivrognes vers la carcasse du pick-up avant d'appeler les secours pour les trois occupants restés coincés dans l'habitacle et le blessé qui gît par terre. Je les entends glapir de leurs voix pâteuses, la pauvre n'est pas au bout de ses peines.

— Si je comprends bien, reprend Graham, tout ceci est arrivé sans aucune provocation de votre part.

Je lui lance un regard avant de me pencher à travers la fenêtre de Connor et de l'embrasser sur le front.

— Lanny ? Comment te sens-tu, ma chérie ?

Elle lève le pouce et met la tête en arrière dans l'espoir d'arrêter son saignement de nez.

— Si ça ne vous ennuie pas, je préférerais que vous posiez ce démonte-pneu, finit par dire Graham sur un ton sec.

Je m'empresse de le poser près de la Jeep avec la torche avant de m'écarter.

— Très bien, approuve Graham. Vous me disiez que ces hommes vous avaient bloqué le passage. Vous aviez eu des mots avec eux ?

— Je ne les connais même pas, mais ils doivent être au courant de mon identité réelle. Vous aussi, je suppose.

Je crois déceler une lueur au fond de son regard et il serre machinalement les lèvres avant de se reprendre.

— J'ai cru comprendre que votre mari avait été condamné pour meurtre.

— Mon ex-mari.

— D'accord. C'est un tueur en série, si je ne m'abuse.

— Vous le savez très bien. Les rumeurs vont vite, surtout dans une petite ville comme celle-ci. J'ai demandé à l'inspecteur Prester de prendre des mesures de protection pour mes enfants…

— Nous allions les mettre en place. Nous comptions prendre position devant chez vous ce soir.

— La peinture aurait eu tout le temps de sécher.

— Quelle peinture ?

— Je vous invite à aller jeter un coup d'œil sur ma façade.

Je suis au bord de l'épuisement. Les douleurs liées à l'accident commencent à se réveiller. J'ai mal à l'épaule gauche, probablement à cause de la ceinture. J'ai la nuque raide et l'arête de mon nez est douloureuse. Je ne saigne plus, c'est déjà ça, et je ne sens pas le cartilage bouger quand j'essaye de le remuer. Il n'est apparemment pas cassé, la situation aurait pu être pire.

— Ce n'est que le premier round. C'est la raison pour laquelle j'ai besoin d'être placée sous protection.

— Madame Proctor, je vous signale que quatre des individus qui s'en sont pris à vous sont blessés, réplique Graham, non sans bienveillance. C'est vous qui avez remporté le premier round.

— Je ne compte pas les points.

C'est faux. Je suis ravie que cette vacherie de pick-up soit couchée le long de la pente, son radiateur crevé. Je suis heureuse que quatre de ces types aient été blessés, ça leur donnera l'occasion de réfléchir à deux fois avant de s'en prendre à moi. Je regrette juste qu'ils soient blessés superficiellement.

— Vous ne m'arrêtez pas.

— Je constate que c'est une affirmation, et non une question, réplique Graham.

— N'importe quel avocat digne de ce nom vous réduirait en miettes si vous décidiez de me boucler. Une mère de famille et ses deux enfants attaqués par six ivrognes ? Je serais l'héroïne du jour sur Twitter en moins d'une demi-heure.

Le long soupir qu'il laisse échapper se mêle à celui des vagues du lac en contrebas. Des bancs de brume, tels des spectres, dessinent des écharpes à la surface de l'eau à mesure que la température fraîchit. *Le lac de la mort.* Le lieu a définitivement perdu toute beauté à mes yeux.

— Non, je ne vous arrête pas, répond Graham. J'arrête vos agresseurs pour acte délictueux, et Bobby pour conduite en état d'ivresse. Ça vous convient ?

Non, je voudrais qu'on les arrête pour voies de fait. Il a dû deviner ma pensée parce qu'il m'arrête d'un geste.

— Je vous ferai remarquer qu'ils n'ont pas posé la main sur vous. Il y en aura toujours un dans le lot qui sera assez sobre pour affirmer qu'ils ont voulu vous venir en aide après avoir assisté à votre accident, mais que vous avez pris peur. À moins de trouver de la peinture sur eux ou dans leur pick-up, ils prétendront n'avoir pas la moindre idée de qui a pu taguer…

— Taguer ?!! On ne parle pas d'une œuvre de Banksy !

— Très bien, alors j'utilise le mot « vandaliser ». Je cherche simplement à vous dire qu'il leur est facile de nier. C'est vous qui aviez un démonte-pneu à la main. À ma connaissance, ils n'étaient pas armés.

À six contre un, ils n'avaient pas besoin d'être armés et il le sait bien. Il n'empêche qu'il a raison. Les avocats ont toute liberté de présenter la situation dans un sens comme dans l'autre.

Je m'adosse contre la carcasse de la Jeep, à bout de forces.

— Je vais avoir besoin d'une dépanneuse.

— Je m'en charge, répond Graham. En attendant, je vais vous reconduire chez vous avec vos enfants. Je tiens à m'assurer que personne ne s'est introduit dans la maison.

Je sais déjà que ce n'est pas le cas. Le système d'alarme m'aurait envoyé une alerte sur mon téléphone. Quand il se déclenche, j'ai la possibilité de visionner sur ma tablette les images des minutes précédant l'intrusion afin de savoir qui s'est approché de la maison. Personne n'a touché aux portes et aux fenêtres, mais c'est le dernier endroit où je compte emmener mes enfants alors que la peinture n'est pas encore sèche. Mes agresseurs n'ont pas choisi le garage sans raison. C'est une façon de me rappeler où Melvin pratiquait ses horreurs.

Cela dit, je n'ai pas vraiment le choix. J'ai bien compris à l'expression de Graham qu'il n'a pas l'intention de nous conduire dans un motel des environs, et je soupçonne l'inspecteur Prester de ne pas répondre s'il voit mon numéro s'afficher sur son portable. Je me vois mal compter sur la bonté de mes voisins. Les plus proches, les Johansen, ont participé au blocus de tout à l'heure. Sam Cade me ment depuis le début et Javier, en sa qualité d'auxiliaire de police, ne prendra pas non plus mes appels.

Je passe la main à travers la vitre ouverte de la Jeep, soulève la tirette pour déverrouiller les portes, récupère mes clés, et aide Lanny à sortir. Son nez ne saigne quasiment plus, je ne crois d'ailleurs pas qu'il soit cassé, mais elle a sans doute des ecchymoses. Tout ça de ma faute.

Je remonte la pente derrière l'agent Graham en tenant mes enfants. Nous allons retrouver une maison brusquement devenue hostile.

10

Lance Graham prend consciencieusement des photos des dégâts. Le rouge qui s'étale sur la façade n'est pas du sang, sinon il aurait viré au brun. Il s'agit donc de peinture. Les inscriptions ont été écrites à la bombe, à l'exception du mot TUEUSE dont les coulures indiquent qu'il a été tracé au pinceau. Je déverrouille la porte et neutralise l'alarme avant que Graham ne fouille chaque pièce, sans rien trouver d'anormal, comme de bien entendu.

Il nous rejoint dans le salon en rengainant son arme.

— Madame Proctor, je vais vous demander de me remettre vos armes.

— Vous avez un mandat pour ça ?

Il me fusille du regard.

— J'en déduis que ce n'est pas le cas. Je refuse tant que vous n'aurez pas de mandat.

Si son visage reste impassible, je remarque que son corps tout entier se crispe. Je me souviens des révélations de Connor dans la voiture, plus tôt dans la soirée. Ce sont les fils de Graham qui l'ont battu. Je serais curieuse de savoir ce que Lance a pu leur dire. J'aimerais pouvoir lui accorder ma confiance. En tant que policier, il est le seul rempart entre moi et la meute de mes agresseurs potentiels, mais je ne suis pas disposée à franchir le pas au vu de son comportement.

— Très bien, finit-il par réagir à contrecœur. Je vous

conseille de bien fermer votre porte et de brancher l'alarme. Est-elle reliée au poste de police ?

Pourquoi me poser la question ? Pour que les flics fassent semblant de ne pas l'avoir entendue ?

— Oui, et elle se déclenche également en cas de coupure électrique.

— Qu'en est-il de la pièce secrète ?

Je me contente de le regarder droit dans les yeux sans répondre et il n'insiste pas.

— Je tiens uniquement à m'assurer que vous pouvez joindre l'extérieur depuis cette pièce. On ne risque pas de pouvoir vous aider si nous ne savons pas que vous y êtes.

— Elle dispose d'une ligne indépendante. On se débrouillera, je vous remercie.

Il hoche la tête, conscient que je ne lui en dirai pas davantage. Je le raccompagne jusqu'à la porte et le regarde s'éloigner en évitant de penser à la façade mutilée. Une fois fermée à clé, je pourrais presque me croire en sécurité. J'enclenche l'alarme et le bip apaise mes craintes.

Adossée à la porte, j'observe mes enfants. Lanny s'est recroquevillée en position défensive sur le canapé, les bras serrés autour des genoux, et Connor s'est appuyé contre elle. Des traces de sang maculent le menton de ma fille, je mouille un torchon dans la cuisine et les lui nettoie d'une main douce. Elle me prend le torchon des mains et me lave à son tour le visage en silence. Je suis la première surprise de voir le torchon blanc se couvrir de taches rouges, je n'avais pas conscience d'avoir autant saigné. Je prends mes enfants dans mes bras et je les berce doucement. Aucun de nous trois n'éprouve l'envie de parler.

Nous n'en avons pas besoin.

Le câlin terminé, je regagne la cuisine avec le torchon et le rince à l'eau froide. Lanny en profite pour sortir une brique de jus d'orange dont elle avale de longues gorgées. Connor la lui prend des mains et imite son exemple, je n'ai même pas le courage de leur tendre des verres. Je me contente de secouer la tête et de boire de l'eau en grande quantité.

— Vous avez faim, les enfants ?

Ils me répondent non de la tête.

— Très bien, alors vous devriez aller dormir. Si vous avez besoin de moi, je vais prendre une douche. Je dormirai dans le salon cette nuit, OK ?

Ma décision ne les surprend pas. Sans doute se souviennent-ils qu'à notre retour dans le Kansas, après mon acquittement, je dormais sur un vieux canapé dans le salon vide de notre maison de location, une arme à portée de main. On nous a cassé plusieurs fois des fenêtres avec des briques, on nous a même lancé un jour un cocktail Molotov qui s'est éteint tout seul sans mettre le feu à la pièce.

Déjà à l'époque, j'avais compris que je ne pouvais pas compter sur l'aide de mes voisins ou de la police.

La douche est un délice, un moment de répit ouaté après l'enfer de cette journée mouvementée. Je me sèche les cheveux avec une serviette avant d'enfiler une culotte, un soutien-gorge de sport et le pantalon de jogging le plus confortable dont je dispose. Je complète le tout avec une paire de chaussettes et un T-shirt en microfibre. En cas d'urgence, je n'aurai plus qu'à mettre les baskets que j'ai équipées de lacets élastiques pour gagner du temps. Le canapé est relativement confortable et je garde mon pistolet à portée de main, le canon tourné vers l'extérieur. On n'est jamais trop prudent.

À ma grande surprise, je m'endors aussitôt d'un sommeil sans rêve. Peut-être suis-je trop fatiguée. C'est la cafetière qui me réveille, elle émet le bip rituel signalant que le café du matin est prêt. Encore à moitié endormie, je me promets de recommander à Lanny d'éteindre cette foutue machine si jamais la police m'arrête à nouveau. Il fait encore nuit dehors. Le temps de passer mon holster autour de l'épaule par-dessus mon T-shirt et d'y glisser le pistolet, je remplis une tasse. Je me déplace en chaussettes, sans bruit, mais une porte grince dans le couloir.

Lanny. Je comprends au premier coup d'œil qu'elle n'a pas beaucoup dormi. Elle porte un pantalon noir, un T-shirt gris orné d'une tête de mort dont les déchirures laissent deviner la présence en dessous d'un débardeur noir. Je sais déjà que d'ici deux ans, je devrai me battre avec elle pour qu'elle ne fasse pas l'économie du débardeur. Les marques rouges qu'elle avait sous les yeux ont viré au brun cramoisi, mais son nez n'est pas aussi tuméfié que je le craignais.

En dépit des traces de l'accident, elle est belle à couper le souffle. Je m'applique à touiller mon café à l'aide de ma cuillère pour ne pas lui montrer combien je suis émue. Je ne sais même pas ce qui fait naître chez moi cette onde de chaleur. Je me sens prête à détruire la planète entière si ses habitants s'avisent de toucher un cheveu de sa tête.

— Pousse-toi, grommelle-t-elle.

Je m'écarte, et elle prend sur l'étagère une tasse qu'elle examine soigneusement. Un réflexe chez elle, depuis le jour où elle a trouvé un cafard dans un bol quand elle avait douze ans. Elle se sert du café. Elle le boit noir, bien sûr, moins par goût que par souci de préserver son image.

— Alors on est toujours vivants, dit-elle.

— Nous sommes toujours vivants.

— Tu as surveillé les Cinglés aujourd'hui ?

Je tends le dos à l'idée de ce que je vais trouver, mais elle a raison.

— Je m'en occupe tout à l'heure.

Elle éclate d'un rire amer.

— Je suppose que je ne vais pas au collège ?

Elle connaît la réponse à sa question, au vu de sa tenue.

— Non, pas de collège. On va devoir réfléchir aux cours à domicile.

— Génial. On va rester enfermés toute notre vie dans cette baraque. Les flics feront des recherches sur les livreurs chaque fois qu'on nous apportera un colis.

Je hausse les sourcils face à son humeur belliqueuse.

— S'il te plaît, Lanny. Je vais avoir besoin de ton aide.

Elle réussit l'exploit de me fusiller du regard tout en levant les yeux au ciel.

— Laisse-moi deviner, maman : tu vas me demander de m'occuper de Connor. De le *surveiller*, plus exactement. Peut-être que tu devrais me donner un badge avec tout le reste…

Elle désigne mon holster de façon entendue.

— Pas du tout. J'ai besoin que tu m'aides à trier les e-mails. Va chercher ton ordinateur, je vais te montrer. Quand on aura terminé, on discutera de la suite.

Elle en reste bouche bée, ce qui n'est pas habituel chez elle.

— Il était temps, dit-elle avant de vider sa tasse.

— Je suis d'accord avec toi, mais j'aurais préféré t'épargner ça.

La matinée n'est pas de tout repos pour elle. Elle met du temps à s'acclimater au niveau de dépravation humaine qui l'attend. Je lui apprends à trier et ranger les messages, en effectuant moi-même un premier peignage afin de lui épargner les photos porno de viol ou encore les clichés de victimes de meurtres personnalisés sur Photoshop avec nos visages. Je ne peux pas lui infliger ça. Elle sera confrontée à toutes ces horreurs suffisamment tôt, mais pas tant que je pourrai lui éviter ce genre de traumatisme.

Un tsunami de haine nous attend ce matin et nous ne sommes pas trop de deux pour répertorier tous les messages et en signaler les auteurs aux autorités compétentes. Il s'agit la plupart du temps de simples menaces de mort. Je la vois brusquement reculer son siège à roulettes en levant les mains de son clavier, comme si elle avait touché un cadavre. Elle me regarde sans un mot et je vois s'éteindre en elle le peu d'espoir qui subsistait dans sa tête d'un monde juste et bienveillant.

Je m'applique à la rassurer.

— Ce ne sont que des mots. Des mots de petites gens dont le courage reste soigneusement dissimulé derrière leur écran d'ordinateur. Cela dit, je comprends ce que tu ressens.

— C'est atroce, murmure-t-elle d'une petite voix d'enfant, à des années-lumière de l'adulte qu'elle voudrait être.

Elle s'éclaircit la gorge avant de trouver la force de poursuivre.

— Ces gens sont immondes.

Je pose ma main sur son épaule.

— Je sais. Ils se fichent éperdument de savoir si leurs paroles peuvent nous blesser. Ils se fichent même qu'on les lise, l'essentiel pour eux est de les *écrire*. C'est normal que tu te sentes violée par toute cette boue. C'est ce que je ressens tous les jours.

— Mais… ?

Elle a compris que ma réaction serait assortie d'un *mais*.

— Mais tu as le choix d'éteindre ton ordinateur et de t'en aller à tout instant. Ces mots ne sont que des pixels sur un écran. Ces ordures sont à l'autre bout du monde et quand bien même ils se trouveraient dans les parages, la probabilité qu'ils dépassent le stade du vomissement sur leur clavier est infinitésimale. Tu comprends ?

L'argument fait mouche.

— D'accord. Mais qu'en est-il de la proportion infinitésimale de ceux qui voudront passer à l'acte ?

— Dans ce cas, je suis là, et j'ai ça.

Je pose la main sur mon holster d'épaule.

— Je n'aime pas les armes. Je ne me sens pas une âme de croisée. Je serais ravie qu'il y ait moins d'armes dans le monde, et qu'on puisse se contenter d'un taser ou d'une batte de baseball, mais le monde est ainsi fait, ma chérie. Si tu veux apprendre à te servir d'une arme, je t'emmènerai au club de tir. Si tu ne le souhaites pas, il n'y a aucun souci. À tout prendre, je préférerais la seconde solution, parce qu'on a toujours plus de chances de recevoir une blessure par balle quand on est armé. Je porte un flingue moins pour me défendre que pour *éloigner de ton frère et toi* les tirs éventuels. Tu comprends ?

C'est le cas, je le vois dans ses yeux. Pour la première fois, elle comprend qu'une arme à feu représente tout autant un danger qu'une protection. Tant mieux. Tous ceux qui pensent que les armes sont une solution oublient leur fonction première : tuer.

Je ne veux pas qu'elle se retrouve dans la situation de devoir tuer. Je ne me le souhaite pas à moi-même.

Nous avons repris notre tâche en silence depuis un petit moment lorsque Connor nous rejoint en bâillant, habillé de son pantalon de pyjama. En dehors d'un gros bleu au niveau de l'épaule, il semble indemne. Il papillote des yeux et se peigne les cheveux de la main.

— Vous êtes déjà debout, constate-t-il. Le petit-déjeuner est pas encore prêt ?

— Tais-toi, lui ordonne Lanny, par réflexe. Quel bébé tu fais. Tu n'as qu'à apprendre à préparer des pancakes, c'est pas la lune.

Il m'adresse un regard morose.

— Maman.

Il a besoin qu'on s'occupe de lui comme d'un enfant aujourd'hui. Il veut que je le câline et que je le protège. Tout l'inverse de Lanny, qui a décidé de prendre le taureau par les cornes. C'est son choix et je ne vois rien là d'anormal, d'autant qu'il est plus jeune que sa sœur.

Je m'accorde une pause au milieu de ce torrent acide de haine afin de préparer des pancakes avec des noix de pécan fraîches qu'il me reste. Nous sommes en train de prendre ce qui ressemble étrangement à un petit-déjeuner normal lorsque résonne un coup sur notre porte d'entrée défigurée.

Je me lève. Lanny lâche sa fourchette et repousse sa chaise, je lui fais signe de rester à table. Connor, les mâchoires paralysées en pleine mastication, m'adresse un regard anxieux. Je vois défiler dans ma tête tout ce que peut figurer cette visite inattendue à l'aube d'une journée infiniment plus risquée que les précédentes. Il peut s'agir du facteur comme d'un type armé d'un fusil à pompe prêt à m'envoyer une décharge en pleine figure à la seconde où il m'aperçoit, ou bien de quelqu'un qui abandonne un animal mort sur le seuil de la maison. Le seul moyen de le savoir est de regarder les images de la caméra de surveillance sur ma tablette, mais elle est déchargée. *C'est beau, la putain de technique.*

Je m'efforce de rassurer les enfants, sans être sûre de rien.

— C'est bon.

Je jette un coup d'œil prudent à travers le judas et découvre sur le seuil une Afro-Américaine au visage las. Son visage m'est familier, mais je mets quelques instants à la reconnaître. Lorsque je l'ai aperçue furtivement la veille, elle était en uniforme.

Il s'agit de la femme flic qui accompagnait Graham la nuit précédente. Celle qui s'est occupée de mes agresseurs pendant que Lance nous interrogeait.

Je coupe l'alarme, ouvre. Elle se tétanise en apercevant mon arme dans son holster.

— Oui ?

Ma question n'est ni une invitation ni un rejet. Ses yeux bruns se posent sur les miens et elle écarte lentement les bras, histoire de me montrer qu'elle n'est pas armée.

— Je m'appelle Claremont, se présente-t-elle.

— Je me souviens, je vous ai aperçue hier soir.

— Oui. Mon père habite sur la rive opposée du lac. Il dit vous avoir déjà croisée avec votre fille quand vous faites du jogging.

Le vieil homme. Ézéchiel Claremont. Celui qui m'a demandé de l'appeler Easy. Après une hésitation, je lui tends la main. Elle la saisit avec fermeté, d'un geste très professionnel. De près, en civil, elle ne manque pas d'élégance, et cela ne tient pas uniquement à la façon dont elle se tient. Une jolie coupe de cheveux, des ongles soignés. Je ne m'attendais pas à autant de classe chez une flic de Norton.

— Puis-je entrer ? J'aimerais vous aider.

Une formule directe, à la fois posée et affirmée, qu'elle prononce en me regardant droit dans les yeux.

Je choisis pourtant de la recevoir sur le pas de la porte en refermant derrière moi.

— Désolée, mais je ne vous connais pas. Je ne connais même pas votre prénom.

Si cet accueil peu chaleureux la déroute, elle ne le montre pas. Elle plisse brièvement les paupières et me répond par un sourire.

— C'est Kezia. Ou Kez, si vous préférez.

— Ravie de vous connaître.

Une formule de politesse sans âme. Je me demande ce qui l'amène vraiment.

— Mon père m'a demandé de prendre de vos nouvelles. Il est au courant de vos ennuis. À vrai dire, ce n'est pas un grand fan de la police de Norton.

— Le dimanche, à table, ça doit être crispé.

— Vous n'imaginez même pas.

Je lui montre de la main les fauteuils de la véranda et vois avec un pincement au cœur qu'elle choisit celui de Sam Cade. Je me rends compte à ma grande honte que ce salopard me manque. *Il ne te manque pas du tout. Le type qui te manque n'a jamais existé, tout comme Mel n'a jamais existé.* Le vrai Sam Cade est un menteur doublé d'un harceleur, au mieux.

— Vous avez une jolie vue de ce côté, remarque Kezia en admirant le paysage.

Elle doit se dire, comme tout le monde, que j'ai surtout une vue plongeante sur le lac à l'endroit où ont été abandonnés les corps.

— Mon père ne voit pas le lac aussi bien, à cause des arbres. Les maisons sont moins chères, de l'autre côté. Je me tue à lui dire qu'il devrait s'installer sur la rive pour éviter de se fatiguer, mais…

— Je suis ravie de l'apprendre, mais mes pancakes refroidissent. Que voulez-vous savoir ?

Elle secoue légèrement la tête sans quitter des yeux les eaux dormantes.

— Vous ne facilitez pas vraiment la tâche à ceux qui aimeraient vous aider. À votre place, je mettrais un peu d'eau dans mon vin. Vous allez avoir besoin d'amis.

— C'est parce que je n'ai jamais mis d'eau dans mon vin que je suis encore en vie. Merci de votre visite.

Je suis en train de me lever lorsqu'elle m'arrête en posant sur la mienne une main soigneusement manucurée. Cette fois, elle croise mon regard.

— Je suis peut-être en mesure de vous aider à découvrir le responsable de ce qui vous arrive. Nous savons toutes les deux qu'il s'agit forcément de quelqu'un qui vit dans les parages. Quelqu'un qui a une raison de vous en vouloir.

— C'est le cas de Sam Cade.

— J'ai vérifié ses alibis les jours où ces deux filles ont disparu. Je peux vous assurer qu'il n'y est pour rien. Mes collègues l'ont déjà relâché.

— Relâché ?!!

Je m'attarde quelques instants sur le garage maculé de peinture, sur les inscriptions tracées avec rage sur le mur de brique.

— Super. Dans ce cas, je suppose que c'est à lui que je dois ces décorations.

— Je ne crois pas…

— Écoutez, Kez. Merci beaucoup, mais vous ne m'êtes d'aucune assistance si vous cherchez à me convaincre que Sam Cade est un type bien. Il a trouvé le moyen de me *traquer* jusqu'ici.

— Il le reconnaît volontiers. Il est arrivé ici avec l'intention de se venger, mais il a découvert une femme très différente de ce qu'il avait imaginé. S'il vous avait voulu du mal, il avait toute latitude de vous nuire plus tôt, vous ne croyez pas ? Je suis convaincue qu'il s'agit de quelqu'un d'autre et je suis actuellement sur une piste. Mon avis vous intéresse, oui ou non ?

Je suis tentée de répondre non, de partir sans un mot, mais j'en suis incapable. Kezia Claremont a peut-être des motivations cachées, mais son offre paraît sincère. Elle n'a pas tort de dire que j'ai besoin d'une amie, même s'il s'agit de quelqu'un à qui je ne peux pas me fier vraiment. Comme Sam.

— Je vous écoute.

— Très bien. Tout d'abord, Stillhouse Lake abrite une communauté relativement fermée. Essentiellement des Blancs aisés, à défaut d'être riches.

— Plus depuis la crise, lorsque toutes ces maisons ont été saisies par les banques.

— C'est vrai, un tiers des propriétés ont été vendues ou louées précipitamment au cours de l'année écoulée. Si nous éliminons les résidents de longue date, il nous reste trente familles. Moins la vôtre, vingt-neuf.

Vingt-huit en éliminant celle de mon père, si ça ne vous dérange pas.

Sans être prête à la moindre concession, je veux bien retirer Easy Claremont de la liste des suspects. Au moins provisoirement. Je le vois mal enlever et tuer deux jeunes femmes en pleine possession de leurs moyens avant de se débarrasser des corps. *Vingt-huit maisons.* Dont celle de Sam Cade que la police a innocenté. Il nous reste vingt-sept familles. Un nombre assez limité.

— Vous avez les noms des personnes concernées ?

Elle acquiesce et tire de sa poche une feuille de papier pliée en quatre qu'elle me tend. J'y trouve une liste de noms, d'adresses et de numéros de téléphone. Elle n'a rien laissé au hasard. Certains patronymes sont accompagnés d'astérisques, dont je comprends rapidement qu'ils signalent l'existence d'un casier judiciaire. Je ne m'inquiète pas outre mesure des deux types condamnés pour avoir fabriqué de la méth dans le chalet qu'ils partagent sur la colline, mais l'information est bonne à prendre. Je découvre également un prédateur sexuel, mais les annotations minutieuses de Kezia m'indiquent qu'elle l'a longuement interrogé et écarté en tant que suspect, à défaut de le blanchir totalement.

— J'aurais pu continuer seule, m'explique Kezia, mais j'ai pensé que ça vous changerait les idées. Je mène l'enquête sur mon temps libre, mes démarches n'ont rien d'officiel.

Je remarque qu'elle ne sourit pas. On la sent dotée d'un caractère sans concession, comme moi.

— Pourquoi vouloir m'aider, alors que vous connaissez mon histoire ?

— Parce que vous en avez besoin, et parce que Easy me l'a demandé. Aussi parce que…

Elle secoue la tête en détournant le regard.

— Je sais ce que c'est d'être jugée sur les apparences. J'en ai la gorge nouée. Je boirais volontiers un café.

— Vous voulez entrer ? J'ai préparé des pancakes. Il y en a suffisamment pour quatre.

Un petit sourire étire lentement ses lèvres.

— Ce n'est pas de refus.

11

Kezia Claremont séduit d'emblée mes enfants qui dépassent rapidement leur méfiance initiale lorsqu'elle parvient à les tirer de leur mutisme par son charme naturel. Je suis persuadée qu'elle sera un jour une enquêtrice de première force. C'est un véritable gâchis de la cantonner dans un rôle de flic de base en uniforme, à gérer les ivrognes récalcitrants, même si elle sait parfaitement s'y prendre avec eux. Je réchauffe mon petit-déjeuner tout en préparant le sien et nous mangeons de concert pendant que les enfants, leurs assiettes nettoyées, partent vaquer à leurs occupations.

Lanny aimerait bien rester, mais elle quitte sagement la cuisine lorsque je lui donne mon veto d'un discret mouvement de tête.

— J'ai un certain nombre de contacts, m'explique Kezia lorsque nous nous retrouvons seules. Je peux leur demander de fouiner un peu partout, en toute discrétion. Vous savez, Gwen. Mon père m'avait bien prévenue que vous alliez avoir des ennuis, mais ces vandales n'ont pas perdu de temps. Vous allez avoir besoin de protection ici.

— J'en suis bien consciente. Je suis armée, mais…

— L'attaque n'est pas la meilleure défense. Vous connaissez Javier. C'est l'autre raison de ma présence ici. Il vous apprécie beaucoup. Sans être encore convaincu de votre complète innocence, il est d'accord pour vous protéger de tous ces loups si vous acceptez.

Rien de tout ça ne serait arrivé si j'avais chargé la camionnette et pris la fuite la première fois que j'en ai eu la tentation. Il a fallu que je reste ici comme une idiote. J'avais de bonnes raisons, c'est vrai, mais elles font figure d'illusions aujourd'hui. Je ne peux même plus récupérer la camionnette à présent que la Jeep est fichue. De toute façon, jamais Javier n'aurait accepté.

— S'il est prêt à garder l'œil ouvert, ça me va. Je me sentirais encore mieux si je savais que le reste de son régiment lui donne un coup de main.

Kez hausse un sourcil.

— Contentez-vous déjà de ce que vous avez. Les alliés ne vont pas se bousculer à votre porte.

Je hoche la tête en signe d'assentiment. Elle a raison, bien sûr.

Je lui propose de m'occuper de la moitié de sa liste.

— J'ai quelqu'un qui devrait pouvoir m'aider à trouver des renseignements sur ces gens.

Absalom ne travaillera pas gratuitement, mais je n'en suis plus à faire des économies à ce stade. C'est une question de vie ou de mort, et je n'ai plus la possibilité de fuir. Le mieux est encore de mettre à profit mes économies pour me libérer de la toile que Mel s'est appliqué à tisser autour de moi. Mon argent ne me servira à rien si je me retrouve derrière les barreaux. Je ne peux plus rien pour mes enfants si on me les enlève afin de les placer en famille d'accueil.

Kezia a raison : à ce stade, tous les alliés sont les bienvenus.

Le petit-déjeuner terminé, je la remercie avant de lui demander son numéro de téléphone. J'espère ne pas m'être trompée sur son compte, au risque que l'enregistrement de notre conversation aille rejoindre le dossier consacré à l'enquête. Mais je vois mal Prester s'amuser à ça.

Kezia repartie, j'envoie un texto à Absalom qui se contente de me répondre par le mot *QUOI*, comme si je l'avais dérangé au milieu d'un travail important. Je lui explique ce dont j'ai besoin en quelques mots. Sa réponse tombe, tel un couperet : *Vous croyais en prison*. Je lui réponds : *Non coupable*, et il me gratifie d'une bonne minute de silence avant de m'envoyer un simple point d'interrogation. Sa façon pour le moins lapidaire de me demander de quoi j'ai besoin.

Je lui expédie aussitôt une photo de la liste de Kezia en lui précisant à quels noms il lui faut s'intéresser. En guise de réponse, il me fixe un prix en Bitcoins qui me fait grimacer, mais dont il sait que je m'acquitterai sans marchander. Je procède immédiatement au virement de la somme sur Internet. Parallèlement, je fais parvenir la même liste de noms à l'enquêteur privé auquel j'ai déjà fait appel par le passé, et dont je connais les tarifs.

Je me trouve aux toilettes lorsque mon téléphone sonne. Le numéro qui s'affiche sur l'écran m'est inconnu, mais il peut s'agir d'Absalom.

— Allô ?

— Allô, Gina.

J'en ai le souffle coupé. C'est la voix qui résonne dans ma tête, celle que je n'arrive pas à exorciser en dépit de tous mes efforts. Mes doigts restent paralysés, je m'appuie contre le lavabo en contemplant dans la glace le reflet de mon visage terrorisé.

Melvin Royal est à l'autre bout du fil. Comment est-ce possible ?

— Gina ? Tu es là ?

Je voudrais raccrocher. Conserver un lien avec lui est aussi dangereux que d'agiter un sac rempli d'araignées venimeuses.

— Oui, je suis là.

Melvin est un fanfaron de première qui adore savourer ses victoires. S'il est à l'origine de tout ce qui m'arrive, il ne pourra pas s'empêcher de s'en vanter, et qui sait s'il ne laissera pas échapper un indice utile ?

Il a mon numéro. Comment a-t-il réussi à se le procurer ?

Kez, qui vient tout juste de débarquer dans ma vie… impossible, je ne lui ai pas communiqué mon numéro. *Sam.* Non, pas Sam. Pas Sam, je vous en prie.

Attends !

J'avais mon téléphone avec moi quand je lui ai rendu visite en prison. J'ai dû le laisser à l'entrée, on me l'a rendu à la sortie. Mel dispose forcément de complicités à l'intérieur de l'établissement puisqu'il m'envoie du courrier. Il n'est pas impossible qu'un acolyte ait piraté mon téléphone. Je suis malade à l'idée de ne pas y avoir pensé plus tôt.

Mel poursuit, sur ce ton artificiellement chaleureux que je lui connais bien.

— Ma chérie, j'ai cru comprendre que tu passais une semaine difficile. Est-ce vrai qu'on a découvert un nouveau corps ?

— Oui, j'ai vu la victime.

— De quelle couleur était-elle ?

Je m'attendais à bien des réactions, mais j'avoue être surprise par celle-là.

— Pardon ?

— J'avais établi une charte des couleurs, en fonction

de l'évolution des chairs une fois la peau retirée. Ressemblait-elle plus à un poulet cru, ou bien le corps avait-il une apparence d'un méchant brun ?

— Tais-toi.

— Vas-y, Gina. Raccroche-moi au nez, mais si tu fais ça, *si tu fais ça*, tu ne sauras jamais qui va venir s'occuper de toi.

— Je te tuerai.

— Je suis d'accord, ce serait le plus prudent. Sauf que tu n'en auras pas le temps. Je te le promets.

Je n'ai jamais eu aussi froid de ma vie. Sa voix est tellement *lui*, raisonnable, calme, mesurée. Rationnelle. À ceci près que ses propos n'ont rien de rationnel.

— Je t'écoute, mais dépêche-toi.

— J'imagine que tu as découvert la vérité au sujet de ton nouvel ami Sam. Décidément, tu n'as pas de chance avec les hommes, tu ne trouves pas ? Je suis prêt à parier qu'il savourait d'avance la façon dont il allait s'amuser avec toi. Le plaisir de l'anticipation.

— C'est donc ça qui te branche, Mel ? Parce que c'est tout ce qui te reste. Tu ne me reverras jamais plus. Tu ne me toucheras jamais plus. Et je vais m'en tirer.

— Tu ne sais même pas ce qui se passe. Tu ne vois rien.

— Dans ce cas, éclaire-moi. Dis-moi ce que je ne vois pas. Tu meurs d'envie de m'expliquer à quel point je suis idiote !

— J'y compte bien.

Le ton a changé d'un seul coup. Le masque se fissure, c'est la voix du monstre que j'entends. Une voix totalement différente, qui n'a plus rien d'humain.

— Sache que le moment venu, quand tout s'écroulera, ce sera *par ta faute*, espèce de pauvre petite salope.

J'aurais dû commencer par toi. À défaut, c'est par toi que je terminerai, un jour ou l'autre. Tu t'imagines que je ne te toucherai pas, peut-être ? Tu te trompes. Je m'occuperai de toi de l'intérieur.

J'en ai la chair de poule, au point de me réfugier dans un coin de la pièce, comme s'il avait le pouvoir de m'attraper par le téléphone. *Il n'est pas ici. Il ne viendra jamais ici.* Mais cette voix…

— Tu ne quitteras jamais plus ta cellule.

J'ai bien conscience de ne plus être Gwen. Je suis redevenue Gina.

— Tu ne connais donc pas la nouvelle ? Mon nouvel avocat estime qu'il y a eu violation de mes droits, ce qui peut entraîner l'annulation de certains éléments. Auquel cas il y aura un nouveau procès, Gina. Tu as envie de tout reprendre à zéro ? Tu as l'intention de *témoigner*, cette fois ?

J'en suis malade rien que d'y penser, une montée de bile me brûle le fond de la gorge. Ne pas lui répondre. *Raccroche !* Je m'invective moi-même, comme si j'étais quelqu'un d'autre. *Raccroche, raccroche, raccroche !* Je suis prise au piège dans un cauchemar, incapable d'esquisser un geste… Je reprends ma respiration afin de chasser la tétanie qui me paralyse, et puis je pose le pouce sur le bouton rouge.

— J'ai changé d'avis, déclare-t-il. Je te dirai…

J'enfonce le bouton.

Clic. J'ai réussi. Il n'est plus là. J'ai le sentiment d'avoir marqué un point, mais est-ce une simple impression ? S'agit-il d'une fuite ?

Seigneur ! S'ils ont réussi à pirater mon téléphone, ils auront trouvé d'autres informations. Les numéros des enfants. Celui d'Absalom. Qu'y avait-il d'autre dans ce fichu portable ?

Mon dos glisse le long du mur et je me retrouve prostrée entre l'évier et les gonds de la porte. Je pose le téléphone par terre avec dégoût, comme s'il s'agissait d'un morceau de viande avariée, ou d'un torrent de scorpions. Je m'empare du torchon que je mords à en avoir mal avant de laisser échapper un hurlement étouffé.

Je crie silencieusement en attendant d'avoir à nouveau les idées claires. L'opération dure quelques minutes. Je trouve enfin les ressources nécessaires pour me poser les bonnes questions. *Comment ?* Quelqu'un aurait piraté mon téléphone le jour où je lui ai rendu visite. Comment a-t-il pu m'appeler ? Melvin n'a le droit de joindre personne en dehors de son avocat. Même dans le couloir de la mort, il faut croire qu'on peut se procurer un portable de contrebande.

J'espère au moins que ces quelques minutes auront coûté cher à ce salopard.

Je suis incapable de rester enfermée ici. J'étouffe, je suis au bord du désespoir, pétrie de colère. Je tourne en rond pendant un moment avant de contacter Kezia Claremont sur le numéro qu'elle m'a laissé, je lui demande de veiller sur mes enfants, pour l'amour du ciel.

— Regardez par la fenêtre, me conseille-t-elle.

J'écarte le rideau du salon et reconnais sa voiture dans l'allée. Elle me fait un signe de la main.

— Que se passe-t-il, Gwen ?

Je lui fais part de l'appel de Mel et elle s'empresse de noter le numéro qu'il n'a même pas cherché à masquer. Je sais déjà que la piste tournera court. Quand bien même ils retrouveraient le téléphone concerné, le mal est fait. Il m'a donné la preuve qu'il est capable de m'atteindre à n'importe quel moment depuis sa prison. La prochaine fois, ce ne sera pas lui. Quelqu'un d'autre exécutera ses basses œuvres.

— Kezia… Accepteriez-vous de surveiller la maison pendant une heure ?

— Bien sûr. Je ne travaille pas et il fait beau. Pourquoi ? A-t-il proféré des menaces précises ?

— Non, mais… j'ai besoin de m'absenter un petit moment. Une heure tout au plus.

Je suis prise au piège ici. Au bord de la crise de nerfs. J'ai besoin d'espace, j'ai besoin de reprendre la barre. J'ai besoin d'évacuer ma conversation avec Mel avant qu'elle ne m'empoisonne.

— Pas de souci, répond Kezia. Je ne bouge pas d'ici. J'en profiterai pour passer des coups de fil.

Je préviens les enfants que je m'absente, leur signalant la présence de Kezia à l'extérieur. Je leur fais promettre de ne pas ouvrir la porte pendant mon absence. Nous revoyons ensemble les mesures d'urgence. Je les sens particulièrement vigilants et inquiets, je tiens à les rassurer.

— Tout ira bien.

Je les embrasse l'un après l'autre sur les cheveux, sans qu'ils cherchent à échapper à mon étreinte. C'est bien la preuve qu'ils ont peur.

Je fourre mon arme dans son boîtier en plastique après avoir ôté le chargeur et vérifié qu'il n'y avait pas de projectile dans la chambre. Je n'ai pas retiré mon holster, mais il est vide. Je le dissimule sous un sweat à capuche et glisse le boîtier dans un petit sac à dos.

— Maman ? fait la voix de Lanny derrière moi.

La main sur le clavier de l'alarme, je me retourne.

— Je t'aime.

J'en suis bouleversée, emportée par un torrent d'émotions si violent que je peine à respirer. Mes doigts tremblent sur les touches, des larmes me brouillent la vue l'espace d'un instant.

Je les chasse d'un battement de paupières et trouve le moyen de sourire.

— Moi aussi je t'aime, mon cœur.

— Reviens vite.

Elle conclut sa phrase en s'emparant d'un couteau de cuisine qu'elle emporte dans sa chambre.

Je voudrais hurler, mais je n'en ai pas le droit. J'entre le code une première fois en me trompant, je recommence et désactive cette fois l'alarme. J'ouvre la porte, remets l'alarme, et sors en verrouillant derrière moi. *Voilà*. Mes enfants sont en sécurité. Kezia, assise au volant de sa voiture, est occupée à téléphoner. Elle m'adresse un petit signe de tête tout en prenant des notes dans un carnet à spirale.

Je m'éloigne en sprintant, à la limite de perdre l'équilibre à chaque foulée, au risque de m'étaler sur le chemin, de me casser un bras ou une jambe, mais je m'en moque, je dois impérativement me débarrasser du poison distillé dans mes veines par Melvin Royal.

On pourrait croire que je suis poursuivie par le feu du ciel.

J'arrive à la route et monte à droite. À l'abri de ma capuche, je suis une joggeuse anonyme. Je croise quelques promeneurs, c'est tout juste si le rythme effréné de ma course attire leur attention. Je laisse sur ma droite le chalet de Sam Cade sans m'arrêter, toute l'énergie que je transmets à mes muscles vient lentement à bout de la tension et je parviens sur la crête où le parking du club de tir m'offre enfin une surface plane bienvenue. Je ralentis progressivement et termine ma route en marchant afin de soulager mes muscles. Je dessine des cercles sur le parking. Mon sweat est trempé de sueur, mais la rage qui m'habite refuse de se taire.

Jamais je ne laisserai Mel gagner.

Je baisse ma capuche en ouvrant la porte du club et tombe sur Javier qui me tourne le dos, occupé à punaiser une annonce sur le panneau d'affichage, à côté du stand de vente. On y trouve des munitions, du matériel de chasse, pour les armes à feu comme pour le tir à l'arc, et même du popcorn couleur camouflage. La jeune femme qui se tient derrière le comptoir s'appelle Sophie, elle appartient à une famille qui vit à Norton depuis sept générations. Je le sais parce qu'elle me l'a expliqué longuement le jour où je me suis inscrite au club. Une fille bavarde et gentille.

Elle m'aperçoit et son visage se ferme. Ce n'est pas aujourd'hui que nous pourrons reprendre la discussion.

Javier enfonce une dernière punaise et se retourne. Il ne paraît pas étonné de me voir. Je le soupçonne d'avoir su qui j'étais à la seconde où j'ai franchi le seuil.

— Bonjour, madame Proctor.

Il n'est pas hostile, contrairement à Sophie, mais juste poli.

— J'espère que votre holster est vide, vous connaissez le règlement.

Je descends la fermeture Éclair de mon sweat et lui montre le boîtier en plastique dans mon sac à dos. Il hésite. En sa qualité de gérant, il a parfaitement le droit de m'interdire l'accès au club sans me donner de raison. Il se contente d'un hochement de tête.

— Le box huit est disponible. Vous connaissez la chanson.

J'attrape au vol un casque antibruit et longe les box dont les occupants me tournent le dos. L'ampoule du box huit est moins puissante que les autres, ce n'est pas un hasard, d'autant qu'on m'attribue généralement un box plus près de l'entrée. Le huit est celui qu'occupait Carl Getts le jour où Javier l'a renvoyé du club. Sans doute est-ce le box réservé aux parias.

Je sors mon arme et mes chargeurs avant d'enfiler le casque. Le déferlement des détonations me calme instantanément et j'achève de charger mon pistolet en enchaînant les gestes posés. Le tir est pour moi une forme de méditation, un espace libre de toute émotion où n'existent plus que l'arme, la cible, et moi.

Et Mel, dont je vois le fantôme devant la cible. Quand je m'entraîne, je sais toujours sur qui je tire.

Je réduis en miettes une demi-douzaine de cibles avant de me sentir à nouveau purifiée. Je baisse le bras, éjecte le chargeur, vide la chambre et pose mon arme sur le comptoir, port d'éjection visible, le canon tourné vers la cible. Comme l'exige le règlement.

Je m'aperçois soudain qu'un grand silence règne à l'intérieur du club, ce qui est pour le moins inhabituel. Je m'empresse de retirer mon casque.

Je suis seule. Tous les autres box sont vides. Il ne reste que Javier qui m'observe, posté à l'entrée du box. Il se tient de telle sorte, douché par un spot, que je ne distingue pas ses traits, perdus dans la pénombre.

— Ce n'est pas moi qui vais booster vos affaires.

— Bien au contraire, rétorque Javier. J'ai vendu tellement de munitions depuis quarante-huit heures que j'ai dû passer deux nouvelles commandes. Je regrette de ne pas tenir une armurerie, j'aurais pu prendre ma retraite à la fin de la semaine. La paranoïa fait vendre.

Il s'exprime d'une voix ordinaire, mais je le trouve bizarre. Je range le pistolet et les chargeurs dans le boîtier que je verrouille avant de le glisser dans le sac à dos. Javier fait un pas dans ma direction. Son regard est comme… mort. J'en suis toute déconcertée. Il n'est pourtant pas armé.

— J'ai une question à vous poser. Vous étiez au courant ?

— Au courant de quoi ?

Je connais déjà la réponse.

— De ce que faisait votre mari.

— Non.

C'est la vérité pure et simple, mais je n'ai pas le moindre espoir qu'il me croie.

— Mel n'avait pas besoin de mon aide, et il n'en aurait pas voulu. Je suis une femme. À ses yeux, les femmes ne sont pas des êtres humains.

Je referme mon sac à dos.

— Si vous avez décidé de jouer les justiciers, Javi, autant en finir tout de suite. Je ne suis pas armée. Même si je l'étais, je ne ferais pas le poids face à vous, nous le savons tous les deux.

Il ne bouge pas, ne dit rien. Il se contente de m'observer, de me jauger. J'ai clairement conscience que Javier, comme Mel, sait ce qu'il en coûte de prendre une vie. Mais à la différence de Mel, sa colère à l'instant présent n'est pas le fruit de son égoïsme et de son narcissisme. Javier se voit comme un protecteur, quelqu'un qui se bat au nom de ce qui est juste.

Cela ne signifie pas que je suis en sécurité.

Lorsqu'il se décide enfin à réagir, les mots sortent comme un souffle de sa bouche.

— Pourquoi ne m'avoir rien dit ?

— À votre avis ? Je cherchais à laisser ce cauchemar derrière moi. Vous n'auriez pas agi de même ?

Je pousse un soupir.

— Allons, Javi. Laissez-moi passer. Je dois retourner m'occuper de mes enfants.

— Ils sont en sécurité. Kez veille au grain.

Je comprends soudain à la façon dont il a prononcé son nom. Kezia n'est pas venue me trouver uniquement sur les conseils de son père. J'avais des doutes à ce sujet, d'autant que je n'avais croisé Easy qu'une seule fois. Elle m'a parlé de Javier presque incidemment, mais c'est évident. Javi aime les femmes de caractère, ce qui est le cas de Kez.

— J'ai bien failli vous aider à fuir au lendemain du premier meurtre, Gwen, et ça me reste en travers de la gorge. Je ne peux pas m'empêcher de m'interroger : Et si vous aviez entendu ces femmes crier dans le garage pendant que votre mari les massacrait, tranquillement assise dans votre cuisine ? Vous croyez que ça me serait égal ?

— Bien sûr que non, mais elles ne pouvaient pas crier, Javier. Mel commençait par sectionner leurs cordes vocales lorsqu'il les enlevait. Il possédait un couteau exprès pour ça, la police me l'a montré. Alors, c'est vrai. Je préparais à manger pour mes enfants dans ma cuisine *alors qu'il y avait des femmes en train de mourir de l'autre côté de cette putain de cloison et vous vous imaginez peut-être que je ne m'en veux pas de n'avoir rien fait* ?

Je perds brusquement les pédales, l'écho de mes mots me revient comme autant de balles en pleine poitrine.

Je serre les paupières en m'obligeant à respirer, l'odeur de poudre et de lubrifiant m'emplit les narines, celle de ma transpiration aussi. J'ai un goût amer dans la bouche, le sucre avalé au moment du petit-déjeuner est en train de cailler dans mon estomac. Je la revois le temps d'un éclair, cette fille écorchée pendue au plafond. Je me baisse, les mains sur les genoux. Le sac à dos me frappe la nuque mais je n'y prête pas attention, j'ai juste besoin de respirer.

Je sursaute en sentant la main de Javier se poser sur moi. Il m'aide uniquement à me redresser et me soutient jusqu'à ce que je lui fasse signe que tout va bien d'un mouvement de tête. J'ai honte de moi. De ma faiblesse. Je voudrais hurler. Encore.

— J'ai épuisé mon stock de munitions. Je voudrais vous en acheter quelques boîtes.

Il s'éloigne sans un mot et revient avec des boîtes qu'il pose sur le comptoir du box huit avant de s'éloigner. Je retire mon sac à dos et le pose à mes pieds, adossée à la cloison.

— Merci.

Il ne se retourne même pas.

J'épuise le contenu de la première boîte et entame la seconde, je massacre les cibles successives en me concentrant sur le torse, la tête, le torse, la tête, parfois les extrémités, histoire de changer, jusqu'à en avoir mal aux oreilles malgré le casque de protection, jusqu'à ce que la rumeur qui me remplit s'éteigne enfin. Alors, seulement, je ramasse mon sac et m'en vais.

Javier n'est plus là, je règle le montant des deux boîtes à Sophie qui mène la transaction dans un silence buté en jetant ma monnaie sur le comptoir, des fois qu'elle frôle accidentellement les doigts de l'ex-femme d'un tueur. Des fois que je sois contagieuse.

Je quitte le club en cherchant Javier des yeux, mais son pick-up a disparu et le parking du club est désert, à l'exception de la Ford d'un bleu insipide de Sophie dans un coin d'ombre.

Je reprends le chemin de la maison au pas de course. En passant devant le chalet de Sam Cade, je le vois assis sur sa véranda, un mug de café à la main. Sans réfléchir, je ralentis l'allure afin de l'observer. Il croise mon regard, pose sa tasse et se lève.

— Salut.

Ce n'est pas beaucoup, mais c'est toujours mieux que l'accueil des habitués du club de tir. Sam semble à la fois mal à l'aise et déterminé.

— Il faut qu'on parle tous les deux.

J'hésite un instant à reprendre mon chemin sans répondre. À battre en retraite. Kezia a pourtant insisté sur deux points le matin même : un, Sam Cade possède de sérieux alibis pour les meurtres des deux filles ; deux, j'ai besoin d'alliés.

Un coup d'œil en contrebas me confirme que la voiture de Kez est toujours garée devant chez moi.

— D'accord.

Je m'approche de la véranda. Il est tendu, moi aussi, le silence qui nous entoure est aussi épais que celui dont j'ai bénéficié au club de tir.

— Je vous écoute.

Son regard s'attarde sur son mug vide. Il hausse les épaules, ouvre la porte et s'enfonce à l'intérieur du chalet.

Je reste plantée sur le seuil pendant quelques instants avant de lui emboîter le pas.

Il fait sombre chez lui. Je bats des paupières lorsqu'il allume le plafonnier et ouvre l'un des rideaux à carreaux. Il prend la cafetière, remplit son mug, en sort un autre qu'il remplit et me tend sans un mot, avec du sucre.

On pourrait croire qu'une grille nous sépare. La première gorgée me rappelle qu'il aime le café noisette, comme moi.

— Merci.

— Vous sentez la poudre. Vous revenez du club de tir ?

— Tant qu'on ne me l'interdit pas. Je vois que les flics vous ont relâché.

— On dirait.

Il m'observe prudemment au-dessus de son mug.

— Vous aussi.

— Parce que je ne suis pas coupable, Sam.

— Oui, dit-il entre deux gorgées de café. C'est ce que vous m'avez dit. *Gwen.*

Pour un peu, je lui enverrais mon café à la figure. Je me retiens, sachant qu'un tel geste me conduirait tout droit chez les flics. Et puis son café n'est pas assez chaud pour que ça en vaille la peine. J'en arrive à me demander pourquoi je suis aussi en colère. Il est en droit de me détester, contrairement à moi. Je peux lui en vouloir de m'avoir dupée, c'est vrai, mais en fin de compte, Sam est celui qui a le plus souffert de nous deux.

Je me laisse tomber sur une chaise, épuisée. C'est tout juste si j'ai conscience de boire du café, absorbée par l'examen de ce type dont je ne sais pas qui il est vraiment. Obnubilée par la question de savoir qui je suis vraiment. Par le fait de savoir comment rétablir un minimum de confiance entre nous.

— Pourquoi êtes-vous venu ici ? Et ne me débitez pas de salades, pour une fois.

Sam ne détourne pas le regard.

— Je ne mentais pas. J'écris vraiment un livre sur le meurtre de ma sœur. Je vous ai pistée, je le reconnais. J'ai dû m'adresser à un copain qui travaille dans les services secrets de l'armée. À propos, il était particulièrement impressionné par la façon dont vous avez réussi à vous évanouir dans la nature. Je vous ai loupée quatre fois de suite avant de me rabattre sur cet endroit en pensant que j'avais mes chances, puisque vous aviez acheté une maison, pour une fois.

Je ne suis donc pas parano pour rien.

— Vous m'expliquez comment. Pas pourquoi.

— Je comptais vous obliger à avouer votre rôle dans ces crimes.

Il bat des paupières et paraît le premier surpris de sa franchise.

— Je ne pensais qu'à ça. Je vous voyais comme… J'étais persuadé que vous étiez sa complice. Que vous saviez tout. Je me disais que…

— Que j'étais coupable. Vous n'êtes pas le seul. Vous êtes même majoritaires dans ce cas.

J'avale machinalement une gorgée de café.

— Je ne peux pas vous en vouloir. Sincèrement. À votre place, j'aurais…

J'aurais tout tenté pour obtenir justice.

J'aurais tué la coupable. C'est-à-dire moi.

— Oui, soupire-t-il. Sauf qu'après vous avoir rencontrée, vous avoir parlé, avoir appris à vous connaître… j'ai changé d'avis. J'ai découvert une femme, préoccupée de protéger ses enfants, qui avait toutes les peines du monde à surmonter l'épreuve qu'elle avait traversée. Vous n'étiez pas… celle que j'imaginais.

— Gina non plus n'était pas coupable. Elle a eu le tort d'être naïve. De vouloir être heureuse. Il a su en tirer avantage.

Le silence s'installe, que je finis par rompre.

— J'ai vu votre sœur. C'était… c'était la dernière. Je l'ai vue le jour où ce 4 × 4 s'est écrasé contre le mur du garage.

Sam se fige, il reste parfaitement immobile le temps d'un instant furtif, puis il repose son mug sur la table un peu trop bruyamment. Nous ne sommes plus séparés par une barrière, mais par une simple largeur de bois poli. Je pourrais lui tendre la main. Il pourrait agir de même. Nous ne le faisons pas.

— J'ai vu les photos, précise-t-il.

Je me souviens du soir où il m'a conseillé de ne jamais les mettre sous les yeux de mes enfants. Je comprends pourquoi à présent. Il ne s'agissait pas d'un simple réflexe bienveillant, ou d'un écho des horreurs qu'il a pu voir en Afghanistan.

— J'imagine que cette vision reste gravée en vous, ajoute-t-il.

— Oui.

J'ai beau avaler du café, ma gorge est sèche. J'ai choisi la chaise la plus proche de la fenêtre ouverte, la lumière jaunâtre du plafonnier éclaire Sam d'un jour à la fois flatteur et défavorable. Elle met en valeur les ridules qui cernent ses yeux et sa bouche, une petite marque près de son sourcil gauche, un réseau à peine visible de cicatrices qui relie sa tempe à sa joue droite. La lumière allume des étincelles de couleurs dans ses yeux qui en deviennent fascinants.

— Je la revois constamment. Par éclairs. Chaque fois que je ferme les yeux, elle est là.

— Elle s'appelait Callie, me précise-t-il.

Je le sais déjà, mais il est tellement plus facile de penser à elle comme *le corps*, *la femme*, ou encore *la victime*. Entendre son nom, prononcé avec un mélange d'amour et de regret, me fait mal.

— J'ai perdu sa trace quand l'assistance publique nous a séparés, mais j'ai fini par la retrouver. En fait, c'est elle qui m'a retrouvé. Elle m'a écrit quand j'ai été envoyé au Moyen-Orient.

— Je n'ose pas imaginer ce que vous devez ressentir.

Je suis sincère, mais il ne m'écoute pas vraiment. Il pense à la jeune fille vivante, et non à la morte dont je me souviens.

— Elle me parlait par Skype chaque fois qu'elle le pouvait. Elle venait d'entrer à l'université d'État de Wichita, elle suivait un double cursus car elle hésitait entre histoire de l'art et informatique. Je lui avais conseillé de rester pratique et de choisir l'informatique. Je regrette de ne pas lui avoir dit de choisir ce qui la rendrait heureuse. Vous savez ce que c'est, j'ai pensé…

Il laisse sa phrase en suspens, je la termine à sa place.

— Vous imaginiez qu'elle avait la vie devant elle. Sam, je n'ai pas de mot pour vous dire combien je suis désolée et combien…

À mon épouvante, ma voix se brise dans la confusion de mes mots et mon âme éclate en mille morceaux. Je n'avais pas compris qu'elle était en verre jusqu'à cet instant où elle explose sous le choc de mes émotions. Les larmes se mettent à couler, des larmes telles qu'il ne m'en est jamais venu, un tsunami de chagrin, de colère, de rage, d'horreur, de *culpabilité*. Je pose mon mug de café et sanglote entre mes mains, comme si mon cœur venait de lâcher avec tout le reste.

Il ne dit rien, n'esquisse pas un geste de réconfort, se contente de pousser dans ma direction un rouleau de papier absorbant. J'en déchire des feuilles par poignées dans l'espoir d'étouffer cette souffrance aiguë que j'ai mise à distance pendant si longtemps sans jamais lui laisser libre cours.

Je ne sais pas combien de temps nous restons là, assis l'un en face de l'autre. Assez longtemps pour que mon tampon de papier absorbant soit trempé de larmes. Il m'échappe et tombe sur le bois de la table avec un chuintement humide. Je balbutie des mots d'excuses d'une voix mal assurée et me lève afin de mettre à la poubelle cette boule de papier mouillé. Lorsque je reprends place en face de lui, Sam retrouve sa voix :

— Je n'ai pas pu assister au procès de votre mari, mais j'en ai suivi le déroulement au jour le jour. J'ai toujours cru à votre culpabilité et quand on vous a acquittée… j'ai pensé… j'ai pensé que vous aviez réussi à vous en tirer. J'étais convaincu que vous l'aviez *aidé*.

Il ne le croit plus. Je l'entends aux accents de souffrance qui percent dans sa voix. Je ne dis rien. Je sais bien pourquoi il a pu avoir cette conviction. Au même titre que tous les autres. Quelle parfaite idiote aurait pu vivre dans cette maison, partager la vie et le lit de Mel et ne pas être sa complice ? Je n'en reviens toujours pas complètement d'avoir été acquittée. Je ne suis pas prête à accorder mon pardon à Gina Royal.

— J'aurais dû savoir. Si je m'étais interposée…

— Vous seriez morte, me coupe-t-il avec emphase. Peut-être même vos enfants aussi. Vous savez, Gwen, je suis allé le voir. Je parle de Melvin. J'avais besoin de le regarder droit dans les yeux. J'avais besoin de savoir…

J'en ai le souffle coupé. Je suis bouleversée à l'idée qu'il ait pu s'asseoir sur cette mauvaise chaise au parloir, en face de Melvin. Je me souviens de l'horreur corrosive que Mel fait naître au fond de moi. Je n'ose pas imaginer ce qu'a pu ressentir Sam.

Je prends sa main sans réfléchir et il ne la retire pas. Nos doigts se croisent, satisfaits de ce contact à peine esquissé. Des siens ou des miens, je ne saurais dire lesquels tremblent légèrement, mais je sais qu'ils vibrent.

Au même instant, j'aperçois un léger mouvement de l'autre côté de la vitre, derrière lui. À peine une ombre, prolongée par une autre ombre, plus longue, qui se lève et s'immobilise.

Un fusil, braqué sur la tête de Sam.

Je ne réfléchis pas. Je serre la main de Sam, je la tire de toutes mes forces de façon à le déséquilibrer pendant que je me jette moi-même à terre. Sa chaise bascule sous lui et il s'écroule sur le sol de la cuisine tandis que résonne une détonation assourdissante. C'est tout juste si je sens le mug renversé qui répand sur ma cuisse un liquide à la tiédeur proche de celle du sang. Une pluie d'éclats de verre me frappe de plein fouet et je me protège machinalement le visage.

Si je n'avais pas deviné la présence de cette ombre et réagi instinctivement, Sam aurait eu la tête éclatée. Il serait mort instantanément.

Sam exécute une roulade sur le sol couvert d'échardes de verre et parvient à la vitesse de l'éclair au coin d'ombre où se trouve son fusil. Il le saisit au vol, lève le canon et vise la fenêtre. Je ne bouge pas d'un pouce. Il se relève lentement, prêt à baisser la tête à la moindre alerte. Sans doute ne voit-il rien car il pivote en direction de la porte, d'où pourrait bien survenir le danger.

J'en profite pour ramper jusqu'à mon sac à dos. Je sors mon arme de son boîtier, je la charge en faisant coulisser une balle dans la chambre d'un geste automatique, puis je me mets en position de tir, coudes à terre. Nous n'avons pas eu besoin de nous parler : il vise le haut, je couvre le bas.

Rien. Un cri résonne dans le lointain. *Il a longé le mur le moins exposé du chalet, sous la protection des arbres.* Personne n'a pu voir notre agresseur de la route ou du lac. Les gens auront entendu une détonation, rien de plus. *J'ai des traces de poudre plein les mains.* J'en arrive à me demander si ça ne faisait pas partie d'un plan d'ensemble. Les spécialistes de l'identité judiciaire disposent pourtant de toutes les preuves de mon innocence : nous étions assis l'un en face de l'autre lorsqu'un inconnu nous a tiré dessus.

De nouveaux cris montent du lac, je reconnais le mot « police », il est clair que quelqu'un appelle les secours. Sam se relève complètement sans baisser son fusil. Il approche de la porte avec une prudence héritée de son expérience de soldat, glisse un œil à travers la fenêtre, ouvre d'un mouvement sec, et attend. J'aperçois le lac en contrebas, les bateaux qui regagnent les pontons. Un paysage paisible et lointain, en décalage total avec l'adrénaline qui circule dans mes veines en m'envoyant des bouffées à la fois brûlantes et glacées. Je ne sais même pas si je suis blessée.

Il ne se passe rien. Pas un coup de feu. Sam me lance un coup d'œil par-dessus son épaule, je me relève avant de me coller contre le mur derrière lui. Il sort du chalet et je le suis, nous faisons le tour de la maison en guettant le moindre mouvement suspect.

Il n'y a plus personne. Sam me montre du doigt des empreintes de semelles de crêpe sur le sol, mais elles sont trop floues pour être identifiables. Elles n'en confirment pas moins la présence d'un intrus. On a cherché à l'abattre d'une balle en pleine tête et je lui ai sauvé la vie.

Je me mets à trembler. Je veille à éviter tout faux mouvement en désarmant mon pistolet avant de le glisser dans mon étui d'épaule. Son poids me rassure, tout en appuyant sur mon sein. J'examine les empreintes de plus près, mais je ne suis pas une spécialiste.

— Vous feriez mieux de ranger votre Sig dans son boîtier, me conseille Sam, le canon du fusil sur son épaule. Les flics ne vont pas tarder à arriver.

Il a raison. Je n'ai pas tiré, mais je n'ai aucune envie d'être abattue « par erreur » au prétexte que je porte sur moi une arme, même si je dispose de toutes les autorisations nécessaires.

Je rentre dans le chalet où se trouve le boîtier. Je viens de glisser ce dernier dans le sac à dos lorsque Sam me rejoint. Il pose son fusil dans son coin habituel et ouvre grand la porte afin que je puisse voir une voiture qui remonte la route de la colline à toute allure.

Il ne s'agit pas de Lance Graham, mais de Kezia Claremont qui descend de son véhicule l'arme à la main, le bras le long du corps.

— Monsieur Cade, on me signale des coups de feu par ici.

Je pose les yeux sur ma maison, sagement assoupie sur son escarpement. *Elle vient tout juste de les quitter.*

Tout va bien. Un 4 × 4 disparaît de l'autre côté de la colline. Celui des Johansen, peut-être.

— Oui, dit Sam avec un calme olympien, comme s'il s'agissait d'une balle perdue malencontreusement tirée par un chasseur maladroit. Je vous laisse constater. Il a démoli la fenêtre. Vous trouverez des chevrotines à l'intérieur.

— Vous avez eu une sacrée chance, remarque Kezia en dévisageant Sam. J'imagine que vous l'avez vu arriver ?

— Pas du tout. Je lui tournais le dos.

Il me désigne d'un mouvement du menton.

— C'est *elle* qui l'a vu arriver.

Je ne quitte pas ma maison des yeux. Pas question de laisser quelqu'un s'en approcher en mon absence. Je ne vois personne. Ils vont bien. Tout va bien.

— Je n'ai quasiment rien vu. À peine une ombre. Il me semble que c'était un homme de race blanche, mais je n'en jurerais pas. Il a brusquement surgi sous la fenêtre. Pour être honnête, j'ai surtout vu le canon de son arme et j'ai cherché à nous mettre à l'abri.

Kezia hoche la tête.

— Très bien. Montrez-moi dans quelle position exacte vous étiez.

— Je dois rentrer chez moi.

— J'en ai pour une seconde. Asseyez-vous, j'ai besoin de visualiser la scène.

C'est un ordre, et je m'exécute en me rasseyant sans quitter ma maison des yeux.

Sam paraît hésiter, puis il relève sa chaise et s'assied. À la façon dont il serre les poings, je comprends tout de suite qu'il n'a aucune envie de tourner le dos à cette fenêtre. Des restes de café continuent de s'échapper de la table et coulent sur mon pantalon de jogging.

Je suis furieuse, car si je vois la route, je n'aperçois plus ma maison.

— Dépêchez-vous !

Kezia ne m'entend pas, elle a quitté la pièce afin de se poster à l'extérieur, derrière la fenêtre.

Sam et moi nous dévisageons en silence. Il est livide, un voile de transpiration perle sur son front.

— Vous surveillez mes arrières, au moins ? me demande-t-il.

J'acquiesce. Il s'agite sur son siège, il ne manque pas de cran pour servir volontairement de cible de la sorte.

— Merci, Gwen. Je suis sincère. Je n'aurais rien vu venir.

— Il a pris la fuite, tout va bien.

J'ai mal partout, les éclats de verre m'ont égratigné le visage et j'ai dû me démettre l'épaule dans ma chute. Je ne peux pas rester là indéfiniment, je dois rentrer chez moi. *Tout de suite*.

La silhouette de Kezia apparaît de l'autre côté de la vitre éclatée. Sam a dû être alerté par son sixième sens parce que son corps est parcouru d'un frisson. Il reste immobile à la seule force de sa volonté.

— Ne vous inquiétez pas, il s'agit de l'agent Claremont.

Il est blême, une goutte de transpiration roule le long de sa tempe, mais il ne bouge pas.

Derrière lui, Kezia tend les bras en faisant mine de le mettre en joue.

— Il avait au moins ma taille, déclare-t-elle. Il n'avait pas l'intention de vous rater. Ses empreintes montrent qu'il se tenait encore plus près de la fenêtre. Le canon devait frôler la vitre.

Elle baisse son arme imaginaire.

— Ce salopard a du culot. Vous avez de la chance d'être encore en vie, tous les deux.

Elle a raison. Les chevrotines se sont enfoncées dans le mur qui fait face à la fenêtre, juste derrière moi. La cervelle de Sam aurait atterri contre la cloison, j'imagine le mur constellé de traces rouges et rosées parsemées d'éclats d'os acérés. Je me serais retrouvée éclaboussée de son sang.

— Je reviens, nous annonce Kezia en disparaissant de l'encadrement de la fenêtre.

La tension redescend d'un cran pour Sam qui se lève et déplace sa chaise sur le côté de la table. Je préfère ne pas bouger afin de garder un œil sur l'extérieur. La paranoïa de Sam a pris le relais de la mienne.

— Putain, grommelle-t-il en s'emparant du rouleau de papier absorbant qui a miraculeusement échappé au drame.

Il s'en sert pour essuyer le café renversé.

— Ce salopard a cassé mon mug préféré.

La remarque est si inattendue que je manque d'éclater de rire. Je sais que si je me laisse aller, je ne pourrai plus m'arrêter. Je m'apprête à ramasser les débris du mug quand je me tourne vers Sam.

— Arrêtez.

Je pose ma main sur la sienne et il tressaille.

— Ne touchez à rien, Sam. C'est une scène de crime.

— Et merde…

Il repose sur la table son papier absorbant gorgé de liquide marron.

— Vous avez raison.

Kezia nous rejoint en prenant des notes dans le carnet Moleskine qui ne la quitte jamais.

— Très bien. Je vais vous demander d'aller dehors

tous les deux en attendant l'arrivée de mes collègues, pendant que je sécurise la scène de crime.

Je me dirige vers la porte d'où je vois ma maison. Rien n'a bougé. Je sors mon portable.

— Kez, vous êtes venue directement ici depuis chez moi ?

— Non, on m'avait signalé un collègue blessé sur la grand-route. Je revenais tout juste quand le coup de feu a éclaté. Mais j'avais pris la précaution de toquer et de prévenir vos enfants avant de partir. Votre fille m'a dit qu'elle veillait au grain.

Mon sang ne fait qu'un tour. Sam écarquille les yeux et trouve le moyen de poser la question avant moi.

— Cette histoire de collègue blessé, c'était grave ?

L'expression de Kez se fige.

— Non, c'était une fausse alerte.

Je comprends brusquement que ce signalement et la tentative d'assassinat au chalet ne sont que des diversions.

Sam saisit au vol son fusil et mon sac à dos. Il me lance celui-ci à la volée et je me précipite vers ma maison au pas de course.

— Attendez ! me crie Kezia.

Je m'écarte en entendant un bruit de moteur derrière moi. Kezia ralentit tandis que Sam ouvre la portière et me fait signe de grimper à bord. Je me jette sur la banquette arrière en manquant de me prendre les pieds dans la porte. Kezia a raison, nous irons plus vite en voiture.

La chaussée défile à toute vitesse de l'autre côté du pare-brise. Kezia prend des risques inouïs, mais la route est déserte et nous n'allons pas loin. Elle s'engage brutalement sur le petit chemin de ma maison en dérapant sur le gravier, redresse et enfonce la pédale d'accélérateur avant de stopper devant le garage sur lequel s'étale l'immense tache de peinture rouge.

Je bondis de l'auto. La porte d'entrée est verrouillée, je donne un tour de clé, ouvre et compose le code de l'alarme dès que les bips se font entendre. Dieu soit loué. L'alarme est toujours enclenchée. Les enfants sont encore là. *C'est bon, tout va bien.*

Je me débarrasse du sac à dos sur le canapé avant de remonter le couloir.

— Lanny ! Connor ! Où êtes-vous ?

Pas de réponse. Pas un bruit. Le temps s'arrête, l'intensité lumineuse baisse, les portes qui jalonnent le couloir me paraissent immenses.

J'ouvre à la volée la porte de la chambre de Lanny. Ses couvertures sont roulées en boule par terre, les draps à moitié défaits. Son ordinateur gît sur le sol, retourné. Lanny est plutôt soigneuse, jamais elle ne maltraiterait cet appareil de la sorte. Je le ramasse. Le crâne tiré du *Jour des morts* qui lui sert d'économiseur d'écran danse d'un coin à l'autre. Il se met normalement en route au bout de cinq minutes, et l'ordinateur passe automatiquement en veille au bout d'un quart d'heure, l'incident est donc récent.

Je pose l'ordinateur sur le lit, je jette un regard circulaire, j'ouvre le placard en tendant le dos, je regarde sous le lit.

— Gwen…

La voix de Sam, derrière moi. Je me retourne et constate qu'il est figé sur le seuil de la chambre de Connor. Ses pupilles sont grandes comme des têtes d'épingle, comme s'il se trouvait face à une lumière aveuglante. Je me précipite, il me barre la route en tendant un bras, mais il lui faudrait m'abattre avec le fusil qu'il tient serré dans son autre main pour m'arrêter.

Je vois du sang.

Je nage en plein cauchemar. Il y a du sang plein les draps bleu ciel de Connor, et de longues traînées de sang par terre. De l'oreiller crevé s'échappent des plumes tachées de rouge.

Mon fils n'est pas là.

Mes enfants ont disparu.

Soudain mes jambes ne me portent plus, je m'agrippe au chambranle. Sam me parle, il me prend par l'épaule, mais ses mots ne parviennent pas jusqu'à mon cerveau. Je reprends suffisamment de forces pour vouloir me ruer dans la chambre. Cette fois, c'est Kezia Claremont qui me saisit par la taille et m'oblige à m'adosser au mur du couloir. Elle a rengainé son arme et pose sur moi un regard aigu.

— Reprenez-vous, Gwen. Vous ne pouvez pas pénétrer dans cette pièce.

Elle sort son portable et appuie sur une touche préenregistrée. Son interlocuteur décroche aussitôt.

— Inspecteur ? J'ai besoin de vous le plus vite possible chez Gwen Proctor. Tout indique que ses enfants ont été enlevés.

Elle raccroche et continue à me maintenir contre le mur.

— Gwen ? Ça va ? Gwen !

Je hoche péniblement la tête. Je ne vais pas bien du tout, mais à quoi bon insister ? Elle cherche avant tout à savoir si je suis capable de me reprendre. Je peux essayer.

Sam est là, lui aussi. C'est en remarquant son malaise, le doute que je lis sur son visage, que je comprends :

il se peut très bien que mes enfants aient été enlevés, mais il se peut aussi que je les ai éliminés avant de partir ce matin.

Kezia sait que je n'y suis pour rien puisqu'elle était là, qu'elle surveillait la maison, qu'elle a parlé à Lanny à travers la porte. Il n'empêche que je suis une suspecte de choix. Peut-être même la seule, quoi qu'elle dise aux enquêteurs.

— Kezia, vous savez bien que ce n'est pas moi !

— Bien sûr, mais autant ne pas brouiller les pistes, me conseille-t-elle en m'entraînant tout naturellement vers le canapé du salon.

Les consoles de jeux m'empêchent de m'asseoir, je les déplace avec délicatesse. Connor a la mauvaise habitude de les laisser traîner. Je réalise qu'il a été le dernier à se servir de ces télécommandes et je serre l'une d'elles dans ma main de peur qu'elle ne se casse ou qu'elle ne s'évapore, comme si mon fils était le fruit de mon imagination.

— Gwen.

Sam s'accroupit face à moi.

— Quelqu'un *savait* que vous n'étiez pas chez vous. À qui avez-vous annoncé votre intention de vous absenter ?

— À personne. À vous. Aux enfants, en leur précisant que je ne m'absentais pas longtemps. Tout allait bien.

C'est de ma faute, jamais je n'aurais dû partir. Jamais.

Je lance à Kezia le cri du cœur.

— *Vous étiez censée les surveiller !*

Elle ne répond rien, mais elle accuse le coup. Elle a conscience d'avoir failli à sa mission. Elle sait que le prix de sa négligence pourrait bien être élevé.

— Qui étaient-ils susceptibles de laisser entrer ?

— Personne !

J'ai répondu spontanément, mais je sais que c'est faux. Les enfants auraient ouvert la porte à Sam Cade, mais Sam… A-t-il eu le temps de venir ici ? La réponse est oui. Il a très bien pu me voir passer devant chez lui quand je suis allée au club de tir. Il disposait d'une heure pour… pour quoi ? Amadouer les enfants et les enlever sans en porter la moindre trace sur sa personne ? Et les emmener où ? Non, ça ne colle pas. Mes enfants se seraient défendus comme de beaux diables, et il n'avait pas une goutte de sang sur lui quand je l'ai rejoint chez lui. Et puis Kezia l'aurait vu.

À moins qu'ils n'aient agi de concert ?

En attendant, il a les mêmes soupçons à mon sujet. Je sens bien qu'il réfléchit à la façon dont j'aurais pu m'y prendre. La méfiance a repris ses droits entre nous. C'est peut-être le but recherché.

Qui d'autre ? En dehors de Sam ? Je vois mal mes enfants ouvrir la porte à Kezia Claremont, en dépit du fait qu'elle porte un badge. L'inspecteur Prester ? Peut-être.

C'est alors que me vient une idée glaçante. J'ai oublié quelqu'un en qui ils ont confiance, tout simplement parce que je les ai déjà confiés à sa garde. Javier Esparza. Javier qui s'est éclipsé après m'avoir fourni ces deux boîtes de munitions.

Son pick-up ne se trouvait plus sur le parking quand je suis ressortie du club.

Il a très bien pu mémoriser le code de l'alarme en me voyant le désactiver le jour de la disparition de Connor. Esparza est un ancien militaire de carrière. On lui a enseigné l'art de s'emparer discrètement d'une cible.

Je voudrais exprimer mes soupçons, mais j'en suis

incapable. Ma poitrine me brûle, j'essaye de respirer pour apaiser mes poumons, le plastique de la télécommande de Connor dans ma main me fait l'effet d'une peau tiède, alors que la peau de Connor est glacée s'il a été… Mon cerveau censure la suite de ma pensée.

Tu oublies un détail, me murmure la voix de Mel. Je tressaille car il a raison. J'ai oublié un détail.

— J'appelle la société de surveillance, décide Kez. Je vais avoir besoin de votre autorisation pour qu'ils me communiquent l'heure à laquelle le système a été désactivé et…

— Les caméras !

Je me rue sur la tablette que j'avais mise à charger, mais elle a disparu. Je retrouve son cordon, abandonné.

Je regarde Kezia sans un mot, comme si elle avait la capacité de résoudre ce mystère. Elle fronce les sourcils.

— Vous avez des caméras ? Elles sont reliées au système d'alarme ?

— Non, elles envoient des images à ma tablette.

Les idées se bousculent et s'enchaînent dans ma tête. Je n'ai jamais parlé de ces caméras à personne, j'ai gardé l'information secrète. *Secrète*, comme…

La pièce secrète !

Je me précipite dans la cuisine sous le regard ébahi de Kezia et Sam.

La planque construite par les anciens propriétaires se trouve derrière une fausse cloison près de la table du petit-déjeuner. Je repousse celle-ci en bousculant Kezia au passage avant d'appuyer sur le ressort qui ferme la cloison. Celle-ci ne bouge pas. Je suis prise d'un pressentiment étrange, comme si j'avais imaginé l'existence de cette cachette, comme si la réalité avait cédé la place à une version absurde de mon existence dans laquelle cette pièce aurait disparu en même temps que mes enfants. À force d'insister, un déclic se fait entendre et le panneau s'écarte. Il dissimule une lourde porte métallique équipée d'un clavier.

Les touches sont couvertes de sang. Mon cœur s'arrête de battre, mais je comprends aussitôt qu'ils se sont réfugiés là, qu'ils sont en sécurité. Il n'y a pas d'autre solution.

Je tape le code, mais mon doigt tremble et glisse sur la mauvaise touche. Je reprends ma respiration en m'obligeant à me calmer. Cette fois, je compose correctement les six chiffres du code. Un bip se fait entendre, une diode verte clignote et je tourne la poignée en hurlant *Connor ! Lanny !* avant même que le battant s'écarte.

La pièce se trouve dans un état indescriptible. Les bouteilles d'eau stockées sur l'étagère sont éparpillées dans tous les coins, la boîte de barres énergétiques a déversé son contenu sur le sol et plusieurs d'entre elles ont fait les frais de la lutte qui s'est déroulée là.

Il y a du sang partout. Des traînées rouges, une petite flaque dans un coin, sous la pancarte ATTENTION AUX ZOMBIES.

Je reconnais l'arbalète de mon fils, achetée en l'honneur du héros qui en est armé dans sa série de zombies préférée. Le téléphone a été arraché du mur et jeté à l'autre extrémité de la pièce.

Un examen rapide me confirme que le sang est encore frais.

Et mes enfants ne sont pas là.

Je reste immobile un long moment, frappée d'incompréhension. Ils sont forcément là. Cette pièce est leur sanctuaire, leur refuge ultime. Personne ne peut les atteindre ici.

C'est pourtant le cas. Ils se sont réfugiés ici. Ils se sont battus ici. Ils ont laissé des traces de sang ici.

Mais ils ont disparu.

Il ne me reste plus qu'un espoir : les toilettes. La porte en verre cathédrale m'indique déjà qu'elles sont vides et j'ai un haut-le-corps en découvrant la cuvette d'émail intacte.

Je reste tétanisée, le silence de la pièce me pétrifie. La disparition de mes enfants me fait l'effet d'une plaie ouverte, la vue de leur sang m'aveugle.

Kezia pose sur mon épaule une main dont la tiédeur me brûle littéralement tant je suis glacée. Je suis sous le choc, je tremble de tous mes membres sans même m'en apercevoir.

— Venez, m'invite-t-elle. Ils ne sont pas ici, ressortons.

Je ne veux pas. J'ai l'impression qu'abandonner cet étrange sanctuaire m'obligera à accepter l'inéluctable. Je voudrais me cacher, comme un enfant sous une couverture.

De façon irrationnelle, absurde, j'éprouve brusquement le besoin de voir Mel. J'en suis la première horrifiée, mais j'ai besoin de partager avec lui le sentiment de vide qui m'étouffe. Ce n'est sans doute pas Mel que je veux, mais l'idée de Mel. Quelqu'un avec qui partager mon chagrin, mes peurs, et nos enfants. *J'ai envie qu'il me prenne dans ses bras.* J'ai envie de l'entendre me dire que tout ira bien, alors que tout chez lui est mensonge. Depuis toujours.

Kezia m'entraîne de force hors de la pièce et je m'écroule sur l'une des chaises de la cuisine. Celle de Lanny. Chaque objet est porteur de souvenirs. Les traces de doigts sur le bois de la table, la salière vide que Connor a oublié de remplir.

Une barrette ornée d'un crâne que Lanny a perdue par terre, quelques cheveux restés prisonniers du fermoir. Je la ramasse et la porte à mes narines qui reconnaissent l'odeur de ma fille. J'en ai les larmes aux yeux.

Sam est assis à côté de moi, sa main repose tout près de la mienne. Je ne l'ai même pas vu s'asseoir, il s'est matérialisé d'un seul coup, comme sous l'effet d'un saut dans le temps. La réalité m'échappe à nouveau, je flotte loin de tout, mais la chaleur de sa peau irradie la mienne, même à un centimètre de distance.

— Gwen…

Il me faut quelques secondes pour comprendre qu'il s'agit bien de moi, du prénom auquel je me suis forcée à *croire*. Je relève la tête et croise son regard. Je m'y raccroche, l'obscurité qui m'enveloppe se dissipe un peu en laissant se dessiner des bribes d'espoir.

— Gwen, nous allons les retrouver. D'accord ? Nous allons retrouver vos enfants. Avez-vous la moindre idée…

Il est interrompu par la sonnerie de mon téléphone. Je me jette dessus, je le pose d'un geste sec sur la table en appuyant sur la touche Haut-parleur et en décrochant sans même regarder le numéro qui s'affiche.

— Lanny ? Connor ?

La voix qui me répond m'est inconnue. Une voix d'homme, probablement, mais trafiquée par un logiciel de transformation vocale.

— Tu crois peut-être que tu vas t'en tirer à si bon compte, pauvre salope malade ? Tu ne réussiras pas éternellement à nous échapper. Le jour où on te coincera, tu regretteras que ton putain de mari ne t'ait pas pendue et écorchée vive !

Je m'y attendais si peu que j'en reste sans voix,

incapable de penser. Sam est paralysé sur sa chaise, comme assommé. Kezia, qui était penchée en avant, a reculé machinalement. La joie malsaine qui émane de cette voix synthétisée est proprement atroce.

Il me semble qu'une demi-heure vient de s'écouler lorsque je finis par réagir, mais il s'agit d'une poignée de secondes tout au plus.

— *Rends-moi mes enfants, espèce de salopard !*

Mon correspondant semble pris de court. Ce n'est pas la réaction à laquelle il s'attendait. La voix reprend brusquement sur un ton dépouillé de sa surprise par le logiciel.

— C'est quoi ce bordel ?

— Comment vont-ils ? Si jamais tu as fait du mal à mes enfants, espèce de fils de pute, je te retrouverai et je t'étriperai…

Je me suis levée de ma chaise et j'invective le téléphone, les poings serrés sur la table, bras tendus, d'une voix assourdissante.

— Je n'ai pas… Oh, putain de merde.

Un déclic me signale qu'il a raccroché. À peine retombée sur ma chaise, je prends le téléphone afin de vérifier le journal d'appels. Il s'agit d'un numéro masqué, évidemment.

— Il n'était pas au courant de leur disparition.

J'aurais dû m'en douter, puisque notre adresse circule sur le Net depuis qu'une âme charitable s'est chargée de la diffuser, accompagnée de photos. Mel a très bien pu distribuer largement mon numéro et je dois m'attendre à recevoir des tonnes de coups de fil du même acabit. On va me menacer de mort et de viol. On va me menacer de tuer mes enfants, mes animaux domestiques, de brûler ma maison, de torturer mes proches. Je sais de quoi je parle, rien ne m'étonne plus de la part des Cinglés. Je sais également, ce que ne manque jamais de me rappeler la police chaque fois que je porte plainte, que la plupart de ces pauvres malades ne mettront jamais leurs menaces à exécution. Ils prennent leur pied en torturant mentalement autrui.

Ce troll n'a pas raccroché parce qu'il avait honte, mais sous l'effet de la peur à l'idée que la police puisse s'intéresser à lui en cas d'enlèvement. Il ne me rappellera jamais, ce qui est déjà une victoire.

Mais mille autres trolls vont prendre le relais.

Kezia me retire le portable des mains.

— Désormais, c'est moi qui répondrai tant que nous n'avons pas décidé de la suite.

Je hoche la tête tout en sachant qu'elle souhaite récupérer mon téléphone pour les besoins de l'enquête. Sam évite de croiser mon regard, comme s'il avait honte. Je me demande s'il a laissé des messages injurieux sur mon répondeur à une certaine époque, lui aussi. S'il m'a envoyé des e-mails depuis une adresse IP anonyme. Si c'est le cas, je sais toutefois qu'il ne relève pas de la catégorie des sociopathes ; il se sera contenté d'exprimer son chagrin et sa colère.

Je regrette qu'il ne les ait pas signés, que nous n'ayons pas été honnêtes l'un avec l'autre dès le départ. Cela nous aurait permis de nous comprendre, de nous *reconnaître*.

La police arrive sur ces entrefaites. Les enquêteurs nous demandent de sortir pendant qu'ils procèdent à une fouille en règle de la maison. Prester est accompagné d'un jeune collègue qui me semble bien vert pour avoir l'expérience requise. L'inspecteur fronce les sourcils en m'apercevant en compagnie de Kezia et de Sam. La présence de ce dernier le conduit à réviser ses batteries. J'en arrive à me demander s'il ne nous met pas dans le même sac en s'imaginant que nous conspirons ensemble.

— Racontez-moi tout, me demande-t-il.

Une fois que je commence, plus rien ne peut m'arrêter.

12

Je ne veux pas quitter ma maison tout en ne supportant pas de rester ici non plus… Cet endroit a cessé d'être notre refuge. Il est en ruine, comme la maison de Wichita le jour où elle a révélé son horrible secret. Cette fois, Mel n'y est pour rien. Cette maison n'est plus la mienne car il lui manque cruellement ce qui lui donne une âme à mes yeux.

Je me suis installée sur la véranda avec Prester, qui nous harcèle de questions avec Sam. Kezia, à l'écart, apporte les confirmations nécessaires. Il établit la chronologie des faits dans son carnet. J'en arrive à me demander à quel moment il dessinera le point rouge signalant le moment où l'inconnu qui s'est introduit chez moi m'a arraché le cœur. Sans doute me croit-il capable d'avoir enlevé mes propres enfants, mais je m'en moque à ce stade. L'essentiel est de les retrouver.

J'ai envie de croire qu'ils vont bien, malgré la peur qui doit les étreindre. Que le sang découvert chez moi est du faux sang, ou du sang animal, destiné à me terrifier. Que je vais recevoir une demande de rançon. Que *rien* n'est vrai de ce que je crois instinctivement.

Je communique à Prester les numéros de téléphone des enfants et il les transmet à Kezia. Cette dernière revient une demi-heure plus tard.

— Les deux appareils sont déconnectés, ce qui empêche toute localisation GPS.

— Le contraire m'aurait étonné, réagit Prester. N'importe quel crétin amateur de séries télé sait qu'il faut se débarrasser des portables.

Il referme son carnet en secouant la tête.

— Tous les effectifs de police du comté sont mobilisés, madame Proctor. En attendant, veuillez m'expliquer ce que vous avez fait ce matin après avoir pris le petit-déjeuner avec l'agent Claremont.

— Je l'ai déjà fait.

— Recommencez.

Il m'observe de son regard froid et impitoyable. À cet instant précis, je le hais de toutes mes forces, comme si c'était lui qui retenait mes enfants prisonniers.

— J'ai besoin de comprendre exactement comment se sont enchaînés les événements. Qu'avez-vous fait après avoir reconduit ma collègue dehors ?

— J'ai verrouillé la porte, enclenché l'alarme, lavé la vaisselle et reçu cet appel de Mel. Après quoi j'ai récupéré mon holster, mis le Sig dans son boîtier et enfilé un sweat à capuche.

— Avez-vous toqué à la porte des enfants, histoire de leur dire que vous vous absentiez ?

— J'ai prévenu Lanny. Je lui ai précisé que j'en avais pour une heure, et puis j'ai chargé Kezia de veiller sur la maison.

Il hoche la tête. Je vois bien qu'il est dans le jugement parce que je les ai laissés seuls. Sauf qu'ils se trouvaient dans une vraie forteresse équipée d'une planque secrète, munis d'instructions précises en cas de problème. Sans oublier la voiture de police qui montait la garde. Une petite heure ! Même si les événements m'ont tenue éloignée vingt minutes de plus, à cause de l'agression dont a été victime Sam. Quatre-vingts minutes. C'est tout ce qu'il a fallu pour que ma vie bascule à nouveau dans le drame.

— À votre avis, il s'est écoulé à peu près une demi-heure entre le départ de Kezia après le petit-déjeuner et le moment où vous avez quitté la maison ?

— C'est à peu près ça. Je l'ai vue passer devant chez moi, intervient Sam sans être sollicité. Il s'est écoulé pratiquement une heure entre le moment où elle s'est rendue au club de tir et le moment où je lui ai proposé de prendre un café.

Prester lui lance un regard mauvais et Sam lève les mains en signe de défense. Il a pourtant raison.

— Une demi-heure tout au plus avant que je parte de chez moi, et c'est à ce moment-là que Sam m'a aperçue. Écoutez, tous ces détails sont sans importance. Interrogez Kezia, elle a parlé à ma fille.

— Je ne m'intéresse pas à son témoignage pour l'instant, réplique Prester. Il s'écoule donc une demi-heure entre le moment où l'agent Claremont voit vos enfants pour la dernière fois et votre départ pour le club de tir, seule. C'est bien ça ?

— Vous croyez vraiment que j'ai eu le temps de tuer mes enfants et de les faire disparaître en une demi-heure avant de quitter la maison, sans une seule trace de sang sur moi ?

— Ce n'est pas ce que j'ai dit.

— Non, mais vous le pensez très fort.

Je le défie du regard, penchée en avant, les mains sur les genoux, mais Prester ne se laisse pas impressionner.

— Jamais je ne toucherais à un cheveu de mes *enfants* !

Ma voix se brise sur ce dernier mot et ma vision se brouille, sans que je m'arrête dans mon élan.

— Je ne suis pas Melvin Royal. Je ne suis même pas Gina Royal. Je suis la femme qu'il m'a fallu devenir pour sauver mes enfants des griffes de tous ceux qui leur veulent du mal, aujourd'hui encore. Si vous cherchez des suspects, j'en ai des dossiers entiers. Pour une fois, ça vous donnera l'occasion de vous rendre utile !

Je voudrais lui lancer à la figure la masse de toutes ces photos immondes, de ces tonnes de phrases assassines conçues pour tuer chez moi toute lueur de paix et d'espoir.

— Je tiens tous ces éléments à votre disposition dans mon bureau. Allez donc interroger Melvin, il est forcément au courant de ce qui s'est passé !

— Vous le soupçonnez de s'être évadé du couloir de la mort et d'avoir gagné Stillhouse Lake à l'insu de tous, peut-être ?

— Pas du tout, mais je sais qu'il a des complices. Si ça se trouve, il n'a jamais agi seul. On a voulu me faire porter le chapeau alors que son véritable complice…

Je m'arrête en pleine phrase. Je suis la première à me rendre compte que je perds les pédales. Melvin Royal n'a jamais eu de complice. Il n'en avait pas besoin. Il était le monarque absolu de son horrible petit royaume, je le vois mal partageant son pouvoir avec quelqu'un. En revanche, je ne serais pas surprise qu'il ait des adeptes. Il adorerait ça, dans la mesure où il se considère volontiers comme le leader charismatique d'une secte. À défaut de pouvoir me torturer lui-même, il serait ravi de manipuler quelqu'un pour me tourmenter à sa place.

Prester secoue la tête.

— On a vérifié, m'explique-t-il. Il est étroitement surveillé et ne dispose d'aucune autonomie. Il ne bénéficie d'aucun accès à Internet et doit se contenter de quelques livres par mois. Il est autorisé à voir son avocat, et le contenu des rares lettres qu'on lui transmet est vérifié par la direction de la prison. Il reçoit bien des courriers d'admiratrices, si l'on peut qualifier ainsi ses fans, mais elles se contentent d'affirmer que c'est un incompris. L'une d'elles veut l'épouser, il prétend réfléchir à cette proposition puisque sa femme l'a abandonné. Ce sont ses mots, pas les miens.

— Pourriez-vous vérifier…

— Je l'ai déjà fait, me coupe l'inspecteur. La « fiancée » de Royal n'a jamais quitté son domicile qui se trouve au fin fond de l'Alaska. Les flics du cru prétendent qu'elle est folle, mais inoffensive. Quant à la police du Kansas, elle s'intéresse aux autres correspondants de Royal, mais la liste est limitée.

— Melvin arrive pourtant à les berner. Ne me demandez pas comment il s'y prend, mais il trouve bien le moyen de m'écrire.

— C'est un des aspects auxquels nous nous intéressons, avec l'attentat dont a été victime M. Cade, le faux signalement d'un policier blessé qui a été envoyé à l'agent Claremont, ainsi que l'appel que vous dites avoir reçu. Nous suivons plusieurs pistes à la fois, en y mettant toute la célérité possible.

Il se penche vers moi, les coudes sur les genoux.

— J'ai demandé que l'on s'intéresse aussi aux copains de vos enfants. Nous n'avons quasiment rien trouvé sur les réseaux sociaux…

— Vous savez pourquoi !

— Oui, je m'en doute. Si vous avez d'autres idées, c'est le moment de nous en parler.

Il évite d'évoquer les statistiques en cas d'enlèvement.

Si mes enfants sont encore en vie, ils ne le resteront probablement pas longtemps, surtout s'ils ont été enlevés par quelqu'un qui entend se venger de moi, ou de Mel. Ce délai pourrait bien être plus court encore si le ravisseur n'est autre que le tueur du lac. Je revois les traces de sang et mon cœur fait un bond dans ma poitrine.

Un détail m'échappe, sans que je puisse mettre le doigt dessus. Un détail insignifiant en apparence. Un détail au sujet de Connor. Je le vois tel qu'il était ce matin en fermant les yeux : un petit garçon calme, réservé, plein de charme et d'intelligence.

Prester interrompt le cours de mes pensées.

— Je vais vous demander de m'accompagner au poste de police. Vous ne pouvez pas rester ici, vous gêneriez nos équipes. Monsieur Cade, si vous pouviez vous joindre à nous ? J'ai besoin de vous interroger au sujet de cette agression.

J'accepte machinalement, mon esprit part dans toutes les directions car plus rien n'a de sens. Il me reste toutefois un acte à accomplir. Un seul.

Je demande à Prester de me rendre mon portable afin de prévenir Absalom que mes enfants ont été enlevés. Je le supplie de m'aider.

J'appuie sur la touche Envoi sans savoir s'il s'agit d'une prière dans le vide ou d'un cri de désespoir. Je ne peux pas lui en vouloir s'il ne souhaite pas s'impliquer. Absalom est une bouteille dans la mer d'Internet, et je suis bien placée pour savoir que le Net est un océan hostile.

Faute de réponse, je demande à Prester de m'accorder cinq minutes de plus, ce qu'il fait à contrecœur avant de récupérer mon téléphone et de l'enfermer dans une pochette en plastique comme pièce à conviction.

Je ne l'entendrai pas sonner si Absalom me répond car le sachet trouve aussitôt sa place dans un carton contenant l'ensemble des éléments recueillis par les enquêteurs. Cette maison n'est plus la mienne. C'est tout juste une structure de brique, de bois et d'acier avec une terrasse inachevée. Je regrette de n'avoir pas pu en profiter avec Sam et les enfants, au moins aurais-je emporté de ce lieu un souvenir heureux.

Sam me tend la main et je le regarde sans comprendre avant de m'apercevoir que Prester nous attend près de sa voiture.

Je ne reviendrai jamais ici.

D'une façon ou d'une autre, ce n'est plus chez moi.

La salle d'interrogatoire des locaux de la police m'est tristement familière, j'y trompe mon impatience en grattant le coin de la table. Sam a été conduit dans une autre pièce, afin d'être interrogé séparément. Quant à Kezia, elle est allée enfiler son uniforme afin de participer à la battue générale. Je n'espère quasiment rien de ces recherches, en dépit des propos rassurants de Prester qui semble se fier aux barrages établis sur les routes comme à l'utilisation de chiens policiers.

Au mieux, les chiens conduiront les enquêteurs jusqu'à l'emplacement où a stationné le véhicule du ravisseur. La camionnette que Javier a failli me vendre, avec sa porte coulissante latérale, aurait été idéale pour sortir de chez moi en toute discrétion les corps inanimés de mes enfants.

C'est uniquement en montant dans la voiture de Prester que j'ai remarqué le ciel chargé, annonciateur d'orage. Seule dans la salle d'interrogatoire, j'entends soudain la pluie qui tambourine sur le toit du bâtiment. Elle se chargera d'effacer les dernières traces qu'auraient pu relever les chiens, en attendant que les cadavres de mes enfants remontent lentement à la surface du lac.

La tête enfouie entre les mains, je m'efforce d'étouffer mes hurlements. La porte s'ouvre, je devine la présence d'un inconnu qui coule un regard à l'intérieur de la pièce avant de refermer en constatant que je ne suis pas blessée. Je ne sais pas comment on aurait traité une mère anonyme en pareil cas, mais Gina Royal restera à jamais suspecte.

Prester me laisse mariner longtemps dans mon jus. Lorsqu'il se décide enfin à me rejoindre, la pluie s'est transformée en orage et des roulements de tonnerre me parviennent des collines. La température a baissé dans la pièce, à mesure qu'augmentait le degré d'humidité.

Prester a dû affronter l'orage, à en juger par la serviette à l'aide de laquelle il s'essuie le visage et les cheveux avant d'éponger sa veste. De grosses étoiles s'écrasent sur le sol à ses pieds, qui évoquent pour moi les taches de sang dans la chambre de Connor.

Cela fait de longues heures que mon petit garçon a été blessé et je grelotte de désespoir dans cette pièce. Prester m'annonce que les recherches n'ont encore rien donné.

— Nous n'avons pas non plus retrouvé Javier Esparza, m'annonce-t-il. Sophie, la fille qui tient le club en son absence, me dit qu'il est parti pêcher.

— Comme c'est commode.

— Peut-être, mais ce n'est pas un crime, surtout par ici. N'importe quel jour de l'année, on estime que dix pour cent des habitants de Norton partent camper, pêcher ou chasser. Nous avons alerté les gardes-chasses, nous passons au peigne fin les campings, nous avons même demandé à Knoxville le renfort d'un hélicoptère.

Il déploie une carte et me fait le détail des recherches, des barrages, des vérifications. Je lui signale la présence ce matin-là du 4 × 4 des Johansen. Les poings serrés sur la table, je m'aperçois que le bord du plateau, à l'endroit où il est abîmé, est suffisamment acéré pour que l'on puisse s'entailler les poignets.

Je finis par demander à Prester la permission de m'en aller. Il m'observe longuement au-dessus des lunettes qu'il a chaussées pour lire la carte, on dirait un prof de fac. L'enlèvement de mes enfants prend brusquement des allures d'énigme universitaire.

— Je vous en prie, je vais devenir folle si je ne pars pas à la recherche de mes enfants.

— La météo est exécrable, me prévient-il. Il pleut à verse, on ne voit pas à dix mètres dans la forêt et la terre s'est transformée en boue. À votre place, je m'en remettrais aux spécialistes, vous pourriez vous perdre ou être victime d'une mauvaise chute. Le mieux serait d'attendre demain, quand nous disposerons de l'hélico.

Je serais bien incapable de dire s'il s'inquiète vraiment pour moi, ou bien s'il cherche à me retenir ici le plus longtemps possible, au cas où surgiraient des éléments nouveaux. Je ne porte même plus les vêtements que j'avais en début de journée. On m'a retiré mon sweat à capuche, ma chemise, mon pantalon de jogging, mes chaussettes et mes baskets, sans doute pour les envoyer à l'identité judiciaire aux fins d'analyse. Avec un jugement très sûr, Kezia a choisi dans mon placard la tenue de rechange que j'aime le moins.

J'ai à nouveau envie de hurler, mais Prester ne

comprendrait pas. En outre, ça ne servirait à rien, il déciderait peut-être même de me retenir plus longtemps.

Je le regarde sans ciller et il finit par pousser un grand soupir. Il retire ses lunettes, les laisse tomber sur la carte étalée entre nous, puis il se frotte les yeux. Il est épuisé, la peau de son visage s'est affaissée, il a maigri et vieilli de plusieurs années en l'espace de quelques jours. Si je n'avais pas d'autres préoccupations en tête, j'aurais pitié de lui.

— Vous pouvez rentrer chez vous, je n'ai aucune raison de vous garder ici. Tout indique que vous avez été victime de deux crimes aujourd'hui. Je suis désolé, madame Proctor. Je me doute que ça ne vous réconforte pas vraiment, mais je suis sincèrement désolé. Je ne sais pas comment je réagirais si mes filles avaient disparu de cette façon-là.

Je me lève, prête à partir, lorsqu'il m'arrête d'un geste.

— Attendez une seconde. *Attendez !*

Mais je n'ai aucune envie d'attendre. Prester se lève lourdement et quitte la pièce en donnant un tour de clé. Le salaud ! Pour un peu, j'enfoncerais la porte, mais il revient presque aussitôt avec mon sac à dos, ainsi que le sachet en plastique contenant mon téléphone.

— Tenez, me dit-il. Nous avons procédé à des tests balistiques avec votre pistolet. Sophie a confirmé vos dires, et le témoignage de l'agent Claremont achève de vous disculper. Nous en avons profité pour cloner votre portable.

Il n'est pas censé me rendre mes affaires. La police ne se sépare pas aussi facilement de pièces à conviction, mais je lis dans son regard fatigué qu'il est inquiet pour mes enfants, pour moi également. Non sans raison.

Je passe la bretelle du sac à dos au-dessus de mon

épaule, puis je sors le téléphone du sachet en plastique avant de le rallumer. La batterie est encore pleine, ce qui est heureux puisque je ne peux pas retourner chez moi où se trouve le chargeur. Je glisse l'appareil dans la poche latérale du sac à dos.

— Merci, inspecteur.

La porte s'écarte sous ma poussée et le policier que je croise se contente de me regarder avec insistance. Personne ne cherche à m'arrêter.

Un coup d'œil en arrière me confirme que Prester est défait. On le sent au comble de la frustration.

— Vous devriez veiller à poncer le rebord de la table, inspecteur. N'importe qui peut se tailler les veines avec cet éclat dans le bois.

Il passe un doigt le long du plateau.

Je ne lui laisse pas le temps de réagir et longe les cellules en direction de la sortie. Je demande au passage au jeune flic qui tenait le café de Prester ce matin s'il sait où se trouve Sam Cade. Il me répond que ce dernier s'est joint à l'une des équipes de recherche et je lui demande de me conduire à lui. Je vois à son expression qu'il ne s'est pas engagé dans la police pour jouer les chauffeurs de taxi.

— Je m'occupe de Mme Proctor, s'élève une voix derrière moi.

Je me retourne et reconnais Lance Graham en civil : jean usé, chemise de flanelle légère et chaussures de marche. Avec sa barbe blonde d'un jour, il a tout d'un mannequin scandinave.

— Je m'apprêtais à rejoindre mes collègues. Je suis désolé de ce qui vous arrive, Gwen. J'étais parti camper en montagne avec mes garçons, je suis revenu précipitamment en apprenant la nouvelle. Vous tenez le coup ?

Il m'observe avec bienveillance d'un regard franc, j'en ai la gorge nouée. La gentillesse n'est pas toujours une denrée facile à avaler. Le jeune inspecteur, qui évite soigneusement de me regarder de peur que ma proximité avec un tueur en série soit contagieuse, affiche son soulagement.

— Parfait, dit-il à Graham.

L'atmosphère est glaciale entre les deux hommes et Graham s'éloigne sans un coup d'œil pour son jeune collègue. Je quitte le poste de police dans son sillage. La fraîcheur de l'air me prend au dépourvu, un léger nuage de buée s'échappe de mes lèvres.

La pluie dessine un rideau argenté dont le rebord du toit nous protège. Le parking ressemble à une aquarelle à la lueur des réverbères.

— Attendez-moi ici, me recommande Graham en s'élançant au pas de course sous la pluie.

Il est de retour une minute plus tard au volant d'un énorme 4 × 4 couvert d'une épaisse couche de boue que la mousson qui s'abat du ciel ne suffira jamais à nettoyer. Je serais bien incapable de dire si le véhicule est noir ou gris foncé.

Il ouvre la portière côté passager et je me précipite à l'intérieur de l'habitacle sans parvenir à échapper au déluge qui me mouille instantanément les cheveux et fait courir des doigts glacés le long de ma nuque et de mon dos. Je pose mon sac à dos à mes pieds où il se perd dans l'obscurité. Je m'empresse de réchauffer mes doigts devant la grille du chauffage, heureuse que Graham ait pensé à brancher la soufflerie.

— Où allons-nous ?

Il passe une vitesse et le verrouillage automatique des portes s'enclenche avec un claquement sec. Je boucle ma ceinture. Le 4 × 4 est nettement plus haut que ma Jeep, j'ai l'impression de circuler dans un bus à deux étages, mais le véhicule glisse en douceur à travers les rues désertes de Norton.

— Vous souhaitez rejoindre Sam Cade, c'est bien ça ? m'interroge Graham. Je l'ai conduit tout à l'heure dans les collines derrière chez moi où il a rejoint une équipe qui fouillait les environs. On risque d'avoir du mal à les rattraper, vous êtes certaine de vouloir vous rendre là-bas ?

Que ferais-je d'autre ? Je n'ai pas une tenue adéquate, surtout avec la pluie et le froid, mais je refuse de rentrer chez moi. J'hésite à téléphoner à Sam avant de me dire que jamais il n'entendra son portable s'il est en train de crapahuter en pleine forêt.

Le sac à dos vibre à mes pieds, je me souviens brusquement que j'y ai glissé mon téléphone afin de le protéger de la pluie. Je le récupère dans la poche latérale. Numéro masqué. Je n'ai pas le choix, ça peut être important. Un autre troll, qui se masturbe à l'autre bout du fil en m'expliquant qu'il va m'écorcher vive. En lui raccrochant au nez, je constate que j'ai deux SMS provenant de numéros masqués.

— Du nouveau ? s'enquiert Graham.

— Non, un pervers qui s'amuse à me torturer mentalement. Le lot quotidien de l'ex-femme de Melvin Royal. Je ne suis qu'une cible aux yeux de ces gens-là.

— Dur, commente-t-il. Vous ne manquez pas de cran, j'imagine que ça n'a pas dû être facile de garder une vie de famille après tout ça.

— En effet.

Le mot « famille » résonne de façon si douloureuse au fond de moi que je peine à respirer.

— Je suis surpris que Prester vous ait rendu votre portable. Je pensais qu'il voudrait surveiller vos appels. J'imagine qu'il a dû installer un mouchard quelconque.

— Il m'a expliqué qu'il l'avait cloné. Avec un peu de chance, ils pourront coincer les salopards qui me harcèlent.

J'en profite pour lire les SMS. Le premier m'a été envoyé par Absalom, dont je reconnais la signature.

Vous AV un flic près de chez vous. G vérifié. Un type sûr.

Je n'en reviens pas. Absalom m'a toujours recommandé de ne *jamais* accorder ma confiance aux porteurs de badge.

J'efface son texto, déçue qu'il ne m'envoie pas des infos sur mes enfants. Son message ressemble fort à un solde de tous comptes.

— Le temps est trop mauvais pour passer la nuit dehors. Je vais rebrousser chemin et rentrer chez moi. Vous n'aurez qu'à dormir sur le canapé, on reprendra les recherches à l'aube. Qu'en dites-vous ?

— Non, je suis incapable de rester les bras croisés, je tiens à rejoindre l'équipe de recherche. Je me débrouillerai.

Graham fronce les sourcils.

— Pas dans cette tenue. Les chaussures, passe encore, mais vous serez en hypothermie en moins d'une heure avec ces vêtements. Vous n'avez qu'à prendre le manteau qui se trouve à l'arrière.

Je cherche à tâtons dans le noir et mes doigts se referment sur le tissu soyeux d'une parka en duvet à la capuche bordée de fourrure. En la récupérant, ma main frôle un liquide visqueux sur le cuir du siège arrière. De la graisse, sans doute. Je m'essuie les doigts à l'aide d'un mouchoir en papier prélevé dans la boîte posée sur la console centrale.

Ce n'est pas de la graisse.

L'odeur métallique qui m'envahit les narines ne me laisse aucun doute sur la nature du liquide.

Nous venons de quitter Norton, Graham a le pied au plancher, il roule trop vite pour ces petites routes détrempées. À la lueur des phares, la chaussée forme un écran noir traversé de gouttes argentées.

C'est du sang que j'ai sur la main.

La vérité m'apparaît soudain avec une telle force que je suis à la limite de défaillir. Lancel Graham a du sang dans son 4 × 4. Tout devient clair d'un seul coup, mais je dois veiller à ne rien laisser paraître.

J'achève de m'essuyer avant de fourrer le mouchoir sale dans la poche de mon jean.

— Vous êtes sûr que Kyle ne m'en voudra pas d'avoir emprunté son manteau ?

La parka exhale une odeur d'adolescent, j'en ai déduit qu'elle appartenait à son fils.

— À propos, il a renversé un liquide à l'arrière.

— Oui, je n'ai pas eu le temps de nettoyer. Nous avons percuté un chevreuil. J'ai chargé le corps à l'arrière et je l'ai laissé chez moi pour aller au poste de police. Désolé. Pour ce qui est du manteau, vous pouvez le garder tant que vous voulez, Kyle en a plusieurs.

Il s'exprime d'une voix chaude et amicale, il a surtout une explication toute trouvée pour la présence de tout ce sang. Mon corps est paralysé par mes émotions. Seul fonctionne mon cerveau, occupé à assembler les pièces du puzzle. Je suis en état de choc, et c'est tant mieux. Autant me servir de l'adrénaline qui explose dans mes veines.

Je me souviens du soir où il nous a rendu visite au prétexte de rapporter le téléphone de Connor. Il lui aura été facile de le cloner, comme Prester avec le mien, histoire de récupérer les SMS et les numéros qu'il contenait, avant de nous rendre *un autre appareil* du même modèle : un portable équipé d'un mouchard capable de nous filmer et d'écouter nos conversations à notre insu, de surveiller nos horaires, peut-être même de deviner le code de l'alarme en déchiffrant la petite musique des bips.

Graham ne se sera peut-être même pas donné cette peine, il lui aura suffi de me regarder discrètement lorsque j'ai fait courir mes doigts sur le clavier ce soir-là.

Je sens un vent de panique m'envahir. Vite, fermer les yeux et réfléchir.

C'est l'heure la plus cruciale de mon existence, je n'ai pas droit à l'erreur.

Le silence qui règne à l'intérieur de l'habitacle est pesant, la carrosserie est parfaitement insonorisée, le grondement de la pluie nous parvient sous la forme d'un chuintement monotone, évocateur du cri lointain des étoiles. Nous pourrions tout aussi bien être les deux seules personnes vivantes au monde.

Mon téléphone vibre à nouveau. Je place le manteau de façon à pouvoir lire le second SMS en toute discrétion.

On est à la police de Norton. Où êtes-vs ?

Sam Cade. Il n'est donc pas du tout en expédition au milieu des collines. Graham me ment depuis le début.

Mon portable est en mode silencieux, j'ai donc toute latitude de répondre en toute discrétion.

Graham me retient.

J'appuie sur la touche Envoi lorsque le 4 × 4 fait une violente embardée qui me projette contre ma portière.

Mon portable vole sans que je sache si le SMS est bien parti. Je le cherche à tâtons, mais Graham est plus rapide. Il s'en empare et l'écran frappe « malencontreusement » le montant métallique de son siège. La vitre s'étoile et l'appareil s'éteint.

— Merde ! s'exclame-t-il en secouant le portable, comme s'il pouvait le réparer comme par magie.

Il joue la comédie à la perfection. Il prend un air désolé qui me convaincrait presque de son innocence si je n'étais pas terrifiée. En colère aussi. Il me faut mettre un plan au point avant de passer à l'action. Le persuader qu'il me tient.

Je vais devoir le tuer, mais pas sans avoir découvert où il a caché mes enfants. Je soulève le sac à dos posé à mes pieds avec une infinie lenteur. Le sifflement de la pluie devrait masquer le glissement de la fermeture Éclair. Mes mains tremblent sous l'effet de la peur. Mes doigts se posent sur le boîtier en plastique.

Il est dans le mauvais sens, je dois le retourner si je veux accéder au fermoir.

Lancel Graham pose un regard dépité sur mon portable.

— Je suis désolé. Normalement, mes collègues devraient recevoir vos appels. Vous voulez que je leur pose la question ?

Sans attendre ma réponse, il sort son propre téléphone. L'écran s'allume, mais je n'ai aucun moyen de savoir si ce n'est pas du cinéma.

— Salut, Kez. Figure-toi que j'ai bousillé le portable de Mme Proctor… Oui, je sais… Je l'ai laissé tomber comme un imbécile et il est cassé. Je voulais savoir si vous étiez en mesure de surveiller ses appels ?… Vous les enregistrez ?

Il m'adresse un sourire faussement soulagé.

— Super… parfait… Merci, Kez.

Il éteint l'appareil d'une pression du pouce.

— Pas de souci, votre portable est sous surveillance. Kez m'appelle dès qu'elle a du nouveau au sujet de vos enfants.

Du cinéma. Jamais il n'a appelé le poste de police.

Je sens dans ma main le poids du boîtier contenant le pistolet. Si je fais mine de l'ouvrir, il lui sera facile de m'envoyer un coup de poing en pleine figure et j'aurai mon compte. Je dois absolument surmonter ma peur.

Je retourne le boîtier millimètre par millimètre. L'opération prend un temps infini. Je prie le ciel que Graham ne devine pas mon intention. L'habitacle est plongé dans l'obscurité, la nuit enveloppe la route. Il me lance un coup d'œil en coin.

J'ai réussi à retourner le boîtier à moitié. J'ai envie de pleurer, de hurler, de lancer le sac à dos de toutes mes forces contre sa tempe, mais il est trop tôt. Cela ne me servirait à rien sur cette route déserte, sous une pluie battante.

Je suis convaincue qu'il est armé et que son arme se trouve à portée de main, contrairement à la mienne. Surtout, ne pas me laisser submerger par mes émotions.

Je dois me montrer plus maligne que ce psychopathe.

Il tourne sur la route de Stillhouse Lake. On n'aperçoit pas un bateau sur l'eau, des lumières brillent dans toutes les maisons pour mieux chasser l'obscurité et les monstres. À l'embranchement du chemin qui mène chez les Johansen, il prend à gauche. J'aperçois le couple dans sa cuisine, un verre de vin rouge à la main, prêt à aller s'installer dans la salle à manger. La vie confortable de deux étrangers. Cette carte postale dérangeante de normalité s'efface dans la nuit.

Graham poursuit sa route. Sa maison défile à ma droite, un ranch de plain-pied sans prétention en comparaison de l'élégance tapageuse du cube de verre des Johansen. Un bâtiment solide qui s'est agrandi avec le temps, ce que soulignent les briques de différentes couleurs.

Un autre 4 × 4 est garé devant, entre des VTT et un quad. J'aperçois un canot de taille moyenne sur sa remorque, Graham possède toute la panoplie.

Il laisse sa maison derrière nous et le 4 × 4 danse entre les plaques de boue. J'ai raté mon coup, persuadée qu'il ferait halte chez lui. J'en aurais profité pour m'échapper dans l'obscurité et tirer un ou deux coups de feu dans les baies vitrées des Johansen qui n'auraient pas manqué d'appeler la police, à défaut de m'ouvrir leur porte.

Mais Graham poursuit sa route et je m'efforce de retourner ce fichu boîtier.

— J'ai déposé Sam sur la crête, ment Graham. Après ça, il n'y a plus de chemin carrossable. C'est encore le meilleur moyen pour vous de les rejoindre. Désolé pour les cahots.

Il joue au chat et à la souris avec moi. Je le sens content de lui, je crois remarquer à la lueur du tableau de bord qu'il a le teint animé. Il jubile intérieurement à l'idée de maîtriser la situation, sans que sa proie se doute de rien.

Ce en quoi il se trompe.

Je viens enfin de retourner entièrement le boîtier lorsqu'une roue s'enfonce dans une ornière et le sac à dos m'échappe des mains. *Mon Dieu, pas ça !* L'opération vire à la catastrophe.

Le sac est tombé entre nous, Lancel le saisit et le jette sur la banquette arrière sans une explication. Le temps presse, je n'ai plus d'arme, il va nous tuer avec mes enfants, et *il s'en tirera.*

Vite, passer à l'action.

— Savez-vous si l'équipe de recherche est équipée de radios ?

Tout en lui posant la question, je tends la main vers sa radio, posée sur la console.

— Le mieux serait encore de leur demander où…

Il saisit ma main au vol et, l'espace d'un instant, je me dis que c'est le moment. Il a une main posée sur le volant, l'autre reste agrippée à la mienne. Je pourrais lui envoyer un coup de poing dans l'entrejambe, il conduit les cuisses écartées, parfaitement à l'aise. Je gagnerais une minute ou deux, mais ensuite ? Il est très baraqué et je le soupçonne d'avoir de bons réflexes. Il n'hésitera devant rien pour m'arrêter. Je dois le neutraliser assez longtemps pour sortir mon pistolet du sac, y glisser un chargeur et lui tirer dessus jusqu'à ce qu'il me dise où sont mes enfants avant de le rayer de la carte des vivants.

Il y a bien un fusil dans son râtelier, derrière moi, mais il est protégé par un cadenas qui tressaille à chaque nid-de-poule. Rien à espérer de ce côté-là.

Je m'apprête à passer à l'attaque lorsque Graham me lâche la main.

— Désolé, Gwen. C'est juste que cette radio appartient au service, je ne peux pas vous autoriser à l'utiliser comme ça.

Il entre un code avec son pouce et allume l'appareil dont l'écran vire à un bleu irréel. Il change aussitôt de canal sans que je puisse identifier ce dernier.

— Équipe de recherche n° 2, vous m'entendez ? Équipe de recherche n° 2, merci de m'indiquer vos coordonnées.

La manœuvre me déroute, j'en arrive à douter, sans que ma peur se dissipe. À quoi joue-t-il ? L'adrénaline fait trembler mes muscles. Il lâche le bouton d'émission, en attente d'une réponse. Seuls lui répondent des parasites. Le 4 × 4 s'enfonce dans un trou boueux et il lâche la radio en s'excusant avec un sourire, le temps de redresser le volant.

— Ça passe souvent très mal par mauvais temps, sans compter que les montagnes font écran. Vous voulez tenter votre chance ? Allez-y.

Je m'empare du micro et enfonce le bouton d'émission sans le quitter des yeux.

— Équipe de recherche n° 2, vous me recevez ? Merci de me communiquer votre position.

Je vois clair dans son jeu. Il s'amuse avec moi, comme Mel s'amusait avec ses victimes dans son cher atelier. Il tâte le terrain, il multiplie les petites entailles, histoire de me voir saigner, et ça l'excite.

Je n'obtiens pas de réponse, bien sûr. De l'autre côté de la vitre, la pluie rend la nuit opaque, mais je sais que nous atteindrons bientôt l'extrémité de la route. Une fois sur la crête, nous serons loin de tout. Personne ne viendra nous chercher ici, dans l'eau et la boue.

Il a tout prévu.

Je n'ai aucun moyen de savoir pourquoi la radio ne fonctionne pas. Il a très bien pu basculer sur le mauvais canal, ou alors il a débranché l'antenne.

Une voix faible s'élève soudain au milieu des parasites :

— Équipe de recherche n° 2, bien compris. Nous sommes actuellement à…

Le reste de la communication se noie dans un brouillard de grésillements. Je m'empresse d'enfoncer le bouton.

— Équipe de recherche n° 2, répétez !

Graham m'a-t-il dit la vérité, après tout ? Ai-je pu me tromper ? J'ai du mal à le croire, mais je me suis si souvent trompée ces derniers temps que tout est possible.

Un nouveau crépitement, sans voix audible, cette fois. Je m'escrime sur le micro jusqu'au moment où je sens s'incliner le lourd véhicule. Nous venons d'atteindre la crête.

Graham immobilise le 4 × 4 sous les branches d'un arbre gigantesque qui nous asperge d'énormes gouttes. Le bourdonnement de la pluie se transforme en coups de marteau lorsque Graham coupe le moteur et tire le frein à main.

Il me prend le micro des mains et éteint la radio.

— Inutile, déclare-t-il. Je vous l'ai dit, il n'y a pas de signal par ici.

La situation l'amuse, ce qui me confirme que je ne m'étais pas trompée. Au sujet du sang. Au sujet de son comportement.

Je ne me suis pas trompée sur le compte de Lancel Graham.

Jamais je n'ai été en contact avec l'équipe de recherche de la police de Norton.

— Nous sommes tous les deux, Gina, me dit-il.

La formule est presque obscène dans sa bouche. J'ai envie de hurler, de lui donner un coup de poing dans les couilles, mais je sais qu'il s'y attend, alors que je ne suis pas prête.

— Je ne m'appelle pas Gina, mais Gwen. De quel

côté est parti Sam ? Sur la carte que m'a montrée Prester, il se dirigeait vers le nord-est.

Je feins d'ouvrir machinalement ma portière, mais elle est verrouillée, ainsi que je m'y attendais. Mon dernier espoir de fuite vient de s'éteindre. Je n'ai plus le choix. Je vais devoir me battre et l'idée d'affronter sans arme ce type beaucoup plus fort que moi me terrorise.

Je n'ai pas le droit de perdre.

— Ce serait une grave erreur, me prévient-il. Vous vous perdriez au milieu de nulle part, au risque de vous tuer en faisant une chute. Le mieux est encore d'appeler Sam directement sur son portable, on ne sait jamais.

Il continue de jouer avec moi.

Mais je ne suis pas là pour jouer.

Je saisis le bloc radio et le lui écrase de toutes mes forces sur le crâne, avec le peu d'élan que me donne l'habitacle. Je suis la première étonnée d'entendre résonner mon propre cri. Le premier coup lui ouvre la tempe, un flot de sang jaillit de la plaie. Lancel Graham laisse échapper un cri en tentant de se protéger, mais je le frappe encore et encore, emportée par une bouffée de rage destructrice. Le boîtier finit par voler en miettes, une écharde de plastique reste plantée dans sa joue. Il est hébété. Je me précipite vers le bouton de déverrouillage des portes et un déclic me confirme que celles-ci sont à nouveau opérationnelles. En me reculant, j'en profite pour lui enfoncer mon poing dans l'entrejambe et je le vois se tétaniser sous l'effet de la douleur. Son regard croise le mien le temps d'un éclair, mais je passe à la suite avant même qu'il ait pu crier.

Je récupère le sac à dos à l'arrière, puis j'ouvre ma portière et je me précipite dehors, le manteau et le sac à dos serrés contre moi.

Sa main se referme sur le pan du manteau qu'il tire violemment. Je glisse sur la boue glacée et je perds l'équilibre, prise de panique. Il n'est pas question qu'il m'attrape. Je lâche le manteau et me redresse en m'agrippant à la portière avant de m'enfuir.

Cette fois, je risque fort de sentir l'haleine du monstre sur ma nuque.

13

La pluie me lacère avec la force d'un couteau glacé sans me ralentir. J'ai les poumons en feu, la terreur me rend aveugle, mais je repousse mes angoisses. Il me faut impérativement réfléchir, et vite.

Graham est blessé, mais il n'est pas hors de combat. Je ne sais pas précisément de quelles armes il dispose : un fusil et sans doute une arme de poing, très probablement des couteaux. De mon côté, j'ai à ma disposition un Sig Sauer et le reste des munitions achetées au club de tir le matin même. La perte du manteau est une catastrophe. Le front froid qui traverse la région a fait tomber la température aux alentours de dix degrés, peut-être même moins, et l'humidité me glace déjà les os. Seules ma peur et ma rage peuvent encore me réchauffer. La boue rend le sol particulièrement glissant et je ne connais pas ces bois, faute d'être originaire du coin. Je ne suis pas non plus passée par l'armée, contrairement à Sam et Javier, et je n'ai jamais appris à prier.

Je m'en moque. Il n'est pas question pour moi de perdre cette bataille.

Je me jette au milieu des broussailles en collectionnant les griffures. Courir dans le noir de cette façon n'a aucun sens. Je me force à ralentir afin de me repérer, bien m'en prend car j'allais m'empaler sur une branche morte particulièrement acérée. Je m'accroupis le temps d'ouvrir le sac à dos et de récupérer le boîtier qu'il contient. Je remonte mon pistolet à l'aveugle en vérifiant le chargeur. Il est vide. Je fouille le sac à la recherche des balles qui me restent. Ces connards de la police de Norton en ont utilisé une partie pour procéder aux tests balistiques.

Je glisse sept balles dans le chargeur. Sept balles, pas une de plus.

Il en suffit d'une seule. J'ai bien conscience que c'est une piètre façon de me rassurer. L'adrénaline transforme les êtres en bêtes dangereuses même lorsqu'ils devraient se trouver à terre.

L'argument vaut aussi pour moi. Je n'ai pas l'intention de me coucher ou d'abandonner.

La peur me donne des ailes. Aussi étrange que cela puisse paraître, elle me calme aussi.

Un éclair traverse le ciel, qui fait se dresser tous les poils de mon corps. L'instant suivant éclate un coup de tonnerre. La foudre s'est abattue sur la colline voisine, mettant le feu à un sapin dont la cime s'abat dans une gerbe d'étincelles.

À la lueur de l'éclair, j'ai vu la silhouette de Graham s'enfoncer dans les broussailles. Il se trouve à moins de trois mètres.

Je ne peux pas rester là, il m'a certainement vue, lui aussi.

Le sapin qui flambe dans le lointain jette une lumière inquiétante sur un spectacle cauchemardesque de taillis, de troncs morts, de pluie et de boue qui savonne sous mes semelles en alourdissant mes bottes et mon jean. J'ai perdu la trace de Graham. Je ne dois pas tirer tant qu'il ne se trouve pas dans ma ligne de mire. On ne tire jamais sous l'emprise de la panique.

Je dois également veiller à ne pas le tuer. J'ai besoin de le capturer vivant, afin de l'obliger à m'avouer où il retient mes enfants. Ma tâche est de ce fait plus rude que la sienne. Curieusement, c'est le moment que choisit la voix de Mel pour murmurer dans ma tête : *Tu peux y arriver. Je t'ai rendue plus forte.*

Cela me coûte de le reconnaître, mais il a raison.

J'ai parcouru la moitié d'un sentier en pente lorsqu'une pluie de chevrotines me laboure le bras gauche. J'ai l'impression d'avoir été atteinte par un jet d'eau brûlante sous pression. Je titube sous le choc et me raccroche désespérément à un arbre. Une odeur âcre de poudre me parvient à travers la pluie et je comprends soudain, à ma grande surprise, que je suis touchée. Mon cerveau me murmure que la blessure est bénigne, que la décharge du fusil m'a seulement effleurée, sans quoi mon bras aurait été réduit en charpie. Il reste mobile, ma main fonctionne toujours, le reste attendra. La peur me pousse à quitter la sente et trouver une cachette dans laquelle me recroqueviller en attendant de mourir, je ne dois surtout pas l'écouter.

Un son inattendu se mêle soudain au grondement de la pluie et du tonnerre.

Le rire de Graham.

Je me glisse derrière un arbre au tronc épais en retenant ma respiration. Un éclair illumine le sentier. Il est là, tout près, la main sur les yeux afin d'échapper à la lumière aveuglante.

Il est équipé de lunettes de vision nocturne.

Il n'a aucun mal à me suivre dans l'obscurité.

Je me sens submergée par une vague de désespoir. Je dispose de sept balles seulement quand il est armé d'un fusil, sans aucun moyen de viser en pleine nuit alors qu'il est équipé de jumelles à infrarouge. Mes illusions achèvent de se dissiper. Jamais je ne retrouverai mes enfants. Je mourrai ici et mon corps pourrira dans ces montagnes sans que personne connaisse jamais le nom de mon assassin.

Je me ressaisis à l'idée des commentaires qui fleuriront sur les blogs des Cinglés. *Bien fait pour cette salope, nous avons obtenu justice.*

Je refuse de leur accorder cette victoire.

J'attends que Graham se rapproche. Quitte à tirer, autant ne pas le rater. Je peux y arriver. Il me suffit d'attendre que l'éclair suivant l'aveugle, de sortir de ma cachette et d'ouvrir le feu. Graham n'est pas différent des cibles en papier au club de tir.

Tout se déroule comme prévu. L'éclair bleuté dévoile la silhouette de Graham que je vise avec le plus grand calme. À l'instant où mon index se referme sur la détente, le canon d'un fusil se pose sur ma nuque et je reconnais la voix de Kyle Graham derrière moi.

— Papa ! Je la tiens !

La surprise m'empêche de paniquer et ma réaction est instinctive.

Je pivote sur ma gauche en un mouvement parfait facilité par la boue glissante tout en écartant d'un revers de main le canon du fusil que je saisis au vol. Dans le même temps, j'envoie mon pied dans l'aine de Kyle en me souvenant que je n'ai pas affaire à un adulte, mais à un gamin de l'âge de ma fille qui n'y est pour rien si son père est un psychopathe, tout comme Lanny n'y peut rien d'être la fille de Mel.

Kyle vacille sur ses jambes, le souffle coupé, et lâche son fusil qui s'abat de tout son poids sur mon bras blessé. J'enfonce le pistolet dans la poche de mon jean, en espérant que le coup ne parte pas, le temps de donner une bourrade dans le dos de Kyle.

— File d'ici si tu ne veux pas que je te tue !

À la lueur de l'éclair suivant, je le vois s'enfuir vers le *haut* de la colline, au lieu de dévaler la pente. Intriguée, je me promets d'y réfléchir plus tard. Je dirige le canon du fusil vers l'endroit où se trouvait son père, et je tire.

Le recul manque de me renverser en arrière, je me retiens de justesse à l'écorce détrempée d'un sapin. La lueur de la détonation me montre que j'ai raté ma cible de peu. Je ne serais pas surprise que quelques plombs l'aient caressé au passage.

— Espèce de salope ! hurle Graham. Kyle ! *Kyle !!!*

— Je l'ai laissé filer. Où sont mes gamins ? Où les avez-vous emmenés ?

Je me réfugie prestement derrière un arbre.

— Tu ne vas pas tarder à les rejoindre, espèce de…

Le tonnerre étouffe le bruit de la détonation, mais le tronc tremble sous une pluie de chevrotines. Je n'ai aucun moyen de savoir de quel arsenal il dispose. Si je l'oblige à épuiser ses munitions… Non. Lancel Graham est trop méticuleux pour n'avoir pas pris ses précautions. Je ne dois pas me bercer de faux espoirs.

Un autre sentier qui descend lentement vers l'ouest apparaît à la lueur d'un éclair. L'orage est à son paroxysme, les lunettes de vision nocturne de Graham ne lui sont d'aucune utilité au milieu des éclairs qui l'aveuglent.

J'avance courbée en deux sur le petit chemin. Même s'il me repère, il me prendra pour un chevreuil. Le tout est d'atteindre la crête, Graham est du genre à garder une clé de rechange sous le volant, ce qui me permettra de voler son 4 × 4, d'aller chercher de l'aide et de retrouver mes enfants. Son SUV est certainement équipé d'un GPS dont l'historique permettra de savoir où il s'est rendu ce jour-là.

Je glisse soudain sur la terre détrempée et ma tête vient heurter un rocher. Je vois danser trente-six étoiles devant mes yeux tandis que la douleur transforme le décor qui m'entoure en caoutchouc. Je reste quelques instants allongée sous la pluie, la respiration coupée, en recrachant de l'eau comme une noyée. Je suis frigorifiée, au point de me demander si je vais pouvoir me relever. Ma tête me lance et je saigne, à en juger par le flot tiède qui ruisselle le long de mon visage.

Pas question de mourir ici. Je ne sais pas si Graham me poursuit toujours, mais je dois me relever, frigorifiée ou pas, blessée ou pas. D'une façon ou d'une autre, je dois atteindre la crête et chercher des secours, quitte à tirer sur les putains de tableaux des Johansen si c'est le prix à payer pour attirer leur attention.

Je me mets à quatre pattes tant bien que mal en cherchant le fusil. Il a disparu dans l'obscurité au moment de ma chute, jamais je ne le retrouverai. Il me reste le pistolet qui, par miracle, ne m'a pas troué la cuisse. Je le tire de ma poche et le serre dans mon poing en me relevant avant de reprendre des forces, adossée au rocher. Le sang dessine le long de mon visage un torrent que la pluie se charge de diluer instantanément.

Je repars sur le sentier en m'agrippant où je peux.

La descente est un enfer, je suis persuadée que Graham me suit à la trace en ricanant. Son visage cède la place à celui de Mel dans ma tête. Mel, derrière la vitre en plexiglas de la prison, qui m'adresse un sourire carnassier. L'illusion est telle que je finis par me retourner. Je m'aperçois à la lueur de l'éclair suivant que le sentier est vide derrière moi.

Je suis seule.

Et j'ai quasiment atteint la crête.

Parvenue aux taillis qui marquent l'orée du bois, je m'accroupis instinctivement afin d'observer les alentours. Mon cœur bat vite, mais il est au bord de l'épuisement, prêt à s'accorder un repos bien mérité à tout instant. J'ai dû perdre plus de sang que je ne l'imaginais, mes muscles commencent à se tétaniser et je tremble de tous mes membres. Je sais déjà que la torpeur qui m'envahit est celle qui précède la fausse chaleur annonciatrice de la mort. J'ai peu de temps devant moi. Il me faut absolument gagner le 4 × 4 et récupérer la parka de Kyle. J'en aurai besoin si j'entends redescendre la colline. Que je le veuille ou non, je vais devoir demander de l'aide aux Johansen.

Je me fige en apercevant un léger mouvement près du 4 × 4. La pluie tombe moins dru à présent, en dépit des roulements continus du tonnerre au-dessus de ma tête, et je distingue une forme arrondie de l'autre côté du capot. Il s'agit d'une tête. Celle de Kyle serait plus petite, sans compter que l'ado s'est enfui vers les hauteurs au lieu de redescendre.

Lancel Graham m'attend, tapi derrière son 4 × 4 à la façon d'un prédateur guettant sa proie. Je repense aussitôt au calme parfait avec lequel Mel a évoqué sa *méthode* dans une interview parue il y a quelques années. Tapi à l'ombre d'une voiture, il attendait qu'une femme passe à sa portée avant de lui fondre dessus, telle une mante religieuse.

Graham est un fan de mon ex-mari. Il connaît ses habitudes, ses gestes, ses stratégies.

Mais il ne me connaît pas, moi qui ai survécu à Melvin.

Je compte bien survivre à ce salopard aussi.

Je ne suis pas arrivée loin du petit chemin que nous avons emprunté à l'aller, je le rejoins silencieusement et me poste à l'endroit idoine.

Je vise ma cible avant d'hésiter. Le froid me rend lente, je n'ai pas les idées claires à cause du choc que j'ai reçu à la tête. *Et si je rate mon coup ? Et s'il m'abat ?*

Non. Il souhaite me capturer vivante, et non se débarrasser de moi. Il m'aurait déjà tuée depuis longtemps, avec ses jumelles à infrarouge, s'il avait voulu m'éliminer.

Il aime jouer.

Très bien, Lance. Alors jouons, tous les deux.

Je quitte l'abri de l'arbre qui me dissimulait, j'avance lentement en boitillant, je veille à paraître aussi épuisée que je le suis réellement. En sortant du bois, je me laisse tomber à genoux. Défaite. À bout de ressources.

Au bon endroit.

J'évite de relever la tête et me contente d'attendre en respirant de façon saccadée. Je fais mine de me relever avant de m'écrouler sur le côté gauche, dans la boue, mon pistolet caché sous moi.

Et j'attends.

Je ne l'entends pas s'approcher à cause de la pluie, mais je sens sa présence. Il fait preuve de la plus grande prudence, contourne ma position à distance. Je distingue sa silhouette à travers mes paupières entrouvertes, entre mes cils trempés. Il a son fusil à la main. Il s'approche, s'approche encore.

Soudain, il est là.

Je distingue, tout près, la pointe boueuse de ses bottes et l'ourlet de son jean maculé de terre. Le canon de son fusil est pointé vers le sol. Il a tout le loisir de me tuer. Un simple mouvement du poignet suffirait à relever l'arme de quelques centimètres et il n'aurait plus qu'à tirer, mais il jouit de sa toute-puissance. Il est heureux de me voir à terre.

— Pauvre imbécile, marmonne-t-il. Il m'avait prévenu que tu tomberais dans le panneau.

Sa voix se fait soudain plus dure.

— Allez, lève ton pauvre cul, je vais te conduire à tes enfants.

Sans raison, je me demande qui est la femme de Graham, et où elle se trouve. J'éprouve une immense pitié pour les fils de cet homme. Cette pensée m'abandonne aussi vite qu'elle est venue. Au fond de moi, je suis aussi dure et froide que le canon de ce fusil. Et tout aussi dangereuse.

Je n'ai pas l'intention de mourir ici.

C'est hors de question.

Je bouge à peine, il s'agit de lui donner le sentiment que je suis une pauvre loque qui tente de lui obéir. Je me relève péniblement en feignant de m'aider de la main droite, celle qui est armée.

Il comprend son erreur au moment où je tire.

J'ai visé un point précis. Pas question de l'atteindre à la tête, ou au torse. Je préfère le blesser au niveau du plexus nerveux de l'épaule droite. Il est droitier, comme moi.

La balle à pointe creuse se fiche à l'endroit souhaité. C'est tout juste si je ne vois pas le champ de ruines qu'elle laisse dans son sillage. Son épaule n'est plus qu'un amas de fragments osseux et de nerfs déchiquetés.

Les blessures à l'épaule ne sont pas aussi propres qu'au cinéma ou à la télévision, on n'en sort pas indemne. Une balle bien placée peut handicaper le blessé à jamais.

La mienne est très bien placée.

Graham laisse échapper un cri perçant. Il titube en arrière, il voudrait relever son fusil, mais les muscles et les nerfs de son épaule ne fonctionnent plus. Il lâche l'arme sous l'effet de la douleur, ses doigts s'agitent vainement vers le sol, il n'est plus en capacité de la ramasser. Il est grièvement blessé, mais le cinéma ne se trompe pas sur ce point, les blessures à l'épaule sont rarement mortelles.

Pas à court terme, en tout cas.

Je me relève, brusquement réchauffée, d'un calme olympien comme au club de tir. Graham s'évertue à vouloir ramasser son fusil, je finis par le récupérer à sa place. Il m'adresse un sourire fatigué.

— Espèce de salope. Moi qui croyais que ce serait du gâteau.

— Tu as eu le tort de me prendre pour Gina Royal. Maintenant, dis-moi où ils sont.

— Va te faire foutre.

— J'ai relâché ton gamin, j'aurais pu le tuer.

Il marque le coup, son expression s'adoucit l'espace d'un instant.

— Je te laisse la vie sauve si tu me dis où sont mes enfants. Je n'ai pas envie de te tuer.

— Va te faire foutre. Ce ne sont pas tes gamins, ce sont les *siens*. Il veut les récupérer. Il a besoin d'eux. Il n'a jamais été question de toi, Gina.

— Très bien.

Je fais un pas à droite, il m'imite d'un air méfiant en veillant à rester bien en face de moi. Je recommence, pas à pas, jusqu'à me retrouver dos à la crête, et lui dos au sentier.

— Tu te compliques la vie inutilement.

Je le pousse avant même d'avoir terminé ma phrase, sans qu'il trouve la force de réagir. Je n'aurais jamais pris un tel risque s'il n'était pas déjà blessé, mais l'opération fonctionne à merveille. Graham vacille et manque de tomber en arrière avant de s'effondrer de tout son poids sur la branche contre laquelle j'ai failli m'empaler un peu plus tôt. La pointe acérée le traverse de part en part au niveau du foie. Il ne risque pas de mourir dans l'immédiat, mais la blessure est sérieuse. Il s'agite et la branche se casse, il glisse sur le sol boueux et s'écroule à terre. Il essaye de retirer l'extrémité du morceau de bois, mais elle ne dépasse pas suffisamment et sa main droite refuse de lui obéir.

— Retire-moi ça ! Retire-moi ça ! glapit-il d'une voix désespérée. Putain de Dieu !

Il a quasiment cessé de pleuvoir. Graham se tortille en triturant l'horrible pointe couverte de son sang. Je m'accroupis à côté de lui et lui pose le canon de mon arme sur la tempe.

— Dieu n'aime pas beaucoup qu'on invoque son nom de cette façon. Je n'ai pas cru comprendre qu'il s'agissait d'une prière. Si tu veux que j'appelle les secours, il va falloir me dire où se trouvent mes enfants. Sinon, je te laisse ici en compagnie des ours, des cougars et des sangliers. Ils ne mettront pas longtemps à te retrouver.

Mon bras me fait terriblement souffrir, je ressens une brûlure intense, mais je n'ai pas le droit de me laisser aller. Le moindre signe de faiblesse serait fatal.

Son visage livide est presque phosphorescent dans la nuit. Je récupère les clés du 4 × 4 dans sa poche, le couteau de chasse dans son fourreau, ainsi que son portable. Il me faut l'empreinte de son pouce pour le débloquer, je saisis sa main toute tremblante que je pose sur le lecteur. Il tente de m'en empêcher, mais l'appareil s'allume enfin au troisième essai.

— Je te laisse une dernière chance. Ta vie contre celle de mes enfants.

Il ouvre la bouche, je crois l'espace d'un instant qu'il va se décider, et puis je lis la peur dans ses yeux. Je le sens soudain vulnérable. Il s'enferme dans le mutisme et se contente de m'observer. Je serais curieuse de savoir ce qui a pu l'effrayer à ce point. Moi ? Jamais de la vie.

Melvin.

— Mel se fiche éperdument que tu survives ou non, tu sais. Parle, je peux encore te sauver.

Je le vois craquer. Je vois le moment où il perd ses illusions, où la triste réalité de sa situation lui apparaît dans toute son horreur. Melvin Royal ne viendra pas à son secours. Personne ne viendra à son secours. Si je le laisse là, il mourra d'une hémorragie et les animaux sauvages le réduiront en pièces. Ou bien dans l'ordre inverse, s'il n'a pas cette chance. La nature sait se montrer brutale.

Moi aussi, au besoin.

— J'ai un cabanon de chasse plus haut dans la montagne, m'avoue-t-il. Celui de mon grand-père. Ils se trouvent là-bas.

Il passe la langue sur ses lèvres parcheminées.

— Sous la surveillance de mes fils.

— Espèce de salopard. Ce sont des enfants !

Il ne répond rien et je sens monter en moi une bouffée de rage, mais je suis fatiguée. J'ai envie de tourner la page. Je lui tourne le dos et me dirige vers le 4 × 4 en pataugeant dans la boue. Il tente de se relever, évidemment, mais il n'ira pas loin avec son épaule en charpie et son foie explosé. Le froid le maintiendra en vie en ralentissant l'hémorragie. Je m'installe au volant, mets le contact et cherche le numéro de Kezia Claremont sur son portable.

Le premier nom sur la liste, tout au début de la lettre A, me fait l'effet d'un coup de poing. Un nom peu courant que je n'ai jamais lu ailleurs que dans la Bible.

Absalom.

Je mesure soudain la manipulation dont j'ai été victime. Je comprends à quel point on s'est joué de moi. Absalom, le troll qui a fini par devenir mon meilleur allié. Absalom, qui se servait de mon argent pour me fournir de nouvelles identités. Absalom qui savait où me trouver à tout moment, *qui était capable de m'envoyer là où il le désirait.*

Voilà pourquoi je ne me suis doutée de rien. La famille de Lancel Graham vit à Stillhouse Lake depuis plusieurs générations, c'est la raison pour laquelle Kezia et moi l'avons éliminé de la liste des suspects. *Bon sang.* Quand je pense que j'ai fourni à Absalom une liste de personnes en lui demandant de vérifier leurs antécédents. Il a dû mourir de rire.

Absalom ne m'a jamais aidée. C'est même tout le contraire, il aidait Melvin en me manipulant comme un vulgaire pion.

C'est lui qui m'a envoyée sur le terrain de chasse du fan numéro un de Melvin.

Je serre les paupières afin de contenir la rage incandescente qui brûle en moi. Je rouvre les yeux et cherche le numéro de Kezia.

Le signal est faible, mais je parviens à la joindre. Elle est en voiture et j'entends un bruit de moteur en arrière-plan lorsqu'elle décroche, persuadée d'avoir Graham au bout du fil.

— Allô, Lance ? Relâche-la immédiatement et dis-moi où tu es. Écoute-moi bien. Tu as encore une chance de t'en tirer sans trop de casse si tu me dis où elle est.

Me voici rassurée, j'avais craint qu'elle soit sa complice. Elle a tout deviné et s'efforce de lui tirer les vers du nez.

Elle cherche à me sauver.

— Kez ? C'est Gwen.

— Seigneur !

Au bruit, je comprends que le téléphone a failli lui échapper des mains. Une voix d'homme derrière elle prononce des paroles que je n'arrive pas à saisir.

— Seigneur, Gwen, où êtes-vous ?

— Sur la crête, à l'extrémité du chemin qui se poursuit au-delà de la maison de Graham. J'ai besoin d'une ambulance. Il a été blessé par balle, en plus d'une mauvaise plaie au ventre. Prévenez vos collègues, il prétend retenir mes enfants prisonniers dans le cabanon de chasse de son grand-père. Vous savez où il se trouve ?

Je claque des dents tellement j'ai froid. Le chauffage du 4 × 4 m'a un peu réchauffée et la soufflerie de l'air chaud du moteur me fait un bien fou. Je passe la parka de Kyle autour de mes épaules. Mon bras gauche me brûle toujours, mais je constate à la lumière du plafonnier que les plombs ne se sont pas fichés assez profondément dans les chairs pour provoquer de vrais dégâts. En revanche, ma blessure à la tête m'affaiblit en provoquant des vertiges et des nausées. La plaie saigne toujours. Je la tâte prudemment de la main et un liquide tiède s'écoule d'une déchirure au niveau du cuir chevelu. Je cherche à tâtons des mouchoirs en papier et la réponse de Kezia m'échappe presque.

Non, ce n'est pas Kezia, mais Sam. C'est lui qui se trouve avec elle dans la voiture.

— Gwen, ça va ? Gwen ?

— Tout va bien. Mes enfants. Ils sont retenus dans ce cabanon, sous la garde des fils de Graham. Je ne sais pas s'ils sont armés, mais…

— Ne vous inquiétez pas de ça. Nous serons là très vite, d'accord ?

— Appelez une ambulance pour Graham.

— Qu'il aille au diable, réplique-t-il d'une voix mauvaise. Et vous ?

Les mouchoirs à l'aide desquels je tamponne la plaie sont couverts de sang.

— Je vais avoir besoin de quelques points de suture. Sam ?

— Je suis là.

— Je vous en supplie, occupez-vous de mes enfants.

— Tout ira bien, on va les récupérer. Ne bougez pas en attendant, tenez bon. Kez sait où se trouve ce cabanon. Nous y arrivons tout de suite.

J'ai déjà eu l'occasion de voir comment conduit Kezia. À toute vitesse, en usant des techniques qu'on vous enseigne dans la police. Un coup d'œil dans le rétroviseur me confirme qu'une voiture de patrouille circule à vive allure sur la route du lac. Je la vois bifurquer au niveau de la maison des Johansen.

Sam continue de me parler, mais je n'ai plus de force, le téléphone posé sur ma cuisse sans que j'aie le souvenir de l'avoir mis là, ma tête contre la vitre. J'ai cessé de trembler.

J'ai l'impression de dire : *Occupez-vous de mes enfants*, du moins l'ai-je pensé, et puis je bascule dans un trou noir sans fin.

14

— Gwen ? Mon Dieu…

J'ouvre les yeux. Sam est accroupi à côté de moi et je lui trouve un air… bizarre.

Il se retourne.

— Vite ! J'ai besoin de la trousse de premiers soins !

Kez, derrière lui, dépose un grand sac rouge à côté de lui. Il l'ouvre en faisant crisser le Velcro et fouille à l'intérieur.

— Que faites-vous ?

Je n'ai pas les idées en place, mais je n'ai plus mal. Ces quelques minutes de sommeil m'ont fait le plus grand bien. Je voudrais le rassurer.

— Tout va bien.

— Pas du tout. Ne dites rien.

Il pose un paquet de compresses contre ma plaie à la tête et la douleur revient en force.

— Gwen, pouvez-vous maintenir en place ces pansements ? me demande-t-il en prenant ma main qu'il place sur les compresses.

Je lui obéis machinalement tandis qu'il déchire un paquet de bandages à l'aide desquels il fixe le tout sur mon crâne.

— Combien de sang avez-vous perdu ?

— Beaucoup, mais ce n'est pas le plus important. Où se trouve ce cabanon ?

— Il est hors de question de vous y emmener.

Je cherche maladroitement mon pistolet. Il me le retire des mains sans difficulté, expulse la balle insérée dans la chambre et retire le chargeur avant de lancer le Sig sur la banquette arrière du 4 × 4.

— Vous n'allez nulle part, en dehors de l'hôpital. Vous avez besoin de passer des radios du crâne, cette blessure ne me dit rien qui vaille. Je crains une fracture.

— Je m'en fiche, je vais là-bas.

C'est bien mon intention, le temps de recouvrer un minimum de forces. À l'heure qu'il est, descendre du 4 × 4 représenterait un effort considérable.

— Avez-vous reçu mon SMS ?

Il pose sur moi un regard étonné.

— Quand ça ?

— Aucune importance.

Graham est intervenu à temps pour m'en empêcher en brisant mon portable.

— Comment avez-vous deviné que c'était lui ?

— Il n'a pas pris part aux recherches, m'explique Sam tout en examinant mes pupilles à l'aide d'une mini-torche, ce qui provoque des douleurs rétiniennes.

Je tente de repousser sa main.

— Kez a fouillé son dossier, poursuit-il. Il se trouve qu'il était absent systématiquement les jours des divers enlèvements, ainsi que les jours où l'assassin s'était débarrassé des corps. Elle avait des soupçons depuis quelque temps. Quand on a appris qu'il était passé vous prendre au poste de police…

— Merci, Sam.

Ma gratitude ne suffit pas à apaiser sa colère.

— Ce n'est pas comme si nous étions arrivés à temps pour vous aider vraiment.

Je prends la main à l'aide de laquelle il me tâte le cou.

— Sam. Merci pour tout.

Nos regards restent soudés quelques instants, puis il reprend sa tâche.

Kezia, qui est allée voir où en était Graham, repart avec la trousse de secours. Le gyrophare de l'ambulance ne tarde pas à trouer la nuit, le véhicule parvient à notre hauteur grâce à ses quatre roues motrices avant de s'immobiliser à l'entrée du petit sentier où la silhouette de Kezia, penchée au-dessus de Graham, se découpe à la lueur des phares.

— Vous savez où se trouve ce cabanon ?

Sam s'intéresse à présent aux plombs fichés dans mon bras gauche.

— Je vous en prie, j'ai besoin de savoir. Je vous assure, Sam. Je vais bien, laissez ça.

— Il n'en est pas question.

— *Sam !*

Il soupire et recule de quelques centimètres, les mains sur les cuisses.

— On y accède par un sentier de montagne, vous n'êtes pas en état.

— Je vais bien, je vous dis. La preuve…

Je m'oblige à passer à la vitesse supérieure en sortant du 4 × 4. Debout à côté de la portière, je tends les bras, mes mains ne tremblent même pas.

— Vous voyez bien.

Je ne cache pas ma surprise lorsqu'il me serre spontanément contre lui, et je me sens bien dans ses bras. En sécurité. J'ai fait confiance à toutes les mauvaises personnes en me méfiant des bonnes, un constat qui remet en cause la vision que j'avais de moi-même.

— Vous êtes trop faible pour entreprendre une telle expédition, mais je sais aussi que vous le ferez, avec ou sans ma bénédiction.

— Plutôt deux fois qu'une. Rendez-moi mon arme.

Je le sens réticent. Il me dépose un baiser sur le front, juste en dessous de la ligne blanche dessinée par les pansements. Il en profite pour s'assurer qu'ils sont bien serrés, puis il récupère sur le siège arrière le Sig, glisse une balle dans la chambre et me le tend. Je le glisse dans ma poche.

Les secouristes s'occupent de Lancel Graham et Kezia s'éloigne. Elle porte un épais manteau sur son uniforme, son arme de service pend sur sa hanche dans un étui. Elle regagne sa voiture de patrouille et sort du coffre deux gilets pare-balles. Elle enfile le premier et nous rejoint avec le second qu'elle tend à Sam.

Sam me le passe et secoue la tête en me voyant protester.

— Non, la réponse est non.

Je n'insiste pas.

Kez récupère des fusils, ainsi qu'un sac qu'elle passe en bandoulière. Je suppose qu'il contient des munitions et des équipements de survie.

Elle retourne voir les secouristes, s'entretient brièvement avec eux, puis elle sort son portable et passe un appel.

— Prester arrive avec des renforts, mais ils ne seront pas là immédiatement, nous annonce-t-elle quelques instants plus tard.

— Il nous a donné son feu vert ? s'inquiète Sam.

Elle hausse les sourcils.

— À votre avis ? Il m'a bien recommandé de l'attendre, mais vous avez envie d'attendre, vous ?

Il fait non de la tête.

Je m'interpose :

— Quelle direction ?

Sam a raison, je ne suis pas en état de tenter une telle aventure, mais cela n'a aucune importance. Je refuse de laisser les vertiges me ralentir. Le poids du gilet pare-balles m'étouffe sous la parka en duvet et je transpire abondamment dans la nuit glacée. J'ai tout juste assez de ressources pour avancer au milieu des collines.

Kezia nous ouvre le chemin avec l'agilité d'un cougar. Il s'agit de la sente dans laquelle je me suis blessée plus tôt dans la soirée. Nous passons à côté du rocher qui m'a ouvert le crâne et la lumière de la torche se reflète sur les traces de sang encore fraîches, présentes en abondance. Kezia ne fait aucun commentaire, pas plus que Sam.

Le petit chemin monte en plein bois en direction du nord-ouest. L'orage est passé, la pluie s'est arrêtée, cédant la place à des rafales de vent qui font danser les sapins au-dessus de nos têtes. J'ai la tentation de me retourner à chaque pas afin de m'assurer que Lancel Graham ne nous suit pas. *Graham est à l'hôpital. Il aura de la chance si les médecins arrivent à sauver son foie.* Cela ne m'empêche pas de voir défiler dans ma tête des visions d'horreur. Je distingue même Graham dans la nuit, preuve que je suis victime d'hallucinations. Des pleurs résonnent dans ma tête. Ceux de Lanny. J'entends distinctement ma fille se plaindre, j'en suis à la fois bouleversée et meurtrie, au point de me tourner vers Sam, avec l'envie de lui demander s'il l'entend, lui aussi. Je sais pourtant que ce n'est pas le cas.

Je suis en train de perdre les pédales.

Nous débouchons une demi-heure plus tard dans une clairière au milieu des arbres. Un cabanon est tapi sous un surplomb rocheux, quasiment invisible aux yeux de quiconque se trouverait plus en hauteur. Il faut vraiment connaître l'endroit. La cabane, très ancienne, a subi des réparations qui n'ôtent rien à son caractère presque historique.

Le faisceau bleuté de la torche de Kezia trace un cône dans la nuit.

— Kyle et Lee Graham ! Sortez immédiatement. Ici l'agent Claremont.

Elle s'exprime d'une voix pleine d'autorité, qui n'est pas sans évoquer celle d'une enseignante rappelant à l'ordre des mauvais élèves. À l'adolescence, je m'y serais laissé prendre.

Un rideau s'agite à la fenêtre, la porte s'entrouvre et une voix de petit garçon traverse la nuit.

— Où est mon père ?

Kezia s'avance en nous faisant signe de ne pas bouger.

— C'est toi, Lee ? Tu me connais. Ton père va bien, il est en route pour l'hôpital. Tu peux sortir. Je range mon arme, regarde. Tu peux sortir.

Le plus jeune des fils Graham se glisse à l'extérieur du cabanon. Vêtu d'un manteau trop grand pour lui, il est blême de peur.

— Je voulais pas, s'écrie-t-il. Je veux pas avoir d'ennuis !

— Il ne t'arrivera rien, mon cœur. Viens me voir.

Kezia lui fait signe de la rejoindre, puis d'un geste elle indique à Sam de prendre en charge le jeune garçon. Sam s'exécute et traîne le gamin par le coude jusqu'à moi. Lee ouvre la bouche pour protester, je l'arrête d'un geste en le regardant dans le blanc des yeux.

— Mes enfants sont là-bas ?

Il acquiesce à contrecœur.

— C'est pas ma faute. J'avais bien dit à Kyle qu'il fallait pas, mais…

— Mais tu ne discutes jamais les ordres de ton père, je sais.

Il affiche son soulagement. Un gamin traumatisé. J'ai beau savoir qu'il a retenu prisonniers mes propres enfants, je voudrais le prendre dans mes bras. Je me retiens tout en sachant à quel point il se sent perdu.

— Je comprends, Lee. Tout va bien. Assieds-toi et ne bouge pas.

Kezia s'approche un peu plus de la cabane.

— Kyle ! Kyle ! Il est temps de sortir. Tu m'entends ? Kyle !

Je me tourne vers Lee, recroquevillé sur lui-même, le regard perdu.

— Lee, ton frère est-il armé ?

— Il a un fusil. Ne lui faites pas de mal ! Il n'a fait qu'obéir à papa !

Je suis persuadée que ce n'est pas aussi simple. Kyle a bien failli me piéger tout à l'heure, je me demande dans quelle mesure il n'a pas été le complice de son père. C'est un beau garçon, il est grand pour son âge, il peut très bien avoir joué un rôle dans l'enlèvement des deux jeunes filles. Je le vois bien s'approcher de celle que j'ai vue chez *Kathy's Kakes*, l'attirer jusqu'au 4 × 4 de son père.

J'en ai la nausée.

J'avertis Kezia qu'il est armé, elle hoche la tête d'un air grave. Elle a déjà repris son arme.

— Dites à Sam de contourner le cabanon, me recommande-t-elle. Je ne voudrais pas que Kyle puisse s'enfuir. Je vous confie Lee.

Sam n'a pas attendu son ordre pour se glisser entre la masure et la paroi rocheuse. J'espère qu'il ne mettra pas les pieds dans un nid de serpents, ou pire. Ne le voyant pas revenir, j'en déduis que le cabanon est équipé d'une porte donnant sur l'arrière et qu'il la surveille.

Je préviens Kezia :

— J'y vais.

— Il n'en est pas question !

Elle tente de s'interposer, mais je suis déjà à la porte. Le rideau s'écarte légèrement, Kyle m'observe à travers le carreau. Je me demande si mon gilet est capable de résister à une balle de fusil. À cette distance, rien n'est moins sûr. Tout dépend du calibre et du type de projectile.

Je pousse la porte, le Sig à la main, le doigt sur la détente.

Le battant s'écarte, Kyle n'a pas pensé à pousser le verrou une fois son frère sorti.

L'intérieur est plongé dans la pénombre, seul le fond de la pièce est éclairé par une bougie qui coule ses larmes de cire sur une table de bois brut. La lueur vacillante de la chandelle danse sur le visage de Kyle, assis sur un châlit près de la fenêtre, son fusil braqué sur moi.

Il est seul dans la cabane. *Absolument seul.* Je suis tombée dans un piège.

Je me rue hors de la pièce en hurlant, la décharge de Kyle passe à quelques millimètres de moi. Je bats en retraite en direction de Kezia. Derrière elle, Lee a quitté l'abri où je l'ai laissé, à l'orée du bois. En position de tir, il vise soigneusement le dos de Kezia avec l'arme qu'il dissimulait sur lui. *Je n'ai jamais pensé à le fouiller, du fait de son jeune âge.*

Je lève le canon du Sig.

— Lee, ne fais pas ça !

Surpris par ma réaction, il tire à côté et sa balle fait exploser la vitre du cabanon. Kezia, mue par un réflexe, se retourne en se baissant et s'avance vers lui d'un air menaçant en lui ordonnant de jeter son arme. Il obtempère et j'en profite pour me retourner car Kyle est resté dans la cabane, armé.

Où sont mes enfants ? Seigneur, je t'en supplie...

Kyle ouvre la porte à la volée, le fusil braqué sur mon visage. J'aurais le temps de tirer, mais j'en suis incapable. Aussi tordu soit-il, c'est un enfant.

Sam le plaque par-derrière et il s'écrase dans la boue, tête la première. Le fusil lui échappe des mains et il se débat en criant dans l'espoir de le récupérer. Kezia a eu le temps de menotter Lee dans le dos, elle le force à s'asseoir et sort une autre paire de menottes. Elle émet un sifflement aigu, Sam relève la tête, elle lui lance les bracelets métalliques qu'il attrape au vol avant d'entraver son prisonnier. Il le relève sans ménagement et l'oblige à se mettre à genoux, le nez contre le mur du cabanon.

La terreur qui s'est emparée de moi m'empêche de respirer. Ce n'est pas d'avoir frôlé la mort qui m'effraye, ce n'est pas davantage la perversion de Lee et de Kyle.

Je veux savoir où se trouvent mes enfants. *Ils sont forcément là.*

Je me précipite dans le cabanon, tout juste assez grand pour accueillir un mauvais lit, une petite table, un tapis en peau de mouton...

Je retire le tapis et découvre une trappe.

Quand je la soulève, la flamme de la bougie que j'ai récupérée sur la table tremble sous l'effet du courant d'air glacé et humide qui s'échappe de l'ouverture. La mini-torche de Kezia me serait bien utile, mais je n'ai pas le temps. Je descends un à un les barreaux de l'échelle en bois qui s'enfonce dans le noir.

Mon bras gauche n'apprécie guère la manœuvre, mais c'est tout juste si j'enregistre la douleur. La nausée, les vertiges, rien ne compte en dehors de ce que je vais découvrir dans ce trou.

Et je découvre l'enfer.

J'ai l'impression de remonter dans le temps.

Face à moi, au pied de l'échelle, se dresse une potence équipée d'un treuil.

À l'extrémité de la potence pend un câble métallique terminé par un nœud.

Un nœud coulant.

Le même que celui entraperçu dans le garage de Melvin. Ce n'est pas tout. Je reconnais les étagères chargées d'outils à droite, la rangée de tiroirs rouges alignés au-dessus de l'établi.

De l'autre côté, je reconnais le mur de crochets servant à pendre scies, couteaux, tournevis, marteaux. Je reconnais la cuvette métallique avec ses instruments chirurgicaux, ses outils de chasse servant à dépecer le gibier.

Mon regard se fige sur un ultime détail qui achève de me replonger dans le passé : le même tapis que Melvin plaçait sous ses victimes, un accessoire bourgeois parfaitement incongru dans le décor monstrueux de cette salle de torture.

Graham a recréé l'ignoble abattoir de Melvin dans ses moindres détails.

L'odeur qui m'assaille me donne le tournis car *elle m'est familière.* L'odeur de viande avariée, de sang caillé et de terreur qui s'échappait de mon garage de Wichita. Exactement la même.

Je ne peux retenir un hurlement. Je crie le nom de mes enfants tandis que mon cœur vole en éclats, que mon cerveau disjoncte, que m'envahit l'envie de mourir.

Graham n'a jamais voulu les garder en vie. Il a uniquement voulu que j'assiste à ce spectacle.

Le Sig serré dans mon poing, je sais, dans un instant de lucidité suprême, combien il me sera doux de mourir ici, tout comme a péri Gina Royal à la vue des mêmes horreurs.

C'est à ce moment-là que me parvient la voix de mon fils.

— Maman ?

Il a émis un simple chuchotement, mais celui-ci m'a fait l'effet d'un cri. Je lâche mon arme, comme si elle me brûlait les doigts et je traverse la cave à quatre pattes en passant sur ce tapis grotesque, sous ce treuil monstrueux, jusqu'à la grille encastrée dans la paroi. Elle est cadenassée. Je regagne d'un pas hésitant le mur d'outils et arrache un pied-de-biche avec une telle force que le crochet vole à travers la pièce. Je cours jusqu'à la grille dont je fais sauter le cadenas.

Je tire la grille et découvre Connor et Lanny. Ils sont vivants. *Vivants !* Le peu de force qui me restait m'abandonne et je tombe à genoux tandis qu'ils se jettent sur moi, comme s'ils voulaient se fondre dans mon corps.

Mon Dieu, que c'est bon ! C'est un soulagement

douloureux, comme celui d'une plaie que l'on cautérise une fois l'hémorragie étanchée.

Je continue de bercer inlassablement mes enfants au fond de cet enfer lorsque Kezia et Sam nous rejoignent. Essoufflés, ils s'attendaient au pire. Je le lis sur les traits de Sam. *Mon Dieu !* Il vient de pénétrer dans une recréation de l'endroit où a péri sa sœur au terme de souffrances abominables. Je n'ose imaginer ce qu'il ressent, quel courage il lui aura fallu pour passer devant cette potence avant de nous atteindre.

Mais nous sommes vivants.

Nous sommes tous vivants.

15

Je finis par apprendre que le sang retrouvé chez moi était celui de Kyle, blessé par Lanny.

— Je me suis battue, m'explique-t-elle lorsque nous avons retrouvé l'air pur de la nuit.

Kyle et Lee sont menottés à un crochet découvert par Kezia sur le mur du cabanon. J'aime mieux ne pas savoir à quel usage Graham le réservait.

— Je l'ai poignardé avec le couteau de cuisine. Je lui aurais réglé son compte si son enfoiré de père n'avait pas été là. Je m'étais enfermée avec Connor dans la pièce secrète, comme tu nous l'avais recommandé, mais il connaissait le code. Je suis désolée, maman. Je n'ai pas été à la hauteur…

— Non, c'est moi, la coupe Connor d'une voix à peine audible. Ils ont découvert le code dans mon téléphone. J'aurais dû te le dire, c'était facile de le changer.

Tout est clair à présent. Le portable de Connor, volé par les gamins Graham. Je me souviens des hésitations de mon fils le soir où le policier est venu nous rapporter l'appareil. Il a failli tout m'avouer, mais il a eu peur de ma réaction car je lui avais bien recommandé de ne jamais noter ses codes nulle part.

Je ne veux pas qu'il se sente à jamais responsable de ce qui s'est passé.

Je l'embrasse sur le front.

— Non, mon chéri. Ce n'est pas grave. Si tu savais

comme je suis fière de vous deux. Vous êtes restés en vie et c'est tout ce qui compte. D'accord ? On est vivants.

Kezia dispose de plusieurs couvertures de survie dans son kit d'urgence, j'en enveloppe les enfants. Je leur demande s'ils souhaitent me parler de l'épreuve qu'ils ont traversée dans ce cabanon. Lanny me répond qu'il ne s'est rien passé, et Connor ne dit rien.

J'en arrive à me demander si ma fille me cache la vérité.

Nous prenons le temps de nous reposer dans la clairière en attendant l'arrivée des renforts, sous la forme d'une armée de flics de Norton en uniforme. Je reconnais Javier Esparza parmi eux. Il m'adresse un signe de tête auquel je réponds. Jamais je n'aurais dû douter de lui.

L'inspecteur Prester est monté jusqu'au cabanon, lui aussi. Malgré le caban qui l'enveloppe, son costume ne survivra jamais à toute la boue qu'il a traversée. Je lis une expression inhabituelle sur son visage lorsqu'il s'approche.

Une expression de respect.

— Je vous dois de sacrées excuses, madame Proctor. Vos enfants vont bien ?

— L'avenir nous le dira, mais je crois.

Je n'en sais rien, mais j'ai envie de le penser. Ce sera dur. Ils se poseront des questions. Je n'ose imaginer ce que Lancel Graham a pu leur dire au sujet de leur père. Davantage que tout autre traumatisme, je suis convaincue que c'est la raison du mutisme de mon fils.

Prester hoche la tête en soupirant. Il ne semble guère pressé de visiter cette cave sinistre, mais il a sans doute vu pire.

— Kezia me signale que vous avez le portable de

Graham. J'en aurai besoin car c'est une pièce à conviction, de même que tout ce que vous avez trouvé sur lui.

— J'ai tout laissé dans son 4 × 4, et le Sig m'appartient.

Je l'ai récupéré dans la cave où je l'avais laissé tomber. Inutile de m'ajouter des complications inutiles, je lui tends le téléphone de Lance.

— Tenez.

J'ai allumé l'appareil par hasard en le sortant de ma poche. Il s'agit de l'écran d'accueil, je ne peux pas débloquer le portable sans l'empreinte de Graham, ou son code. Je reste pétrifiée en découvrant le SMS qui s'affiche.

Un message d'Absalom, qui demande à être mis au courant des derniers développements.

Je le montre à Prester. Il ne semble pas surpris.

— Qui est Absalom ?

Je lui parle en quelques mots de mon bienfaiteur anonyme, cet allié fidèle qui me trahit depuis le départ et dont je serais curieuse de percer l'identité.

— À mon tour de vous poser la question, inspecteur. À qui fait référence Absalom, à votre avis ?

Prester me tend un sachet en plastique dans lequel je dépose le portable. Il prend le temps de le refermer avant de répondre.

— Vous ne devriez pas avoir trop de mal à deviner.

Je suis incapable de prononcer son nom. On n'invoque pas le diable, de peur qu'il n'apparaisse.

Le visage de Prester s'est assombri, je n'aime pas la façon dont il m'observe, l'air songeur. Il semble se demander si je suis assez forte pour entendre ce qu'il va me révéler.

Je lui facilite la tâche.

— Vous avez une mauvaise nouvelle à m'annoncer.

À ce stade, je n'ai plus peur de rien. Mes enfants sont en sécurité, avec moi. Lancel Graham ne nuira plus à personne, on parviendra peut-être même à sauver ses enfants, à moins de détecter chez eux des symptômes héréditaires.

Prester me fait signe de le rejoindre à l'écart. Je ne veux pas m'éloigner de Lanny et Connor, mais je le suis en veillant à les garder dans mon champ de vision.

Je n'ai toujours aucune raison d'avoir peur.

— Dix-sept prisonniers se sont échappés d'El Dorado lors d'une évasion groupée. Neuf d'entre eux ont été repris, mais…

Il n'a pas besoin de préciser la suite. Je la connais déjà.

— Mais Melvin Royal a réussi à retrouver la liberté.

Il détourne le regard. Je ne sais pas ce que je ressens, ou ce qu'il croit lire au fond de moi. Je sais en revanche que je n'ai plus peur de Mel.

J'ai décidé de le tuer. D'une façon ou d'une autre, notre histoire se terminera comme elle a commencé : entre nous deux.

Composition et mise en page
Nord Compo à Villeneuve-d'Ascq

Cet ouvrage a été imprimé par
CPI Bussière à Saint-Amand-Montrond
pour le compte de France Loisirs
en avril 2019

Numéro d'éditeur : 94163
Numéro d'imprimeur : 2042984
Dépôt légal : avril 2019

Imprimé en France